Montezuma's Daughter

蒙特苏玛的女儿

【英】亨利·瑞德·哈格德　著

【美】叶向东　译

文匯出版社

图书在版编目(CIP)数据

蒙特苏玛的女儿/(英)亨利·瑞德·哈格德著；叶向东译. —上海：文汇出版社，2017.5
ISBN 978-7-5496-2045-6

Ⅰ.①蒙… Ⅱ.①亨… ②叶… Ⅲ.①长篇小说—英国—现代 Ⅳ.①I561.45

中国版本图书馆CIP数据核字(2017)第054271号

蒙特苏玛的女儿

著　　者／(英)亨利·瑞德·哈格德
译　　者／(美)叶向东
责任编辑／戴　铮
封面装帧／雨　鹰

出版发行／文匯出版社
上海市威海路755号
(邮政编码 200041)
经　　销／全国新华书店
排　　版／南京展望文化发展有限公司
印刷装订／启东市人民印刷有限公司
版　　次／2017年6月第1版
印　　次／2017年6月第1次印刷
开　　本／890×1240　1/32
字　　数／280千字
印　　张／11.125

ISBN 978-7-5496-2045-6
定　　价／30.00元

译者序

蒙特苏玛，以这个名字命名的印第安人，在墨西哥和美国南部几个州的印第安人中享有很高的荣誉。不仅是因为蒙特苏玛王国曾经的富有和强大，当大多数印第安部落在西班牙人的残暴、威吓和欺骗下很轻易地臣服，并跟着殖民者一起去残杀自己的印第安伙伴时，蒙特苏玛人却是少数几个很快醒悟，并拿起武器保卫自己家园的部落之一，而且是其中最有战斗力的群体（即阿兹泰克人）。虽然和其他起来抗争的印第安部落（或称王国）一样，他们在枪炮的攻击下，以及在归附西班牙人的其他印第安部落的围攻下毁灭了，但直到今天，很多印第安人仍然相信他们自己是蒙特苏玛人。甚至连生活在那一带的白人，在一个世纪之前，还把一些根本不是蒙特苏玛的印第安人也一起称为蒙特苏玛人。

我和我的妻子，怀着崇敬和怀古之情，驱车千余英里，去亚利桑那瞻仰蒙特苏玛纪念馆。其实那并非真正蒙特苏玛人原来居住地的遗址，而是北部的其他印第安部落遗留的废墟和洞穴。亚利桑那州政府将错就错地利用了蒙特苏玛人响亮的名字，建立起了这个纪念馆。看着印第安人原始的生产工具和木制的武器，以及火山石磨成的箭镞，怎么也想象不出当年蒙特苏玛人是如何在墨西哥城（当时叫泰诺梯兰城）那里，把科特斯统领的西班牙军队和其他印第安部落的联军打得失魂落魄，险些全军覆没的。

本书的主角虽说是英国人汤姆·温费尔，也即书中的第一人称“我”，但真正的主角却是蒙特苏玛的女儿——奥托美部落的继承人奥托美，这个美丽、高贵、忠贞、勇敢，集女性一切美德于一身的印第安公主。唯一的“缺点”是因为她被基督徒白人看作是“野蛮人”的异教徒，于是她的悲剧是那个时代有节操的印第安人的宿命。

我在翻译这本书的过程中，多次为这位伟大女性的悲惨遭遇伤心得停下笔来，几天都不忍心再翻开书来继续工作，也多次为她的高风亮节和英勇才智惊叹、振奋，连饭也忘了吃地奋笔疾书。

我教数学教了一辈子，在中国教，在美国教，现在退休了，想在中美文化交流方面做些贡献。我要特别感谢我的夫人黎淑贤和我的外甥女夏青子，没有她们的帮助，我无法将写好的手稿用电脑打出来，并拿到国内来出版。

希望读者在读了这个故事以后，也会和我一样，喜欢这个聪明善良的印第安女子。

叶向东

目　录

引子
蒙特苏玛的女儿

大厅里点着带香味的火炬，我们进入后，许多人都走过来问候瓜特莫克王子，我注意到他们都用怀疑的眼光看着我。有一个女人走过来，是一个非同一般的美女。她高大、庄重，粗布袍子里面穿着华丽贵重的珠宝装饰的衣服。在这劳累困顿的时刻，她的可爱容貌一下子就把我抓住了。她骄傲的双眼像雄鹿一般，她的卷发披在肩上，身上透出高贵的气质，然而她却非常柔和近乎悲伤，尽管必要时她可以变得凶猛。这位贵妇很年轻，看上去只有十八岁左右，但身材却已成熟，就像贵族妇女的样子。

“你好，瓜特莫克，我的堂兄，”她用甜蜜的声音说道，“你终于来了，我高贵的父亲已经等了你很久，并想问问你怎么会耽搁这么久。我姐姐，你的夫人也想问问你怎么去这么久。”

我感到她在说话的时候，一直在用眼光打量我。

“你好，奥托美我的堂妹，”王子答道，“在旅途中出了一些状况，所以耽搁了。托巴斯科路途遥远，加上我的责任和同伴，丢勒，”他朝我点了一下头，“在路上出事故了。”

“什么事故？”她问。

“是这样，他从豹子的口中救出了我，赌上了他自己的命……”他几句话结束了故事。

她听着故事，眼睛发亮。故事结束后，她又开始说话了，而这次却是对我说的。

“欢迎，丢勒，”她微笑着说道，“你虽然不是我们的人，但是我的心却向着这样的人。”她微笑着离开了我们。

“这位伟大的女士是?”我问瓜特莫克。

“是我的堂妹奥托美，奥托美公主，我叔叔蒙特苏玛最疼爱的女儿。”他答道，“她喜欢你，丢勒，这对你可是多方有益，哈!”

第一章 汤姆·温费尔为何要说出他的故事

光荣属于给我们胜利的上帝！西班牙真的衰弱了，他们的军舰不是被击沉就是逃跑了。大海成百上千地吞没了他们的士兵和水手，英国又可以透口气了。他们来占领我们的土地，用拷打和火刑来对待我们这些自由的英国人，就像阿那灰克[1]印第安人曾经对待科特斯[2]的人一样。他们把我们当奴隶来使唤，蹂躏我们的女儿，践踏我们的灵魂和对教皇以及英皇的忠诚与奉献。上帝终于用他的神风来回答他们了，德雷克[3]则用他的大炮来回答他们：他们完蛋了，和西班牙的光荣一起滚蛋了。

我，汤姆·温费尔，在这个特殊的星期四，在彭盖的市场上听到了这个消息。我是到那儿去闲聊，并且把大风吹剩下来的苹果拿到市场上去卖掉。

前些日子也听到了这样那样的谣传，但在彭盖这儿说这话的是一个姓杨的人，耶末斯的姓杨的。他曾经在耶末斯的战舰上服务，在死亡线上战斗，服从命令向北进攻西班牙人，直到他们都消失在苏格兰的海面上。

人们说小事会引出大事来。但这回，在这儿，大事却带出小事来。因为这些小事使我——汤姆·温费尔，诺福克郡狄钦汉教区的接待站长，年事已高且只有几年的阳寿，却开始跟笔墨打起交道来了。十年前，就是一五七八年，使我们高贵的女王伊丽莎白高兴的是那一天她驾临了我们这个郡，而我被带到了诺威契她的跟前，那时我的名声传到了她的耳边，她命令我告诉她一些我经历过的事儿，或者说是我在大约二十年中，在印第安人中生活的经历。那时科特斯征服了阿那灰克，现在那个地方叫作墨西哥。正在我要开始讲述我的故事的时候，她却要到柯赛打猎去了。于是她告诉我她希望我把故事写下来，她也许会读它。而且那故事只要有一半像我保证的那样有趣的话，在我死的时候就会被称为汤姆·温费尔骑士。我回答高贵的女王说：虽然我不善用笔墨，但会努力记住她的命令。然后我大胆地奉献给她一块巨大的绿宝石，这块宝石曾经挂在蒙特苏玛的女儿和许多在她之前的公主们的胸前。当她看到这块宝石时，她的眼睛闪烁着如宝石一般的光辉，因为我们的女王喜欢这些贵重的玩意儿。我想此刻我做成了一笔交易：用这块宝石换取爵位。但是我，曾经做过这么多年伟大的部落的王子，并不稀罕一个骑士的名号。于是我亲吻了那只高贵的手，紧紧捏住那颗宝石以至于手指头都发白了，然后就在同一天回到了我威凡尼的家。

现在按照女王的希望，我要叙述那些还残留在记忆中的故事，我不希望这些故事烂在我肚子里和我的生命一起终结。

对于一个不善于写作的人来说，这工作是沉重的。但对于行将欢庆死亡的人，为什么还要害怕沉重的工作呢？我曾见到过的事情是值得记录下来的，因为没有其他的英国人曾经见到过这些事。我的一生是如此的奇异，很多次仅凭着上帝的保护，我才得以存活下来。或许是上帝认为这些经历里有值得其他人认知的道理。我想有一点是值得认知的，就是没有错的会变成对的。错误只会产生错误，人们脑子里的错误会指使手去施行它们。

现在来看看科特斯的命运吧——这个我从他鲜亮的外表看他像上帝一样伟大的人。大约四十年前，我听说他贫穷和屈辱地在西班牙死去——这个曾经的征服者！而且我了解到他的儿子唐马丁，则就在他父亲曾经为西班牙征服的城市里受尽残酷的折磨而死。再来说说马林契，西班牙人叫她玛莉娜。这个科特斯曾经最爱的女酋长，曾经身心痛苦地以天象告示他，并解救他和他的军队于危难之中，最后却被他抛弃了，把她嫁给了唐璜·夏拉米洛。这个玛莉娜只因为爱上了科特斯——在她之后印第安人也叫他马林契，就把灾难带给了自己的故乡。因为没有她的帮助，泰诺梯兰，或现在叫墨西哥城是决不会被带上西班牙的枷锁的——是的，她在爱情中忘掉了自己的荣誉。而她的回报是什么呢？错误的行为给她带来了任何好的结果吗？这就是她最后的回报：当她年长色衰之时，就被送给一个地位低下的人成婚，就像筋疲力尽的牲口被卖给了一个贫穷的主子。

再看看那些居住在阿那灰克土地上的伟大的人民吧。他们以为自己所做的事能带给他们好运。他们成千地把人活祭给他们虚构的上帝，以为这样会增加他们的财富，以为平安和繁荣会赐予他们，并代代相传。现在真正的上帝来回答他们了。财富？他给予他们荒芜；平安？他带给他们西班牙的剑与火；繁荣？他带给他们拷打、酷刑和奴役。这就是对他们把自己的孩子送上黑哲和泰兹卡特的祭坛的回报。至于西班牙人自己，在仁慈的名义下，精心制造了比任何蒙昧的阿兹泰克人[4]更残暴的恶行。在上帝的名义下干出的那些极端的暴行，能给他们带来财富和平安？我老了，也等不到回答这个问题的那一天了。尽管如此，我已经看到答案正在显现出来。我似乎看到恶果终将会降临到他们头上。这些在地球上最骄傲的人们已被剥夺了名誉、财富和傲气，残留的快乐无法保留他们逝去的荣光。德雷克在死亡线上开始的，上帝会在其他的时候和地点结束它，直到西班牙躺在地上，和蒙特苏玛今天躺得一样低。

所以全世界的人都会知道这些道理的。甚至连我——汤姆·

温费尔这样谦卑的人都会懂得这些的。上天对我实在仁慈，留给我时间来追悔我的罪恶。罪恶的念头曾经充塞我的头脑，我企图代替最高的上天去行使复仇的权利。为了这个我要把我一生的经历写下来，让其他人可以得到教诲。我存着这个念头已经有很多年了，但说实话是高贵的女王促成了这件事。直到这几天，我听到了西班牙无敌舰队消亡的确切消息后，这写故事的心愿才真正成长了。谁能说它会真的开花结果呢？尘封的往事使我烦恼了多年，把我带回到我年轻时的爱情和战争，以及狂野的离乱。为我自己，为瓜特莫克和奥托美的人民抵抗西班牙人。这一切都离我多年了，尽管时光远去，这些我曾经历过的许多事，却依然历历在目，反而使得其他一切的人和事都像是梦幻一般的了。

从我写作的屋子里的窗户，可以俯瞰平静的威凡尼山谷。在溪水的后面是长满了金色的金雀花的山坡和荒废的城堡。圣玛丽教堂的尖塔周围，挤着红顶的房屋；更远处是国王的森林斯多佛和佛列敦修道院的田野。右边陡峭的岸边，是绿色的橡树林；左边是快要干涸的湿地，里面零散地游荡着牛群，一直伸向俾科斯和鲁特佛。在我的背后，是我的花园和果园，连接着草地和山坡上的梯田，那里曾经是伯爵的葡萄园。

这就是我现在的一切——尽管这一刻又好像不是在我这儿。看着这威凡尼山谷，仿佛又置身于泰诺梯兰⑤的幻境；长着森林的斜坡，好像是盖着积雪的波波和依兹泰克火山；扼谢姆的尖顶和狄钦汉、彭盖、比格等地教堂的高塔，如同高耸的金字塔闪烁着献祭的火光；那草地上的牛群，让我仿佛看到了科特斯的骑兵在奔向战场。

这些都回到了我的眼前，好像这才是真实的，而其余的事物反而像梦境一般。我再一次感到自己年轻了，上帝赦免了我直到今天，是为了使我能在躺入那边教堂后面的墓地里之前，讲出自己的故事而不至于消失在梦中。我早就想做这件事了，但直到去年圣诞节那天我亲爱的妻子死了才去做。在她活着的时候我不愿意动笔。老实说，我的妻子爱我，我相信只有少数人是有幸被爱的。长期以来，她内心里一直交织着对我的爱情、对已死去的那位的忌妒，以及对我的宽容和原谅等多种感情。那埋在心中的痛苦把她的心一点一点地销蚀了，尽管她从来也不提起这些。我们曾经有过一个孩子，但是孩子还很小的时候就死了。她不停地祷告也不能使上帝再给她一个孩子。这使我想起了奥托美的话：我没有希望再有一个孩子。现在她知道在海的那一边，我曾经的另一个妻子给过我心爱的孩子们，虽然他们早已死去，但我对他们的爱却永远不会消失。这种想法一直绞着她的心。她可以原谅我曾经是另一个女人的丈夫，但那个女人曾经替我生过孩子，而且我始终深深地爱着他们，这使她受不了。她可以试着原谅，但她自己却永远不会再有孩子了。为什么会是这样？而且作为一个男人，我难以想明白一个恋爱的女人的心。为此我们发生过一次争吵，这是我们之间唯一的一次争吵。

这事发生在结婚两年之后。我们把死去的孩子葬在了狄钦汉教堂后面的墓地里的几天之后，我做了一个活生生的梦。那时我正睡在我妻子的身旁。在梦中，我见到一个高大的年轻人手里抱着我的长子。这个孩子死在那次大围攻里。他来到我的身旁，就像我以前管理着的松树城的奥托美人一样同我说话，送我鲜花，亲吻我的手。我望着孩子们，心中充满了自豪。他们是那样地美丽和活泼。但就在那时，我的心中升起了巨大的悲伤，尽管我丢失了的孩子重又回到了我的身边。多么悲伤的梦啊！我死去的孩子们又回来了，然后又消失了，留下更深的悲痛。

在梦中，我叫着他们的名字，跟他们讲话，直到醒来，看到一切都只是幻梦。于是我大声悲泣起来。那是一个八月的清晨，早晨的阳光从窗户里倾泻进来。我以为我的妻子还睡着，我却仍沉浸在我的先前的梦中，悲泣着，低声呼着我永不再见的孩子们的名字。没想到她正好醒着，听见了我睡梦中和醒来后所说的一切。这些话有些是用奥托美语，更多的则是用英语说的。听到我叫着孩子们的名字，她猜出了我在做什么。她突然从床上跳起来，弯腰向着我。从她的眼中，我看到了从未见过的愤怒，此后也从未见过。很快，愤怒消失在泪水中。

“怎么了，我的妻?”我惊愕地问道。

“太难了，”她答道，“我必须听这些东西从你的嘴里说出来，我的丈夫。当所有的人都认为你已经死了，而我却耗费了我的青春坚守着对你的誓言，难道这还不够吗？尽管你有多守信你自己知道。我难道从没责备过你的忘情并在遥远的地方和一个野蛮人的女人结婚?”

“从未，我亲爱的妻子。而我也从未把你给忘了，这点你是知道的。但我不懂，你为什么在一切已成过去的事情上生出妒忌来?”

“难道我们不能妒忌已死的人？我们可以对付活着的人，但谁能去与已死的抗争？死了的爱已经完成了，乘风而去，永不回来！对这个女人，我可以原谅你。她先于我得到你，我无话可说。但这些孩子却是另一回事！他们是你与她的，一点也没有我的份。而且不管是活着还是死了，你始终热爱着他们。你还会爱着他们一直到你去了另一个世界——如果你可以在那儿找到他们的话。我等了你二十多年，我已经老了，尽管我还想给你生更多的孩子。那唯一的孩子，是我为你生的，上帝拿走了，以免使我太高兴。即使这样，从你嘴里叫出来的名字却没有他。我死去的孩子于你而言无足轻重，我的丈夫！”

她开始哽咽并流泪了，我不知如何向她解释。前妻生下的孩子，除去一个婴儿，其他的儿子都几乎长大成了青少年，而她生下的那个孩子才活了六十天。

现在女王要我写出我自己的经历，我就想起我亲爱的妻子的那次发作。我无法写真实的故事而避开蒙特苏玛的女儿，奥托美，这个奥托美人的公主[6]。她也曾经是我的妻子，曾经给过我亲爱的孩子。我只好把这事给按下来。我很清楚，尽管我们多年来很少提起往事，但这些往事却一直压在莉莉的心头。她的妒忌并不因为年纪的增长而消失，相反却随着岁月在积累。

就这样，我们一同老去。和平地，肩并肩地，很少谈到那一段我们分离的时间，和一切降临到我身上的事。最后的时刻到来了。我的妻子在八十七岁那年，在睡梦中突然死去。在揪心却还没到无可救药的地步的悲痛中，我把她埋葬在教堂南面的坟地里，因为我知道，要不了多久我就会和她以及所有我所爱的人相会了。

在那广袤的天堂里，有我的母亲，姐妹们，儿子们，还有伟大的瓜特莫克，我的朋友那最后的皇帝，以及我的众多的战友们，他们都先于我得到了平安。那儿还有——尽管他们不承认——我的奥托美，我引以为傲的美丽妻子。在天堂里——我想我会到那儿去——所有我年轻时所犯的错误和罪行都不会再存留。如此也好，那儿也没有婚姻什么的。因为实在不知道我的妻子们，蒙特苏玛的女儿和我甜蜜的英国夫人，他们会怎么处理这件事情。

现在，开始我的工作吧。

注释

① 阿那灰克，今日墨西哥城一带的印第安部落群。

② 科特斯，西班牙远征新大陆的军事统领。

③ 法兰西斯·德雷克(Francis Drake)，1541—1596，英国皇家海军上将，曾给予西班牙海军以毁灭性打击，后死于传染病。

④ 阿兹泰克人是蒙特苏玛王国的主要民族成分，英勇善战。

⑤ 泰诺梯兰，蒙特苏玛王国的首府，后被毁，在废墟上建起墨西哥城。

⑥ 奥托美取她母亲的民族之名，并为该民族领袖的唯一继承人。

第二章
汤姆·温费尔的父母亲

我,汤姆·温费尔,出身在这里,狄钦汉。就在我今天写着这一切的房间里。这幢我出生的房子建造于亨利七世时期,后来又有增建。更早的时候,这儿是农民工的房子,住过一些种植葡萄的工人。不知是否当年的气候比现在好还是种植人的技术水平高,至少我知道,在山坡下的房屋那边早先叫别格伯爵的葡萄园。这儿不再种植葡萄之后,就一直被称为“伯爵的葡萄园”。这包括所有的山坡,从那些房屋,到给人们送来健康的来自大约半英里外海岸边上的泉水,人们甚至从诺威茨和洛斯托夫来到这些泉水边洗濯他们的病体。山坡挡住了东面吹来的海风,这里的作物要比附近地方早熟十四天。在这寒冷的五月天里,人们可以裸露上身坐在那儿;而在两百步开外的山顶上,人们还穿着獭皮背心簌簌发抖。

这幢木屋,从一开始就是一间农舍。面向西南,是那样的低,使人觉得从湿地流过来的威凡尼河会把湿气带进屋子里。其实不然。夜晚降临时,雾气挂在房子周围,雨季时大水灌到屋后的马厩里。但因为这房子是建在沙子和碎石上的,所以在这个教区里没有比这儿更健康的环境了。房子建得坚固美观,红砖给人以温和的感觉。夏天的时候,墙角和山墙都被玫瑰和藤类植物所遮掩。

从屋里望出去，湿地和公共草地上，白天的阳光随着季节不断变化。彭盖镇里的那些红屋顶下面，和树林覆盖的爱尔斯姆地方的河边上虽然还有更大的房子，但在我的心中没有比我这个地方更舒适的了。我在这个房子里出生，而且无可怀疑，我将会死在这里。说了半天，我该像常规的那样，说说我的父母亲了。

首先，现在，我必须说我有一定的骄傲。哪一个人会不热爱一个古老的名字，而自己又正好是出身在其中的呢？我是从温费尔家庭里出身的，萨福克的温费尔城堡。从那儿到这里在马背上大约要两个小时。很久以前它的女继承人嫁给了一个德拉坡，一个在我们的历史上很有名的人，最后一个德拉坡。萨福克伯爵埃德蒙，他因为叛逆罪掉了脑袋。

那时候我还小，这个城堡就随她一起转给了德拉坡家。但是一些温费尔的旁支却在附近苟延残喘。可能在他们的战衣的肩膀上有些什么图案，但我不知道也不想知道那玩意儿。然而我知道我父辈和我自己是流着这个血脉的血的。我的祖父是一个精明的人。他更像一个文书而不像侍从，虽然他的出身与贵族沾边。而就是他，买下了这附近的土地。攒了一些钱，主要是靠精明的婚姻和节俭。虽然他只有一个儿子，但却结过两次婚，并靠做牛的生意赚了一些钱。

我祖父可是一个虔诚到近乎迷信的人。只有一个儿子却一心想让儿子当传教士。但我的老爸却一点都不想传教和进修道院，尽管我的祖父竭尽一切办法来“说服”他，有时用言语或生活中的例子，有时用粗短的硬木棍。那东西现在还挂在客厅的壁炉上。后来这年轻人被送进了彭盖镇上的小修道院。但不到一年的时间，这修道院的院长就恳求家长把他带回家，给他弄个世俗的活干干。不仅如此，院长还说我父亲干了丑行：晚上溜出修道院去酒馆和其他地方。总之，他的种种恶行还包括他会毫不犹豫地质疑和取笑教会的最基本的教义，甚至声称贞女玛丽亚那站在圣坛上的神像并非神圣。当那传教士举起圣像引领大家祷告时，他却闭起了眼睛。“所以，”院长说，“我请求你把你的儿子领回去让他找个其他出路，别来我们这个修道院。”

在这段故事里，我祖父当时是大怒了，差点昏过去。回过神来，他想起了那根硬木棍，并打算使用它。但是我的父亲已经十九岁了，高大强壮。他夺过木棍，扔到了五十码开外，并声称任何人都不许再碰他，他已经强过父亲一百倍。然后他走开去，剩下那个院长和我祖父，站在那儿互相呆看着。

现在长话短说，这个事完了。我祖父和院长都相信我父亲的坚决抵抗是那时他中意了一个好女孩，一个在温福德磨坊里的磨坊主的女儿。这可能是的，也可能不是那回事儿。

那又有什么关系呢？那姑娘嫁给了一个培哥尔的屠户，几年后那人九十五岁时死了。管它是真还是假，我祖父是相信那个传说的，并且知道最好的治疗方法就是分开。于是他和院长定了个计划，就是把我的父亲送到西班牙塞维利亚的一个修道院去，那儿的长老是院长的兄弟。让他在那儿学习，忘却磨坊主的女儿和尘世间的一切。

我父亲听到这一计划后很快就接受了。作为一个有勇气，有看看这个世界愿望的年轻人，他感到这总比坐在修道院的窗口听那些讨厌的声音要好。最后他到了外国去受那些西班牙僧人的管教，而那些僧人，曾经到我们诺福克这儿的威尔新斯女圣人的墓地来朝过圣。

人们说，我的祖父在送别时哭了，因为他感到自己再也见不到儿子了。尽管如此，他的信仰，或者说他的迷信使他毫不犹豫地把儿子打发走了。虽然他不想为此牺牲自己的爱欲和身体，却把自己的儿子奉献了，就像亚伯拉罕奉献了以赛亚。而我父亲却配合了这个奉献——就像以赛亚做的那样。只是他内心里并不想去当祭坛上的薪火，就像他后来告诉我的那样，他早有自己的计划了。

那事儿果然在他从耶末斯离开的一年半后发生了。一封信从塞维利亚修道院的长老那儿寄给了彭盖圣玛利修道院院长、长老的兄弟手中，说我的父亲从修道院逃走了，逃得无影无踪。我的祖父听到这消息后伤心不已，却一言不发。

两年后，另一个消息传来，说是我的父亲被抓住后送进了教会法厅，而且被宗教裁判所判定将其送到塞维利亚实施酷刑至死。我的祖父听到这个消息后，悲伤地哭了。他后悔自己愚蠢地逼迫自己的儿子违背意志走上教会这条道，现在得到了遭受羞辱的结果。从那天起，他与彭盖圣玛利修道院院长的友谊也走到了头，他也不再捐款给那个修道院了。但他仍不相信自己的儿子已经死了。两年后，在他生命的最后一天，他喃喃自语就像儿子就在眼前似的，他立下遗嘱把地产交给儿子管。

最后证明他的想法并不是没有根据。在老人死去三年之后，一艘轮船停在了耶末斯码头，我的父亲在离去八年之后终于回来了。不单是他自己回来，还带回了一个妻子，一个年轻和非常可爱的女士，他后来就成了我的母亲。她出生于一个西班牙的贵族家庭，生在塞维利亚。他在娘家的名字叫唐娜-露西亚-德-加西亚。

尽管我耳闻了他的历险，但对他究竟经历了什么我却无法确定。他是一个非常沉默的人。

但我确知他曾落入教会法庭。因为有一次，我还很小的时候和他一起在一个小小的池塘里洗澡，那儿在屋子的上游大约三百码的地方，威凡尼河在那里拐了一个弯。我看到他的胸前和手臂上都有伤疤。当时问他是怎么回事。我记得很清楚，他的表情从慈爱变成了深黑的仇恨，与其说是在回答我，不如说是在说给他自己听。

“魔鬼，”他说，“魔鬼们在魔王的统领下住在这个地球上，并将统治地狱。你听着，我的儿子汤姆，有一个国家叫西班牙，你的母亲生在那儿。那里的魔鬼折磨男人和女人。是的，魔鬼以上帝的名义把人活活烤死。一个魔王出卖了我，把我送给了他们。这个魔王比我还年轻三岁。是他们的钳子和熨斗留下了这些印记。如果不是我逃脱了，他们会把我活活烤死。感谢你的母亲。这种事是不该让小孩子知道的。你绝不要说起这事，汤姆，这教会法庭可是手伸得很长的。汤姆，你的皮肤和眼睛会透露背后的故事。你是半个西班牙人，但是你的心要藏起你的真实想法。保持你的英国心，汤姆，别让任何外国的东西进入那里去。除了你的母亲，你要仇恨所有的西班牙人，还要小心别让她的血主宰你的思想。"

我还是个孩子，担惊受怕地试着听懂他的话。后来还学着理解它。按照我父亲的旨意，我应该掌控我的西班牙血统。无论我是否听从他，我知道从我的血液中经常涌出坏的东西。从我的固执、顽固，以及我的非基督的、巨大的对那些错误对待我的人和事的仇恨力量可以看出这一点。有时我觉得我该控制这些情绪，但尽管我作出了努力，那些东西还是从骨头跑进肉体里。这些我见得多了。

我们一共有三个兄弟姐妹。乔弗利，我的大哥，我自己和我的妹妹。我的妹妹玛丽比我小一岁，最可爱，也最美丽。我们曾经是快乐的孩子。我们的美丽是我们父母的骄傲，也让其他家长为之羡慕。我是三人中肤色最黑的一个；而玛丽身上的西班牙血统只表现在她那天鹅绒般的黑发和颈后像熟透的果子皮上的细毛。我的母亲因为我的黑皮肤，常常把我叫作"我的西班牙孩子"。但只是在我父亲不在场的时候，以免使他愤怒。她从未学好英语，但却不敢在他面前说西班牙语，否则他可就不客气了。但当他不在跟前的时候，她就会说西班牙语。在家里只有我能说西班牙语。这多半是她常给我讲西班牙浪漫故事的缘故。

我很小的时候就喜欢那些故事，因此她就用这来教我学西班牙语。我的母亲一直思念着她那温暖的家，经常对我们几个孩子说起这些，特别是在冬天的时候。她和我一样不喜欢冬天。有一次我问她想不想回到西班牙去，她说不，因为那儿住着一个想要杀死她的仇人。她的心已经留在了孩子和我们父亲的身上。我在想这个要杀我母亲的人是不是那个我父亲称作“魔王”的人。我想没有人会杀这么善良和美丽的女人。

“啊！我的孩子，”她说，“正是因为我美丽，或者说我曾经美丽，他才这么恨我。除了你的父亲，其他人也想娶我，汤姆。”她脸上露出了恐惧的表情。

等我长到十八岁半的时候，在一个五月的傍晚，我父亲的一个朋友波扎乡绅从耶末斯回来。那人在教区的聚会之后在招待所那儿叫住了我的父亲，告诉他有一艘西班牙货船满载货物停靠在岸边。我父亲的耳朵竖了起来，问他那船长的名字叫什么。波扎回答说，他并不知道那人的名字，但却在市场上见到过他。他长得高大威严，衣着鲜亮，英俊的脸上有一道伤疤。

听到这个消息后，我母亲的脸一下变得苍白起来。她喃喃地用西班牙语说道：“圣母！希望不是他。”我父亲看上去也受了惊吓，他向那位乡绅详细询问那人的长相，但却没有得到更多的情况。于是父亲匆匆道谢后就向他告别，并骑马去了耶末斯。

当晚，我母亲整夜坐在椅子上，我不知她为什么这样忧愁。天亮我起床后，推开半掩的门，看到母亲五月晨光中的脸十分苍白。她坐在那儿，大大的眼睛注视着窗外。

“那么早就起来了，妈妈？”我问。

“我没睡，汤姆。”她答道。

“为什么？你怕什么呢？”

“我怕过去和将来，我的儿子。希望你父亲早点回来。”

大约十点钟的样子，正当我准备离家到彭盖的医生家去学习的时候，我父亲骑马回来了。一直注视着窗外的母亲立刻跑出去迎接他。

父亲从马背上跳下来拥抱母亲：“高兴些吧，亲爱的，那人不是他。名字不一样。”

“但你见到他了吗?”母亲问。

“没有。他回船上过夜了。我赶紧回来告诉你,我知道你害怕了。”

“你只有见到他才踏实,丈夫。他也可能换个名字。”

“我没想到这一点,甜心,”父亲说,“但别害怕,他只要敢踏上狄钦汉教区的土地,自有人知道怎么对付他。不过我确信不是他。”

“感谢耶稣!”母亲说道。接下来他俩就用很低的声音说话。

看来他们是不希望我听到下面的话。于是,我就拿起了我的粗短棍走下引桥,向步行桥走去。没想到母亲突然叫住我。

“离开前亲我一下,汤姆。”她说,“你一定想知道这些事。你父亲早晚会告诉你。这像一个笼罩在我生活多年的阴影,但我相信这事已经永远过去了。”

“如果那是一个男人,让他赶快滚。他最好离这玩意儿远点。”我笑着抖了一下我的短棍。

“那是一个男人。”她说道,“那是一个应该认真对付不可掉以轻心的人,汤姆。如果你真的遇上他的话。”

“也许是吧,母亲。但最好的回答是:最狡猾的人也有一条命要丢。”

“你太喜欢使用你的武力了,儿子。”她微笑着亲了我一下,“记住西班牙的一句老话:‘哪个人打得最用力,他打最后一下。’”

“也记住另一句话,母亲,‘在他动手之前先打他’。”说完这句话我就走了。

当我走出十几步远的时候,发觉有什么东西碰了我一下。回头一看,我也不知道为什么,只见我母亲倚着门,她庄严的身影好像是镶在白色的用爬满旧屋的常春藤编成的镜框中央。她戴着白色花边的面纱,露出了颈下的伤痕。这给我的印象似乎是准备赴死的装扮。我这么想着,看着母亲的脸。她那满含伤心和忠实的眼神似乎是在向我诀别。

直到她去世,我再没见过她一面。

第三章
那个西班牙人来了

现在我必须回到我自己的故事了。正像我已经提起过的，我父亲希望我成为一名医生。我十六岁的时候回到了诺威契的学习生活。我跟从一位在彭盖地方行医的医生学习。他是一个诚实和有学问的人，名叫格林斯东。当我对这一行有点兴趣以后，我的学业开始长进了。我学到了差不多他全部能教我的知识，然后我父亲就打算送我到伦敦去学更多的东西。他准备在我二十岁的时候送我走。那应该是那个西班牙人来的那天的五个月之后。

但我命中注定不该去伦敦。那些日子里我不单单在学医。波扎乡绅，就是那个告诉我父亲来了一艘西班牙船的人。他有两个还活着的孩子，一个儿子，一个女儿。他的妻子为他生了很多孩子，大多在婴儿时就夭折了。那女儿叫莉莉，跟我同年，只比我小三个星期。如今波扎家在这儿已经没人了。我的侄孙女，他儿子的孙女嫁给了其他人家，取了夫家的姓。这些都是顺便提一下。

在我们小的时候，波扎和温费尔两家的小孩子，在一起就像兄弟姐妹一样，天天在一起玩，在雪中或在花丛中。很难说得清楚什么时候我爱上了莉莉或莉莉爱上了我。但我知道，当我第一次去诺威契上学时，我比离开母亲和家人更伤心地离开了她。在所有的游戏中，她总是愿意和我在一起，而我则走遍乡野去找她喜爱的花。当我从学校回来时，我们都一样，她有些羞涩，我也突然感到很害羞。我感到她从一个孩子长成了一个女人，我们仍经常会面，谁都不愿意说破，只觉得很甜蜜。

就这样一直到我母亲去世。我必须说明，波扎乡绅看上去并不怎么喜欢我和他女儿交往。这并不是因为他不喜欢我，而是他更喜欢莉莉嫁给我的哥哥乔弗利，我父亲的继承人，而不是年轻的儿子。后来逐渐发展到使我和她不敢再相会，除非像偶然相遇似的。而我的哥哥却在他们家受到欢迎。于是我们兄弟之间渐生嫌隙，因为我们两个人爱着同一个女人。必须说明的是，我的哥哥也爱着莉莉，正如所有的男人都会喜爱她。而他比我的条件更优越，因为他比我大三岁，并且生下来就可拥有财产。看来我确实太轻率地堕入了这种状况，那时我还没有长大成人。但年轻人的血是容易沸腾的，再加上我有一半西班牙血统，比一般英国人早熟。阳光和热血催熟了他们，就像我经常见到阿那灰克的印第安人十五岁就娶了十二岁的新娘一样。至少我在十八岁的时候就已经堕入了只有成年人可会有的一生只爱一个女人的爱情之网，尽管以后的经历使我不能守信。我相信一个男人可以同时爱上几个女人，但其中只有一个是他的最爱。在精神上确实是这样，但事实却并非如此。

我十九岁了，完全长大成人了。到了如今这一大把年纪，我也不必假装难为情了，我曾经因为自己的英俊而获益。我的个儿不是太高，真的，五呎九吋半。四肢强健，胸部宽厚。虽然如今已生白发，但却仍然是深色的。我的眼睛大而黑，头发曾经是卷曲的，像煤炭一样黑。我眉宇间常带着悲伤的表情。我说话缓慢而温和，与其发声，我更愿意倾听。我在做出决断之前会先仔细判断情势，而一旦做出决断，不管它是对还是错，聪明还是愚笨，谁都不能改变它。那时我只是一点点信神。一方面是受我父亲的影响，另一方面是因为我自己的原因。我学会了质疑教义。年轻人是容易质疑的，当一件事被证明是错的，就认为所有的都是错的。我在那时是不相信有上帝存在的，那神父说彭盖的圣母像流泪了等等，而我知道这些都没有发生过。现在我深知上帝是存在的。我自己的经历已向我的心证明了。任何人只要回头想想自己的人生经历，都能看到上帝的影子深深映照着所发生的一切，都不会再否认上帝的存在了。

在我悲伤地写着这些故事的时候，我知道我的爱妻莉莉，正孤单地躺在狄钦汉墓地的橡树林下。在那个叫格拉威尔的地方，生长着此地开花开得最早的山楂树。当莉莉和我在教堂门口相遇的时候，她告诉我，这些山楂树将会在星期三开出花苞来，而她将会在下午的时候去剪些花苞。爱情会让最诚实的女孩想出一些诡计来。我注意到，尽管她是当着她父亲和其他人的面说的，但她却是等我哥哥乔弗利听不到的时候说的。因为她不想和他一起去采五月的花。她在说这些话的时候用她那灰色的眼睛瞟了我一下。我立刻对自己发了一个誓，哪怕是逃学，我也要在那个星期三下午去那个地方采山楂花。管它彭盖修道院里的病人会怎么样。我同时决定，如果那儿只有莉莉一个人的话，我一定要向她表白我心中的思念。尽管没有说过什么，但我们的心中对此已毫无秘密可言了，不为别的，只怕我的哥哥会抢在我的前面向她的父亲提要求，而我若不同她约定，她可能会让步。

不巧的是，那个下午偏偏让我为难了。因为我的老板，就是那个医生病了，要我替他去访问病人和送药。但我在最后四五点钟的时候还是开溜了，也没有请假。我沿着诺威茨路一路奔跑，跑了一英里多路，直到过了领主的房子和教堂的转角处，快到狄钦汉公园的时候，我才放慢脚步。我不想让她看到我一副狼狈相。为了让她看到我最好的模样，我还特意换上了星期天才穿的外衣。正当我从坡地上走下来的时候，看见公园路边有一个骑着马的人。他先是看看马走的路，这条路在这儿右转，伸向葡萄地山坡直向威凡尼而去。他好像停在那儿不知向何处去。我立刻判断这是个外国人——尽管那一刻我的脑子里装满了如何向莉莉作解释的念头而有点呆。

他大约四十岁的样子,个子很高,穿着华贵的装饰金链条的天鹅绒外衣,显得很高贵。他长而消瘦的脸有很深的纹路,大大的眼睛在阳光下闪着金色的亮光。端正的小嘴却带着恶魔般残忍的嘲讽之色。给人沉着感的高高的额头上有一道疤痕。这个骑士长相上的其余部分都显示出南方人的暗色:像我一样黑的头发,修整得纹丝不乱的褐色的胡子。

我一边观察着这个陌生人,一边却不知不觉地走近了他。他也开始注意起我来了。立刻,他的脸容变了,嘲笑变成了和蔼和欣喜。他礼貌地抬了一下他的软帽,然后用不连贯的英语说了些什么。我只能听懂一个字:耶末斯。他发现我听不懂他的话,就放大声音,慢慢地用他茄泰兰人口音的蹩脚英语说了起来。

"如果息鸟(西班牙语,先生)仁慈地用西班牙语来表达他的意愿,"我用西班牙语说,"说不定我可以帮助他。"

"什么!你会说西班牙语,年轻的先生?"他惊异地问,"但你却不是一个西班牙人,虽然你看上去很像。好极了!虽然有些奇怪!"他好奇地打量着我。

"有可能奇怪,先生,"我说道,"但我有急事。你想问什么赶紧问吧,然后让我走。"

"哈!"他笑了一声,"大概我能猜到你着急的原因。我看到一条白色的袍子在小河那边,"他朝公园的那边看了一眼,"请接受一个长者的忠告,小心点。你可以玩玩,但不可以相信她们,也不可以跟她们结婚,否则你会为了杀死她们而活着!"

当我准备继续走我的路时,他又说话了。

"请原谅我刚才说的话,那可是实话,你会学懂它的。我不再留住你了。你能不能仁慈地指导我怎么去耶末斯?我实在弄不清楚了，你们英国地方的树可真多，几英里以外就看不清楚了。”

我走了十来步，在马路的岔口指明了他该去的方向——在狄钦汉教堂再往前。正在我向他指路的时候，我注意到他正在尖锐地注视着我的脸，并感觉他的内心正泛出一种恐惧，他想控制却控制不了。当我说完话后，他提了提帽子，向我道了谢，并说道：“年轻的朋友能不能仁慈地告诉我你的名字？”

“告诉你我的名字？”简单地说，我已经不喜欢这个人了。“但是你还没有告诉我你的名字呢。”

“确实。我是一个隐姓埋名的旅行者。我曾遇到过一位女士可能也在这一带。”他带着怪异的微笑说，“我只想知道一个曾经给我礼遇的人的名字，看来你并非我所想的。”他把马铃弄响。

“我可不会以我的名字为羞，”我说道，“那是一个最光荣的名字，如果你想知道的话，那是汤姆-温费尔。”

“我就知道没错！”他叫道，他的脸变得像个魔鬼。我还没来得及想明白，他已经从马上跳了下来并站在离我三步远的地方。

“好运的一天！我们可以看看那预言是否属实，”他说着拔出了他那银饰的剑，“交换一下名字吧，璜-德-加西亚向你问候，汤姆-温费尔。”

真是奇怪，直到此时，那一切关于那个西班牙人的到来，和他曾深深地搅乱了我父母亲的平静的传言才从我的脑子里反应过来。这主要是与莉莉的约会和怎么跟她解释等等占据了我整个的心。

“就是这个家伙。”我对自己说。没时间再说话了，我看到他手中的剑正向我刺来，赶紧跳向一边，并想着逃跑。除了一根棍子，我没有任何武器，所以这也不算太丢脸。尽管我尽力跳开，却仍无法躲开他的刺杀。它直刺我的心脏，却刺穿了我的衣袖，并刺伤了我的左臂。这伤痛激怒了我，赶走了我逃跑的念头，并且因为这无缘无故的攻击，使我动起了杀死他的念头。我手头只有我自己从山上砍来的硬木棍，只能用它来战斗。这玩意儿是无法与掌握在熟练者手中的西班牙利剑相抗衡的。但短棍也有它的好处，在一个人处于危险之时，他会用手中的一切来对抗他的仇敌。

正是这样。即使我有他一样的武装，我也不一定能抵抗得了他。但他却不懂得怎样来对付挥向他的棍子。他忘了自己的优势，用手臂去挡了一下。就这样棍子打在了他的手上，把他的剑打了下来。剑掉在了草地上。我可没让他喘息，我的血正往上涌。木棍紧接着一下打在了他的嘴上，打落了一颗门牙。他向后倒去。我抓住他的腿，一顿狠揍。我浑身上下地打，除了他的头部。我当时并不想打死他，因为他是一个已经失去抵抗力的疯子。

一直打到我手发酸还不忘再踢他几脚。他就像一条受伤的蛇扭动着身体，可怕地曲卷着，却一声不响，也不请求饶恕。他身上的瘀伤和泥泞使人难以想象不到五分钟之前的那个英俊的骑士。但比这更丑恶的是，他躺在了地上还对我射来仇恨的眼光。

“现在，西班牙朋友，”我说道，“你应该学懂一点道理，你这样对待一个从未与你谋面的人会得到怎样的回报。”我拿起他的剑并抵着他的喉咙。

“滚回家去，你这个小畜生！”他用沙哑的声音说道，“受到如此的羞辱，我宁可死去。”

“不，”我说，“我不会杀死一个没有抵抗力的外国人。我将把你交给法庭。他们将会用绳子吊死你。”

“那你还得把我拖到那儿去。”他呻吟着闭上了眼睛。看来他是昏过去了。

我正在考虑该怎么对付这个恶棍的时候，忽然从三百码外栏杆的间隔中间看到了我熟悉的白色袍子。看上去她正在向桥那边走过去，像是等不及了。我想如果现在我把这个人拖到村公所或其他什么地方的活，我将会错过与我爱人的约会，而且我不知道还会不会有机会再和她约会了。我不想失去这一个小时的约会来换取对这个外国人的惩罚。再说了,我想他也受到了该得的教训。我可以想个办法叫他待在这儿。他的马正在二十步之外吃草。我过去解下了韁绳,把这个西班牙人尽我所能地绑牢在路边的一棵小树上。

"你待在这儿,等我回来找你。"说着我转身走开了。

我心里还在犹豫。我想起了我母亲的忧愁,还有我父亲急匆匆地骑马去耶末斯找那个西班牙人。今天这个西班牙人想到狄钦汉去,并且当他知道我的名字后疯狂地想杀死我。难道这人就是令我母亲害怕的人吗?我这样离开他去会我的爱人对吗?我从心底里知道这样做不对。但另一方面我的心就像被一根绳子牵着一样拉向她那边,再加上我已经看见那白色袍子正走在去公园的斜坡上。于是,我把警告抛在了脑后。

如果我当时做了另外一种选择,那么就不会懂得死亡的危险,不会被流放,不会尝到做奴隶的滋味,也不会被送上祭坛去做牺牲品了。

第四章

汤姆表白他的爱情

我把这个西班牙人扎得紧紧的，然后双手反绑在一棵树上，取走了他的剑，一口气跑向了莉莉。差一点她就要走过小河上的桥，踏上通向公园的路去往教堂。当她听到我的脚步声后，便转过头来。她手里捧着一束山楂花站在夕阳下，令我的心激烈地跳动起来。她穿着白色的袍子站在那儿，我从未见过她如此美丽。望着她那灰色的眸子和那在软帽下飘动着的红褐色的头发，我心中有一种朦胧的感觉。莉莉并不是一个圆脸健壮的农村女孩，而是一个高高的有着优美曲线的早熟的甜美女子。尽管我们年纪相仿，但每当我们在一起的时候，我总感觉自己更像个小孩。所以在对她的爱中，总带着一点尊敬的意味。

“哦！是你，汤姆，”她带着宽慰说道，“我以为你不会——我是说，我正想回家呢，有点晚了。但是你为什么跑得那么急，有什么事，汤姆？你手臂上流着血，而且你手里还拿着一把剑。”

“让我缓一口气，”我答道，“回到山楂树林里去，我会告诉你的。”

“不成，我必须朝家里走了，我已经在树林里待了一个多小时了，那儿才开了一点点花蕾。”

“我被一些奇怪的事耽搁住而来晚了，莉莉。我跑过来的时候也看到了花蕾。”

“真是的！我并不以为你会来，汤姆，”她低头看着地上，“人家有人家的事，比和一个姑娘谈恋爱可更重要些。但我还是希望听你说说你的故事，如果那不是太长，我可以和你一起走一段。”

于是我们转身并肩朝橡树林走去。在我们走到橡树林那儿的时候，我已经把那个西班牙人的事说给她听了。我告诉她那人想杀死我，而我却用手中的棍子狠揍了他。莉莉急切地听我说着事儿，担惊受怕地叹息着。只差那么一点儿，我就死了。

“可是你受伤了，汤姆。”她打断了我的话，“看这血流得多快，刺得深吗?”

“我没注意看，也没时间看。”

“脱下你的外衣，汤姆，我帮你扎起来。别，我帮你脱。”

我脱下外套，感到有点疼，卷起衣袖看到剑伤很深，那把剑刺穿了我手臂上的肉。莉莉用泉水洗净了我的伤口，用她的手帕替我包扎了。她一边做，一边嘟嘟囔囔着可怜我。说实在的，如果有她照料，我宁可伤得更重些。她悉心的照料真是打破了藩篱，鼓起了我的勇气。要不然我这次很可能又是白来了，我也不知道说啥，当她包扎我的伤口时，我低头亲了一下她那忙碌着的手。她的脸一下子红得像晚霞一样，从发鬓一直红到耳根，那被我亲过的雪白的手也一下子红了。

“你为什么这样做，汤姆。”她低声问道。

我开始说话了。“我这么做是因为我爱你，莉莉。我不知道如何说出我的爱。我爱你，亲爱的，我一直爱着你，而且会永远爱你。”

“你确定吗？汤姆。”她又问。

“对我来说，没有比这更确定的了。莉莉，我只是希望能确定你爱我就像我爱你一样。”

她站在那儿沉默了片刻，头低向她的胸前，接着又抬起头来。

我看到她的眼睛从未如此的明亮。

“你能怀疑它吗，汤姆？”她说。

我搂着她并亲着她的嘴唇。这个亲吻的记忆跟随了我整个一生，直到如今。但我的生命快要凋谢并已站在了坟墓边上。这是我一生中最欢乐的时刻。

太短促了！啊，这青春的第一个吻就这么过去了。我又开始漫无目的地说话了。

“看来你真的爱我这个如此爱你的人。”

“如果你曾经怀疑的话，你现在还会怀疑吗？”她温柔地说，“听好了，汤姆。我们可以相爱，而且毫无疑问我们是天生的一对。但尽管我们的爱是如此的甜蜜和神圣，我们却还有责任，我的父亲将会对此说什么呢？汤姆。”

“我不知道，莉莉。但我猜想，我的甜心，他是希望你选择我的哥哥乔弗利，而把我甩在一边。”

“这可不是我的愿望，汤姆。尽管责任是重要的，但还没有重要到强迫一个女人嫁给她所不喜欢的人，禁止一个女人和她心仪的人结婚，它曾经不许我说出谁是我的爱人。”

“不，莉莉。爱情本身就是伟大的，尽管它不一定能结出果实，但也值得为它争取，哪怕是一天。”

“你说这些东西还太年轻，汤姆。我知道我也太年轻，但女孩子成熟得早。可能这些只是男孩子成长中的幻想。”

“我可不是，莉莉。人们说，初恋是最坚实的，年轻时播下的爱情种子会在生命中结出茂盛的果实。听好了，莉莉，我会在这个世界上打出一片属于我的天地。也许需要一些日子，但我求你答应我，这或许有点自私——我请你忠实于我，无论是好运还是厄运，直到你知道我死了。你不会嫁给其他人。”

“这可不是一般的承诺，汤姆。时间会改变一切。尽管如此，我还是真诚地作出保证——不，我发誓。但可不能确定是你。对于我们女人来说，这是在赌上我们的一生。如果赌输了，就再也没有幸福了。”

就这样，我们边走边说，我也记不清我们还说了些什么，只是上面记下的话语一直留在我的记忆中。这一方面是因为它们如此沉重，而另一方面则是它们印证了我们的一生。

最后尽管悲伤，但我必须要离开了。我把她抱在怀中，重重地吻了她，连我伤口上的血都滴到了她的白衣服上。但正当我们紧紧相拥的时候，我抬起眼看到了一幅吓我一跳的情景。就在离我们不足五步远的地方，莉莉的父亲乡绅波扎正板着脸看着我们。

他骑着马出来正要往浅渡口那边走去，看到两个人影从橡树林出来进入他的领地，他想下马把人赶走。直到走近才发现是我俩，便惊愕地待在那儿了。

莉莉和我慢慢分开来，抬头望着他。他是一个结实的矮个子，长着一张红脸和一对严厉的眼睛。看起来他是愤怒了，开始他还不知道说什么，但一开口就像连珠炮似的。我已记不清他说了些什么，简而言之就是他想知道我和他女儿干了些什么。

我一直等到他喘过气来才回答他说：“莉莉和我非常相爱，正在互誓婚约。”

“是这样吗，女儿?”他问。

“是的，父亲。”她勇敢地回答。

于是他又爆发出一阵咒骂声。“你这个小杂种，”他骂道，“你将会挨揍并被关起来反思。至于你，我的一半西班牙血统的小公鸡，你要知道，这个女孩是为另一个比你好的人准备的。而你竟敢跑来向我的女儿求爱，你这个空药盒子，你口袋里连一个银币都没有。在你抬头看向她这样的女人之前，先去挣点钱和名声回来。”

“这正是我所想的。我会做到的，先生。”我回答。

“你这个为药剂师干苦力的小子，能挣到什么地位？你能吗？早在你得到那些东西之前，我的女儿就已经嫁给拥有那一切的人了。这个人是谁，你是知道的。女儿，你现在告诉他，你们之间的事到此结束了。”

“我不能说这样的话，爸爸。”莉莉捏拉着她的袍子对父亲说，“如果要我不嫁给汤姆是你的愿望，那么我的责任是不嫁给他。但我是属于我自己的，没有任何责任要我嫁给一个我不想要的人。只要汤姆活着一天，我就要对他守约而不嫁给其他人。”

“你还算有勇气，贱妇，”她的父亲说，“你要么嫁给我要你嫁的人，要么你得干重活来得到你的面包。你这个没良心的小婊子，难道我养大你是为了你可以当众侮辱我吗？”

“你这个药盒子，我也要教训你如何征得正派人家的同意才能亲吻他们的女儿。”骂完女儿后，他又一边诅咒着一边冲到我的面前用棍子抽打我。

于是这一天我第二次热血沸腾起来，捡起了放在身边草地上的那把西班牙人的剑。这回可不一样了，可不是我用棍子对付宝剑而是用宝剑对付棍子。要不是莉莉的哭声揪住了我的心，使我的宝剑刺偏了，从他的肩上滑过，这一天将会以绞索来结束我的生命。

“你疯了？”她哭道，“你想用杀我父亲的手段来得到我？丢掉那把剑，汤姆。”

“看来我很少有机会可以得到你，”我愤愤地回答，“但我可以告诉你，我绝不会为世界上的任何女孩站在这儿像奴仆似的挨棍子。”

“这一点我不责怪你，年轻人。”她父亲放软口气说，“看来你还真有种，这可是能帮助你成功的。我不该在愤怒中叫你药盒子，无论如何，这个女孩不是你的。走吧，最好把她忘了。如果你不是不要命的话，就不要再让我见到你们接吻。我明天就要和你的父亲商量这件事。”

“我得走了，”我回答道，“但是，先生，我始终希望能活着娶你的女儿为妻。莉莉，再见，直到这风暴都过去。”

“再见，汤姆，”她流着眼泪说，“别忘记我，我也不会忘记对你的誓言。”莉莉的父亲拉着她的手走了。

我悲伤地离开了，但却不是完全绝望。现在我明白，既要改变她父亲的愤怒，也要赢得他女儿不变的爱情。而爱情比愤怒更经久。当我走了一段路时，我忽然想起了那个西班牙人，因为爱情和奋斗，我已经把他忘得干干净净了。我赶紧转回去找他，并要把他拖到监狱里去。我要享受一下对他的报复并为自己出口气。但当我走到绑他的那个地方时，却发现他已被一个笨蛋给放走了。那地方只呆呆地站着一个村里的白痴，名叫别尔-明。他一会儿看看绑过那外国人的树，一会儿看看手里的一块银币。

“别尔，绑在这里的那人哪去了？”我问道。

“我不知道，主人汤姆，”他用诺福克土话回答我，“我想他已走了一半的路去他想去的地方了，这只要量一量我放开他并扶他上马之后他走的步数就知道了。”

“笨蛋！你扶他上马了？那是多久之前？”

“多久？可能是一个小时，也可能是两个小时，我不是计时器。计时器会像旅馆老板一样记下时间，我可不会。他用踢马刺踢入马的胫骨里，骑着马飞快地跑了。真是奇迹，可怜的人，他是个哑巴，不会讲话只会像羊似的哀鸣。大白天在国王的道路上遇到了强盗。是我割开了他的绳子，找到他的马，还扶他上了马，得到了这块银币的犒赏。他很高兴能离开，看他跑得多快！”

“现在你比我想象的更笨，别尔-明，”我愤怒地说，“这人差点就杀了我，我打败了他，把他绑起来，你却放跑了他。”

“他差点杀了你，主人？你把他绑了起来，那为什么不待在这里看着他，等到我来了之后一起把他送到监狱去？这可不是好玩的，你骂我笨蛋——但是如果你看到一个人被绑在这里，身上带着伤流着血，而且还是个哑巴不会说话，你不也会放了他吗？现在他已经走了，只有这个东西是他留下的。”说着他将那块银币掷向空中任其旋转。

别尔说得也有道理——这是我自己的错。我转身一言不发地离去。我并没有直接回家，而是往下走一条直通葡萄园的坡顶上的路，我得好好想想莉莉以及她父亲的事。这些坡顶周围都是矮树林，里面混杂着一些大橡树，离我的书房大约有二百码的距离。在矮树林里有我母亲经常走的几条小路，她喜欢这些路。其中有一条直通美丽的威凡尼河边，另外一条形似 O 字的路离河岸大约一百英尺，尽头直达斜坡的顶端。

我顺着小路向远离我家的那一端走去，小路的一边是河，另一边是灌木丛。我的眼睛看着地面，心里翻腾着关于莉莉的爱情，分别的痛苦和她父亲愤怒的样子。正在我沉思的时候，我看见草丛中有一件白色的东西，于是就用手中那把西班牙人的剑把它挑开去，但那东西时尚的样式却留在了我的眼中。当我离它大约三百步远的时候，都快到家了，却忽然想起那是我熟悉的东西，并又想到了那个西班牙人。他到我们教区来干什么——这个可恶的家伙，他为什么害怕我，当他知道我的名字时还要攻击我？

我站在那儿并向下望去，我看到了沙地上的足迹。一组是我母亲的——我可以从一千个足迹里认出它来，另一组似乎跟在后面。一开始我以为是另一个女人的足迹，但再仔细看看又不像，它虽也很窄，但尺寸很长，不像所有我见过的足迹，足印很深而且头很尖。

忽然间我想起来，在我和这个西班牙人说话的时候，我注意到他就穿着这样一双靴子。他的足迹跟着我母亲，有时还重叠在一起，抹去了她的部分足迹。这样我才想起来，那块白布是我母亲的头纱，它总是优雅地戴在我母亲的头上，怎么会在这里呢？我就要到家了，却突然有一种尖锐的惊惧涌上心头。这个人为什么要跟踪我母亲？她的头纱怎么会掉在地上？

我转身像一头小鹿一样奔回我看到头纱的地方，重新观察那儿的脚印，看到那白色的东西果然是我母亲的头纱而且已被粗暴地撕裂了。但我的母亲在哪儿呢？

像梦幻中绝望一般，我开始愤怒并恐怖起来。我四处张望，直到我看到一处地方集中了很多西班牙人的脚印。那脚印很深，像是负重走出来的。我跟着那脚印，先是向下走向河边，然后转向灌木丛浓密的地方。在最深的草丛和树枝那里，我发现堆着很多树叶，好像是在掩盖着什么东西。我赶紧拨开，在黄昏的微光下我看到了母亲那张苍白的脸。

第五章
汤姆发下了一个毒誓

我吓呆了，站在那儿，凝视着我亲爱的母亲的脸。我弯身抱起她来，看到她被人用我手里的那把剑刺穿了胸膛。

现在我明白了，这是那个西班牙人干的。他从这个谋杀的地方匆匆逃离并遇到了我。出于邪恶之心或是什么不可告人的秘密，当他知道我是谁的儿子后就尽力要杀死我。而我尽管已经战胜了他并把他抓了起来，却让他逃脱了我的报复。要是我知道了事情真相，就一定会像阿那灰克的祭师对待他们奉献给上帝的祭物一样对待他。

我愤怒和羞愧的眼泪流了下来，然后像疯子一样朝家里跑去。在门前我遇见我的父亲和哥哥正驾着马车从彭盖的市场上回来。从我脸上他们看出一定出大事了，同声问我道："发生什么严重的事了？"

我看着父亲惊恐的脸不敢说话，担心我说出口的事会令他死掉。但我终究还是隐瞒不了。我只好对着乔弗利我的兄长说："我们的母亲被杀死在那边的葡萄山上了。是一个叫璜-德-加西亚的西班牙人干的。"当父亲听到这话时，他的脸立刻变成了铅灰色，像心绞痛发作似的下巴掉了下来。他发出了一声低低的呻吟，手垂在鞍头上，然后抬起死灰色的脸说："那个西班牙人呢？你杀死他了吗?”

“没有,父亲。在格鲁威尔那里,当他知道了我的名字之后就想杀死我。但我用棍子把他打出脑浆来并抢来了他的剑。”

“啊,然后呢?”

“然后……因为我不知道他已经杀害了我们的母亲,就放他走了。我会把全部过程都讲给你听的。”

“你放他走了,儿子!你居然让璜-德-加西亚走了,汤姆!让上帝的诅咒降在你的身上,直到你找到他并完成你今天已经开始的事。”

“慢些诅咒我,父亲。我已经受到了自己良心的谴责。赶快骑马到耶末斯去,他的船可能还在那里,他已经走了两个小时了。你还有可能在他开船之前抓住他。”

我父亲和哥哥一言不发地转过马车,用最快的速度奔入幽暗的夜色中。

两匹骏马拉着马车奔到耶末斯只用了一个半小时,但是那个家伙还是逃走了。他们一直追到码头,发现他已经通过停在岸边等着他的小船,上了一艘大船有一会儿了。那艘大船早就把帆桨准备就绪,只等他上船,马上就开走了。现在已消失在夜色之中。我父亲公布说,任何船只要抓住这个人,就会得到两百个金币。他预先支付两个金币给公布者。但是在天亮之前那船早已开到海上去了。

当父亲和哥哥飞驶而去的时候,我召集了所有的工人和仆人,告诉他们这件事。然后一起打着灯笼走向我母亲躺着的茂密的矮树丛中。我走在前面,这些仆人都害怕了,我自己也害怕起来。至于为什么我会害怕我母亲的尸体,而她活着的时候是那样地爱我,这点我也说不清楚。当我走到那地方时,看到有两只眼睛正瞪着我,折断的树枝发出声响,我差一点儿就吓瘫在地——尽管后来知道那是一只狐狸或是游荡的野狗出没于死亡的场地。

我带着伙伴们继续向前，用一块门板把我母亲抬了回来，最后一次让她回了家。对我来说，那地方始终是一条游魂出没的小路。直到我母亲被她的堂兄璜-德-加西亚杀死在那儿七十多年之后，我还一直不喜欢在晚上独自走那条道。尽管我早已习惯于悲惨的景象了。

无疑那是幻想在作怪。一年以前，在一个十一月的傍晚，我去装捉鸟的弹簧时，走过那边一株大橡树，我看到了我自己——一个青年，一只受伤的手绑着莉莉的头帕慢慢地走下山坡。在我的后面，四个仆人抬着重物，喘着气。我听到流水的怨声和七十年前的风吹过芦苇的细语声。云层中露出一块块蓝天，带来的微弱光线照在躺在门板上的白色的尸体上，红色的血迹沾在她的胸口。啊，我听到我自己在讲话。

我向前走着，手里提着灯笼，嘱咐仆人们小心走路。我有一种奇异的感觉，似乎听见自己年轻时的声音。是啊，那只是一场梦。但我们却都是恐惧的奴仆。自从那次谋杀之后我一直不喜欢在晚上走那条路。

最后，我们心情沉重地回了家。女人们哭泣着、忙碌着。现在我不仅要忍住自己的悲痛，还要尽力安慰我的妹妹玛丽，我担心她会因悲伤恐惧过度而发疯。最后她陷入发呆的状态。我走到厨房里与围着火炉的人们一起交谈。这一夜没人想睡觉。从他们那儿我了解到，大约在我遇见那个西班牙人之前一个多小时，有一个衣着华丽的陌生人走到教堂前。他把自己的马系在山顶上的金雀花和矮树丛中，然后站在那儿像是在等着什么人。直到我母亲出来，他才走下去跟在她后面。有一个人在事发现场不足三百步的院子里干活，听到了叫声，但并没有引起他的注意。他以为那是什么情人从彭盖出来在树林里追逐、游戏。因为这个时间正是他们干这种事的时候。看来那一天在这个狄钦汉教区真是出了不少笨蛋，我就是其中第一个而且是最笨的一个。想想其他相关的事情，这个结论真是再正确也没有了。

早晨的时候，我的父亲和哥哥从耶末斯骑着租来的马回来了。他们自己的马累坏了。当天下午传来的消息说，出去找那个西班牙人的船因为天气原因都回港了，没能找到他。

我把自己所闻所见的故事毫无保留地都告诉了他们。我等着我父亲爆发愤怒，因为我母亲受到那个西班牙人的残害，而我却越规找机会谈恋爱。从我哥哥处我也得不到一点原谅。因为我去找那个他自己想要娶的姑娘，并一点不觉得有错。但他对这一点却只字不提。更加让我不好受的是乡绅波扎跟着许多邻居也来探望并安慰我的父亲。他告诉我父亲说，他自己也感到恶心，因为我违背他的意愿去向他的女儿求爱。并说如果我不停止这样做，那么两家人的通家之谊将就此结束。就这样，我里里外外都不是人了。我为我深爱的母亲悲痛；我思念我亲爱的姑娘，说不定我永远也见不到她了；我深深地自责，因为我抓住了那个西班牙人却让他跑了；还有我父亲和哥哥对我的愤怒。那些天，我真是生活在黑暗和悲痛之中。那时我正处在那个年龄段，羞愧和悲痛更尖锐地刺着我的心。我希望自己真不如死在我母亲的身旁。此时只有一件事给我光明：莉莉派了一个她所信任的女仆，带来了她的爱和希望我宽慰的话。

我母亲的葬礼来到了。她被包裹在一件洁白的袍子里，安葬在狄钦汉高高的祭坛里。我父亲将来就会葬在她的旁边。一块铜碑标示出莉莉的先祖就葬在这里，这里有他的妻子和很多后代。这是一个令人伤心欲绝的葬礼。我的父亲忍受不了痛苦最终哭了起来，我的妹妹哭昏了过去，倒在我的怀里。现场很少有不落泪的人。因为我的母亲尽管出生在国外，却以她的端庄和好心眼赢得了大家的爱戴。这个西班牙贵族女子、英国人的媳妇将会长眠于这座古老的教堂里，直到她悲剧般的故事和她的名字被人们所遗忘。

这一天看来很快就会到来，因为我已经是这个地方最后一个姓温费尔的人了。我妹妹的后代将会有她夫家的姓，我的土地和财产除了一部分捐给彭盖和狄钦汉的穷人外都会留给她。葬礼结束后，我回到家中。我的父亲坐在前屋里。亲朋好友们则忧伤地坐在他旁边。我哥哥也坐在父亲边上。他先是用难听的话攻击我，说是上帝把凶手交到我手中，却被我放走了。

“你忘了，父亲，”乔弗利嘲笑道，“汤姆在和一个女孩子谈恋爱，对他来说，把一个女孩子抱在手里比捉住杀害母亲的凶手更重要。看来他用一个劣行做了两件坏事。他明知我们的母亲害怕这个西班牙人来到这里，却把这个西班牙魔鬼给放跑了；他造成了我们和好邻居乡绅波扎之间的敌意。真奇怪，人家并不喜欢他的求爱。”

“是的，”我父亲接话说，“汤姆，你母亲的鲜血沾在你的手上。”

我听着听着，再也忍受不了这些不公的责难。

“不对！”我说道，“我甚至可以对我的父亲这样说，这个人先杀死了我的母亲，然后在他逃回耶末斯找他的船时遇见了我。我的手上怎么会有我母亲的鲜血呢？至于和莉莉谈恋爱，那是我私人的事，而不是你的，哥哥。大概你希望这是你的事，而不是我的。父亲，为什么你不告诉我，你这么怕这个西班牙人？我只听到了一些闲言碎语，这些不足以引起我的警惕，而那时我的心中装满了其他的事。现在得说说了。你把上帝的诅咒降在了我的身上，直到找到这个凶手。我年轻，我行动快速而且强壮，我要尽快出发到西班牙去猎杀他，我会把他碾死，除非他已经死了。如果你愿意成全我，那么请资助我一些金钱帮助我成行；如果你不愿意，不资助我，我也要去。我在上帝面前，以我母亲的灵魂起誓，我将无休无止地追踪他，直到用这把杀死我母亲的剑带着她的血刺穿这个凶手的胸膛。如果我半途堕落、迷失，不管是什么原因，就让我死得比她更惨，让我遭到天堂的拒绝，让我的名字永远钉在耻辱柱上！”

我在愤怒中发了毒誓，我双手举向天空，请上帝为我作证。

我的父亲眼光尖锐地看着我。“汤姆，儿子，如果这真是你的心里话，钱的问题你不用担心。本来应当我自己去，血债血还；但是我的健康已经全毁。同时我知道那西班牙神圣法庭要抓我。去吧！我的祝福与你同在。你是应该去的，毕竟是你的蠢行放走了敌人。”

“是的，他是应该去的。”乔弗利说。

“你这么说，好像是你在赶我走，乔弗利，”我有些愤怒，“你要赶走我，你想在那个姑娘面前代替我。但是如果你想用欺骗来取胜，等待你的不会有好结果。”

“谁能赢得这姑娘的芳心，她就是谁的。”

“这姑娘的心已有了归属，乔弗利。你可以从她父亲的手中买下她，但你永远得不到她的心。得不到她的心，她只是一个战利品而已。”

“别吵了！现在不是谈论姑娘和爱情的时候，”我父亲说道，“听好了，这是关于那个西班牙凶手和你们母亲的大事。直到今天我还没有告诉你们的事，现在得说给你们听了。当我年轻的时候也去了西班牙，因为那是我父亲的愿望。我去到了一个位于塞维利亚的修道院，但我不喜欢修道院的生活，于是我从修道院里逃了出来。在一年多的时间里，我尽可能地挣生活，因为我不想像个逃犯似的回到英国来。我干这干那的，令我羞愧的是，我主要靠赌博为生，因为我的赌运不错。一天晚上，我遇到了这个璜-德-加西亚——仇恨使他在自认为可以杀死你的时候说出了自己的真名。

尽管有魔鬼的名声，但他看上去不像一般的青年。他出身名门，外表漂亮，举止高雅。他在赌博中赢了我。为了表现优雅，他请我到他婶婶家去玩。他婶婶家有个女儿，就是你们的母亲。你们的母亲露伊莎-德-加西亚不仅是璜-德-加西亚的堂妹，还是他的未婚妻。当然，这本非出自她自己的愿望。订婚时她只有八岁。

但是当地这种婚约要比这里严格得多。这种婚约对妇女来说没有爱情可言，你们的母亲也是如此。她恨这个堂兄璜并且还惧怕他。但我想他却爱她胜过这地球上的任何东西。她有一个借口可以拖延跟他结婚，那就是婚约规定，必须等到她二十岁后，他们才可以举行婚礼。你们母亲对他的吸引力还包括她的财产，这可不是一笔小数目。像所有的西班牙人一样，他是热情的；但作为一个赌徒和混世魔王，他却更爱钱财。

“现在长话短说。我和你母亲从第一眼见到，就互相倾慕，我俩都想尽量多见面。这一点不难做到，因为她的母亲也害怕并恨着这个有可能成为未来女婿的璜-德-加西亚，如果可能的话，她也想帮助女儿解除这个婚约。最后我们决定一起逃到英国去。但所有这些都没有逃过璜的耳目。他妒忌和有复仇欲，就像所有的西班牙人一样。他在她家中还藏有眼线。他先是向我挑战决斗，但我们还没有拔出剑来就被分开了。然后他又雇用凶手，晚上在路上刺杀我。好在我衣服里面穿着金属保护衫，它折断了凶手的刀锋。我还在随后的厮杀中刺死了其中的一个凶手。两次失败并没有让德-加西亚死心。我也不知道他是从哪儿打听到我的经历和我是怎么从修道院里逃出来的，就在我准备乘船离开的前一夜，他向教会法庭告发说，我是一个叛教者和异教徒。那天，当我正和你们的母亲和她妈妈坐在她们在塞维利亚的家中时，六个戴僧帽的人冲了进来，他们一言不发地把我抓了起来。我要他们告诉我理由，他们不回答任何话，只拿一个带耶稣受难像的十字架在我眼前照了一下。于是我知道这是怎么回事了，而女人们也停止了争斗，倒在椅子里哭泣。我被秘密和安静地带回了神圣法庭的地下室里。接下来我要告诉你们我在那儿的遭遇。

“我受到了两次吊打，一次用烙铁上的火刑，三次用铁链条鞭打。整个关押期间，他们给我吃的东西在我们英国连喂狗的食物都不如。最后对我的指控为逃离修道院和所谓的‘亵渎上帝’。我被判处死于火刑。

“经过长长一年的折磨和恐吓，我失去了希望。就在我等死的时候，救星来了。在我将要被执行死刑的前一晚，执刑长走进了地牢。当时我正躺在麦秸上，他拥抱我并祝愿我高兴起来，因为教会念我年轻将放我自由。我开始狂笑起来，以为这又是一个恶作剧。直到我被打开脚镣，穿上好衣服并在半夜里被送出牢门，我才真的相信上帝把好运加到了我的身上。我站在那儿不知往何处去。一个女人罩在深色的斗篷里，慢慢地向我走来，对我轻轻地说：‘来吧。’这个女人就是你们的母亲。她从德-加西亚的自夸中知道了我的命运，并决心要来救我。两次失败之后，她巧妙地打通关节，用金钱买到了重判和宽容。她花费了大量的金钱买到了我的生命和自由。

“当晚我们结了婚并逃到了卡德斯。她的母亲因病在床，不能与我们同去。你们的母亲为我抛弃了她亲爱的妈妈和父老乡亲。女人的爱情可以如此的强烈，以至于她用去了自己所有的财产并离开了自己的祖国。一切都计划好了，在卡德斯有一艘直航出国的玛丽-波利托号英国轮船等着我们。不巧的是玛丽号因风向不利停航了。尽管它要救我们，但船长却不敢贸然出海。两天一夜，我们等在港口，担心会出什么事，但我们却度过了最幸福的爱情生活。当时有人认为我是靠我的主人——魔鬼的帮助才得以从地牢里逃生的，并因此被全国通缉。德-加西亚也在这么做。当他知道他的堂妹跑掉了，就猜测我们两个人还没有跑远。他的奸诈被妒忌和仇恨所磨砺，一步步追寻我们，并终于发现了我们。

“第三天早晨，风减弱了，锚收起来了，玛丽号摇晃着船身随潮汐起航。正当它掉转船头，水手们准备将船帆升起之时，一艘小船载着大约二十个士兵，后面还跟着两条船，划过来并喊叫着要船长抛锚。小船上的人叫喊着，根据神圣法庭的要求，这艘船要被搜查。那时正在甲板上的我正要躲到下面去，德-加西亚站了起来，指着我叫道，就是这个想要逃跑的异教徒。船长担心他自己和整艘船上的人都会被抓起来，就想把我交出去。我绝望地脱下自己的衣服，让大家看我被酷刑折磨后留下的伤疤。

“‘你们都是英国人’，我向水手们叫道，‘难道你们要把自己的同胞交到这些外国魔鬼们的手中去吗？看看他们干了些什么。’我指着身上还未完全痊愈的伤疤，上面仍是红色的瘢痕。‘你们如果把我交出去，只会让我加倍受刑，最后被放在火上烤死。如果你们不愿意可怜我，那就可怜可怜我妻子吧。如果你们连她也不愿意可怜，那就借一把剑给我，让我自己了结，不要再受酷刑了吧。’

“这时有一个南方人，他认识我父亲，站出来说：‘以上帝的名义，汤姆-温费尔[①]，我站在你这边。他们如果要拿你，那就先杀了我。’说着拿出他的弓弩并且拉上了弦，放上了箭，瞄准了小船上的西班牙人。

“此时其他水手也叫了起来：‘你们这些行酷刑的魔鬼，你们想要抓我们中的任何人，上船来吧。’说完也都拿起了武器。

“船长看到水手们的决心，也鼓起了勇气。他不回答那些西班牙人，只是命令一半的水手升帆转舵，另一半做好准备不要让士兵们上船。

“这时候，另外两只小船也赶上来并靠上了我们的船，用钩子勾住了我们的船舷。其中一人还抓住缆绳爬上了我们的甲板。我认识他。在我反复遭受酷刑折磨的时候，他就是神圣法庭在场的一个。当时就是他以上帝的名义命令行刑人施暴，并站在边上看着。我愤怒了，抓过南方人手中的弓把箭拉到底，一箭射去。汤姆，你知道我的箭法就像你一样好。他掉进了海里，心口上带着一码长的英国箭。

“他们不再试图登船了，只是向我们射箭并射伤了一名水手。船继续航行。船长命令我们放下弓箭，躲在船舷的后面。德加西牙咒骂着我和我的妻子。

"'我会找到你们的,'他喊着,带着一串西班牙毒话和脏话,'哪怕我要等待二十年,也要向你们和你们所爱的人报复。记住了,露伊莎-德-加西亚,不管你躲在什么地方,我都会找到你,你得跟我走,否则那就是你的死期。'

"我们的船向英格兰驶去,那些小船被远远地甩在了后面。

"我的儿子们,这就是我年轻时的故事,以及我怎么会和你们母亲结婚的经过。我今天把她埋葬了,璜-德-加西亚履行了他当年的誓言。"

"我感到奇怪的是,"我哥哥说,"你说他爱着我们的母亲,却等了那么长时间来把她杀死,如此的坏蛋却也有这么多年的恒心。"

"这确实有点奇怪,"我父亲回答说,"我们无法知道,他在刺杀她之前说了些什么话,但从他对汤姆所说的话里还是透露出了一些。他说人们会看到预言中哪些是真的。可记得德加西亚赌咒的话?——你要么跟我走,要么被我杀死。你们的母亲仍然是美丽的,乔弗利,他可能给了她一个选择:跟他走或是死。不要说了,儿子——"我父亲突然用双手遮住了脸呜咽起来。

"你如果早些把这些故事告诉我们,父亲,"我等到了说话的机会,"那么这个世界上就会少一个活着的魔鬼,我也就可以少一次长途跋涉。"

我并没有预料到,这次跋涉竟会有这么长!

注释

① 父子同名。

第六章
再见，我心爱的姑娘

母亲的葬礼和父亲告诉我们他和母亲之间的故事十二天后，我准备启程开始我的追寻之旅。那时正好有一艘船从耶末斯出发去卡德斯，船名叫“冒险号”，是一艘百吨的货船，装载羊毛等干货，还准备回程时装载葡萄酒和做木桶的紫杉木板。父亲为我在这艘船上备办了通行证，还给了我五十磅黄金，这足够我通过耶末斯商会建在卡德斯的代理商会，帮助解决在那边的开销和费用，我还兑换了一百五十英镑现款。

“冒险号”打算六月三日出发，我必须在六月一日之前准备定当，并骑马到达耶末斯。我的行李已经送过去了，剩下的只有一件告别之举必做不可。自从我和莉莉互相发誓之后，我们只在我母亲的葬礼上见过一面，此外连说话的机会也没有，看来只能与她不辞而别了。因为她父亲差人送给我一句话，说是只要我接近镇公所，他的仆人就会把我从门口打出去，我可不愿去受这个羞辱。但我此去要数年甚至永远不再回来，我怎么能不向她告别呢？我忧伤地把我的困扰告诉了父亲，请求他的帮助。

“我此行是为大家报仇，如有必要，我将用自己的生命捍卫我们的姓氏。帮我解决这件事吧。”

“我们的邻居波扎要把他的女儿嫁给你哥哥乔弗利，而不是你，汤姆，”父亲说道，“一个人可以按照自己的心意去做事。我会尽力帮助你的，至少他还不会把你从他的家门口赶走。叫人去准备马吧，我们一起去镇公所。”

不到半个小时，我们到了那儿。我的父亲请求见这儿的主人，那仆人怀疑地看看我，尽管他记得主人的命令，可还是引我们进了客厅。乡绅坐正在那儿喝着麦酒。

“早安，邻居，”乡绅说道，“你是受欢迎的，但你带来了一个不受欢迎的人，尽管他是你儿子。”

“这是我最后一次带他来，我的朋友波扎。听听他要求什么，然后决定接受或拒绝。如果你拒绝，这并不损害我们的关系。这个年轻人今晚就要出发，乘船去西班牙，去寻找那个杀害了他母亲的人。他这样做是出于他自己的愿望，因为他不经意地让那个谋杀者逃跑了，所以他自认为他必须去。”

“在这地球上，到一个陌生的国度去搜寻猎物，他是一头太年轻的猎犬，”乡绅说，“但我喜欢他的这种精神，并祝他好运。他要我做什么？”

“临行前和你的女儿告别。我知道他不讨你喜欢，这是毫无疑问的。对我来说，我也不赞成他这么早就谈婚论嫁，但让他见见这女孩不会造成伤害，伤害在这之前就已经造成了。你怎么看？”

乡绅波扎想了一会儿说道：“这个年轻人是一个勇敢的人，尽管他不会成为我的女婿。现在他要远行，而且说不定永远回不来了。我可不想在我死后被指为不仁慈的人，到那边去，汤姆-温费尔，到那边的树下去等着，莉莉会过去和你见面的。你们只可以见半个小时，不能更久。你看，从这窗口可以看见那边的——不，不必感谢。趁我还没改变主意，去吧。”

于是我走过去，在树下等着，心脏激烈地跳动着。莉莉轻轻地走了过来。她比任何天使都更美丽、更甜蜜、更温柔。

“哦，汤姆，” 在我向她问好之后，她轻声地说，“这是真的吗，你要出国去找寻那个西班牙人？”

“是的，我要出海去找这个西班牙人，找到后我还要杀死他！上次我为了要见你才让他逃脱了，这次我又必须离开你去抓他。不，不哭。我已立下誓言，若破了誓言就会毁了我的信誉。”

“为了这个誓言，我将会做寡妇，汤姆。我还没做妻子呢。你走了之后，也许我就再也见不到你了。”

“谁能说得定呢？我的甜心。以前我父亲出国去，遭受了很多危难，不也安全地回来了吗？”

“是的，他回来了——而且还不是一个人。汤姆，你也年轻，在远方的国度，那儿有的是高尚和美丽的姑娘，我在你心目中的地位能抵挡得过她们吗？我们又离得那么远。”

“我向你发誓，莉莉——”

“不，汤姆，别再发誓了，一旦你毁了它，将会增加你的罪孽。记住，爱人，别忘了我。而我也将永远不会忘记你。就怕——噢！说起来让我心碎——这会是我们在人间的最后一次相会吗？如果真是这样，希望我们能在天堂里再相会。至少有一点是真的，无论我父亲如何，我都会以我真诚的心对着你，我对你的誓言至死不渝。尽管说这些我还太年轻，但我会说到做到。噢！这样分别比死还难受。如果我们都睡过去，让这个世界忘掉我们，那该有多好。你还是走吧！如果不走，而我父亲还活着，而且活得很久，那我们该怎么办？”

“死去和被人遗忘会很快到来的，莉莉。任何人都活不了多长，每个人都有自己的一生，让我们祷告都为对方活着吧。我这回出去，不仅仅是去找麻烦，也会去找找我的运气。为了你，我一定会赚取我们结婚的资金。”

她忧伤地摇着头。“那可是太幸福了，汤姆。人们很少能和他们的真爱结婚，他们往往只会失去真爱的人。让我们心中感谢，至少我们在这里懂得了什么是爱情。最坏的结果，是我们可以在那个没有人责备人的地方再相爱。”

就这样，我们说着话，含含糊糊地说着爱情、希望和忧愁，就像年轻人在此时都会做的一样。最后莉莉抬起脸，带着甜蜜的笑容说道：“是时候了，我的父亲在窗户那边向我招手，一切都结束了。”

“那么我们走吧。”我沙哑着声音说，然后把她拉到一棵大树后面。在那里，我把她抱在怀中不断地亲吻她，她也不由分说地亲起我来。

之后的事我都记不清了。只记得我骑马离开时她那可爱、无望和苍白的脸看着我从她的生命中离去。整整二十年，那美丽的脸庞一直使我心痛，并还将陪伴我走到生命的终点。尽管还有别的女人爱过我，我也曾经历过很多生离死别，有的比这更可怕。但这个姑娘离别时的面容比任何人都更令我伤感。在我一生中，每当我一个人静思的时候，这张面容就会浮现出来。我深知，它永远也不会褪色。在年轻人的痛苦中，能有比这个更深的吗？能有比这更锥心的离别吗？我曾经有过一次离别，让我在很多年后也无法忘怀，我会在后面写出来。

人们常常嘲笑早恋，但如果那是真爱，如果那不仅仅是一时的冲动，年轻时的恋爱和成熟的爱是一样刻骨铭心的，这对男人和女人都是一样的。作为一个经历了这么多事的老人，我有资格说这些话。

我忘了提起一件事。当我们绝望地在山毛榉树林后面亲吻和拥抱的时候，莉莉从她手指上脱下一枚戒指放在我手心说：“每天早上醒来的时候，看着它，想着我。”这是她母亲给她的，而今它仍然在我苍老的手中，在冬日的阳光下熠熠生辉。它伴随我多年狂野的冒险生活，经历了和平、战乱和爱情，也经历了营火的照耀和祭坛火光的照射。我常常在孤独的星光下独自凝神注视，这枚戒指与我须臾不离并令我一直思念着她，也将戴在我手上一起进入坟墓。这是一枚朴实的纯金戒指，指环内有题字：“心心相印　虽然远在天边”。

真正切合我们的实际，直到今天仍具有意义。

那天我骑着马跟随父亲一起去了耶末斯。我的哥哥虽然没有和我们同去，但我们还是友好地分手了。这是令我高兴的事，因为以后再也没有见到过他，我们再也没有提起过莉莉-波扎的话题。但我知道在我离开后，他会设法取代我的位置，他也真的这么做了。我原谅了他。说真的，有哪个男孩认识莉莉后会不想她呢？乔弗利和我从小很要好，但当我们长大后却因为对莉莉的爱情而生分了，这种事是很普遍的。既然他在这件事情上最后失败了，我又何必对他记恨呢？让我还是记住我们之间愉快的童年，忘记其余的吧！愿上帝保佑他的灵魂。

玛丽，我的妹妹。她是除了莉莉-波扎之外在这一带乡下最美丽的姑娘，在我离去时她伤心地哭了。她只比我小一岁，我们关系非常好，我们之间没有嫉妒之类的阴影。我尽可能地安慰她，把我和莉莉的事告诉了她，请她成为莉莉和我的好朋友，并尽她之力帮助我们，玛丽答应了。不知为什么，我看得出她认为自己能帮得上忙。莉莉有一个兄长正在念大学，他是一个前程有望的青年，他和玛丽互有好感，不知道这是否会发展成好事。我们亲吻并挥泪而别。

这之后我和父亲骑马而去。当我们走过彭豪路并登上彭盖村左边磨坊后面的小山顶时，我停住了马，回过身来眺望威凡尼山谷怡人的风景，我的心头涌上了激情。如果我能预知将要在经历多少磨难之后才能再见到这些景色的话，我是应该为此而激动的。但是上帝以他的智慧将许多磨难放在人们的背上，再从中把他们救赎出来；而我们自己则很少有人能从我们认定的未来中生存下来。我向远处茂密的橡树林，特别是莉莉的住所投去最后的一瞥，然后继续我的行程。

第二天，我乘上“冒险号”的帆船出发了。离别前，我的父亲露出了伤感之色，他也知道我是我母亲最爱的孩子，担心此去再也见不到我了。他甚至在最后一刻要我改变主意，留住我不要出海。但既然已做了行前的准备，并经过了痛苦的告别，我当然不会再回去遭受我哥哥和邻居的嘲笑。“你说这话太晚了，爸爸，”我说，“你曾希望我去完成这一复仇之事，并使用那些难堪的话来激励我。现在我必须得去，哪怕我会在一个星期内死去，如此誓言怎能反悔？我等着那些诅咒落到我的头上。”

“那么去吧，儿子，”他叹息着说，“你母亲死得凄惨，使我愤怒，说了一些令我一生后悔的话。我已活不长，我的心也碎了。我应该记住，复仇也掌握在上帝的手中，他施行复仇自有他的时间，我们帮不上忙。不要记恨我，我的孩子。如果我们再也不能见面，记住我爱你，只是因为我对你母亲的爱，才对你如此粗暴。”

“我知道，爸爸。我不记恨，但如果你感到亏欠于我，那么在我离开期间不要让哥哥对我和莉莉做不该做的事。”

“我会尽力的，儿子。不仅仅因为你们如此相爱，你们的事其实也令我高兴。但是正如我说的，我怕我不会活多久来帮你看着这件事了。在我离去后，那就只能由着事情自己去发展了。汤姆，不论你到哪里，都不要忘记上帝和你的家，不要和别人争吵。小心女人，她们是年轻人的陷阱。注意你的口音和你的脾气，那可不是太好。更重要的是，无论你在哪里，都不要反对那里的宗教，不能以你的行为冒犯它。你应该知道，当人们认为自己的行为是讨好上帝的时候，他们会变得非常残暴，我已学到这些了。”

我说我会记住这些教诲的，事实上它们是帮我避免了很多危难。他拥抱了我，并恳求全能的上帝掌管我的生命，就这样，我们分别了。

我再也没有见到我的父亲。尽管他在我离开的时候只是个中年人，但却因心脏病突发死在狄钦汉教堂里。那是在一个星期天的弥撒之后，他正站在十字架旁我母亲的坟墓前沉思时，死神突然降临到他的头上。我的哥哥得到了他的财产和土地。上帝助我父亲安息吧。他是一个忠实的人，但除了全心全意爱我的母亲外，作为一个男人，他的视野还应该更宽广一些。这样专一的爱，使他对其他的一切都视为可有可无；这样的偏心，使他为了能换回我的母亲，宁可不要所有的孩子。尽管如此，这仍然是一个高贵的弱点，因为他从不为自己打算，而为了她竭尽全力。

至于我航行去的卡德斯，那个德-加西亚乘船来的地方，没有什么可提的。由于遇到逆风，我们的船停在了贝斯卡湾，然后又到了里斯本。稍作休整后，最后终于平安抵达卡德斯，路上一共用了四十天。

第七章 安德斯-德-方西卡

现在我该简略叙述一下我抵达西班牙后大约一年中所发生的事情了。要是细细说来,恐怕这故事就没完没了了。

旅行者常形容塞维利亚的壮丽,我从瓜达尔很快地来到这个摩尔人建立的城市。我必须在塞维利亚住上一段时间,为的是习惯于当地的口音,而不致让人怀疑我是一个英国人。我还得尽量节省开销。考虑到这些,我预先准备了一些商号替我写的推荐信,信里建议我可以在塞维利亚行医,这样我也就不至于荒废了学业。在推荐信里我用的名字是"地亚哥-达埃拉",我不想让人知道我是个英国人。虽然我看上去很像个西班牙人,但一不小心走了腔就会露馅。幸好我从小就从母亲那儿学会了西班牙语,现在又小心地勤学苦练,结果只用了六个星期我就学了一口卡第兰[1]语——只带些微口音,就像其他西班牙人一样了。我有学语言的天分。

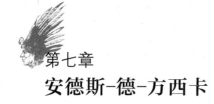

刚到塞维利亚时,我住进了一家不显眼的小旅馆,并立刻把几封推荐信送给这里一位出名的医生,这个医生的名字现在我早就忘了。他有一幢大房子坐落在棕榈大街上。这是一条很有气派的大街,街沿有模有样地种了些大树,有不少小街道与它相交。我的小旅馆就在其中的一条小街上。这条狭窄的小街很安静,房子边上都有庭院或内院。当我行走在这条街上时,注意到有一个人常坐在一处庭院行道上阴凉处的一把椅子上。他矮小衰老,用一双锐利而智慧的眼睛看着我走过,我想这个人坐在那儿应该可以看到那位医生家进进出出的人。那天,我从那大房子那儿回到我那条安静的小街,等了一会儿,想着自己该对那医生编个什么故事。整个过程中,那个小老头始终用他锐利的眼光看着我。最后,当我打定主意要跟医生说些什么后,再次走向那房子时,却发现那医生出去了。于是我告诉他的下人我还会再来之后就离开了。我又一次走入小街并经过小老头坐着的地方。当我经过他时,他那顶用来扇风的宽檐帽滑落到了地上。我停下脚步捡起他的帽子交还给他。

"千万个谢谢,年轻的绅士,"他用很礼貌的声音说道,"你是一个很友好的外国人。"

"你怎么知道我是个外国人,先生?"我心生警觉。

"如果以前我只是猜想,现在我是清楚了,"他严肃地笑着,"你的卡第兰语告诉了一切。"

我向他鞠躬并准备离开,他又继续说道:"你急急忙忙干什么,年轻人? 进来和我一起喝杯酒,好酒。"

我本想拒绝,但转而一想,反正现在也没什么事,说不定闲聊中还可以学到些什么东西。

"天气热得很,先生,谢谢您。"

他不说什么,站起来引我走进铺着大理石的天井。天井中间有一个水池,四周围着青藤。在青藤的阴影下有一张小桌和几把椅子。当他关上院子的门,我们坐下来后,他摇了一下桌子上银色的小铃,一个年轻漂亮的姑娘从屋里走出来,她穿着有趣的西班牙传统服装。

"拿酒来。"我的主人说。

酒拿出来了,那是一种白色的奥波托酒,我从未尝过。

"为您的健康,息乌。"他拿着酒杯望着我。

“地亚哥-达埃拉。”我答道。

“嗨，一个西班牙名字，”他说道，“或者是一个伪造的西班牙名字，我从未听说过它。我可是对名字很有研究的。”

“这就是我的名字，先生，信不信由你。”我望着他说。

“安德斯-德-方西卡，”他鞠了一躬，“这个城市的一名医生，足够出名——尤其是在上流社会。我接受你的名字，这名字的事嘛，只和自己有关，与其他人不相干。我看出你在这里是一个陌生人——不要这么好奇地望着我，先生，一个人若是熟知这个城市，不会盯着这么看，并站在那儿沉思，也不会经过什么人的时候向对方请求。塞维利亚的本地人，不会在夏天的时候走在街道向阳的一边。现在，如果你不认为我是无礼的话，那么让我问你一下，你这么健康的年轻人在我的竞争对手那边忙些什么呢?”他朝着那个著名医生的房子的方向努了一下嘴问。

“一个人的事情就像他的名字一样，是他自己的事，先生，我已经回答了。但是让主人失望就像拿了病人的钱却跟他玩花样一样，让我回答你的问题。我也是个医生，尽管现在还不完全合格。我想找一个有名望的医生，在帮助他行医的过程中学得一点可靠的经验。”

“原来是这样，先生。那你在那边是白忙了，”他又向那边点了一下头，“他不会廉价收取学徒，这并不是这个城市的规矩。”

“那么我得到别的地方试试。”

“我没这么说。现在，先生，让我们看看你对医学知道些什么。更重要的是你对人体知道多少。我们一开始都不知道多少东西，但知道今后的人才能领导人——或领导女人——因为女人领导着男人。”

于是他不再费口舌，直接向我提出了许多问题，这些问题都直接切入实质。我为他的睿智而惊异。有些问题是关于医学的，主要与妇科相关，其他的是高屋建瓴地问到病理上的。最后他停住了。

“你能行的，先生，”他说，“你是一个有实才和有希望的年轻人。虽然你因年轻而缺少经验，但具有一些品质，先生。你是个有心人，这点很重要。人会犯错误，但有心的人，往往比会狡辩的人走得更远。你是一个有理想并知道如何去实现的人。”

我鞠了一躬，努力掩饰因受到表扬而得意的脸色。

“但是，”他继续说道，“这一切还不足以使我最后决定接受你。许多比你更漂亮的小家伙最后都很不幸：或者是天资愚笨，或者是有一副坏脾气最后像条狗似的，我不知道你会不会变成这样。可能你自己都说不出来。但是你有美德，先生，一种少有的美德，使得一半的塞维利亚的女士都会很高兴地认识你。”

“我真是受宠若惊了，”我说，“我可以问问我怎么会得到这样的好评的？简而言之，你可以提供我什么呢？”

“简单地说就是如此：我正需要一个助手，正好你符合了我所要求的条件，其中最重要的一条我可以看出来的是——谨慎。这个助手的工资不会太低，这幢房子他可以随意使用，他将会学到在这个世界上只有少数人才能学到的知识。怎么样？”

“我想说，先生，我想对我将要协助你的工作多知道一点。你提供得太慷慨了，我担心为争得你的慷慨，一个诚实的人可能会退缩的。”

“说得好，先生，但却不太正确。听好了：你曾经到那边的医生那里去，现今这些人”——他说了四五个名字——“是塞维利亚最好的医生。其实并非如此。我是最好的和最有钱的，我的生意比他们当中任意两个加起来还要多。你知道我一天能挣多少钱吗？告诉你：二十五个金比索[2]以上。比所有干我这行的人加起来还要多，我敢打赌。你想知道我为什么能挣这么多吗？你也会想知道既然我能挣这么多，为什么还不心满意足地退休？好，我来告诉你。我治理女人的虚荣和空虚，并保护她们因自己的愚蠢而造成的后果。当一个女人有伤心事的时候，她就会到我这里来找寻安慰和咨询。当她的脸上长出粉刺的时候，就会赶快到我这儿来。如果她有什么出轨的事，我替她把这轻率的行为隐藏起来。我对她的将来提出建议，解决她过去的问题，诊断想象中的妇科病。经常她真的有染了，我帮她看好。塞维利亚城里一半的秘密在我的手中。如果我想说出来的话，我可以使很多高贵的家庭燃起流血的争斗。但我不能说，因为他们付了钱让我沉默。即使没有付过钱，我也不会说，这是我的职业道德和声誉。数以百计的女人把我当作她们的救星。我也欺骗她们，但不会做得太过分。我喜欢——加颜色的水——卖个好价钱，但从不卖毒玫瑰。这个她们得到其他地方去找。至于其他方面我是诚实的。我按照它原来是怎么样的，来对待这个世界。女人们会是愚蠢的，我从她们的愚行中挣钱而变得富有。

“是的，我成为富人，但却停不下来。我爱钱财，它带给我权力，但我更爱生活本身。就说浪漫和冒险的事吧，那些让我知道的浪漫和冒险的事不及它本身一半的一半那样有趣。更有趣的是，我在里面所起的参与和领导角色。但我从不让这些事成为我本身在行业里的资本。”

“这样的话，你为什么要一个陌生的年轻人来做你的助手呢？这个人你对他一点都不了解。”我直言相问。

“你的确缺乏经验，”老人说着笑了起来，“你认为我应该找一个不陌生的人？但是这个人可能会和我不熟悉的人有关系。至于说我对你一点都不了解，年轻人，我干这行已经有四十年了，难道我还看不出人来吗？说不定我比你还了解你自己。这么说吧，你离开在英国的那个女孩子和你相爱已深，这可是一个对我很好的事：不论你想干什么蠢事，你都会担心我和你自己搞坏了你的情事。哈！我使你惊异了？”

“你怎么知道的？”我还想说下去，却又停住了。

“我怎么知道的？很简单。你穿的那双鞋子是英国货，我去英国旅行的时候看到过不少；尽管不明显，但你仍然带有英国口音。有两次当你说卡第兰语的时候露出了英国字；至于那个姑娘，你手指上不是带着一枚订婚戒指吗？当我和你谈起女士的时候，你不像你的同龄人那般起劲，说明你心中装满了爱情。我想那个女孩一定高挑和美丽？哈！我猜对了。我注意到男女相爱时颜色也很重要，虽然没有不变的规律，但可以猜猜。”

“先生，你真聪明。”

“不，这不是聪明，是训练。如果你在我这儿待长些时间，你也能学会的。不过你大概不打算在塞维利亚待太长时间。很可能你来这儿是要办什么事，与此同时也想挣些钱，学些东西。这又是个很好的猜测吧。那就让它去吧，我愿意冒个风险。办事情和学学问常常是南辕北辙的。你接受我的提议吗？”

“我倾向于此。”

“这就是说你接受了。在我们达成契约之前，我还有一些话要说。我不想叫你做药剂师的苦力。我要你对外称为我的侄儿，从国外到我这里来学医术。你的任务是融入塞维利亚的生活中去，去这儿说几句话，到那儿给一些暗示，我会逐步教你百十种方法带给我——也是给你更多的收入。按我的要求，你有时是聪明和风趣的，有时却是伤感和有学问的，你必须把你的聪明才智发挥到极致，这样才能够适应我所有的顾客的需求。跟西班牙绅士，你要讲武器；对女士们，你要讲爱情。但你要严格约束自己，只是为了救赎别人。最重要的，年轻人——”他的表情变得严峻且凶悍，“你必须永远不要冒犯我对你的信任和我病人对你的信任。在这一点上我对你是开诚布公的，你可以不相信其他任何事情，但你要向上帝请求让你相信我对你说的话：你如果破坏你我之间的信任，你死。你死，不死于我的手，但你死。这就是我给你的条件和机会，接受它，或离开。而选择离开却把我告诉你的扩散给别人，灾难将会突然降临到你头上。你懂吗?”

“我懂。为了我自己的安全,我会尊重你的机密。”

“年轻人,我更喜欢你了。你刚才说你尊重的是机密。我误判你了。你并未感到守信是一种牺牲。对有些人来说,直到他们违反了承诺,而灾难降临到他们的头上时才感觉到。这是另一回事。那么,现在你接受了?”

“我接受。”

“好,我想你的行李是在那个小旅馆里。我会派人去迁出你的登记并把行李搬到这里来。你不用自己去,侄儿,让我们再喝一杯酒。我们越早熟悉起来越好,侄儿。”

就这样,一个我从不相识的人和我建立了联系,并成为我的恩主。无疑,任何人读到这里,都会认为我会把自己的一大堆烦恼和他联系起来,并把他描绘成最阴险的骗子,为了自己的不可告人的目的,教唆和引诱年轻人误入歧途。并不是这么回事,这是我奇异的故事中最令人费解的地方。安德斯-德-方西卡对我说的都是实话。

他是一个很有才华的绅士,早年曾遇到过不幸而变得愤世嫉俗。作为一名医生,我从未听说过他的老师——如果在那个时候真有过的话;作为一个男人,混迹于世上,特别是混迹于女人中间,我找不到任何可以相提并论的人。他到过遥远的地方,见过很多事,而从不忘却。部分说来他是一个庸医。但他的庸医术却用之有道。一方面,他从蠢蛋那儿骗取钱财,他谈论天文,利用他们的迷信赚钱;但另一方面他却行善而不取报酬。他会让一个富婆为染发而付十块金比索,但却经常解救穷苦的女孩摆脱麻烦而不受分文,并且过后还帮助她们找到一份诚实的工作。他知道塞维利亚的所有秘密,却从未以此为资本,用威胁揭露秘密来赚钱。用他自己的话说是不值得那样。事实上,尽管看上去他是一个自私的骗子,实质本性却是诚实的。

就我看来，他的生活轻松愉快，而我也活得挺轻松。很快我就进入了自己的角色并表现自如。对外人说我是有钱的老医生方西卡的侄子。他准备训练我并最后取代他。这样我以我的外貌和仪表，受到塞维利亚最上等的家庭的欢迎。我分担了那部分他自己不便做的工作，比如他不再混入当下的时髦圈子。供给我的钱这么多，使我可以尽量花钱打扮。不久以后我就变成一个出名的，对待工作就像对待爱好一样的人。经常，在一个放纵的舞会或一个嘉年华会上，一个女士悄悄地溜到我身边，低声问我堂-安德斯-德-方西卡能否私下看她，因为她有要事相求。于是我就会为她设定一个时间和地点。要不是我，这个病人就会失去，因为很可能她们的胆怯会使她们不敢来相求。

同样的情况出现在一些狂欢舞会后，我正准备回家的时候，一个英勇的骑士用他的手挽着我的手臂，请求我的主人帮助、解救他们的恋情、荣誉，甚至他们的钱袋。我就会直接把他带到那幢摩尔式的房子里去，堂-安德斯坐在那里写着东西，穿着一件紫色的袍子，就像一只大蜘蛛停在自己的网里面。我们大多数生意都在晚上，直截了当地看了病，既可增加收益，又可使大家满意。逐渐地，大家都知道了我是一个谨慎的人，从我的耳朵里进去的，绝不会从我的嘴里出来。我既不吵架也不喝酒和赌博。虽然和很多美女都很友好，但是她们都不知道我的秘密。我在治病技巧方面也逐渐知名了。在塞维利亚的女士中间开始传说，我这个老方西卡的侄儿，在治疗皮肤病问题和染发技术方面是全城最好的。大家也都知道我可以挣很多的钱。逐渐地我可以独立治疗了。事情发展得很快，在我协助他六个月之后，我帮主人家比以前多挣了三分之一的钱，并使他更知名了。

这是一段奇怪的生活。如果要专门为之立书的话，我可以写出一篇传奇来。但这与历史无关。事情做过后，男人和女人们用微笑和沉默来掩盖，但他们的心事却瞒不过我们。现在爱情的事情发生后，那些美丽的姑娘或年轻的太太，找到我们来坦白你想都想不到的事情：暗杀发生在夫妇间、情人间、仇敌间；年纪大了的贵妇为自己找到一个十几岁的丈夫；出身卑微的有钱人使用少量的金钱买来一桩有贵族血统的婚姻。对这种事我可不愿意去帮忙。但对那些被爱情迷惑和伤害的人事，我会很注意地倾听，对他们有情同身受之感。有一次，我的同情心使我深深地陷了进去，差一点就同一个塞维利亚最可爱和富有的女士结婚了。

但我终究不会做这样的事，因为我想着在英国的莉莉，无论白昼还是夜晚。

注释

① 茄泰兰人，西班牙东北部的少数民族。

② 西班牙金币，值大约六十三镑英国币。

第八章
第二次见面

读者可能以为我自从受雇之后就忘记了来到西班牙的目的是找那个谋杀我母亲的人——璜-德-加西亚，其实并非如此。自从我在安德斯-德-方西卡家住下后，我就开始四处打听德-加西亚的踪迹，但尽管我用尽了方法，却一无所获。

我开始感到简直无法在这儿找到他了。他曾在耶末斯散布说他是航行到塞维利亚来的，但并没有和他同样名字的人曾来过卡德斯或瓜达灰坞。看来他在英国杀了人之后就没敢说实话，但我仍坚持着搜索。

我母亲和外婆居住过的房子已被焚毁，她们那个时代的生活已经隐退了。二十多年的变迁，使得很少还有人记得她们了。我只找到一个人，一个生活非常贫困的老妇人，她曾经是我外祖母的使女，和我母亲很熟。在我母亲逃往英国的时候，她刚好不在。我从她那儿收集到一些信息，当然，我不会告诉她我是她女主人的外孙儿。

看来，自从我母亲跟着我父亲逃往英国后，德-加西亚对我的外祖母——他的姑姑进行了迫害。经过诉讼和其他的手段，使她变成了一个乞丐。就这样，这个恶棍把她迫害致死，最后因买不起墓地被葬在了公共墓地。这老妇人还告诉我，德-加西亚犯了罪并被逼逃离了西班牙。究竟犯了什么罪，这老妇人已记不清了，这事大约发生在十五年前。这是我到达塞维利亚三个月内所打听到的，虽说这消息有意思，但至此又是毫无进展了。

又过了四五天，一天晚上，当我进入老板的房子时，在廊道的进口处碰到一个年轻女人正从里面出来。她的脸部被厚厚的面纱遮住了，我注意到她那高高的美丽的身影，她伤心地哭泣着，身体都发抖了，我早已习惯了这种场景。她经过时我也没太在意，但当我进入我主人的会客室后，我向他提起这个女人并问他这个人我是否认识。

"啊，侄儿，"方西卡说道，他已习惯这样称呼我，并且真的把我当作他的亲戚来对待。"一个悲伤的故事。我不认识她，而她是属于不用付钱的病人，一个可怜的贵族女孩。宣誓入教会后认识了一个花花公子，他们在女修道院的花园里相会，他答应会娶她并带她逃走，并且假装和她结了婚——她说的——剩下的就这么回事了。现在他抛弃了她，她也就陷入了麻烦，一旦被教士抓住，那她就要在修道院的牢房里被终身监禁了。她找到我要我帮助她，还带来了一些银质的装饰品作为诊费，看，就这些。"

"你收下了？"

"是的，我收下了——我总是收费的，但我给她同样重量的金子，还告诉她到什么地方去躲避，直到追捕结束再露面。然而我不想告诉她的是，她的爱人是在塞尔维亚地区最大的专骗女人的人。我为什么这么做？为了使她可以捡回一点自尊。哈！又一个公爵夫人——一个占星术上的问题。占星图和魔杖在哪儿？哦！对了，还有水晶球？把灯遮起来，书拿来，让我自个儿待会。"我服从了。

接着又是一个高贵的、被花花公子糟蹋了的女子走了进去。轻轻地，担惊受怕地穿过拱门，去从星相里找答案，并付了大把的钱。这形象令我发笑，并很快把前面那个女士和她的悲惨遭遇忘掉了。

我现在要说说我是如何遇到我的敌人和亲戚德-加西亚的。在我遇到那个蒙面女士之后两天，在半夜里，我走在一条偏僻的小路上。在这个时间，这种地方对某些事情来说是安全的。我的主人交给我的工作也是经常需要避人耳目的。我在这儿似乎没有敌人，我还带着那把从德-加西亚手中夺来的剑，这把杀死我母亲而我希望用它来为母亲复仇的剑。每天早晨我都在剑术学校里练剑，到这个时候我已经达到职业剑手的水平了。

我刚结束了一笔交易，正慢慢地往回走，脑子里想着事情。我发现自己的生活有点奇怪，与我童年在威凡尼山谷的生活真是天差地别。我想着莉莉，想着她现在怎么样了。如果我哥哥求她结婚的话，她会否拒绝他？她能否拒绝她父亲的强求？这么想着我来到了一个水闸前，这水流向瓜达灰坞。我懒洋洋地靠在一垛矮墙上，欣赏着美丽的夜色。经过了这么多年，每当我回忆起那个夜晚，总感觉那确实是个可爱的夜景。让世上所有见过这儿的人都来说说看，有什么景色能胜过八月的月光下瓜达灰坞水景和这古老城市的美景。

正在我欣赏夜景之时，我注意到一个男子走上石阶，他从我边上走过，进入街道的阴影里去。一开始我没有注意到他，直到我听到低低的说话声从那边传来，才发现这个男子和一个女人在那个通向水闸的路边说着话，显然这是一对恋人在相会。这种场景是特别吸引年轻人的，所以我看着那对人儿，发现在这个约会之中透露出了一些离情别意。那个男情人不停地向着我的方向后退着，像是在退向他乘来的一条船。我惊异地发现，即使在这么远的距离，月光下女子的脸也非常美丽。那男人背对着我，所以我看不清他的脸，他戴着一顶宽檐帽遮住了月光。现在他们离我很近，这男人只是往后退，而女的却一直跟着他，我开始听到他们的说话声了。

女人向男人请求说："你一定不会抛弃我的吧，"她说，"你和我结了婚并宣过誓，你的心不会让你抛弃我。为了你，我抛弃了我的一切，我现在是在如此的危险之中。我——"她的声音低了下去，听不清了。

于是他说道："最美丽的，我一直崇拜着你，但我们必须分离一段时间。你欠我很多，伊莎贝尔，我把你从坟墓里救出来，我教会了你怎样生活和恋爱。毫无疑问，你有优越的地位和容貌——你如此美丽，你可以从中得益。我不能给你钱，但我为你装备了经验，这可是很有价值的——从长远来看。这次我们暂时离别，我的心也碎了，但是：'在美丽的天空下，还有眼睛在闪烁。'而我——"他的声音低下去了，听不清他接下去的话。就在他说着话时，我的身体开始抖了起来，并不是这情景打动了我，而是他的声音让我感到耳熟——不，这怎么可能！

"噢！你不会这么残忍的，"那个女人说，"离开我——你的妻子？而且是在这样的可怕和危险之中。带我走吧，璜，我恳求你！"她用双手抱住了他，紧紧地贴在他身上。他粗暴地推开她。正因为他这么做，他的宽檐帽掉在了地上，月光照在了他的脸上。天啊！这是他——璜-德-加西亚，不会错！是他！脸上的伤疤，残忍的面容，额头上的伤痕，薄薄的嘴唇，修尖的唇须和卷曲的头发。上天把他交到我手中，不是他死就是我死。

我冲上三步站在他面前，一边就拔出剑来。

"干吗，小鸽子，你冲过来干吗？"他说着惊异地往后退了一下，"干你什么事，先生，你为美女痛苦吗？"

"我来为被你谋杀的女人报仇，璜-德-加西亚，你不记得在遥远的英格兰，在一条河边上你把她杀了吗？如果你不记得了，那么看看这个，我带着它是用来杀你的。"我在他的眼前晃了晃那把剑。

"上帝的妈妈！这是那个英国孩子——"他停住了。

"我是汤姆-温费尔，我揍了你还把你绑了起来，记得吗？现在我要来实践我的誓言，结束在那边已经开始的工作。拔剑！璜-德-加西亚，或者就站在那儿让我把你捅了。”

德-加西亚听到这些话脸变得像一只陷阱里的狼。我看出他不准备战斗，倒不是他害怕，他是不会害怕的，是因为他迷信。他从此害怕和我打斗，这是我以后感觉出来的，他相信在我手里他会走到头的。正因为如此，他才在第一次遇到我时就拼命想杀死我。

“决斗有决斗的规则，先生。”他有礼貌地说，“一般来说，决斗不能没有证人，也不应该在女人面前，如果你认为你有严肃的理由——虽然你胡言乱语的，我不认为你能说出任何理由来——我可以在你指定的地点和时间和你相会。”在说话的时候他左顾右盼地想找机会溜走。

“我要你现在和我决斗，”我说，“拔剑！我要攻击了。”

他只得拔出剑来。我们拼死相斗，剑与剑溅出火花。金属的碰撞声震响于街上。一开始他略占上风，因为我的愤怒搅乱了我的剑法。但很快我冷静了下来，渐渐得心应手。而且我知道如果不发生意外我会杀了他，尽管他的剑术仍然比我高明。上次在狄钦汉的路上与他打斗之前，我还没有见到过这种西班牙的双刃剑，但我年轻并握有正义，我的眼睛像雄鹰，手腕坚如钢。

渐渐的，他向后退去，剑法有点乱了。我伤了他两次，其中一次是在他的脸上，我把他逼到了墙角，他只是不停地招架，迫使我在进攻中用了太多的力气。但眼看着我就要打败他的时候，霉运降临到了我的头上。那个女人，她留心地看着我们，当看到她那负心的爱人将要被打败时，她死命地抓住我的后背不断发出求救的尖叫声。我想尽快地把她甩开，但还是被德-加西亚抓住了机会，他乘机刺了我一剑，刺中了我的右肩，使我丧失了一半的战斗力。这样，如果我想活命的话，就必须转入防守了。此时，因听到尖叫声而聚集过来的人也越来越多，有人开始吹起了哨子。德-加西亚看到这场景突然离开，转身向水闸跑去。随后那个女人也不见了。

围观的人渐渐围住了我，一个带头的人上来一把抓住我，另一只手提着一盏灯。我用剑柄把他的灯打落在地，灯笼一下子着起火来，我就乘机逃跑了。我可不愿意像个闹事者似的被拖到市政长官那儿去。那时刻我忘了加西亚也同样逃跑了。有三个人追着我，但他们又壮实又迟钝，等到我跑了半英里路的样子，就把他们甩开了。我一边喘着气一边想，我把德-加西亚给丢了，不知何时才能再找到他。一时间我想回头去找他，但再想想这一回去可能会被那群人抓住，不可能再看到他。况且我的剑伤也开始作痛了。我一边往家走一边诅咒着我的霉运和那个从背后抓住我的女人。要不是她，我正好一剑结束他的命。我两次几乎完成了使命，却两次都功败垂成。过分的小心和渴望以及剑术的不成熟使我不能很快取胜。现在我失去了机会，不知什么时候再有机会遇到他。

在这个伟大的城市里，我要怎样才能再找到他呢？显然，在耶末斯杀人后，德-加西亚换用了假名。如此接近于复仇却再次错失机会，想起来就刺痛我的心。现在我回家去，想着我该去见我的主人方西卡了。我想过让他帮助我，不过我一直没有向他提起这件事，只想着自己来解决它。我也没有向他讲过我的过去。我向他的工作室走去，发现他已经休息了。仆人告诉我，今晚不要叫醒他，他累了。于是我自己包扎了一下伤口，带着懊恼的心情去睡了。

第二天早晨我到他的房间里找他，却发现他还躺在床上。他感染了什么病，而这个病最后造成他的死亡。我向他汇报工作时他注意到我肩上的伤，问我发生了什么事。这给我以机会，我正好想跟他谈这件事。

“你有耐心听一个故事吗？”我说，“我想得到你的帮助。”

“啊哈！”他说道，“还是一句老话，医生无法治好他自己的病，说吧！侄儿。”

于是我坐在他床边，把我的故事向他和盘托出。我说了我父亲和母亲的爱情故事，我的童年，德-加西亚杀害了我的母亲，以及我发誓要复仇的故事。最后我告诉他昨晚发生的事，还有让我的敌人从我手中逃跑的懊恼心情。在我说话的过程中，他穿着一件贵重的摩尔人的睡袍坐在床上，把他的脸搁在膝盖上，用他那尖锐的眼光看着我的脸，一声不响直到我结束了全部的故事。

“你笨得出奇，侄儿，”他听完后说道，“大多数年轻人因为轻率而失败，但你却因为过于小心而失去了机会。但最大的失误是你过于小心地对我隐瞒了你的事情而失去了巨大的机会。你怎么搞的？难道你没见我给予这种事这么多的指导吗？难道你没见到我从未出卖过别人的秘密吗？你怕什么呢？”

“我也不知道，”我回答，“我原想让我自己先干一下。”

“骄傲是失败之母，侄儿。现在听好了，如果在一个月之前我就知道了这件事，那么加西亚会死得很难看，不是死在你手里而是死于法律的制裁。我知道这个人，在他很小的时候就有接触，如果把他的事情说出来，那够吊死他两次。我知道你的母亲，孩子，从一开始我就觉得你脸熟，现在我发现你和你妈妈确实很像。当初就是我买通了神圣法庭的管理人放走了你的父亲并安排了他的逃离，尽管我从未见过他。

“德-加西亚经过我的手有四五次之多，有时用这个名字，有时用那个名字。有时候，他甚至作为我的顾客来求我，但我没碰那件事，因为这个恶徒的手太黑，他是全塞维利亚我所知的人里面最坏的一个，也是最狡猾和报复性最重的一个。他的生活是以罪恶的目的去行恶，他手上沾满了鲜血和生命，做了这么多坏事也没挣到什么钱。如今他隐姓埋名到处冒险，以敲诈和欺骗妇女为生——有时还抢她们的。把那边书箱里的书拿给我，我会告诉你这个德-加西亚。”

我听从他的指令，把那些沉重的文件拿给他，文件都有暗号写在绑着的牛皮上。

“这些是我的档案，”他说，“除我以外，没人能读懂它。这些号码——啊！这就是。把第三册拿给我，翻到第二百零一页。”我照做了，把书放在床上他的前面，他开始读那些记号，就像人们读文字一样。

“德-加西亚，身高、外貌、家庭、假名等等。就是这个了——历史。”

接下来就是两页写得密密麻麻的事，方西卡直接用语言把密码念出来。很简要地说出了那些我前所未闻的事。这里叙述的事情，记录了所有人类可以做出来的最下流的恶行。在这一连串的记录中有两件谋杀案：一件是用刀子刺死了敌人，一件是用毒药毒死了情人，还有其他更坏的，简直羞于用文字描写。

“无疑还有更多的没有在我的笔下记载，”方西卡冷冷地说，“这些我知道是事实。还有一件谋杀案可能被证实，如果能把他抓住的话。等会儿，把墨水给我，我必须加几件。”

于是他用密码写道：“一五一七年的五月，德-加西亚坐一艘商船去英国，在那儿，在狄钦汉教区诺福克县，他杀死了露伊莎-温费尔。原名露伊莎-德-加西亚是他的堂妹，曾与他订婚。同年九月或前一年，揭露出另一桩非法婚姻，他诱奸并遗弃了唐娜-伊莎贝尔，贵族西昆查家族出身的本市的修女。”

“什么!”我惊叫了一声，“两天前到你这儿来求助的女孩就是被加西亚甩了的?”

“对，侄儿，正是她。如果我早两天知道你今天告诉我的事，这个恶棍现在会安安静静地待在监狱里。也许现在还不是太晚。我现在病了，等我好一些时，我会来管这件事。把这件事交给我吧！侄儿。去好好调养。我会办好一切可能办的事。等一下，吩咐信差去准备好。今天晚上我就会把一切都打听清楚。”

那天晚上方西卡把我叫了去。

“我已发出了通缉要求。我甚至已通知了法院，这是多年来我第一次这么干。他们也正在追捕德-加西亚，就像猎犬追捕奴隶一样。但他却毫无音讯，像是人间蒸发一样。今晚我写了一封信去卡德斯，他可能顺流而下，去了那里。另一件事我要告诉你，伊莎贝尔小姐已被抓捕，并被证明她曾企图从女修道院里逃走，现已交给了神圣法院的执行部门。她的案子将被调查。换句话说，如果罪行成立的话，她会被处死。”

“能把她救出来吗？”

“不可能。如果她遵从了我的忠告，她是不会被抓的。”

“能和她通信息吗？”

“二十年前还有可能通融，现在那儿是更严格清廉了。金钱在那儿已不起作用。一直到她被执行死刑那一刻，我们是不能再见到她了。但是，如果她想和我们说话，他们可能会仁慈地恩准，虽然我怀疑他们会这么做。但我想她不会这么提出，如果她能藏起不荣誉的事，可能会逃过一死，但这不太可能。别那样伤心，侄儿。宗教是需要牺牲品的。活着受罪，说不定对她来说还是死了的好。但愿她的鲜血能沉重地洒在德-加西亚的头上！”

“阿门！”我答道。

第九章
汤姆发财了

几个月过去了，我们没有听到关于德-加西亚或伊莎贝尔-德-西昆查的任何消息。好像消失了似的，杳无音信。我们徒劳地寻觅，我又重新回到从前作为方西卡助手的生活，公开的身份是他的侄儿。但从我和德-加西亚决斗的那天起，我的主人的身体却日渐衰弱，一直被肝脏病毒损害着。八个月后，他变得整天卧床奄奄一息了。但他的思维仍然保持清醒，有时还可以接见求助的人。他坐在一张摇椅上，穿着绣花的睡袍。他也知道死神已经临近了。时光飞逝。他逐渐变得越来越离不开我了，对我比对一个儿子还要亲近。而我也尽我所能去关心他的痛苦和病情，以至于除我之外，他不愿意让任何医生来接近他。

最后他变得很衰弱了，说要找一个公证人来。他所指定的人找来了，他们俩关起门来谈了一个多小时。公证人离去了一会儿，又带来了几个办事员。他们一起进了我主人的房间。这期间我一直被隔离在外面。等他们完事后离开时，还带走了一堆文件。

那天晚上方西卡把我叫进去。他很虚弱，但精神很好，一直讲个不停。

“走过来，侄儿，”他说道，“今天忙了一整天。我忙碌了一辈子，不应在最后的时候变得闲散起来。你知道我这一天干了什么?”

我摇摇头。

“我会告诉你。我写完了我的遗嘱——我得留下点什么;并不太多,但留下了一点。”

“别说遗嘱,”我说,“我相信你还会活很多年。”

他笑了。“你一定想到我的情况很糟糕,侄儿。我知道得很清楚,你我都清楚我快死了,但我不怕死。我有一个富足的生活,但我并不幸福。春天的植物遭到病害,无可救药,这是一个不值一谈的老故事;不管怎么说,现在是快死的时候了。我们每个人都得走完自己的旅程,好还是不好,对一个将死的人是无所谓的了。在我来说,宗教也起不了太大作用了。我将会直面我一生的全记录。我曾干过坏事也做过好事,我干那些坏事是因为我的本性和有时那些诱惑对我太强烈了;那些好事也是我的心直觉叫我去做的。好在都结束了。最后,死也不是那样地可怕,每个人生来就是要去经历死亡的,世上万物无不如此。所有的一切都是假的,但我相信只有一样是真的:上帝确实存在并且是仁慈的,比那些布道者教我们的还要仁慈。”他停下来,筋疲力尽。

从那以后我就想着这句话,直到现在我自己的生命将要结束时还是想着它。我看出方西卡是一个宿命论者,这和我的信仰不太一样。但有一点我信,就是无论我们按照自己的愿望选择怎样的人生,他最后的那句话总是真的:上帝存在并且是仁慈的,死亡不论是行为还是结果都不是可怕的。

方西卡又继续说话了。

“你干吗引我说这些东西?它们使我疲劳,我没有多少时间了。我想说我的遗嘱。听好了,侄儿。除了一部分财产我要捐给慈善机构外——没多少,你别介意——我把所有的财产都留给了你。”

“留给了我?”我惊异地说道。

“是的，侄儿，给你。为什么不呢？我没有活着的亲人，而且我学会了爱护你。我曾经以为自己不会再关爱任何人了，不论男人、女人或是孩子。我感谢你。你让我证明了自己的心还没有死。接受我给你的，并想着那是我对你感谢的证据。”

我开始结结巴巴地表达我的谢意，但他止住了我。“你将要继承的财产，侄儿，总值大约五千金比索，或大约一万二千你们的英镑，足够一个年轻人过一辈子，甚至加上他的妻子。这在英国也可算是一笔大财富了。我想你未来的岳父、岳母也不会再反对你做他们的女婿了。另外再加上这幢房子和里面的东西。那图书馆和银饰物也很值钱，我想你会好好保护它们的。所有这些全部归你，并有完整的手续，所以在你取得它们时不会有任何麻烦。在我知道自己的寿命将要结束的时候，我就把所有的浮财都归拢了起来。大部分的金子都已存放在那边暗墙中的箱子里，你知道怎么开的。早在我认识你之前，我就变得富有且没有继承人。出于慈善，我给了一些需要帮助的人，接济了一些苦难的和无家可归的人。汤姆-温费尔，我的大部分财富来自人类的愚昧和不幸、脆弱和罪恶，把它用到智慧与提升人权和自由上去。祝它使你成功。记住我，你的老主人，还有，西班牙庸医。最后，你把这些财富传给你的孩子或穷人。还有一句话：如果你的良心允许你的话，放弃追踪德-加西亚，带着你的钱财回英国去；和你心爱的姑娘结婚，过你所想要的幸福生活。你认为自己是谁，一定要完成向这个恶魔报仇的誓言？让他去吧，他终将会害死他自己。否则的话，你要经历很多危险和苦难，最后会在一个打击之下失去爱，失去生命。”

“但是我曾发誓要杀了他。”我说，“我怎能毁掉如此神圣的誓言？我怎能坐在那儿平静地对待如此羞耻的重担？”

“我不知道，这不是由我来说的事。但在做这种事的时候，你很可能会堕入比这更大的羞辱。你曾经与这个人交过手，而且让他逃脱了。让他去吧——如果你是理智的。现在你弯下腰来，亲我一下并说声再见。我不希望你看着我死，那很快就要来到了。我不知道我们死后是否还能再见面。正如我要死了，你也会死一样，可能我们跟着不同的星星走。如果真是那样，永别了。”

我弯下身去吻了他的额头，并流下了眼泪。直到此时我方才发觉自己有多爱他，此时的感觉就像看着自己的父亲正在死去一样。

“别哭，”他说，“人生就是分离。我曾有一个像你这样的儿子，我们的分离是最苦涩的了。如今我又要出发去找回他了，别为我哭泣。再见，汤姆-温费尔。愿上帝助你，保佑你并祝你成功！走吧！”

于是我哭着离开了他。当晚，在天亮之前安德斯-德-方西卡去世了。人们告诉我，一直到最后一刻他的神智都是清醒的，喃喃地叫着他的儿子，最后的名字还是我。

关于他这个儿子或方西卡自己的历史，我从未听说过。就像印第安人隐藏自己的脚印一样，他把自己人生的历程一步一步地都掩盖起来了。他从不提起自己的过去，在他留下的书和文件里也没有提起它。几年前我通读了一遍他留给我的密码记录——现在在我写着书的时候它们正躺在我眼前的书架里。这里记录了很多羞耻、痛苦、恶毒的迷失本性的或天真无知的背叛，僧侣的残酷和贪婪战胜爱情，爱情战胜死亡的故事，等等——总共几十个纪实的故事。这些真实的故事记录了他一生的所见所闻，现在都成了过去。但其中没有一次提及过方西卡自己的名字以及关于他的历史和暗示。它们将永远遗失了，说不定这样更好些。再见吧我的恩人和最好的朋友。

在他准备就葬时，我进去看他。他看上去安详平和，就像睡过去了一样。女美容师递给我两张画像，是画在象牙上的，非常美好还镶上了金边。这画像是在他的胸前发现的，我到现在还保存着它们。一幅是一名女士的头像，脸容带着甜蜜的沉思；另一幅是个死去的年轻人，却也是美丽而伤感的。显然这是母子两人，但我所知也仅此而已。

那天早晨，我让安德斯-德-方西卡下葬了，但不铺张，因为他曾关照过不要在葬礼方面浪费。然后我去见公证人。一起打开火漆，读过遗嘱，我成为死去者的唯一继承人。在结算了该付的钱款后，公证人离去时谦虚地向我鞠躬，因为我是一个富翁？是的，我富有了。财富的到来对我没什么影响，虽说我有理由喜欢它，但这却是我来到西班牙后最悲伤的一天，我心中装满了忧愁和悲伤。更严重的是孤独感深深地抓住了我，而更伤心的事接着就来了。正当我在早晨假装要吃点东西的时候，一个女仆进来说有个女人在外间等着要见她的新主人。一开始我想到这是一个还不知道方西卡死讯的人，就想回了她；再一想，我正可以借着这个机会，使我在工作中减轻些自己的烦恼，所以就吩咐让她进来。进门的是一个高个子的女人，身上裹着的斗篷遮住了她的脸。我鞠躬并示意她坐下。

她突然开口道："我要见的是唐-安德斯-德-方西卡，"随即又压低了声音："你不是他，先生。"

"安德斯-德-方西卡今天下葬了，"我答道，"我是他的助手和事业继承人。如果我能为你服务的话，我听从你的使唤。"

"你年轻——非常年轻，"她喃喃地说，有点不知所措，"这件事非常严重和可怕，并且很紧急。我如何能信得过你？"

"这得由你自己决定，夫人。"

她思索片刻，脱去斗篷，露出里面修女的衣服。

"听着，"她说，"今晚我必须做很多功课，我非常困难地争取到时间来为仁慈出差一次。现在我必须相信你，因为我不能空手而回。但是首先你得向圣母发誓不会出卖我。"

"我以我的信誉对你说话，"我回答道，"如果这对你来说还是不够，那我们就此打住。"

“别跟我生气，”她请求道，“我待在院墙里太久了，并且因为一件伤心的事而分神。我需要一种剧毒的药。我会付给你很多钱。”

“我可不是谋杀的工具。”我说，“你要毒药干吗？”

“哦，我必须告诉你——怎么说得出口呢？有一个年轻美丽的女子今晚必须得死，她几乎还是个孩子，但她违背了教规。她今晚必须和她的婴儿一起死——就这样，啊，上帝，就这样！她辱没了教会的圣洁。法庭判决对她执行死刑，且不得原谅和缓刑。我是这个修道院的院长——别问我和这个修道院的名字——我爱这个罪犯如同爱我的女儿一般。我用我忠诚的服务和特殊的关系，为她求得了这个慈悲：在她刑前给她一杯混入了毒剂的水，并沾湿婴儿的嘴唇，这样她们可以死得很快。我被允许这样做而不会让我的灵魂犯罪。我有文件允许。帮助我完成这件无罪的谋杀吧，让这个罪人免受尘世间最后的剧痛。”

我无法形容，当我听到这些恶心的故事时的心情。这是难以用语言来描述的。我惊恐地站在那儿，想找到答案，一个可怕的想法突然进入了我的脑海。

“这个女人的名字是叫伊莎贝尔-西昆查吗？”我问。

“这的确是她的名字，”她答道，“我不知你是怎么知道的。”

“我们这儿知道很多事情，妈妈。告诉我能否用金钱或其他什么来救这个伊莎贝尔？”

“不可能的，她的判决是宗教裁判所下达的。她必须在两个小时内死亡。你能给我这毒药吗？”

“除非我知道使用的目的，否则我是不会给的，妈妈。这可能是一个无聊的故事，而我也可能落入犯法的境地。只有在一个前提下，我才可以给你，就是我必须在现场看着它被使用。”

她想了一会儿说：“或许这是可行的，我的话可以管用。但是你必须穿戴得像个传教士。我必须警告你，如果你把这件事泄露出去，你自己就会糟糕了。教会一定会对揭露其秘密的人报复，先生。”

“总有一天教会会被自己的那些秘密所报复，”我说，“现在让我来找一种管用的药，药性很厉害，但也不能太厉害。要让你们的猎犬看清楚，那猎获物是怎样在他们的恶行下结果了的。这个药可以做到这些。”我拿起了一个小药瓶，里面灌了一些从大瓶里取出的药水。“来，戴起你的面罩，妈妈，让我们去办这件慈悲的差事吧。”

她服从了。我们离开了屋子，很快走过热闹的街道，走向古老的城区，来到河边。从这儿，这个女人领我走向一个码头，那儿有一条船等着她。我们上船后，向上游划了大约一英里的光景，在一座高墙边的码头停了下来。离船上岸，来到一扇门前，我的同伴敲了三下。木门开了，一张白色的脸往外面望了一下并和她说话。我的同伴低声回答了。等了一会儿，门开大了，我发现自己走进了一个高墙围着的种着橘树的大院子里。修道院长这时跟我讲话了。

“我领你进入了我们的家，”她说，“如果你知道这是哪里和这儿是什么地方，为了你自己我祈求你离开时忘了它。”

我不作声，四处看了看这阴暗和潮湿的花园。毫无疑问，德-加西亚就是在这儿遇上了那个今晚就要被处死的不幸的姑娘。走了大约一百步，我们来到了一幢长长的摩尔式房子的门边。又是同样的敲门和问话，比前一次更长。门开了，我发现自己走在一条长长的狭窄阴暗的过道里。在过道的深处我可以看到修女的身影像墓地里的蝙蝠闪来闪去。院长直走到底，在右边的一扇扁门前停下并打开门。这是一间小室。她把我留在黑暗中大约有十分钟，似乎我已被遗忘了。接着门又开了，她领着一个神父进来。神父高高的个子，一身白色的道袍和一顶多米尼加帽子。我看不清他的脸，只见到他的眼睛。

“你好，我的孩子，”他看了我一会儿后说道，“院长妈妈告诉了我你的使命。做这样的事，你实在是太年轻了。”

“我即使年长了也不会更喜欢做这样的事，神父。你知道这个案子的。我被要求为了慈悲而提供致命的毒药。我把药带来了，但是我必须看到它被合适地使用。”

“你非常谨慎，我的孩子。教会不是干谋杀的组织。这个女人必须要死，因为她的罪行是严重的——如今这种恶行变得流行起来。所以经过反复的考虑和祷告，并经过很多的了解和慈悲的思虑，最后被高层决定了死刑，那高层的人不可说出，太高了。而我，呃，来到这里，只是为了看着死刑是以特定的减轻的方式执行的。这种仁慈也是得到她的首席法官同意的。看来你来到现场是必须的，但这使我难堪。院长妈妈已经警告过你，走漏教会秘密是危险的。为了你自己，我祷告你会把这个警告牢记在心里。”

“我不是泄密者，神父，警告是不必要的。还有一句话，这次出来必须有高的回报，这药是很贵的。”

“不必担心，医生，”这个修士回答，声音里带着蔑视，“开个价吧，你会得到你想要的。”

“我不要钱，神父。我宁肯付给别人更多的钱让我今天远离这个地方。我只要求在这个姑娘死前能和她讲几句话。”

“什么?”他呆呆地看着我，“你不会是那个坏蛋吧？真是这样的话，你可是够有勇气和她共命运的。”

“不，神父，我不是那个人。我只见过伊莎贝尔-德-西昆查一次，并从未与她说过话。我不是那个玩弄她的人，但我知道他：他的名字叫璜-德-加西亚。”

“哈!”他快速地说道，“她绝不会说出他的真名字来的，哪怕用严刑威胁，她都不说。可怜的迷失的灵魂，对着不忠实的人死守忠诚。你想和她说什么呢?”

“我想问她这个男人跑哪儿去了。他是我的仇人，我要找到他，我已追踪他很久了。他对我和我的家人做下的坏事远比这个可怜的姑娘严重得多。答应我的请求吧，神父，让我完成对他的复仇，这同时也是为了教会。”

“‘复仇属于我，’上帝说，‘我会回报。’这是可以的，孩子，上帝可能选择你来执行这件愤怒的工作。我会给你与她谈话的机会。现在穿上这些衣服。”——他把一顶多米尼加僧帽和袍子递给我——“跟我来”。

“先让我把这些药给院长，”我说，“我的手不沾这件事。妈妈，拿去，当时间到来时，把这小瓶里的东西倒入一杯水中，在婴儿的嘴和嘴唇接触过这液体后，再把它给母亲喝，看着她喝下去。在刑期到来之前，他们就会熟睡过去。再也不会醒来了。”

“我会做的，”院长喃喃地说，“我完全是为了爱和慈悲去做。”

“你的心太软弱了，姐妹，判决是慈悲的，”修士做了一个手势，“呃，这是软弱的肉体与灵魂的战争！”

于是我把自己包在这可恶的衣服里，他们拿起灯笼并示意我跟着他们。

第十章
伊莎贝尔-德-西昆查之死

我们静静地走过那长长的过道，在两边的门洞里，我看到一双双眼睛在看着我们。我心中叹息着，这个将死的女子曾抗争着逃离这种地方，去争取外面的世界和爱情；而现在，她必须为此献出生命。上帝一定会记住以教士的身份干这事的男人和施行这种规则的国家。事实上它确实记住了。看看西班牙还保有多少昔日的荣光，那些它曾引以为荣的，残忍的仪式到哪儿去了？在我们英国，脚镣已被永久地打碎了，那些教规也已被我们自由的英国人打破——永远不会再会来了。

在走道的最里面，我们走下了一座楼梯。在那底部有一个用金属框住的门。教士打开它，并在我们通过后又立刻关上了。那是一条四周是厚墙的通道，然后又是一道门。我们来到了执行死刑的地方。

低矮的穹顶下空气潮湿，河水在墙外冲刷，我可以在肃静中听到水声。这里大约有八步宽，十步长。屋顶用柱子撑着，在一边有一扇门，通向一间囚室。在这间暗穴的最里面，有火把和灯盏的亮光，有两个人在工作着，一声不响地在搅拌着石灰，停滞的空气中热气袅袅上升。他们旁边有整齐的方石块码在穹顶下面，前面有一个壁龛是直接从厚厚的墙里刻出来的，像一个大棺材的底部。

壁龛前面放着一把巨大的核桃木椅子。我注意到这座墙上还有两个同样的壁龛，里面都有白色的石头，面上都刻着字。一个大约有三十来年，另一个大约有一百年。

在我们进入这间穹室之前，这儿只有两个人。忽然一阵安详，柔和的歌声从第二个通道飘了过来。门打开后这两个泥瓦工修士停止了他们的工作，歌声也响了起来，我可以听出里面的重叠句。那是拉丁文圣歌，是关于死亡的。过了一会儿，从开着的门里走出了这个合唱组，八个带着面罩的修女两人一组排成行，走进穹室里后便停止了唱歌。

在她们之后又走来一个遮住脸的女人，两个修女守在她身旁；最后进来的是一个手拿基督十字架的神父，他穿着黑色的袍子，消瘦的显出有点激怒的脸并没有遮住。这就是我所见和所记住的。但与此同时我又似乎什么都没看见，只看见那个牺牲品。我认出她了，我曾见过她，有一次是在月光下。她确实变了，那可爱的脸像是被漂白了一样，满含痛苦的眼睛像星星一样在苍白的脸上闪光，使她原本深红的嘴唇颜色更深了。还是那张脸，同我在八个月前见到的向她虚情的爱人恳求的时候一样。现在，她那高高的身材已被包裹在丧服里，她的黑发飘动着，双手痉挛地把睡着的婴儿抱在胸前。伊莎贝尔在她自己的坟墓前站住了。她向四周看着像是在寻求帮助，望着围观的人们希望从中发现一个朋友。最后她的眼光落在了壁龛上和冒着热气的石灰池边上的两个人。她开始颤抖了，被扶着跌坐在椅子上，像一具活着的骷髅。

现在那可怕的仪式开始了。一个多米尼克神父站在她面前，读着她的罪名和判决书，判定她应“面对上帝和由你的罪而来的孩子，当上帝看到这一切的时候他会惩罚你的”。整个过程她似乎什么也没听见，甚至没有注意到接下来的挖墓。最后神父发出一声叹息停了下来，转身向着我说：“走近这个罪人，兄弟，趁还来得及，跟她说话吧。”然后他吩咐其他人都聚集到穹室的另一端，不让大家听见我们说的话，他们都服从了。神父希望我能以一个修士的身份在最后使这个罪女归顺上帝。

我走上前去，心咚咚跳着，弯下腰去在她的耳边说话。

“听我说，伊莎贝尔-德-西昆查！”当我说出她的名字时她大感震惊。“那个引诱你并抛弃你的德-加西亚现在在哪儿？”

“你是从哪里弄到他的真实姓名的？”她问道，“任何酷刑都别想从我这里得到一点消息，你是知道的。”

“我不是神职人员，我什么也不知道。我就是那晚和德-加西亚打斗时被你抓住后背的人。如果不是你抓住我的话我本可杀了他！”

“至少我救了他，这是现在我唯一可以聊以自慰的。”她说道。

“伊莎贝尔-德-西昆查，”我说道，“我是你的朋友，是你一生从未遇到过的，也是你最后的一个朋友。告诉我他在哪里，我和他之间还有一些没有解决的问题。”

“如果是我的朋友，你已没必要为我担心了。我不知道他在哪里。几个月前他去了那个你不愿意去的地方——印第安，即使你去了那儿也不会找到他的。”

“我还是会继续做我的事。如果这样，你要我给他带什么口信？”

“没、没有。这个，你告诉他我是怎么死的——他的孩子和妻子——告诉他我竭尽所能向教会隐瞒了他的真实姓名，使厄运不至降临到他的头上。”

“就这些？”

“是的，哦，不是，不完全是。告诉他我至死都爱他并原谅他。”说完后，她似乎沉入了昏睡状态。

“我没有多长时间了，”我说，“清醒地听好了！我曾是安德斯-德-方西卡的助手，他曾助你逃离毁灭，我给了那个院长一种药。当她给你一杯水的时候你一定要喝下去，孩子也一样。没人能够死得比这更快乐。你懂了吧?”

“是、是的。”她轻声说道,“愿上帝保佑你。现在我已不担忧了——我早就想死了——我只是害怕那种死法。”

“那么再见了,愿上帝与你同在,不幸的女人。”

“再见,”她轻声地说,“不要说我不幸,我将如此容易地和我所爱的一起死去。”她看了一眼熟睡的婴儿。我退后去,低着头一声不响。

现在那个多米尼加神父示意所有执刑人员各就各位,他则站在前面并向她发问:“迷途的姐妹,在你永远沉默之前,想说些什么呢?”

“是的,”她用清晰的甜蜜的口音回答,并且不带颤抖。自从知道她的死将会是容易和快速的之后她变得勇敢起来。“是的,我要说,我死得清白。如果说我有罪,那是世俗的,不是反上帝的。我背弃了誓言,但那不是我自愿的而是被逼的。我是一个女人,是为阳光和爱情而生。但我却被凶残地关在这个阴暗的地方生不如死。尽管把我关在这里,但我还是很高兴我背弃了那种誓言。如果说我的婚姻是非法的,是欺骗行为——这是他们现在告诉我的——但我并不知道。所以对我来说,这婚姻是神圣的,我的灵魂毫无污点。我曾生活过,爱过,也短暂地做过妻子和母亲,我将会在这间地洞里很快地死去。而对你来说,神父,你的邪恶将会找上你。你竟敢对上帝的孩子说‘你将不能有爱情’,并因为他们不听从而杀死他们。他们会找上你和你为之服务的教会,你们一起都会被毁灭并在今后留给人们一个轻蔑的记忆。”

“她是发狂了。”多米尼加神父说道。穹室里散布着一种恐惧和迷茫的气氛。“愤怒中亵渎上帝,忘了她所说的话,让她行忏悔礼!在天亮之前快点结束吧。”于是那个穿黑衣的有尖锐眼光的教士走到她面前,把十字架举在她脸前,开始说些我听不懂的话。

她从椅子里站起来把十字架推开。“平安!”她说道,“我不会让你这样的人来为我忏悔。我向上帝请求恕罪，不需要你。你以基督的名义行谋杀之事。”

这个宗教狂热者听后发怒了：“不忏悔就下地狱吧，你——”他用侮辱的字眼叫着她的名字并用那象牙十字架打她的脸。

多米尼加神父制止了他的怒骂。伊莎贝尔-德-西昆查擦了擦她额上的伤痕开始大声笑了起来，那是最可怕的笑声。

“现在我可以看出你也是个胆小鬼，”她说，“神父，这是我最后的祷告：你将因你的盲目而受到惩罚，你会死得比我更惨。”

当他们急忙把她带到准备行刑的地方时，她又说话了：“把水给我，我口渴了，我和我的孩子！”说完后伊莎贝尔抱着她的孩子躺在地上。

修道院院长走向过道里，她回来时手里拿着一杯水和一块面包。我知道我的药已在那水中。其后的事我也说不清楚了，因为神父打开了门，让我们进入了穹室，我恐惧地站在那里。不知过了多久，那院长站在了我面前，手里拿着灯笼，全身发抖。

“全都结束了，”她说，“别、别害怕，那药的作用很好。那母亲和孩子很快就睡过去了。啊呀，她死了，但她还没有为灵魂忏悔过！”

“啊，为了今晚参加这件事的所有的灵魂。”我答道，“现在，妈妈，让我离开，希望我们永远不再见面。”①

于是她带我到洞室。我脱去了那可诅咒的道袍，然后走向花园里的大门，再到那只船上，它还等在那儿。我舒适地吸了一口新鲜空气，就像从噩梦中醒来一样。从那天晚上起，甚至接连几个晚上我都无法睡好觉。任何时候，只要一闭上眼睛，那个在阴暗火光里的美丽女子的身影就会出现在我的眼前。她包裹在丧服里，站在像坟墓一样的壁龛里，骄傲地用挑衅的眼光看着我们。她的孩子用一只手紧紧抓住她而另一只手伸出来要拿那毒药。很少有人能见到这个场面，即使是那神圣法庭和他们的帮凶也不想去见证他们的黑暗行为，没有人愿意去看第二次。

我现在简单地形容那种恶行，并非我已经淡忘了，是因为经过了漫长的七十年，我还是不敢把那恐怖的情景完全展现在我的笔下。但令人感动和赞美的是这个女子直到临死都坚持了自己的爱情。那个恶棍加西亚用假结婚来欺骗她、抛弃她，使她落到了这种不堪的地步。为什么如此纯洁的女人、如此伟大的爱情竟会落到这种男人头上？没有人可以回答，但事情就是这样。

我想到一件比她的坚贞更奇异的事情。当那个凶恶的教士打她的时候，她恳求上天给他更加严厉的惩罚，结果那真的发生了。几年之后，这个教士被派到阿那灰克向异教徒传教，因为他的凶残而被他们称为“魔鬼基督”。一次他冒险深入，落到了一个尚未被征服的奥托美部落中一群黑哲祭师的手中，被以他们恐怖的规则献祭了。我见证了他的死，但没有告诉他我同样见证了临死的伊莎贝尔对他的诅咒。他看到我成为一个印第安人的酋长，他认为是魔鬼在利用我的嘴来折磨他，而我也不知道自己在干什么。就此打住吧。如果有必要我会在合适的地方继续再说。无论是巧合还是伊莎贝尔具有在最后一刻看到未来的能力，或者是上天以这种形式惩罚他，我不感到一丝悲伤。但这个教士的死却带给我极大的不幸。

这就是伊莎贝尔-德-西昆查因违反教规而被教士谋杀的结局。而当我从那可怕的地下室见闻中醒过神来之后，我开始审视我自己当时所处的环境。首先，我是一个富有的人。如果现在我高高兴兴地像方西卡所期望的那样回到诺福克去的话，我的前程是美好的；但我所立下的誓言就会像铅球一样吊在我的脖子上。我曾发誓要向加西亚报仇，并声言如果我不复仇的话就让厄运降临到我头上。但重要的是，我不知道他现在在哪儿，也有可能在世界的任何一个角落里。

如果那个地方白人很少，他就不可能像在西班牙时躲得过我。

这个情报是从那个被处死的女子那儿得来的。因为这，我来到了西印度群岛，并且因为她的施刑人教士被奥托美的祭师献了祭，西班牙人才毁灭了松树城，我才会在今天坐在英国的家里。

如今我不再怀疑命运，只觉得是诸多小事造成了人们的命运。如果伊莎贝尔没有告诉我这些事，我也只能经过一段无用的追逐后回到英国。但既然我已听到她所说的话，我就不能像胆小鬼似的假装不知道。现在我要为两个人复仇，一个是我母亲，另一个是伊莎贝尔-德-西昆查。见到如此年轻可爱的女子因为被人背叛和抛弃直至于残忍死去，没有人能做到不为她复仇。

最后凭着我固执的天性，我将不顾自己的理智和恩人的临终劝告，决定追寻德-加西亚直到天边，去实现我的誓言而杀死他。我事先做了一些秘密和详细的调查，知道德-加西亚逃到了西印度。他用假名雇了一艘走私船从塞维利亚逃到加拿利群岛，然后在那里等待一批开往西斯班尼岛的船队。尽管他用了假名，但我能确定那就是德-加西亚，并知道了西印度群岛当时就是西班牙的恶棍和逃亡者的葬身之地。于是我决定去追踪他，并自我安慰般告诉自己，我将要去一个新的、奇妙的国度。怎么个奇妙法？我不作猜度。

现在我要处理这些突然来到我手中的财富了，要想个办法把它们放在一个安全的地方等我归来。我正好听说那艘带我到西班牙来的货船，来自耶末斯的“冒险号”又停在了卡德斯港。我决定把金子和值钱的东西都运回英国并以我的名义存入银行。我寄给我的朋友、“冒险号”船长一封信，告诉他我有一些值钱的东西要他运回去。我以最快的速度卖掉了继承来的房子和连带的家具，大部分的书和银器都装箱从河里运到卡德斯港，托付给同船的一批耶末斯商人，他们曾经带信给我。最后我把大量的财富换成金子，分开藏好作为今后的开销。

到了最后，我该向我住了多年的塞维利亚告别了，寄居在这美丽的地方是幸运的。我来时是个穷孩子，离去时是个富豪。虽然说，我在这里经历过这么多的人生经验，但我还是对离去感到高兴。德-加西亚在这儿逃离了我，在这儿我失去了最好的朋友，也在这儿见证了伊莎贝尔-德-西昆查的死亡。

我小心地来到卡德斯，没有损失一点金银财物。我用小船把它们都装上了“冒险号”，找到船长贝尔。他仍然很健康且很高兴能再见到我，尤其让我高兴的是，他给我带来了三封信。一封是父亲的，一封是我妹妹玛丽的，还有一封是我的未婚妻莉莉-波扎的，这是她一生中给我的唯一的一封信。这些信给我带来了不全是高兴的事。我父亲的身体一天不如一天，那时几乎离不开床了。多年之后我才知道，其实就在我收到那些信的同一天，他在狄钦汉教堂里死去了。那封信写得短而且很伤心，他说他很伤心让我去完成这个任务，怕永远也见不到我了，只能把我交给全能的上帝，希望他能带我平安地回家。莉莉在信中说，当她知道“冒险号”要到卡德斯去，就想到用它带给我一些秘密话。这是一封长信，也很悲伤。她告诉我说，我一离家出航，我的哥哥就向她的父亲请求婚事。他们对这桩婚事非常使劲，使她陷入了苦难之中。我哥哥处处拦截她，她父亲不停地责骂她，说她像一块顽固的石头，并且早晚会抛弃自己的幸运，就像个一文不名的流浪者。“但是，”她在信中说，“你可以深信，我的甜心，除非他们使用暴力强迫我结婚，就像他们威胁的那样，我不会改变我的承诺。还有，汤姆，即使是违背我的心愿而结婚，那也不会太长。尽管我是坚强的但也会在屈辱和悲痛中死去。在这种折磨中生活是很痛苦的。他们唯一的理由就是因为你没有钱，但我仍希望事情会有好转。我的哥哥威弗莱德对你的妹妹玛丽非常倾心，虽然至今我哥哥仍然希望我快点成婚，但玛丽是我的朋友，我希望她会劝我哥哥不要赞成我的婚事，否则就不接受我哥哥的求爱。”这信的结尾是很多热情的话和虔诚的祈祷，希望我平安回来。

我妹妹玛丽的信也是为了这件事。她说现在她不能帮我和莉莉-波扎的忙,因为我哥哥为了爱情已对她发怒,我父亲已太软弱无法干预这件事了。而乡绅波扎则因为土地的原因拼命争取这段婚姻。尽管如此,她暗示着事情还有回转的机会,在合适的时间到来时,她会为我说话而不至于毫无作为。

这些消息使我浮想联翩,主要是它勾起了我强烈的思乡之情。莉莉信中的甜言蜜语和纸上残留的香水味把她带到了我的眼前,我心痛得恨不得马上就能和她在一起。

我现在应当是受欢迎的了,我的财富已远远超过我哥哥。家长们不会把一个腰缠一万二千以上金比索的求婚者赶出门外,同时我也想在我父亲离去之前能见他一面。但是德-加西亚和我的誓言却横亘在我们中间,这复仇的念头已在我的心中孵育了这么长时间,以至于在如此强烈的回乡欲中我都会觉得如果我背弃了追求,那我一生都不会高兴的。并且深信,如果我真的背弃了誓言,那么诅咒就会落到我头上。

我此时还做了一件事。我找到一个公证人,让他为我做了一份我已翻译成英语的契据。在契据中我分配了除我自用的二百比索之外的所有财富。我声明在我回来之前交由三个人保管这些财富。这三个人是:彭盖的格林斯通医生,这是我所知道的最诚实的人;我的妹妹玛丽-温费尔和我的未婚妻莉莉-波扎。为了这份契约的合法性,我用了三个签字的见证人:船长贝尔和另外两个英国人。在这些财富中,我规定用一半以上的财产来置地,剩余的用来生利息。土地出租后所得的租金供莉莉-波扎所用,如果她尚未结婚。我把大部分财产都供给莉莉-波扎,如果她在我死之前仍然未婚;如果她死了或者结婚了,那么全部财产将会转移给玛丽和她的继承人。

这两份文件都签字并火封了,我把它连同我所有的金银财宝请贝尔船长交由彭盖的格林斯通医生执行。同时我付给了他们一大笔佣金。尽管船长要求我和他一起走一回，差不多流下了眼泪，但他还是向我保证一定完成使命。

与金子和契约一同带去的还有几封信：给我父亲，妹妹，哥哥，格林斯通医生，乡绅波扎以及莉莉本人。在信中，我叙述了自从我来到西班牙后的生活和财运，提及了一些以前寄出但从未抵达英国的东西，并告诉他们，我决心捉拿德-加西亚直到天边。

“别人可能以为我疯了，”我在给莉莉的信中写道，“我竟然会推迟，甚至永远失去我最向往的幸福。但你是了解我的，一旦我下定决心去做一件事，除了死亡以外，没有任何事情可以阻拦我。既然我已发出了誓言，那么理智也不能拖我回来。如果我停止了搜寻，即使是生活在你身边我也不会幸福。‘先得辛苦才能休息，先得痛苦才懂快乐。’不要为我担心，我会活着回来。如果我不能回来，则我已为你准备好了一份遗嘱，使你不必依靠婚姻来提供舒适的生活。只要德-加西亚还活着，我就一定要追到他！”给我哥哥的信是非常简短的。我对他说，他是在迫害一个无法自卫的女孩并拼命打击一个离家的亲兄弟。后来我听说我的信使他非常伤心。

我的信件和所托之物都平安抵达了耶末斯。金子和财物则用小船装到罗维斯托上岸，贝尔船长把船开往威凡尼并把所有的东西都带到彭盖的格林斯通医生的家中。在那儿，他叫来了我的妹妹、哥哥，那时我父亲已在两个月前下葬了。还有乡绅波扎的儿子和女儿莉莉。

贝尔船长告诉他们，自己是作为传递信息的人被委托到此。他把我的故事说给大家听之后，打开了一只箱子，大量的金块按照我的信分列出来之后，所有的人都惊呆了！在彭盖这个地方，还没有人一次见过这么多金子。

莉莉哭了起来。首先是为我的好运，其次是我不能和这些财物一起回来。当乡绅看到了这些，知道不管我是死还是活，他的女儿都会是一个富有的女人。于是高兴地说道，他就知道我会好的，并亲吻了他的女儿，希望她为幸运而高兴。简单地说吧，在场的所有人几乎都高兴，只有我哥哥一声不响地离开了，从此开始走上了他罪恶的人生之路。

现在幸福离他而去了。原以为得到了父亲的田地，不论愿不愿意，莉莉都会嫁给他，除非有什么意外发生。直到那天为止，乡绅波扎还未曾退让，一定要女儿嫁给他，尽管她的年龄还小。

金子的力量是如此之大。当看到我拥有那么大一笔财富时，任何人都相信莉莉会嫁给我。因为我已规定，如果莉莉嫁了别人，她就会失去财富，她父亲当然不会这样做。现在大家大声讨论的是我是否为了仇恨直追敌人到西印度，乡绅波扎却不在意，因为不管我是死是活，这钱总归是他女儿的。只有莉莉为我抱不平："汤姆发了誓，他会严守自己的誓言，这种荣誉应该受到尊崇。现在我要等待他直到他回到我的身边，不论是这一世还是下一世。"

但这一切都是遥远的过去式了，我听到这些事情已是多年以后。

注释

① 这种酷刑看似闻所未闻和不可能发生，但作者确曾在墨西哥城博物馆里见过一具脱水的女尸被封闭于一座教堂的墙壁里，连同一具婴儿的尸体。尽管具体的罪名已无法考究，但死刑的方法是清晰可见的。被害者的肢体显然是在死前被捆绑的。这就是那些年代宗教的所谓仁慈。

第十一章
货船的沉没

那天，当我把我的信和财产托付给贝尔船长后，看着“冒险号”绕着海堤慢慢离开卡德斯，我的心是多么地悲伤，我不怕难为情地哭了。它装载着我的财富去了，我多么希望那船上装的是我自己。但是我的决心是不可动摇的，载我回到英格兰的必须是另外一艘船。

正好那时有一艘西班牙船叫“拉斯-辛克拉加斯”（注：翻译过来就是“五个伤员”的意思），要开往海地，我申请了一张贸易许可证，用我的假名“达埃拉”把自己装扮成一个商人。我事先买好了价值一百零五个比索的在西印度群岛最畅销的货物，然后带着这些货物出发了。船上载满了西班牙的冒险家，大多数是各行各业的恶徒，有着不同的奇怪经历。但是在他们没有喝酒的时候，都是好伙伴。现在我已经可以很好地说卡斯梯兰方言了。从外表上看，我完全是一个西班牙人。我编了一个关于我父母亲的故事和从商的理由，很和谐地混在他们中间。虽然如此，我仍然很小心地告诫自己不可和他们混在一起狂欢。我很快就得到了同伴们的喜爱，主要是当有人伤病的时候，我可以很好地照料他们。

这次航行，除了最后的结果很悲惨之外，实在没别的事可提的了。我们在加拿利岛停了一个月，然后就往西斯班尼[1]航行。天气不错，风很小。正当我们的船长计算航程，认为还有一个星期就可抵达此行的终点圣多明哥的时候，天气开始变了。从北方来的强烈暴风，每个小时都在变得更为可怕。整整三天三夜，我们这艘笨重的船在狂风中呻吟、挣扎。风暴剧烈地打击着每一个人，使得我们深信除非天气好转，否则这船是要沉没了。船上的每一条接缝都在进水，一根桅杆已经被冲走，而另一根已在甲板上方二十英尺处断成了两截。但与即将发生的事相比，这些都不算什么。第四天早晨，一个巨浪将我们的船舵打掉了。我们在风浪中无助地被卷来卷去。一个绿色的浪头卷走了船长，船进满了水开始下沉。

最可怕的情景出现了。几天中，船员和乘客都为了减轻恐怖而拼命喝酒，如今看到自己的末日来临，就开始在船上奔突、尖叫、祷告，或诅咒上帝。仍然未醉的则爬上两艘小艇。和我同上一艇的是一个受人尊敬的神父，我们尽力把妇女和孩子救上艇来，救了不少。但这并非易事，那些喝醉酒的人把他们推开，自己爬上来。第一艘艇翻了，上面的人全部消失了。货船在沉没之前向一侧翻转。我知道没救了，就叫那神父跟着我，我跳下水去，向着第二艘艇游去，那里面载满了尖叫的女人，在水流里不知所措。因为我的泳技较好，就在那神父沉没之前，我把他也救了上来。这艘货船船头向上地又漂了几分钟。我们赶紧取出了船桨，向货船外划开了几浔(注：海洋测量中计算水深的单位，1 浔＝1.852 米。)的距离。就在此时，随着仍留在货船上的人的一阵恐怖的叫喊，那船快速地沉入了海底，差一点就把我们也带了下去。我们都被镇住了，坐在艇上一声不响，直到沉船带起的旋涡停了下来，才想起把救生艇划回去。其间我们只找到一个爬在船桨上的孩子，他还活着。其余大约二百个灵魂都悲惨地与船一起被海水吸到了海底。即使有人还活着的话，在这波涛汹涌的海面上也无法找到了。接着，黑夜降临了。

对我们活着的——这艇上仅能载下十几个人——来说是够幸运的了，其中神父和我是仅有的两个男人。在黑暗中，若不是风浪也消停了的话，我们也不可能继续活下去。我们只能尽力使船头顶着浪头，漫长的夜里，这一点我们做到了。这真是奇妙的现象，很少能见到。这个好神父，我的朋友，一边努力划桨，一边聆听船上所有妇人的忏悔。她们一个一个地争着感谢上帝救了自己的灵魂和绝望的肌肤。至于我自己的感应，我则现在不谈，到时机成熟时我自会说出来。

黑夜过去了，晨曦照亮了荒凉的海面。太阳慢慢地升起，我有生以来第一次如此地感恩。但很快热气使人难以忍受起来，我们既无食物也无水，大家都口渴了。好在海面上起风了，微风不停地吹，我们用桨和布单做成帆，船就开始走起来了。但海洋是如此浩大，我们在它的怀抱里感觉不到我们在前行，而干渴造成的痛苦却是每个小时都在增加。到了中午时分，一个小孩突然死了，大家只好把他投入海中。大概三个小时之后，那孩子的母亲用一个吸水的桶装了一桶海水并把它喝干了。一开始似乎解渴了，但随即她发起疯来，跳起身跃入了海里，立刻就沉了下去。在那火球一样的太阳沉入天际之前，这船上只有神父和我可以坐直，其余的人都像快要死去的鱼躺成了一堆在苟延残喘。夜幕降临了，凉快的空气让我们可以透一口气了。但是我们祈求的雨却丝毫没有落下。当太阳又从万里无云的天边升起的时候，我们都知道，如果没有人来救助的话，这就是我们最后可以看到的世界了。

天亮之后一个小时，另一个孩子死了。正当我把尸体抛入海中的时候，我抬头望了一下，发现远处有一艘船。看来它将会从我们两英里之外的航道驶过。我一边感谢上帝，一边和大家一起举起了桨，那破帆已经没用了。我们拼命向那艘船的航道划过去。这样努力了大约一个多小时后，风全停了，那船在大约三英里外停住了。神父和我继续努力划着，我想我们得死在这儿了。太阳像火一样地烤着我们，一丝风也没有，我们的嘴唇都干裂了，仍不停努力地划着，直到船上桅杆的影子横过我们的救生艇。我们看见它的船员们在甲板上看着我们。当我们的小艇靠到它的边上后，上面放下了绳梯，船员用西班牙语跟我们说话。

我也记不清自己是怎么爬上去的，只记得我躺倒在一张帆布篷下，一杯又一杯地喝着递给我的水。当我解渴之后，才感觉到眩晕越来越强烈，甚至连塞入我手中的肉都没有胃口吃下去。我相信自己是昏过去了，因为当我恢复意识的时候，太阳已直照在了头顶上，而且我好像在梦中听到了一个熟悉而又可恶的声音。那时我一个人躺在帆布篷底下，船员们都聚集在船头，围观一具男人的躯体。在我的身旁是一大盘储藏食品和一瓶酒。感觉自己已经恢复了体力，我心满意足地吃喝着。正当我快要吃光的时候，前甲板上的人把那个躯体抬了起来——那是个黑人——并抛入了海里。然后其中三个人——我想是主管的人——向我走来，我也站起来和他们见面。

“先生，”其中个子最高的一个很有绅士风度般地说道，“请允许我向你表达祝贺，祝贺你们伟大的——”他突然停住了话头。

难道我还在做梦？难道我听不出这个声音来？我第一次看清了这个人的脸——这是璜-德-加西亚！在我认出他来时，他也认出了我。

“哈拉拉，”他说，“看谁在这儿啦？汤姆-温费尔先生，我向你致敬。看啊，我的同伴们，你们看大海给我们带来的这个年轻人。他可不是西班牙人，而是一个英国的奸细。我最后一次见到他时，是在塞维利亚的街上，那次是因为我要向政府揭发他的行为，他就想要杀死我。现在他在这儿啦，他自己最清楚他的任务是什么。”

“这不是事实，”我说，“我并不是奸细。我漂洋过海只有一个目的，就是要找到你。”

“那你是成功了，太成功了，为你自己的结果。现在你还想否定你是英国人汤姆-温费尔吗？”

“我不否定它，我——”

“请原谅。为什么你的同伴，那神父告诉我，你在‘拉斯-辛克拉加斯’号船上用的名字是达埃拉？”

“我自有我的理由，璜-德-加西亚。”

“你弄糊涂了，先生。我的名字叫沙西达，这些绅士们都可以为我作证。我曾经认识一个叫德-加西亚的骑士，他已经死了。”

“你在说谎。”我说。此时一个德-加西亚的朋友插嘴攻击我。

“冷静，朋友，”德-加西亚说，“不要为攻击这样一只老鼠而玷污了你的手，如果你必须打他，请用一根棍子。你们都听到了，他是一个英国人，因此他是我们国家的敌人。我再加上用我的名誉来保证的话，据我所知，他是一个奸细，而且很可能是一个谋杀者。先生们，作为国王陛下的代表，我们在这儿都是法官。刚才你们都听到了，这个英国狗说我撒谎，为避免我对他的裁决有不公之嫌，最好我不参与审判。”

这时我想再申辩一下，但那些西班牙人开始揍我。一个相貌凶恶的暴徒拔出剑来并发誓如果我再哼一声，就一剑刺穿我。我知道最好还是保持安静。

“应该把这个英国人吊在桅杆上。”他说。

德-加西亚挑起了仇恨，脸带笑容地看了看桅杆，又看了看我的脖子，眼中的仇恨像要把我烧了。

“我有一个更好的主意，”第三个长官说道，“如果把他吊起来，别人会有疑问的，再说这也是一种浪费。他是一个身体健康的年轻人，可以让他在煤矿里干几年活。让我们把他跟船上的货一起卖了吧，我自己也可以出个价钱把他买下。我正好需要几个这样的家伙。”

我看到德-加西亚在听了这话之后脸拉长了，他是想把我立即解决掉。于是他试着影响这个决定，打着哈欠说：“我也是这么想的。拿走他，不用花钱，我的朋友。但我警告你，看好他了，否则他会拿小刀子捅你的背心。”

这个长官笑着说道：“这个人决不会有机会的，他会被关在地底下干活，而我决不会走入矿洞一百步以上。现在，英国人，在下舱里有你待的地方。”他叫来一个水手，把刚才死了的人身上的铁枷解下来戴在我的身上。

接着，在他们从我身上搜出了剩余的金子——那是我现在所有赖以为生的财富——然后把镣具带上了我的脚踝和脖子，再把我拖进了一个矮舱里。在这发生之前，我已经注意到这艘船是干什么的。船上装满了从佛兰梯拿——西班牙人叫它古巴——抓来的奴隶，正准备把他们卖到西斯班尼去。现在我也成了这些奴隶中的一号。

我以前并不知道这里的恐怖。这矮舱不到七英尺高，奴隶们戴着镣铐躺在舱底的污水中。他们被紧紧地堆在一起，用绳子串在舱壁上的小环上。大约二百个男人女人和小孩，或者说在一个星期前离岸的时候是二百个人。现在已经死了二十来个，只多不少。因为照西班牙人的计划，这种地狱之旅会死掉三分之一或二分之一的奴隶。当我被扔进这里时，我已病得快要死了。非常衰弱的身体，再加上这儿恐怖的叫声和腐臭味，抓我下来的水手凭着一丝微光看见舱里的景象，也忍受不了了。他把我拖下来，锁在一个男黑人和一个黑女人之间，很多只脚浸在臭水中。那西班牙人说，这地方对一个英国人来说实在是太好的床了。过了一会儿我睡着了，睡眠或失去知觉救了我。我的感觉湮灭了，这样大概过了一天一夜的时光。

我醒过来时见到买我的那个西班牙人站在我面前，手里拿着灯，正指挥着把我边上锁着的女人拖走。她已经死了。从灯光中我看出她感染了一种我当时叫不出名字的病毒。后来我才知道这种病叫黑死病。她不像是唯一患这种病的人。当时就有二十个死者被拖出去。看得出来还有更多人也已经患上了。我也看出这些西班牙人不是一点点的惊恐，因为他们对此无能为力。他们只能努力弄干净底舱和移走一些木板，让空气可以流通进来。如果他们不这么做的话，这一船的灵魂都将会消失。我自救的方法是站立起来——我的枷锁刚够我这么做。舱壁最大的一个洞正在我头的上方。如此,我可以呼吸到新鲜空气。

把水和面饼分给我们后,西班牙人离开了。我喝了大量的水。但那些面饼我可不能吃,都发霉了。我周围的声音和情景实在是太可怕了,我不想写它了。此后天气热得大家都流着汗,太阳直晒在甲板上,我可以感觉到船开得很慢,只能随着海流前行。我站起来坐在一条船骨上,背靠在船板上。这样,我就能看见甲板上走过的脚。有一次,我看到了一件道袍的底部,猜想,这就是与我一起逃生的神父,于是就努力吸引他的注意,最后成功了。一旦他知道了在他的下面是谁之后,他就躺了下来装作是在休息。我们开始交谈了。他告诉我正如我所猜想的,船上安静了,因为这病已经传开了,三分之一的船员已经躺下了。并说这是上天对他们的残酷和恶行的惩罚。我回答说这个惩罚不单单落到了行恶的人,也同时落到了被关着的人。我又问他沙西达——就是德-加西亚——怎么样了,他告诉我,今天早晨他也不行了。我为此而感到欢欣,如果说我以前恨他,那么现在更恨他了。神父走开了一会儿,回来时带来了柠檬水,那滋味简直就像从上帝那儿来的琼浆玉液。他还带来了一些好食品和水果。他从洞口递进来,我变换身体的位置,用戴手铐的手接进来,狼吞虎咽地吃光了。此后他离开了,留下我在纳闷之中——怎么啦?直到第二天早上我才弄明白。

白天就这么过去了,长长的夜晚也过去了。当西班牙人再次来到底舱的时候,有多达四十具尸体得拖出去,还有不少人也已经病得很重了。等他们离开后我又站了起来,希望能看到我的朋友,那个神父。但他没有过来,永远也不会再来了。

注释

① 那时海地又称西斯班尼岛。

第十二章
汤姆终于上岸了

我站在那儿大约有一个多小时，伸直了脖子想看到那神父。到后来我想坐下去了，因为在这种姿势下站不住了。这时我看到一个女人的裙子下摆经过洞口。我看出那是和我一起逃生的一个女士穿的。

“夫人，”我轻轻叫道，“为了上帝的爱，请听我说话。是我，达埃拉，我被和奴隶们锁在一起了。”

她停下脚步，然后像过去的神父一样在甲板上坐了下来。我告诉她自己目前的状况，不料她对下面的惨状已全部知道了。

“啊！先生，”她说，“他们在上面只稍稍比下面好一点点。来势凶猛的疾病在船员之间传开了，已经死了六个，更多的正在痛苦中挣扎着。我宁愿大海已经把我们吞没，而不愿像现在这样，刚被救出就又跌入了地狱。我的母亲已经死了，而我的小弟弟正在死去。”

“神父在哪儿？”我问道。

“他今天早上死了，刚才被抛入了大海。死前他为你祷告并请求我，在可能的情况下帮助你。但他已经说话不清，我担心他神志不清误以为你还活着，真的，我可怎么帮你呢？”

“大概你可以找些吃的和饮料给我，”我说，“愿上帝保佑我们朋友的灵魂。那个沙西达呢？他也死了吗？”

“没有，先生，他是那些灾祸之后正在恢复的人之一。我现在得赶快去看我的弟弟，但首先我会找些吃的给你。”

她离去一会儿后很快就回来了，并在裙子下藏了一些肉和酒，我边吃边感谢她。

她就这样喂了我两天，在晚上带给我吃的。第二天晚上，她告诉我她的弟弟也死了，现在只有十五个水手和一个官员没有生病，而她自己也已开始不舒服了。她还告诉我，船上的水也快用完了，给奴隶的食品即将告罄。后来她再没来过，估计她也死了。

在她最后一次来这儿以后不到二十个小时，我也离开了这艘遭诅咒的船。整整一天没有人来给奴隶们送食物。说真的，他们大多已不需要照看了，他们已经死了。即使还活着，也大多染上了瘟疫。我能从灾难中逃命，可能是因为我的身体强健，有抵抗力，好多次让我从高烧和病菌中逃脱出来。更因为我得到了好的食品的支撑。但这次我知道活不长了。锁在这种可怕的停尸间里，我只得祈祷死神能放走我，让我从这个恐怖的处境里解脱出去。白天无风，天气如此炎热，船也似乎停了一般。夜幕降临了，这将会是一个可恨、野蛮而狂暴的死亡之夜。但即使如此，我仍然睡着了，并梦见我和我的爱人在威凡尼并肩而行。

天快亮的时候，我被铁环的响声吵醒了。睁开眼，我看到在灯光下有人在干活，他们把铁锁敲下，死人和活人捆在一起拖上舱口，水花从船边溅起。这告诉了我一切——所有的奴隶都将被扔进海里。他们希望这样能够解救剩下的西班牙人。我看着他们干活，直到他们拖出我前面的尸体。只剩下两个了，其中一个死了，另一个还活着。我对我自己说，看来我的命运也就是这样了。我考虑着是不是该告诉他们我还活着，恳求他们放过我；还是就这么死去？求生的欲望非常强烈，但经过这样的折磨和痛苦，我的精神已接近崩溃。于是我决定接受死亡这一慈悲的解脱，不作进一步的努力了。我也知道，即使努力也不会有什么结果。因为那些西班牙人看上去因恐怖而发疯了，他们认为奴隶们用饮用的水散播了瘟疫。带着恐怖和颤抖，我祷告了。希望我可怜的肉身消亡吧，让我的灵魂去到那未知的世界。我准备去死了。

现在我旁边的人也被悲惨地拖走了，那人还活着呢。两个水手向我走来。他们上身赤裸，拼命地干活，希望早点结束这讨厌的工作。他们流着汗，为了不使自己晕过去而不停地喝酒。

"这个也还活着，而且看上去没怎么病呢。"那个替我敲打脚镣的人说。

"不管活着还是死了，都得把这些狗丢出去！"另一人咆哮着。我看出这人正是将我要下做他奴隶的人。"他就是那个把坏病菌带给我们的英国人。把这个约拿[①]丢出舷外去，让他的恶魔眼睛去对对鲨鱼的眼睛。"

"就这样吧，"另一人说，他已经敲开了我的脚镣，"那些每天靠一杯水过日子的人，不应该把水分给别人。他们应该让这些人滚蛋。做祷告吧，英国人，希望他们能对你比对其他人好些。这是可以让你死得更容易些的东西，在上面甲板上这比水还要多些。"他递给我一瓶烈酒，我拿过来喝了一大口，身子感到舒服些了。于是他们用绳子捆住我，给上面一个信号，甲板上的人就把我拉了上去。我荡着离开了地板。当我升上去经过那个曾经是我的奴隶主而现在主张把我扔出去的西班牙人面前时，在灯光下我看清了他的脸，并看出了一些只有医生才能注意到的症状。

"别了，"我对他说，"我们可能很快会再见的。蠢蛋，为什么来干这个活儿？歇歇吧，瘟疫已经染上你了。你会在六小时内死掉！"

听见我的话，他的下巴掉下去了，站在那儿半晌说不出话来。然后他恼怒地骂了一句，挥起手里的榔头朝我猛打过来。如果不是上面的人把我拖到他够不着的高度，我可能当时就从痛苦中解脱了。

一秒钟后我落到了甲板上，绳子松开了。在我旁边站着两个黑人，他们的工作就是把我们这些可悲的人丢进海里去。他们的身后坐着德-加西亚。他的脸容因最近的病痛而憔悴不堪，他用自己的宽檐帽扇着风，抵挡着炎热。

在明亮的月光下，他一眼就认出了我，"怎么？你还活着，表亲？你真够厉害的；我还想你已经死了或者至少快要死了呢。要不是这糟糕的瘟疫，我会来看你死的。最终这事情还是正确地结束了，这才是在这次航行中最幸运的一件事。我真为自己能把你送给鲨鱼而庆幸。这给予我莫大的安慰，温费尔我的朋友。你横渡大海是为了向我报仇？哈，我希望你住在下面很舒服。里面条件差了点，但至少你还是受到了热烈的欢迎。现在得加快欢送的速度了。晚安，汤姆-温费尔，如果你现在能见到你母亲，替我告诉她，我为必须杀死她而难过，因为她是我曾经爱过的。我并不是她所想象的那样是去杀她的，是她逼我这么做的，如果我不那么做的话，我就不能活着回西班牙了。她具有太多我的血亲，拼命地想逃脱，看来你的血管里也流着同样的血。不然的话，你不会这么固执地要向我复仇。但是这并没有成功！"他靠回椅背，又重新用宽檐帽扇起风来。

即使死到临头，我的血液仍被他粗俗的讥讽给激怒了。看来德-加西亚是完全胜利了。我为寻仇而来，但结果却是他要把我丢给鲨鱼吃。但我仍然坚决地回答他："我现在处于不利的地位，"我说，"如果你还有一丝男子汉气概的话，拿把剑给我，让我们公平地解决我们之间的分歧。我知道你身体不适，但我在你们的地狱里待了这么多天。我们现在是公平的决斗，德-加西亚。"

"可能是的，表亲，但有这必要吗？当我们面对面的时候，事情总是对我不利，真是怪事。但你知道，我曾被一个预言者告知，你是我的终结者。这话一直干扰着我。这也是为什么我想换一下空气，来到这个炎热的地方。但看看这个愚蠢的预言者，我的朋友。尽管病了，我将会继续活下去；但是你——请原谅我这么说——你已经死定了。这些绅士，”他指着那两个黑人，“他们已经把在我此前传上来的几个人丢下了海里，现在正等着我们结束谈话呢。你还有什么最后的话要我给你带吗？有的话就请你快说，这个洞要在天亮之前关掉的。”

“我自己没有什么可说的，但我有些事要讲给你听，德-加西亚，”我答道，“在说这件事之前我要告诉你一句话。你看起来是胜利了，但对于你这样残忍的杀人犯来说，大概事情还没有开始呢。你的忧愁会追着你。我虽死了，但我的复仇却还活着，因为我把它交到了上帝的手中，其实我本来就应该这么做的。你可以再活几年吧，但你真的以为自己能逃脱吗？有一天你会死的，就像我今天会死一样。但死后呢，德-加西亚？”

“说实话，我崇拜你，”他带着讥笑说道，“你还没有献身做教士。你说你有话要说给我听，那就快说吧，时间紧迫，表亲温费尔。谁会给我这个逃犯带信呢？”

“伊莎贝尔-德-西昆查，你曾经非法骗婚，又抛弃了的人。”我说道。

他从椅子上跳起来，站在我的面前。

“她怎么了？”他恶狠狠地低声问道。

“只是这样，教士们把她活活地闷死在墙里了，和她的婴儿一起。”

“活闷在墙里？圣母！你怎么知道的？”

“我正好有机会目睹全过程，就这么回事。在她和孩子死之前，她求我告诉你，她至死没有说出你的名字，爱你和原谅你。这就是她全部的口信，但我要加些话。她会永远追索你——她和我的母亲。她们要追猎你，不论你是活着还是死了，不论你在人间还是地狱。”

他把手蒙住脸，一会儿他放开了手，倒在椅子里，叫喊那黑人水手："把这个奴隶拉开，你们为什么这么慢吞吞的？"

两人向我走来，我并不介意他们来执行我的死刑，我希望德-加西亚能和我分享命运。我突然跳向他，抓住他的腰部，把他从椅子里拉出来。愤怒和失望给了我强大的力量，我把他举得和船舷一样高。但此时两个黑人跳了过来把他从我的手中拉开。

我估计再不放手的话，他们就会用剑来刺我，于是我用手按住船舷，跳入水中。

我的意识告诉自己，要用最快的速度深深潜入水中，而且不能游泳，要一下子沉到底。但是求生的愿望是如此的强烈，一旦我入了水，就马上在船边上游了起来。我躲在船的阴影里，我怕德-加西亚叫人用箭射我或用毛瑟枪子弹打我。这时我听到他说："他走了，这次是永远地走了。那预言差一点儿就成真的了。啊，他的身影吓死我了。"

现在我的良知告诉我，我是在做一件蠢事。即使不被鲨鱼吃了，在这温热的水中我顶多只能游六到八个小时，然后就会沉没。我的挣扎能带给我什么好处呢？从污秽中出来，伸展了在奴隶舱里紧缩了的身子骨，接触到干净的水，呼吸到纯净的空气，就像食品和酒一样使我感觉强健。游着游着，我渐渐感觉到能量进入了我的身体。我在船后面大约一百码处游着，虽然船上的人不容易看到我，但我却能听到奴隶被抛入水中的声音和尚未死亡的人的哭喊声。

我抬起头来向四周扫视那水上的废弃物，发现有一个东西在远处漂浮着，我就朝它游去。在这片海水中有许多鲨鱼，所以我随时都会遭到致命的攻击。很快我就接近了那件东西。使我高兴的是那原来是个大木桶，是从船上扔下来的，桶口朝上地浮在水中。我伸手过去，从底部把它抬了一下，它侧了过来，我就可以抓住它的桶口了。我发现那里面还有一半装着肉饼，被丢下来是因为那肉已经发臭了。这腐肉就成了“压舱物”，使得木桶正面向上地漂浮。我想如果自己能进入这木桶里边，就可以暂时躲一下鲨鱼。但如何才能进得去呢？

正在我这么想着的时候，一回头，我看到一片鲨鱼的背鳍直立在水上，离我不足二十步，并朝着我这儿过来。恐怖抓住了我并增加了我的智慧和力量。我把桶按下直到开始进水，用手撑住对称的两边，自己的身子就向上去了，然后我弯起膝盖。我至今也不知道我是怎么做到的——下一秒钟我已经在桶里了，只有一点腿皮擦伤。现在我算是有一条船了，但是它很快就会沉没。我的重量加上腐肉的重量，使水从边缘上不断地流进来，桶的边缘离水面已不到一英寸了。我知道只要再有一吊桶水进来，这桶就要沉了。此时，那条鲨鱼的背鳍已到了离我只有四码的地方。接着，我感到它似乎在用它的鼻子顶撞这个桶壁。我开始用手拼命地往外舀水，桶沿渐渐地又升上来了。当桶沿离水面约两英寸时，那鲨鱼被我的逃跑所激怒，它升上水面，侧过身来，用嘴咬那个桶。我可以听到它的牙齿与木桶和桶箍的摩擦声。它这个动作送进来了更多的水。现在我必须更卖力地舀水，不然当鲨鱼再次攻击我时我就完蛋了。它发现木头和铁箍不对它的胃口，就游开了一会儿；但在此后的几个小时内，我不时地在周围看到它的背鳍。我仍不停地舀水，当用手已舀不出水时，我就把靴子脱下来，用靴子继续往外舀水。很快，桶沿离开海面已有十二英寸的高度了。我停止了工作，因为担心会造成不平衡而翻转。

现在我有时间休息了。想到这一切努力都会是白费劲，我早晚会沉到海里或干渴而死；想到我因害怕死而做出的努力，最后只能使我延长痛苦的时间，我痛哭了起来。

然后我向上帝祈求帮助。一生中我从未像现在这个时候如此用心地祷告。当我结束祷告之后，我的心中充满了平静和希望。我想到自己在数天之内逃避了三次致命的打击。首先是货船的沉没，然后又逃过了奴隶船上的瘟疫和饥饿，现在，即使是暂时的，我也逃过了鲨鱼的利齿。看来对其他人是致命的打击对我来说只是一段苦难的经历。我开始在绝望中升起了希望。尽管这希望看上去是愚蠢的，我也不知道这是从上天降下来的，还是这么多次难以形容的大难不死后产生的。至少我的勇气又上升了，甚至于我的心竟然还能感受到夜景的美丽：海面上平静如湖水，一丝风也没有；月亮落下去了，繁星满天，发出美妙的亮光，到处都像天堂一般缀满宝石。

而这些在英国是看不到的。最后天空变得苍白，晨曦映红了东方，第一抹阳光照射下来。雾气从水中悄悄地升起，我已看不清五十码开外的东西了。这样过了一个多小时，太阳升高了，湿气散去，我发现自己随着水流远离了那艘奴隶船。船上的桅杆看上去渐渐模糊并最后消失了。海面上雾气消散，只有一个方向还有比较浓重的水雾，我不懂为什么就是那边水汽不散。

日照开始逞威了，我的痛苦也增加了。除了在奴隶船上的舱底喝过一点酒之外，我已经一天一夜没有进过水了。我不愿告诉人们所有的细节，只要想象光着头，顶着热带的骄阳，不喝水站几个小时就够了。那时我确实是头晕目眩，快撑不住了。

最后我还是失去了知觉，昏睡了过去。忽然一阵鸟叫声把我吵醒，还有水溅在我的头

上。我惊喜地看到，先前以为的雾气竟是一片低矮的陆地。而我正被潮水冲入一条河流的堤边。那鸟叫声是一群海鸥在咸水和淡水的交界处捕鱼。我看到一只海鸥捉到了一条至少有三磅重的鱼，它用力想把鱼叼走但没成功，于是它用喙啄死那条鱼。当它正想要吃那鱼的时候，我正好被水冲到近旁，于是我快速伸手抓住鱼，我狼吞虎咽地吃起了那条鱼。我从未有过这么好的胃口，也从未觉得这鱼味是如此的鲜美。

我尽自己的胃口吃了鱼，然后把剩下的鱼放入了我的外衣

口袋。我转过身去看那条河。我知道站在桶里是无法越过挡在前面的土堤的。于是我从桶里爬入水中，再骑在这木桶上。此时我还在浪头中，所以得花不少力气越过去。幸好潮水推着桶，我用了大约半个小时才越过一个豁口，我已经处在一条大河的河口。此时我捡到一块木头，正好可以当桨来使。我用它往上游划向河岸边。这是一片芦苇，其中还有些高高的可爱的树木，树冠部长着很大的坚果。如果不是因为形状可怕的鳄鱼，我满可以在这个地方，坐在桶里休息十个小时。而对于它们，我那时还毫无知识。

我抵达岸边正是时候，因为我还没有到达的时候，潮汐已经转向了，河流已经开始把我往海里冲了，冲走了就永远回不来了。这最后的十分钟，我用尽了吃奶的力气才把木桶划到岸边。当木桶触到河边的淤泥时，水深已不足四英尺，木桶从泥上滑过去，最后塞在淤泥里。在那里我放松并停下来休息，同时感谢上帝这么多次奇妙地救我于危难之中。而此时我又开始感到干渴难忍，怎么也坐不下去了。于是我步履蹒跚走向岸边。直到发现一个积存了雨水的小潭。池水如此甜美，我高兴地哭着喝着，直到喝不动为止。让有过同样经历的人来说说，水对他们意味着什么吧，我无法用言语来形容。我洗净了身子，拿出剩下的鱼，怀着感恩的心吃了。这才是可以歇一会的时候了。我在一处开着白花的矮树丛下睡着了，我真的是累极了。

当我睁开眼睛的时候，天已经黑了，显然我睡了很长时间，浑身感到又痒又疼，最后忍不住跳起来诅咒这难忍的痛苦。开始我以为这只是偶然现象，到后来我发现空气中飞着许多小蚊子，嗡嗡响着叮在我身上吸我的血，并把毒液送入我体内。还有一些像针头一般大小的虫子，像牛头犬攻击黑熊似的围着叮我，把它们的头钻入我的皮肤，最后形成脓肿——西班牙人管它们叫家拉波太，而我则称它们为初步肌肉抽搐。还有其他很多种虫子，它们都来叮咬我，而且都带有毒汁。这些瘟虫几乎令我发狂，因为我完全无法回避它们。天亮时我走去躺在水中，希望能减轻些痛苦。但我躺下还不到十分钟，就看到一条长吻鳄，在我的近旁从泥水中抬起头来。我跳起来冲到岸上，真的被吓坏了。我从来没有想到会遇见这么丑恶和可怕的怪物，并可能成为它们的口中食。成千上万个怪物在那儿扭动着爬行着，还有那些可恶的昆虫也使我够受的了！

注释

① 约拿：Jonah，圣经中的人物。

第十三章
献祭石

到了早晨，我看到自己处在一个可悲的境地：虫子的叮咬使我的脸肿得像只南瓜，身体的其他部位虽然看上去略微好些，但奇痒使我像一个疯子一样不停地跑着跳着，停不下来。我从哪儿可以越过这个大沼泽呢？既看不到可以休息的地方，又不见人烟。既然我停不下来，那么我就一直向上游走去，一边走一边惊动了鳄鱼和同样令人厌恶的蛇。我知道在这样的痛苦环境中是活不长的，于是尽力往前走，希望会昏死过去而结束自己的痛苦。

就这样走了一个多小时，我来到了一片芦苇和矮树较少的地方。我手舞足蹈地一边走一边用肿起来的手驱赶叮向我头部的蚊子。我的末日就要来到了，因为我已筋疲力尽，快要倒下去了。突然我看到一群人。棕色的皮肤，这些人穿着白色的布衣，正在河里捕鱼。水上有几条独木舟装着货物，有的人正做出打算吃东西的样子。他们一发现我就发出惊叹的叫声，操着我听不懂的语言，还拿起放在一边的武器弓箭和木棍，闪光的打火石挂在两边。他们向我逼近像是要来杀我。我伸手向天祈求上天的恩慈。当他们发现我并无武装，且非常无助的样子，就开始放下武器并向我发问了。我摇摇头，表示我听不懂他们的话；我指指海，又指指我肿起来的身体。他们点点头，然后走上一条独木舟取来一些褐色的带香味的膏药。他们用手势让我脱下身上剩余的衣服。衣服的样式令他们很惊讶。他们开始在我身上涂抹膏药。这膏药减轻了我身上火烧般的奇痒,我开始轻松地解脱了。然后他们又给我按摩了一会儿。

涂抹之后,他们又给了我食物——新鲜的鱼和肉饼,同时还给了我一种热饮料,褐色的,带着一点泡沫,后来我才知道那叫巧克力饮料。吃完后我和他们一起低声交谈,他们用手势引我上了一条独木舟,给我几条毯子让我躺在上面,我照他们的意思做了。这是一条较大的木舟,和我一起上来的有三个人。其中一个表情庄重,看上去像是这群人的酋长,他坐在我的对面。另外两个人,一个坐在舟前,一个坐在舟尾,都拿着像桨一样的东西。我们开始出发了,另外三条独木舟跟随着我们。在我们前行了不到一英里的时候,极度疲劳的我睡着了。

睡醒之后我感到精神爽朗。太阳渐渐地落下去了,估计我已经睡了好几个小时。我惊异地发现那个相貌威严的人,在舟上一直小心翼翼地照顾着我,并不停地用枝叶替我驱赶蚊虫。他的慈爱让我感到安全,我心中的恐惧感也慢慢平息了。我思考着自己究竟来到了什么地方?这些人究竟是些什么人?因为看不到答案,也就放弃了寻思。这时小舟进入了一条小一点的河流,与刚才不同的是这里已经不再有沼泽了。两边如果不是大树林立,这里原本应是开阔地。这里的树又大又美,树上爬满了蔓藤,像绳子一样从最高的树枝上挂下来,下面开着各色非常美丽的花朵,好像黏附在树身上,林间有羽毛亮丽的鸟发出刺耳的叫声,还有一些猴子在向我们叫喊。

当独木舟从这些奇异的景象中穿行而过时,太阳落山了。我们来到一个用木桩打成的码头前,大家上岸了。天黑得很快,我唯一能看清的是脚底下的路修得很平整。走着走着,我们来到了一座门前,从狗叫声和来去的人影,我判断这是一座城池的大门。走进大门后我们穿过一条两边都有房子的街道。在最后一幢房子的入口处,我的同伴停了一下,握住我的手领我进入一间长长的、低矮的房间,里面点了一些陶做的灯。一些女人走上来亲了他,其余的,我想是仆人吧,用一只手触地向他表示问候。很快所有的目光都集中到了我的身上,她们接连问了酋长很多问题,这也是我瞎猜的。

当大家静下来后,晚饭拿上来了,里面有奇怪的肉类。他们邀我同席,我接受了。大家坐在一块毯子上吃着女人们端上来的放在地上的食物。在女人中,我注意到一个女孩出众地美丽,尽管其余的看上去也不错。她高挑、挺直,甜蜜的面容更增加了妩媚。我在这里特别提到她有两个理由,其一是她两次救了我的命:一次是在献祭石上;另一次是在桎梏之下。其二是她以后被叫作玛莉娜,做了科特斯的情妇,离开她的帮助,他是不可能征服墨西哥的。但此时此刻她是不可能知道自己的命运,把自己的祖国阿那灰克送入了西班牙人残酷的屠杀之中。当时我一进门就注意到了玛莉娜——我现在这么叫她,是她的印第安名字太难念了。她可怜我的处境,用她的权力保护我不至落入粗俗的猜疑,拿水来给我洗澡,给我干净的袍子换去我污秽的破衣服,并用鲜亮的羽毛让我戴在肩上。

晚餐后,我被带到另一间小屋里,让我睡在一张毯子上。我躺下后便浮想联翩。

我想我可能会永远失去自己的世界,但至少我落入了有礼的、仁慈的人们中间。尤其是从一些小事上可以看出这儿不是野蛮之邦。但有一件事情困扰着我:虽说我受到了礼遇,但我却仍然是一个囚徒。我注意到有一个用铜镖梭武装起来的人,睡在我的房间外面。睡下之前,我从窗格子中间望出去,看到这座房子是在一个大广场的边上。广场中央有一座很大的金字塔,大约有一百英尺高,直指天空。金字塔的顶部有一座石头建筑,看上去像一个殿堂，殿堂前面有一堆火在燃烧。在对这些建筑的惊叹和由此引发的崇敬之中，我睡着了。

第二天早晨我就得到了领教。

这儿我要说明一下，这以后我才知道，我当时所在的地方叫托巴斯科城，是阿那灰克南方的一个城市，离开泰诺梯兰城或墨西哥城有几百英里路。而那条我上岸的河流叫托巴斯科河。这儿也就是一年以后科特斯登陆的地方。我的主人，或者说俘虏我的人就是托巴斯科的酋长，也就是后来把玛莉娜供献给科特斯的人。这样，除了一个叫阿奎拉的西班牙人和他的船员在六年前因事故到达优卡顿岸边之外，我是最早住在印第安处的白人。那个阿奎拉后来被科特斯救走了，但他的船员则全部被活祭给了这个国家可怕的战神黑哲。此时西班牙人的恶名已经在印第安人中传开了，他们对此有近乎迷信的恐惧。因为在我来到托巴斯科一年之前，赫南德斯-德-克多伐绅士曾到过优卡顿海边，并和土著打了几仗；几个月前璜-德-格里加伐也曾到过托巴斯科河。所以，我被看作是印第安人称为“丢勒”的西班牙国家的一个人，自然而然地是上帝要喝他血的敌人。

我在清晨醒来，感到神清气爽。换上他们给我的袍子盥洗过后来到了大房间里，早饭已为我准备好了。我刚吃完早餐，那酋长就走了进来，一起进来的还有两个扮相可怕的人。他们面容愤怒而恐怖，穿着黑色的袍子，上面装饰着奇怪的红色的东西，曲卷的长发用奇怪的饰物结在一起。这两个人连同那个酋长，看来对我很尊敬，用喜悦得令我的血都冻起来的眼光看着我。其中一人把我里面的袍子拉开，把他那只肮脏的手放在我的心口上，数着我快速的心跳，而另一个则随着他的声音点着头。后来我才知道他是在说我是个非常健康的人。

我看着围观的人群，视线遇上了玛莉娜的眼光。从她掺杂着恐慌和同情的眼神，我知道残酷的死神已经笼罩了我。还没有等我来得及做任何事或思考任何东西，那两个祭师——他们叫派巴——已经抓住了我，把我拖出了房子。除了玛莉娜和酋长之外，屋子里所有的人都跟了出来。现在，我已身处一个广场之中，广场四周都是石块和泥土筑成的好房子，广场里已经站满了很多人。男人、女人和孩子都看着我被送往那个顶部烧着火的金字塔。走到了金字塔的底部，我被带到一个洞里，那里有更多的祭师上来扒去我的衣服，只留下腰部的遮盖和颈上新鲜艳丽的花。这里面除我之外还有另外两个印第安人，从他们恐惧的面容上，我可以猜出他们也是被判死刑的人。

此时，在我们的上面，鼓声敲起来了，我们的死刑仪式开始了，我是第一个。祭师们唱起了祭祀歌，我们开始登上塔顶，一圈一圈地往上走。顶部是一个平台，方形的，大约周边有四十步。四周的风景很秀丽，但我没有心情去注意它，此时的我已对前途不抱任何希望，所以也不太难过。平台的另一边是两个木制的塔，大约五十英尺高。这是崇拜神的塔，一个是为战神黑哲，另一个是为空气之神奎扎。他们恐怖的雕像，我们在一路上来走过石径的时候已经看见过了。神塔下的殿堂里是一间石室，里面放着一些小祭坛，上面的容器里有的盛着金子，有的盛着前一天被祭人的心脏。石室里还堆着各种各样的脏东西。神塔的前面是一个祭坛，那儿火不停地燃烧着。而祭坛的前面则是山上取来的一块黑色的大理石，有旅馆里的餐桌那么大，被非常巧妙地琢成了圆形，像个轮子一样，直径大约有十英尺，中间还有一个紫铜环。

这些都是我后来回忆起来的，而当时我是被抓住拖往那块圆石上的。有一条暗藏着的带子绑住我的腰部，另一头系在铜环上，使我最多只能移动到圆石的边上。一支尖端接着燧石的长矛交到我的手上，另外两支则交给陪我押上来的人。他们让我明白必须努力争斗不让他们跳上石台，而他们则力争上到石台上。我想如果我能杀死这两个可怜的家伙，我就可以自由了。因此为了保住我自己的命，我必须尽可能地取他们的命。现在祭师头儿发出了信号，命令这两个人开始向我攻击。但他们被恐惧镇住了，竟动也不敢动。于是祭师们开始用皮鞭抽打他们，直到他们痛得叫起来，向我冲来。其中一个领先的跑到石台边准备跳上来，我用矛刺穿了他的手臂，他立刻扔下武器逃跑了，而另一个人也跟着逃走了。这时他们两个都不再打了，也没有人再鞭笞他们向我进攻了。

看到无法使这两个人变得勇敢些，祭师们便决定先给他们的命运下结论。他们先把被我刺伤的人抓住，拖到一块龟背状的黑石边上，那石头其实就是献祭的祭坛。那人被腹部向上按倒在上面。一共有五个祭师按住他，两个按手，两个按腿，另一个抓住他的头。而那个祭师头，就是摸我心跳的人带着深红的斗篷，念着什么咒语，举起一把尖锐发亮的，似乎是燧石磨制的弯刀或叫“意次利”，向那可怜的罪人胸部扎去，把这个可怜的人献祭给了太阳神。

当他这么做的时候，下面所有的人都把这个血腥的过程看得一清二楚，大家都跪下直到那牺牲者被扔到黑哲战神像前的香炉里。然后祭师们走向前去，一边抬着尸体一边叫喊着，走到金字塔或称“梯奥卡里”边缘，让尸体从陡坡滚下去。而下面等着的人则把它捡起来抬走。至于抬走干吗去，我那时还不了解。

第一个牺牲品被杀死后，紧接着第二个也以同样的方式杀死了。最后轮到我了。我感到自己被人抓住时就昏了过去，直到我被放到那该死的祭石上才醒过来。祭师们抓住我的头和四肢，把我仰天绑住。我的肚子胀得像一面鼓，那个恶魔似的祭师穿着红色的斗篷站在我身上，玻璃一样的尖刀握在手中。我永远不会忘记他那因嗜血而扭曲的脸和从眼里投射出来的狂乱的目光。但他却没有直接刺向我，而是贪婪地望着我，用刀尖点着我。我感到好像这样躺着，被刀尖点着，有数年的时间。终于一层迷雾在我眼前一闪，我看到一道闪光向上升起，我想这该是我最后的时刻了。忽然有一只手抓住了他在空中的手臂，又听到了一个耳语声。那话语令祭师很不高兴，突然间他大叫着跳上前来还想杀我，但他握刀的手臂在落刀前再一次被抓住。于是他退回到奎扎神殿里，留下我在极端的痛苦中躺在石头上，想着这只不过是要继续折磨我。而残杀我则是早晚的事。

我就这样躺在石头上，骄阳直射在我的胸上，下面传来成千个人的低声话语。此时此刻，在这可怕的石床上，我的一生都闪过了我的脑际，千百件往事都从记忆中搜寻回来了。我想起了我的童年，我对我父亲起的誓言，莉莉临别的话语和亲吻，德-加西亚在把我投入大海时的面容，伊莎贝尔-德-西昆查的死亡。最后我想到，为什么所有的教士都如此残忍！

过了一会儿，我听到了脚步声，就闭起了我的眼睛，因为我再也受不了那可怕的刀影了。但是刀子没下来！而我的双手却突然被松开了，我被扶着站了起来。我可根本没有希望自己还能再站起来。我被抬到金字塔的边上，因为我还不能走路。对我主刀的那个祭师对着下面的众人高喊了什么，使得他们低声喃喃像风吹过了树林一般。他用那沾满鲜血的手紧紧抓住我，并在我的前额吻了一下。这时我注意到我的主人，那个酋长，站在我旁边，庄重地，有礼貌地微笑着。他曾微笑着把我交给祭师，现在又微笑着把我接回。经过净洗和更衣，我被领到了奎扎儿的殿堂，面对面地站在可怖的奎扎儿神像前，看着那金色的香炉——那儿本该是祭师杀死我之后放置我心脏的地方。接着我被搀扶着从旋转道上走下去，直到金字塔的底部。在那儿，酋长握住我的手领我穿过人群——看来他们是带着奇异的尊敬来观望我。当我们进入房子的时候，我第一个见到的人就是玛莉娜。她望着我低声柔和地说了一些我听不懂的话。于是我被带回到了我的小房间，又重复了一遍先前的一些礼仪。看来我确实到了一个恶魔的世界！

现在让我来说说自己是怎么从刀尖下被救下的。玛莉娜有点喜欢我，并同情我悲惨的命运，聪明的她很快就想好了一个救我命的办法。当我被拉去献祭的时候，她对她的主人，那个酋长说起蒙特苏玛的传言。阿那灰克的皇帝为西班牙人的事情而烦恼，希望能拿到一个西班牙人来看看。现在我就是一个西班牙人或叫丢勒人，如果我在这儿被献祭了，他必然会不高兴，还不如把我送到他那儿随他去处置得好。酋长说这个主意虽然不错，但她应早点说，现在祭师们已经拿到了我，已经没办法从他们手中拿回来了。

"不，"玛莉娜说，"你可以这么说：奎扎儿本是一个白人[①]，现在这个丢勒要献给他，谁知道他是不是这个神的儿子。如果把神的儿子献祭给了神，难道他会高兴吗？即使神不动怒，蒙特苏玛一定会生气并对你和祭师们进行报复的。"

酋长见玛莉娜说得有道理，便急忙走上金字塔，在尖刀正要落在我身上前的一刹那抓住了他。开始那祭师头恼怒地大叫这是亵渎神灵之举，但当酋长告诉他理由之后，祭师头转念一想，还是别惹蒙特苏玛生气的好，于是我被松了绑并被领进圣殿。当我出来的时候，祭师当众宣布我是神的一个儿子。也因为这个原因，他们从此对我恭敬有加。

注释

① 奎扎儿，或奎扎可托儿，是阿那灰克人的神。传说教会了他们有用的政治和精神的智慧以及艺术。奎扎儿是一个白皮肤的神，在他从海上离去之前曾经说过，他会回到这美丽的特拉派兰地方并带来很多神的后裔。这个传说被阿兹泰克人牢记着，成了西班牙人能征服这个国家的重要原因，因为他们被认为是奎扎儿的后裔。

第十四章
保卫瓜特莫克

在经过了可怕的一天之后，我得到了托巴斯科人的友好对待。他们把我叫作丢勒（即西班牙人），也不再动把我献祭的念头了。相反地却让我穿好吃好，但被卫兵看守着。如果我逃跑了，他们会人头落地。我一直苦苦思索着自己这算是什么。后来才知道，在把我从祭师手里救出来的次日早晨，信息就被送往蒙特苏玛这个伟大的君主那里。报告里道出了我被抓的过程，并请示他对我的处理。但因前往泰诺梯兰的路程较远，所以要等好几个星期才会有回音。在此期间我就学习玛雅语言和关于阿兹特克的知识。我跟着玛莉娜和其他一些人学习。玛莉娜并非托巴斯科人，她生在盘那拉地方，在帝国的东南边界上。她的母亲把她卖给了一个商人，是为了能把玛莉娜将来的遗产份额让给她第二次婚姻所生的孩子。就这样，玛莉娜落到了这个托巴斯科酋长的手里。

我同时也学习了一点这里的历史、风俗和这里的象形文字的写法、读法。因为我的医术已在托巴斯科人中建立了声誉，渐渐地，他们真的相信我是好神奎扎儿的儿子，可是我越是学得多越是不了解他们。他们的大多数世情和我所知的国家的习俗没有很大的差别，但很少有国家比他们更有建筑技术、完整的法律和艺术的才能。他们是勇敢和沉稳的民族，但他们的宗教信仰却像树根部的溃疡。据说，在向上帝献祭和折磨牺牲者方面，他们要比把罪人封闭在女修道院的石墙里还要残忍。

在托巴斯科住了一个多月后，我已学习了足够的语言和玛莉娜交谈，并因此建立了友谊——仅此而已——还从她那里吸收了大量的知识和暗示，使我的行为可以保护自己的安全。作为回报，我也教给她我的信仰和欧洲人的习俗。这些知识使她以后成为对欧洲人有用的人，并最终使她接受了他们的宗教信仰且融入了白人社会。我在托巴斯科酋长的家里住了四个多月，他对我非常友善，甚至要把自己的妹妹嫁给我。我尽可能礼貌地拒绝了。他对此大为惊讶，因为她是一个美丽的姑娘。他们对我如此友好，以至于我差不多喜欢上了这个有礼貌、有技能和工作能力的民族。唯有那些可怕的宗教仪式，我差不多天天都要见证，让我无法接受。

四个月后，信使从蒙特苏玛朝廷上回来了。来回的路上因为遇到河流的大水及其他意外，使过程延缓了。那皇帝对拘留我的消息非常感兴趣，并希望在他的首都见我。为此他特地派遣了自己的侄儿瓜特莫克王子，带了一大队武士来迎接我。

我永不会忘记我和王子的见面，以后他会成为我的兄弟和战友。他的队伍抵达时我正好外出打鹿。我使用弓箭的技术如此纯熟，使得印第安人都对我敬服。但他们不知我曾在彭盖的竞技比赛中两次赢得冠军。一个信使带来上述消息，我们结束狩猎回去献上了我们猎获的鹿。当我来到酋长家前的庭院时，见到里面站满了盛装打扮的武士，其中一个最为鲜艳。他年轻、高大、英俊，有一双像鹰一样的眼睛；他的神态中带着高贵和威仪，身上披着金盔甲，上面精细地装饰着珍贵的羽毛，色彩安排得极为漂亮；他头上戴着金顶的头盔，上面有皇家的记号：用金子和宝石装饰的鹰站在一条蛇上；他的手臂和脚踝都戴有一圈圈黄金和宝石做的环，手上拿着一杆紫铜头的标枪；他的周围站着一群装饰华贵的武士，只是用棉布织成的盔甲替代了金盔甲，头盔上的徽号则是带着宝石的羽毛而不是用皇家的记号。

他就是瓜特莫克，蒙特苏玛的侄儿，以后成了阿那灰克最后的皇帝。我一见到他就用印第安人的礼仪向他致敬——用我的右手触地，然后抬起头来。而瓜特莫克却打量着我，点了点头，看到我穿着简单的猎装，友好地笑了，并说："真的，丢勒，如果没错的话，你年纪和我差不多，你却像一个奴隶向他的主人一样向我致敬。"他向我伸出手来，我接住了他的手，并用玛莉娜教我的话回答他，她此时正在旁边看着这位有一双鹰眼的伟大主人。

"看来是这样的，王子，虽然在我自己的国家里，我是有荣誉和财富的人，但在这里我只是从祭坛上被救出来的奴隶。"

"我知道，"他有点不悦，"把你从死亡线上救下来可是一件好事，不然的话蒙特苏玛的愤怒就会落在这个城市上。"在那些日子里，蒙特苏玛的名字是令人恐惧的。他问我是不是西班牙人，我告诉他我有一半西班牙人的血统和另一国的白人血统。

这看来使他有些不懂了，因为他从未听说过还有其他的白人。我只好告诉他一些我的经历，使他至少明白我为什么会被抛入海中。

等我结束了叙述之后，他说："如果我没听错的话，丢勒，你说你不是西班牙人，但你却乘着一艘西班牙人的船来到这里，这事有点奇怪。不过，我们先不说这事了。等蒙特苏玛来了再说吧！过来，让我看看你是怎么使用这奇妙的弓的。这是你带来的还是你自己在这儿做的？他们告诉我，丢勒，在这儿没有像你这样的弓箭手。"我走过去向他展示我自己做的弓箭，这弓箭可以射得比任何阿那灰克的弓箭远大约六十步以上。于是我们开始讲到体育和战事，玛莉娜帮我解释了一些话。在那一天结束之前我们建立了友谊。

有一个星期，瓜特莫克王子和他的随从在托巴斯科城里休息，我们三个人说着话，很快我就注意到玛莉娜的眼光常停留在王子的身上。一方面是因为他的英俊、地位和高贵；另一方面是因为她想利用瓜特莫克的权势来改变自己在酋长家里奴隶般的地位。玛莉娜是一个有野心的人。她用尽方法想赢得他的心，但看来这些努力都没有引起他的注意。最后她当着我的面对他直白了。

“你明天就要离开了，王子，”她柔和地说，“如果你愿意听你的女仆说话的话，我想向你请求一个恩惠。”

“说出来吧，女仆。”他说。

“我想求你，如果你愿意的话，把我从我的主子酋长手里买走，或命令他把我送给你，并把我带回泰诺梯兰。”她恳求道。

瓜特莫克大笑起来。“你倒是直来直去，女仆，”他说，“但目前在泰诺梯兰城里，我的妻子，皇家堂妹泰姬波正等着我，和她一起的还有另外三个很会妒忌的女子。”

此时玛莉娜褐色的皮肤开始泛出红晕。这是我第一次，也是最后一次看到她美丽的眼睛里露出了愤怒之色。她说：“我求你把我带走，可并没有想要做你的妻子或情人。”

“那你究竟想要什么呢？”王子冷淡地问。

“我原先说的，可以忘了。但现在我想的是去看看那伟大的城市和伟大的国王，因为如果有一天我也渐渐地变得伟大起来时，我会厌倦这儿的一切的。现在你拒绝了我，我会记住这事。终有一天我会以此来回报你和你那高贵的家庭，王子。”

瓜特莫克又一次出声大笑并突然变得严厉起来。“你是过分自信了，女孩，”他说，“很多人比你说得少，但最终还是发现自己被绑在献祭石上了。不过我会忘了它，你这个女人的自傲是惊人的，你自己也不知道在说些什么。丢勒，如果你听懂了的话，希望你也把它忘了。”

玛莉娜转过身来离去，当她经过我身边时我听见她喃喃地说：“是的，王子，你会忘掉的，但我不会。”

自从听到她那句话后，我一直在想，当时她是否已对今后的事态有所感应，还是她只是一时愤怒之下脱口而出的一句气话？甚至如她后来向我坦诚的那样，她把自己的祖国带入羞辱和毁灭只是源于对西班牙远征军首领科特斯的爱？这真是让人难以言说。也可能那天发生的事和以后的事毫无关联，但她的愤怒以后还会再发泄出来。一个人的小事也可以积攒成今后的希望或仇恨，愿望或绝望，这在我身上已经发生过了。虽然积小成大也需要机会拼成，但个人的意愿还是主要的。我知道玛莉娜从未忘记这次羞辱，我曾听她提起过多次他们的谈话和王子对她的回答。

现在请允许我提起最后一件我在托巴斯科经历的事，然后叙述我去墨西哥和怎么娶蒙特苏玛的女儿为妻，以及和德-加西亚之间的事。

在我离开的当天，一个为向神邀宠的大型献祭展开了，这是希望神能保护我们旅途平安同时也为庆祝另一个节日。印第安人的节庆是无休止的。我们受邀走上那金字塔，所有的东西都准备好了，我们围站在祭石的周围，其他的人则站在塔下观望。过了一会儿那个曾令我恐惧的祭师从奎扎儿神殿里走出来，示意他的手下把第一个牺牲品拖到祭石上。突然瓜特莫克王子走向前指着祭师头领，并命令其余的祭师道："把这个人抓起来！"

他们犹豫了起来，虽然这命令来自高贵的王子，但对高级祭师动武是亵渎神灵的。带着微笑，瓜特莫克取出一枚戒指。戒指上，深蓝色的宝石镶在雕有奇形花纹的环上。同时还取出一卷写有象形文字的图卷放在祭师们的眼前。戒指是蒙特苏玛的，而图卷则是泰诺梯兰最高祭师签发的。看到这些东西的人都知道得很清楚，胆敢违抗他的命令就得被杀死并受到毁誉。所以他们不再迟疑，一把抓住了他们的头领。瓜特莫克又简短地说："把他放到祭石上献给奎扎儿神。"

这个曾经以在这块石头上夺取他人生命为乐的人开始颤抖并哭泣了。他没有想到自己会落到同样的下场。

“为什么，哦，王子，要拿我来献祭？”他叫道，“我是神和皇帝的忠实奴仆。”

“因为你竟敢要把这个丢勒献出去。”瓜特莫克指着我说，“甚至不请示蒙特苏玛。还有你犯的其他很多罪行，他们都写在这书卷上。这个丢勒是奎扎儿神的儿子，奎扎儿神为此要报复你。把他拖过去！这证书是你们的证明。”王子把最高祭师签发的证书交给了祭师。

祭师把他们的首领拖到祭石上。在那里，他的祷告、吼叫和曾经控制他人的行为都得到了报应，他的尸体被抛下了金字塔。他曾经用同样的方式害死了多少无辜的人。

当这些都结束之后，瓜特莫克转身对我说道：“你的敌人都会如此被消灭，我的丢勒朋友。”

这件事让我领略了蒙特苏玛的威权，就凭他手指上的一个戒指，就可以令一个高级祭师死在他随从的手里。仪式之后不到一个小时，我们开始踏上长途旅程。临走之前，我向我的朋友——酋长和玛莉娜作了热情的告别。玛莉娜在我临行时哭了。那酋长我再也没见着，而玛莉娜则在以后又见过她。

我们走了整整一个月的时间。路途遥远且艰难，有时候我们要穿越森林，有时则必须在河岸边等待。我见到了许多奇特的风景，经过了许多美丽的城市，得到了很好的招待和礼遇。

那个有一件事我不得不简要地叙述一下，因为这改变了我和瓜特莫克王子的关系，使我们的友谊一直延续到他死的那一天，并一直留存在我的心中。

一天，我们在河边被暴涨的河水拦住了去路，我们调整了行程改去打鹿。不到一会儿，我们就打死了三头鹿。后来，瓜特莫克看到一头公鹿站在岩石上，我们五个人开始向它逼近。但因那公鹿所站的地方前面有一大片开阔地，我们无法再向它靠近。这时，瓜特莫克跟我开玩笑说：“丢勒，他们告诉我你弓箭的传奇，现在这头公鹿离我们的距离是我们阿兹特克人弓箭所及的三倍，让我来看看你的技术。”

“虽然这个距离是远了点，”我说，“但我可以试试。”

我们悄悄地前行到一株棉树下，那最低的树枝离地大约十五英尺。我拉起了弓。这是一张长弓，是我按照在英国时用的样子做成的。我瞄准了，向公鹿射去，那箭射入了它的心脏，随即响起一阵低低的惊叹声。

正当我们准备去取回那头倒下的鹿时，忽然，一只原先藏在棉树上窥伺着那头鹿的美洲豹跳了下来，正好落在瓜特莫克王子的肩上，接着又将他面朝下按倒在地上。那头公豹用它的利爪和牙齿抓咬他，如果不是有头盔和盔甲罩着，瓜特莫克也活不到登上阿那灰克皇位的那一天。

在豹子突然跳下的那一瞬间，那三个随从先是一愣，随即向后逃去。但我却没有。在我身子的一侧挂着一个印第安人的武器，那是用来当剑使用的木棍，两头都装有像剑鱼牙齿似的黑曜石。我抽出那木剑向公豹猛力刺去，刺中了它的头部，使它翻身并血流如注。但它又立刻站了起来，向我愤怒地吼叫，我用双手舞动着木剑再向它击去，这一下木剑从它张开的嘴中直穿到头部。因为用力过猛，我的木剑折断了，而那头豹却并未停住反扑，它一爪把我打得飞了起来。接着就开始咬我的胸部和颈部，幸好我穿着盔甲，不然我早就被撕开了。但那伤痕却永远地留在了我的身上。

我那重重的一击似乎起了作用，因为有一块黑曜石进入了它的脑中。它抬起了头，张大着嘴，就像一只被暴打的狗叫了起来，最后死在了我的身上。我痛得躺在地上动弹不了，直到那些随从醒过神来，走过来把那死豹从我身上搬开。瓜特莫克看到了一切，但直到此时他才缓过气来，从地上站了起来。

“丢勒，”他在我耳边轻声说道：“你确实是个勇敢的人，只要你活着，我将永远是你的好朋友直到死，正像你是我的一样。”

这话他只对我说，对其他人他什么也没说，也没责备。然后我就昏死过去了。

第十五章
蒙特苏玛的法庭

我身上的伤痛使我无法行走，以至整整一周之内只能靠担架抬着，一直到离泰诺梯兰或是墨西哥城只剩三天旅程的时候。从那儿开始的道路，无论是建造质量还是保养，都比我在英国所见过的道路要好，我可以自己行走了。我也不太愿意像女人气的印第安习俗那样被人抬着走。同时，更是因为现在的路平直地穿越高地，在寒冷的高山上面已经不像炎热的地方那样难走了。我从未见过如此巨大、凄凉的荒漠，到处长着龙舌兰或带刺的多汁的灌木丛。景色真是奇妙，这些植物竟能生长在如此沙质且少水的土地上。这是一个奇怪的地方，它可以在自己的境内展现三种不同的气候，一片接一片的大片热带风景，一望无际。

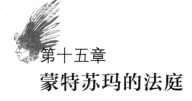

一天晚上，我们借宿在一座房子里，这是在山顶上的路边为旅客建造的许多房子中的一座。山连着山，山下是泰诺梯兰山谷。第二天一早，太阳还没有升起时，我们就上路了。一方面是因为高处不胜寒，我们也睡不安稳；另一方面是瓜特莫克希望在当天晚上进入城内。前行了几百步后，我们来到了山巅之上。我停下脚步，陷入了沉思和崇敬之中。在我的脚下，虽因天尚未全亮而看不清阴影中的景色，但我知道那是一片巨大的、丰水的谷地。在前方出现的云彩笼罩着两座积雪的高山，尚未升起的太阳已把它们染成了红色。波波，又称冒烟的山峰，是其中一座山的名称；而另一座叫伊兹泰克，或称睡着的女人。没有比这更壮美的景色可以让人类的眼睛欣赏了——在这日出之前的时刻，从波波的山顶上升起巨大的烟柱，好像有火在中间燃烧，深色的朝阳使它们看上去像是旋转的火柱。那闪闪烁烁的山坡上，色彩在不断变换着，从奇异的白色到淡红色，从淡红色再到深红色，从深红色又到彩虹中的各种色彩。谁能把它描绘出来谁又能想象得出来呢？没人能够做到，除非你曾亲眼见到泰诺梯兰火山口的日出。

我欣赏了波波带给我的视觉盛宴之后，再转过头来眺望伊兹泰克。她不如她的“丈夫”高，所以阿兹特克人叫那火山为波波。初看之下，除了秀丽的山势像一个女人外，积雪装扮了她。她躺在那里，像一具放在棺材架上的尸体，头发梳向山坡。现在朝阳开始照到她了，像是从玫瑰红的面纱下展现出她无与伦比的美丽。但即使此时的她是如此的瑰丽，我还是更喜爱她傍晚时睡美人似的端庄。那时，她以庄严的姿态躺在下面的黑色山基之上，而黑色又逐渐变为平安的夜色，像薄纱一般地遮盖了她。

在我凝望之际光线逐渐照到了火山的山坡上，显露出山腰上的森林。而巨大的山谷上面仍覆盖着海涛般的浓雾，使得群山看上去像是一座座孤岛。当我们沿着平缓的山路往下走的时候，雾气逐渐散去，它库科湖、恰科湖、休吉卡克湖依次露出它们像巨大的明镜般的面容。湖边是一座座城市，而那最雄伟的墨西哥城，则像浮在水面上一般坐落在它们的后面。在这些城市的后面则是大片的玉米地和龙舌兰，以及一片片森林。而在远处的山谷中，可以看到石头筑起的城墙。

一整天我们都快速穿行在这片美丽的土地上。我们经过了亚马昆城、亚何琴科城……我不准备描述它们了，还有建在恰科湖沿的许多美丽的村庄。然后我们走上了如同建在水上的平整宽大的石头路上。过午时分，我们来到了奎拉华克，并经过了伊塔拍拉盘，在这儿，瓜特莫克要在他的叔叔奎拉华家里休息和过夜。但当我们抵达时，一个蒙特苏玛差来的信使传来命令，要我们赶赴泰诺梯兰，肩舆已经在等待着我们。于是我们坐上肩舆，离开这个可爱的城市。鲜花开满了砌道的南边，我们经过了一些建筑在从湖底排上来的桩子上的小镇，走过了在芦苇中像船一样漂浮在水面上的花园，也走过无数个祭坛和闪烁的神殿，看到了许多轻巧的独木舟，成千的印第安人在为他们的生意穿过穿梭往来忙碌着。最后在日落时分，我们来到了设有城垛的堡垒休洛克。前面建有障碍物。我说建有，但是啊，如今再也没有什么建筑了，科特斯毁灭了它们，连同我那天所见的所有伟大的城镇都被他毁了。

在休洛克，我们开始进入泰诺梯兰或者说墨西哥城，这是我一生所见的最伟大的城市。城郊的房子确实是用泥土或黏土砌成的，但较富有的部分则是用红石块砌成。每幢房子都围有院子或花园，有水渠修于房子之间，还有过道修建于两边。城里还有不少广场，广场中建有金字塔、殿堂和庙宇等，无边无际。我凝望着，不禁出了神。但是当我看到那伟大的神殿时，先前所见都已不足挂齿了。石砌的大道直通东西南北，墙上处处雕刻着蛇的形像，地面平整发光，祭坛上陈列着成千上万具人的头盖骨。四周则是巨大的市场。我只短暂地看了一下，夜色降临了，而那时我并不知道我们将要承担的黑暗日子。

一会儿我们就穿过了城市，在巨大的杉树阴影下走向上山的路。我们来到一座大院子里停下，我被命令脱下戎装。然后瓜特莫克王子带我进入一座奇妙的大房子。房子用杉木做瓦，内墙都遮着色彩浓重的布幔，里面用黄金装修，就像我们在英国使用砖和橡木一样随意。几个内侍手中拿着杉木杖，带领我们走过许多过道和房间，最后来到一间大房间，里面已经有一群内侍在等着我们。他们用带香味的水给我们冲洗，然后让我们换上华贵的服饰。接着带领我们来到一扇门前，令我们脱去鞋子，再给我们一人一件粗布袍子盖住华贵的衣饰，领我们跨过一道门。我看到这是一间大厅，里面有很多高贵的男人和一些女人。他们都站在那里，身上披着粗布的袍子。大厅的最里面有一个金色的帘子，里面飘出美妙的音乐来。

大厅里点着带香味的火炬，我们进入后，许多人都走过来向瓜特莫克王子问候，我注意到他们都用怀疑的眼光看我。有一个女人走过来。这是一个非同一般的美女，她高大、庄重，粗布袍子里面穿着华丽贵重的珠宝装饰的衣服。在这劳累困顿的时刻，她的可爱容貌一下子就把我抓住了。她骄傲的双眼像雄鹿一般，卷发披在肩上，身上透出高贵的气质，然而她却非常柔和近乎悲伤，尽管必要时她可以变得凶猛。这个贵妇很年轻，看上去只有十八岁左右，但身材却是成熟的，像贵族妇女的样子。

“你好，瓜特莫克，我的堂兄，”她用甜蜜的声音说道，“你终于来了，我高贵的父亲已经等了你很久，并想问问你怎么会耽搁这么久。我姐姐，你的夫人也想问问你怎么去了这么久。”

我感到她在说话的时候一直用眼光在检查我。

“你好，奥托美我的堂妹，”王子应道，“在旅途中出了一些事故，所以耽搁了。托巴斯科路途遥远，加上我的责任和同伴，丢勒，”他朝我点了一下头，“在路上出了事故。”

“什么事故？”她问。

“是这样，他从豹子的口中救下了我，赌上了他自己的命，那时其他人都逃开了。他伤得很厉害。他救了我的命——”他几句话结束了故事。

她听着故事，眼睛发亮。故事结束后，她又开始说话了。而这次却是对着我说。

“欢迎，丢勒，”她微笑着，“你虽然不是我们的人，但是我的心却向着这样的人。”她微笑着离开了我们。

“这位伟大的女士是？”我问瓜特莫克。

“是我的堂妹奥托美，奥托美公主，我叔叔蒙特苏玛最心爱的女儿，”他答道，“她喜欢你，丢勒，这对你可是多方有益的，哈！”

在他说这些话时，屋子那边的帘子向两边拉开，只见有个人在后面坐在一个绣花的垫子上，用一根长长的印第安花色木管正吸着带香味的烟叶。这个人不会是别人，一定就是那个帝王蒙特苏玛。他高高的个子，长着一副悲切的面容；他有一头稀疏的白发和对印第安人来说是很苍白的脸；他穿着全棉的白袍，带着金腰带和镶着珍珠的拖鞋，头顶上是象征皇权的绿色羽毛。他后面有一排穿着暴露的美丽女孩，有的弹着弦琴和其他乐器；左右两边各有四个年老的参事，他们全都赤着脚，穿着最简陋的衣服。

当帘子拉开时，大厅里所有的人都跪地行礼，我也连忙跟着学样。大家跪着直到那皇帝用他烟管的头做了一个示意，这才站起来，双手叠在一起，低头看着地上。蒙特苏玛又做了一个动作，三个老人走前几步，我猜想他们是外交使节。他们求他保佑，他点了一下头作为回答，于是他们就退回去直到混入人群中。然后皇帝对一个参事说了一句话。他鞠躬后慢慢地走向人群，左右看了看，把目光对着瓜特莫克。他确实很容易看到，因为他比其他人要高出一个头。

“尊敬的王子，”他说，“尊贵的皇帝蒙特苏玛想要与你和你的同伴丢勒说话。”

“跟着我，丢勒，”瓜特莫克说着领我向前，直到原来拉帘子的地方停下。当我经过那里的时候，一片幕布拉下，使我们和其他的人分开了。

我们在这里站了一会儿，双手叠起，两眼向下，直到一个信号让我们向前。

“你汇报吧，侄儿。”蒙特苏玛低声命令道。

“我到了托巴斯科城，哦，伟大的蒙特苏玛，我找到了这个丢勒并把他带到这儿。我遵从皇上的命令将那个祭师头献祭了。现在我把帝国的符号交回来。”于是他把那枚戒指交给了一个巫师。

“你为什么在路上耽搁这么久，侄儿?”

“高贵的蒙特苏玛，在路上时这个丢勒，我的俘虏被一头豹子咬了。那豹皮我带来献给您。”

蒙特苏玛这才第一次看了我一下。他把参事交给他的一卷文件打开来念，一面念一面不时瞄我一眼。

“这文件说得不错，”他最后说，“就是没有指出一件事——这个犯人是阿那灰克最漂亮的小伙子。告诉我，丢勒，你们国家的人，为什么要来到我们的土地上屠杀我的人民?”

“我一点也不知道，皇上，”我在回答时还得到了瓜特莫克的帮助，“再说，他们也不是我的国家的人。”

“这份报告里说你承认自己的血管里带有丢勒人的血液，你还是乘着一只丢勒人的大独木舟来到海边或近海的。”

“是这样的，皇上，我不是他们的人，我来到海边是靠着一只大木桶。”

“我认为你是在说谎，”蒙特苏玛说，“鲨鱼或鳄鱼，会把这么来的人吃掉的。”他紧接着追问：“说吧，你是不是奎扎儿的后代?”

“我不知道，皇上。我是一个白人，我们最早的祖先叫亚当。”

“这可能就是奎扎儿的另一个名字，”他说，“预言早就说过他的孩子们会回来的，现在看来他们就要来了。”他沉重地叹了一口气，“去吧，明天你要告诉我这些丢勒人的事，那些参事和祭师将会决定你的命运。”

我听到他说祭师时，浑身都颤抖起来。我哭了，合起手祈求道：“杀了我吧，如果你想的话，皇上。不要再把我交到祭师的手中。”

“我们都在祭师的手中，他们是上帝之口，”他冷冷地说道，“再说了，我认为你对我说谎了。”

我又落入了厄运的预言之中，瓜特莫克也沮丧地低下了头。

我狠狠地诅咒自己，为何说我有西班牙血液却不是西班牙人？早知这个后果，打死我也不会这么说。但如今已经太晚了。

瓜特莫克带我来到卡波泰皮克宫的一套住房里，他的妻子，美丽的皇家公主泰姬波和其他一些女人在那里等着我们，蒙特苏玛的爱女奥托美公主也在，还有几个贵族女士。这儿为我们准备了一顿盛宴，我被安排坐在奥托美公主的旁边，她和我说话时特别和蔼，问了我很多问题，特别是我的故乡和西班牙人。从她那儿我第一次了解到，皇帝从心底里因西班牙人或丢勒人而忧愁。他非常迷信预言，预言说奎扎儿的子孙会来到这里并抢走土地。我真心感到她是那样仁慈、和蔼、高贵和可爱。这是我第一次在我的未婚妻之外被另一个女人打动。而那位远在英格兰的未婚妻，我想我此生再也见不到她了。此后我了解到，这个晚上心动的不止我一个人。

在我们近旁坐着另一位贵妇帕盼倩，她是蒙特苏玛的妹妹，虽然已不年轻，但脸容甜美，却因为关于死亡的预言而愁容满面。她后来真的在数周后死得很不安稳，这我在后面会叙述到。

宴会之后，我们喝着可可汁或巧克力，并用长管子吸烟。这是一种奇怪而有趣的礼仪，至今在英国仍很稀罕，我并没有习惯它。之后我被带到我的卧室，一间小小的用杉木板贴墙的房间。我久久不能入睡，心中反复想着自己看到的这片神奇的新大陆。这里是如此的文明却又如此的野蛮。我又想到这个面容忧伤的国王，他是数以百万计的芸芸众生的绝对主宰，拥有人心所希望拥有的任何东西——巨大的财富，成百的美丽妻子，成群的可爱孩子，无数的军队，众多的瑰丽艺术品。他统治着地球上最无与伦比的帝国，享有无尽的欢乐，如同上帝一样保护着自己的子民，并受到人民对他如对上帝一般的崇敬。现在，他却为自己的王国心情沉重甚于奴隶。所罗门[①]王应该用他的事情来教训别人，而蒙特苏玛应该向所罗门王哭诉："我囤积了如此多的金子和银子，收集了国王们所有的奇珍异宝；我聚集了男女歌唱者、天真烂漫的儿童，还有绝妙的乐器。所有眼睛能见的美好的东西我都据为己有，但我的所得却不能使我的心快乐。所有的东西都是虚无的，只会令我心灵忧伤。在太阳照耀下没有平安可言。”

他大概是哭了。是的，在某种意义上他是哭了。那狄钦汉教堂里朝北的那面墙上画着的骷髅和三个帝王的壁画就明确地告诉了人们，帝王的命运和兴衰与百姓没有任何差别，正像我的恩人方西卡曾经告诉我的一样。完全的幸福只存在于我们的梦中，而当我们醒来的时候，留下的只有在我们辛劳的一生中永恒的悲伤。

我的思绪又飞向那最最美好的姑娘奥托美公主。她看我的时候眼中充满着仁爱和甜美。而那远在英国的姑娘，我的爱人莉莉，我是永远也不会再见到她了。我在这儿遇到了这个美妙的印第安女孩，难道不是我的幸运吗？说真的，有哪一个男人会不被她的甜蜜、美丽、高贵和在权力笼罩下的仁爱所征服？像她身上穿着的贵重服饰一样，她身上的野性也让我感到美好的一面。她凝望着我的心灵的眼睛带着忧伤和奇异的光芒，使她更具女性的柔和与清新，这种东方的美是英国学校教育出来的女子所没有的。这些都一下子打动了我的感官和思维并迷住了我的心。

奥托美是那种使所有的男人想入非非，却很少有人能赢得其芳心的女子。世界上很少出现这样好品质的女人，更少有如此好教养的女人。她兼具单纯和热情，她像夜一样美丽平静。她具有高贵的女人气质，却有男人一样的勇敢和忠诚。她心中充满着求知的欲望，任何逆境都不能使她屈服。这就是奥托美，蒙特苏玛的女儿，奥托美的公主。莫大的幸运使我遇到了她，并最终赢得了她的爱情。可是虽然她可爱、美丽、高尚，但是骨子里却仍是一个野蛮人。没事时可以隐藏起来，但时候到来时她的热血会控制自己的行为。我对此并无知觉。

就这样我躺在卡波泰皮克宫的小房间里，外面看守者的响声提醒我，现在不应对爱情有任何幻想。我的每一天都命悬一丝。明天，我的命运将由祭师们定夺。在他们作出决定并说出口之前，被关押的人已能感觉出自己的命运将是如何。我是一个外来者，一个白人，把我献祭掉，更容易宽慰千万个印第安人的心。我曾经从托巴斯科的祭坛上逃生，说不定这儿泰诺梯兰的高级祭师会很高兴地把我给祭出去，如此而已。我会在远离故乡的地方悲惨地死去，而这个世界上却无人知晓。

在冥想中我进入了睡眠，醒来时太阳已经升起来了。我从垫子上起身走到装有木栅的窗前向外张望。昨晚我凝望的地方，原来是一座多石山的顶部。这山的一边是它库科湖，另一边，大约一英里多些的地方就是墨西哥神殿。山的斜坡上，从山脚一直往上延伸着巨大的杉树，树冠往下挂着鬼蜮般的苔条。这些杉树是如此巨大，树径最粗有二十二步周长，最小的都比狄钦汉教区最大的橡树还要大。远处，在这些奇异的大树之间，就是蒙特苏玛的花园，里面到处是奇花异草，还有大理石浴池、鸟舍、兽穴，等等，这是世界上最美的皇家花园。

我对自己说："即使我快死了，至少我见识了阿那灰克这个国家，它的国王，它的风俗和它的人民。"

注释

① 所罗门，圣经里犹太人传说中的王。

第十六章
汤姆成了天神

第二天早上醒来时，我怎么也不会想到，我，汤姆-温费尔绅士竟会在昨天日落之前变成了天神。是墨西哥城的蒙特苏玛皇帝一人之下万人之上的上帝。

这事的经过是这样的：在我与主人瓜特莫克王子共进早餐之后，就被带去了法庭。这是所谓的'上帝裁判所'，非常壮观。蒙特苏玛坐在金色的王座上，在他的周围，站着众多的参事和贵族。在他的前面，放着一个装饰着绿宝石的人头骨，那巨大的宝石发出绿色的光焰。他手中握着象征王权的箭。那儿正有几个酋长因叛逆罪在受审。当一些罪证陈述之后，他们被允许为自己辩护，每人几句，非常简短。在这过程中蒙特苏玛一言不发，只用那根箭挑起那画有当事人罪证的卷轴，然后那人就被带走并杀死。

这些审判结束后，几个穿着黑貂皮袍子的祭师走了进来。他们蓬乱的头发披在后面，形态威严，凶狠的眼神令人生畏。一看到他们我就开始颤抖起来，因为我知道，只有他们可以不对蒙特苏玛加以尊重。参事和贵族们向后退去，祭师们走上前来和皇帝对话，其中有两个人走到我面前把我领到王座前面，然后命令我把衣服全部脱光。我顺从了，全身裸露地站在众人面前。

这些祭师走近我，仔细查看我身体的每一块地方。我手臂上有德-加西亚的剑留下的伤痕，我的胸前有几处豹子的牙齿和爪子留下的深深印记。细察后他们问我这些伤痕是怎么造成的，我把全过程告诉了他们。于是他们就商量起来，我听不清他们在说什么。过了一会，讨论热烈起来，他们要求皇帝作最后的裁定。蒙特苏玛想了一会儿，我听到他说："这些瑕疵并非身体上长出来的，也不是出生时带来的，而是人为和野兽造成的。"

于是这些祭师们又商量了起来。最后，他们的头领在蒙特苏玛的耳边说了些什么，蒙特苏玛点了点头，从他的王座上站了起来。他走到全身赤裸不停颤抖着的我的面前，一边走一边从自己的颈上取下一串用黄金和绿宝石做成的项链围在我的颈上，还解下肩上的皇帝的斗篷披在我的肩上，同时谦卑地弯下膝盖向我表达敬意，最后紧紧地拥抱了我。

"哦，最神圣的，"他说，"奎扎尔神圣的儿子，泰兹卡特精神的保佑者，世界的灵魂。我们做了什么让你来到这里？我们如何才能报答你的尊荣？是你创造了一切。看吧，只要你在这里，这一切就都属于你，而我们只是你的奴仆。你所有的命令都会被服从，你所有的想法和愿望只要你提出来都会被立即执行。啊，泰兹卡特，我——蒙特苏玛，你的侍从代表我和我的人民向你致以最崇高的敬意。"他再次向我弯下他的膝盖。

"我们崇敬你，啊，泰兹卡特！"祭师们齐声颂道。

我一直沉默着，我被迷惑了，对于这种愚蠢的现象不知说什么好。此时，蒙特苏玛拍了几下手，一群穿着鲜艳服装的妇女走了进来。她们头上戴着花环，走过来也给我戴了一个并帮我穿上了衣服。她们一边做一边说："泰兹卡特昨天刚死，今天又回来了。欢乐吧，泰兹卡特化为丢勒的身子回来了。"这下我明白了，我现在已成了上帝，而且是所有天神之中最伟大的一个，尽管我很清楚我现在比任何时候都要愚蠢。一队男人走了进来，这些看起来值得尊敬的人实际上是我的礼仪教师。紧跟着他们的是一队皇家侍从，是来服侍我的。他们奏着音乐带我离开这里。在我的前面走着一个传令官，他向大众宣布我是上帝泰兹卡特，世界的灵魂，世界的创造者，再次来到这里看望他的黎民百姓。他们带领我穿过所有皇宫中的花园和屋宇，所到之处，男女老少皆弯身到地向我致敬，然后他们把我放在一个担架上，抬下了卡波泰皮克山。

我们走过堤路和街道，最后来到了宏伟的殿堂前广场。我们的前面是僧侣和传令官，后面则是一队贵族。当我经过百姓时，他们都卧倒在地。我这才真正体会到做一个上帝是多么的麻烦。他们继续抬着我经过雕着蟒蛇的墙，沿着环路登上了圣山的山顶，那上面耸立着圣殿和众神的雕像。一只大鼓正在敲响，我看见一些祭师们以我的名义在屠杀献祭者。后来那些祭师们请我从担架上下来，走过用毯子和鲜花铺成的走道。但我却开始担心起来，怕他们也把我给献祭了，不过他们并没有这样做，只是把我带到了金字塔的边上。这时，最高祭师向成千上万的人喊着话，告诉他们我的高贵和尊荣，然后他们一齐向我崇拜。就这样，直到我因为实在受不了那些连续不断的叫喊声、音乐声和残忍的死亡景象而快昏晕过去的时候，他们才终于把我抬回卡波泰皮克宫。

新的尊荣在这里等着我，我被安置在许多华丽的房间里，并且就在皇帝的旁边。他们告诉我，所有蒙特苏玛的人都必须听从我的命令，如有违抗者，就得去死。我终于可以说话了。我发布了我的命令：我累坏了，我得休息一会儿，直到瓜特莫克为我准备好宴会之时。在那儿我想见见奥托美——蒙托苏玛的女儿。

我的贵族教师告诉我，我的仆人蒙特苏玛会在今晚的宴会上和我共进晚餐，他们会在一个小时之后回来带我去赴宴，但我的命令还是会执行的，然后他们走了。现在，我脱去头上象征神氏的饰物，躺下来睡在软垫上想着，我真的是上帝？真的有无限的权威？忽然，一个念头让我小心起来：我为什么成了上帝？这样的景况还有多久？过了不到一个小时，一群贵族走了进来，他们为我穿上了新的袍子，头顶上戴上了新的鲜花，领我走到了瓜特莫克的宫殿，在我们的前面走着一群奏着乐器的美女。

瓜特莫克热情地迎接了我，虽然我只是他的朋友还曾经是他的俘虏，但他却待我如同国王。我从他的眼中看出欢乐中带着一丝悲伤，便靠过去在他耳边轻轻问道："这些都有什么意义？"我说，"你们是在玩弄我还是我真的变成了上帝？"

"嗨！"他弯下身来在我耳边轻轻地说："这事对你又好又不好，我的朋友，丢勒。以后我会告诉你的。"然后他提高声音问："啊，泰兹卡特，上帝们的上帝，你是喜欢我们与你同席，还是独自享用？"

"上帝们喜欢好伙伴，王子。"我说。

谈话间，我发现奥托美公主也在人群中。所以我在经过那些低矮的桌子时留心她所坐的位子，然后就准备坐在她的旁边。但我是被安排在为首的一桌。瓜特莫克被安排坐在我的右边，而他的妻子，尊贵的泰姬波则应该坐在我的左边。所以在我旁边的奥托美说："你的座位在那边，噢，泰兹卡特。"说着她褐色的皮肤下泛出羞涩的红晕。

"我想作为一个上帝，他可以坐在他想坐的地方，尊贵的奥托美。再说，"我低声说道，"还有比世界上最可爱的女神旁边更好的地方吗？"

她的脸又红了："我不是女神，只是人间的一个女孩。听着，如果你真想要我在这个宴会上做你同伴的话，你必须发出命令，这样就没有人敢不服从你，连我的父亲蒙特苏玛也不例外。"于是我站起身来，用生涩的阿兹特克语对周围伺候我的贵族们说："我的愿望如下，我的座位要永远设在奥托美公主的旁边。"

奥托美的脸更红了，来客中有人发出低声的话语，瓜特莫克开始有点发怒，接着笑了起来。其余的贵族们弓下身来，他们的发言人回答道："泰兹卡特的话是要服从的。奥托美，尊贵的公主是泰兹卡特所喜爱的人，她的座位将会设在他身边。"

从此之后，这位子就这么定下了，除非是我和蒙特苏玛两人进餐。奥托美公主的冠名“有福的公主，泰兹卡特宠爱的”就此传开了。这里的这种习俗和迷信是如此的顽固，她成了这里第一个受到特殊恩宠后可以和世界的灵魂一起进餐女人，这真是莫大的荣誉。

“嗨!”她对我耳语道，“你不知道，虽然你今天像上帝一样坐在这里，但有一天你必须躺在一个你不想躺的地方。听着，等我们吃完饭，你就说你想和我一起到御花园散步，这样我就有机会和你说这些事。”

就这样，晚宴结束后，我说我要和奥托美去花园里走走。出去之后，我们行走在茂密的树下，树枝上挂着灰色卷曲的苔类植物，满满的几乎每根枝条都有。整个树林像一群站立着的年老士兵，他们在夜色中沙沙地挥着手。但我们并不孤单，在我们后面大约二十步远的地方，跟着侍从贵族和歌舞美女，还有乐队迈着舞步，吹着笛子。想要他们静下来是不可能的，因为在这一点上他们是不会听我的。此时，我才懂得孤独也是非常珍贵的。不管这音乐声有多么烦人，我们还是马上就进入对话。我立刻就知道，我的前程有多么地可怕。

“现在，哦，丢勒，”奥托美说道，她在没人听到的时候仍然这样称呼我，“这是我们这里的习俗。每年我们要选一个年轻的囚徒来代表大地神泰兹卡特——世界创造者的形象。这个选中的人必须符合两个条件，就是他必须有贵族血统，同时他必须长得英俊和没有劣迹。丢勒，在你来到的那天正好要找一个上帝形象的人。你之所以被选中是因为你又尊贵又比阿那灰克所有的男人都英俊。同时也因为你是丢勒，是奎扎儿神的儿子，而那是蒙特苏玛最担心的神。祭师们希望你可以帮我们减免天神对我们的惩罚。”

奥托美停了下来，似乎还有什么要说但不知从何说起。此时，我还在想着她刚才说的话并自我陶醉着，因为这个可爱的公主说我是全阿那灰克最英俊的男人。虽然我知道自己长得不错，可从来没有人用英俊来形容我，我有点骄傲起来。

“我必须告诉你，丢勒，”奥托美继续说道，“哦！为什么必须由我来告诉你。在这一年里，你会作为上帝来统治泰诺梯兰城，但除了一些庆典必须参加，几样技艺你必须学习外，基本上没有什么事再麻烦你了。你最小的愿望会变成法令，对任何人的微笑都会被当作好征兆而感谢你。甚至我的父亲蒙特苏玛也会尊敬你，平等地对待你。所有的好事都是你的，除了婚姻。婚姻这事要等到这一年的第十二个月，到时会有四个最美丽的女孩给你做新娘。”

“谁来选她们？”我问道。

“哦，不，我不知道，丢勒，我不管这婚姻之事。”她快速地回答，“有时上帝做主，有时祭师们做主，看情形而定。听着，听完了我的话后你对这事就不感兴趣了。在这一个月里你会和你的妻子同住，并到城里所有贵族的家中轮流赴宴。到了这个月的最后一天，你和你的妻子会被放到一个皇家的平底船里，划船渡过大湖到达一个叫‘融化的金子’的地方，然后你会被带到一个叫作‘武器库’的宫殿，在那儿你的妻子会和你永别。而你，啊，丢勒，你会被判定作为牺牲品献祭给泰兹卡特神。他的灵魂会附在你身上，你的心脏会被取出来，你的头则会被割下来放到专门挂头颅的柱子上面去。”

听到我将来可怕的命运时，我大声地呻吟起来，腿直发抖，差点就倒在地上了。一股巨大的愤怒涌上了我的心头。此时我忘记了父亲的临别赠言，开始咒骂起这里的神氏和崇拜神氏的人们。一开始用阿兹特克语和玛雅语，等到我词语不够用的时候就用西班牙语，最后干脆用英语骂起来。奥托美似乎听懂了一些，开始恐惧起来，举起她的手说：“别诅咒可怕的神，我恳求你，如果让他们听到了，灾难会降临于你，他们会认为你的灵魂是坏的，你会死得很快而且很惨。他们无处不在，他们可能会听到的。”

“让他们听到吧！”我说，“他们是邪神偶像，崇拜他们的国家会受到诅咒的。他们和他们的信徒都在劫难逃，我不在乎现在就死还是等着一年后死，都一样。你们的祭师所造成的像海洋般的血在向真神哭诉，而他将会报复的！”

我不停地咒骂，愤怒和恐惧使我近于疯狂。奥托美公主惊恐地凝视着我，而那边的舞蹈和笛声还没停止。在我发泄的时候我注意到奥托美，她惊异地望着东方，似乎看到了什么异象，我也随着望去。只见那天边像被点燃了一样，美丽的色彩从天际到穹顶延伸成一个伞形并散布着闪亮的火星，“伞柄”和地面连着，“伞面”则展开遮住了半边天。我停止了叫骂，待在那儿望着。此时恐惧的哭叫声响遍了皇宫，城中的百姓都从屋子里跑了出来，凝视着东边天空闪亮和燃烧的异象。蒙特苏玛也在贵族们的陪同下走了出来，在可怕的亮光中，我看到他的嘴唇在蠕动，双手不住绞动着。异象并未结束，一会儿，城市上空降下一个火球，像是停在宏伟的神殿上方，把金字塔顶照亮得如同白昼，当它消失的时候火光又起，那是奎扎儿的宫殿着火了。

恐惧的哭喊声响遍了卡波泰皮克山和山下的城市，我也受到了惊吓。这现象好像是外星造成的，而神殿的火灾则是由闪电引起的。但是对于这些人民，特别是已经受到预言惊吓的蒙特苏玛来说，这似乎印证了那些奇怪的白种人将要来毁灭这个帝国的谣传。如果此前他们对这些谣言心存怀疑的话，现在可以相信了。就在此时，一个满身泥灰的信使跑了进来。他拜倒在皇帝面前，然后从袍子里取出一卷画有图的信件交给旁边的贵族侍从，让他递交给皇上。皇上急于想知道信里的内容，便不顾礼貌地从贵族侍从手里抢了过来，急不可耐地打开信在暗淡的天光下读起那些图画来。我们静静地看着蒙特苏玛读信的神态。突然，蒙特苏玛大声地呻吟起来，他垂下那只拿信的手，用另一只手遮住自己的脸。那时我正好站在他的旁边，看到那信上画着西班牙船和一些穿着西班牙盔甲的人。我知道蒙特苏玛为什么呻吟了,西班牙人要登陆了!

一些参事凑近来想安慰蒙特苏玛,但他把他们推开,说道:“让我悲伤——预言终于降临到阿那灰克孩子们的头上了。奎扎儿的子孙正集结在我们的海岸准备屠杀我的人民。让我悲伤吧!”这时一个信使从宫中走来,脸上带着愁容。

“说吧,什么事?”蒙特苏玛问道。

“啊,国王,请原谅我的舌头必须说出这事来。你尊贵的妹妹帕盼倩被那边可怕的景象吓坏了,”他指了指天边,“她躺在宫中快不行了!”

听到他亲爱的妹妹快要死了,皇帝什么也没说,只用皇家头纱蒙住自己的脸慢慢地走回宫去。

渐渐地,那红色的光慢慢暗淡下去,闪烁在东方,就像是魔幻而奇怪的晨曦。而下面城里奎扎儿的殿堂则仍在熊熊的烈火之中。我转过身来向着奥托美,她一直站在我的身边,身子不停地颤抖着,显然是被异象吓呆了。

“我说过这个国家将会遭受诅咒的,是吗,奥托美公主?”

“是的,丢勒,你说过的。”她回答道,“它是遭诅咒了。”

于是我们走回宫殿。尽管经过这么可怕的一切,我们身后的乐队仍照常工作着。

第十七章
帕盼倩的还魂

次晨，帕盼倩死了。在卡波泰皮克的皇家墓地里，人们以非常庄重的仪式，把她葬在了她的祖先旁边。看来她并不满意和他们做伴。现在我感觉到做一个神并不是一件快乐的事，它要求我学会各种各样的艺术，特别是那些讨厌的音乐，我对此毫无兴趣。我宁可与这些事无关。那些老头们跑来教我这些东西，例如教我用琵琶乱弹琴，连他们也对这些东西不感兴趣。还有一些人来教我认字、读诗、作画，那些他们阿兹泰克人所能懂得的知识和技能。对此，我倒是有点兴趣。但我仍然记得以前的牧师说过的话：知识越多，人越痛苦。特别是我很清楚，这些东西对我来说，很快就会消失在献祭石上而变得毫无用处。

我最揪心的事，就是想到那不久之后就会降临到我头上的献祭。但我又想，既然已经毛发无损地逃过了那么多次劫难，这一次说不定我还能逃过一劫。至少死期还有一段时间呢，目前我不还是个上帝么？所以不管是死还是活，我得活得像个上帝。就这样，我开始混着，不放过任何来到我手上的享乐。没有人经历过我的这种遭遇，也没有人把这个遭遇巧妙地利用过。若不是心灵深处失去故乡和爱人的痛苦，不时烦恼和刺痛着我，我还真几乎可说是幸福地享受着手中的权力和生活中的奇遇。让我再继续讲述故事吧。

在帕盼倩死后的一段日子里，宫廷内和城市里都像进入了一种发酵状态。人们都因为谣言而惶恐不安。每天晚上，东方的天空都被强烈的预兆光焰照亮。每天都有新的征兆或奇观被汇报上来。与此同时，还有西班牙人的野蛮行径的传言被不断传来。大多数人都认为，奎扎儿的子孙会来夺取本属于他们统治的地方。

更令人担忧的却是皇帝。几周来他很少吃喝和睡眠。他被恐惧压垮了，甚至向他的世仇，那个精明和严酷的尼扎派去了使节。那是邻国泰兹库科的国王。蒙特苏玛邀请他来访。这个国王来了。这是一个有一双闪着凶光眼睛的老人。在接下来的会面中，作为上帝的我，还有宫中的贵族被一一介绍，并见证了这次会面。两个国君落座后，蒙特苏玛告诉尼扎，近来出现了征兆，丢勒人将要到来，请求他以他的智慧照亮这个黑暗。尼扎一边捋着自己长长的灰胡子，一边回答说，自己的心情和蒙特苏玛一样沉重，“你看，主人，”他说，“我敢肯定我们帝国的生命是屈指可数了，我敢和你打赌，用我的王国作赌，你和你的祖先其实都不存在能赢的想法。”

“你要赌我的什么？”蒙特苏玛问道。

“我只和你赌这个，”尼扎回答道，“你只需要准备三只斗鸡，如果我赢了，我只要那些鸡爪子。而我赌上我的泰兹库科王国。”

“很小的赌注，”蒙特苏玛说，“斗鸡太多了，而王国可不多。”

“我说话算数，”那老国王说，“我们这是把命赌上了。这个赌约将一直有效。如果你赢了，我的王国就没有了；但如果我赢了，那么再见吧，阿那灰克的荣耀，它的人民也不再是人民，土地也将成为异族人的乐园。”

“我们赌赌看吧。”蒙特苏玛说。他们一起来到一个叫特拉起科的地方，设下了赌局。开始蒙特苏玛连着赢，他响亮地叫道，自己将是泰兹库科的君主了。

“但愿如此!”老尼扎说。但此时开始风向大变,蒙特苏玛不再能赢哪怕是一个点子了。一直到赌局结束,尼扎赢得了斗鸡。音乐声响起来了,朝臣们走上前去向国王祝贺胜利。但他站起来制止他们并说道:“我宁可很快地输掉王国也不想赢这些东西。如果我输了,至少我的王国还可以传到我们自己人的手中。现在,啊!我的和他的都将会落入异族人的手中。他们将会抢夺我们的财富,而我们的人民将会被奴役。”尼扎说着站了起来,他向蒙特苏玛告别后回自己的领地去了。回去后他很快就死去了,没有机会见证自己的恐怖预言。

尼扎离去的第二天,更多关于西班牙人的事传来,使蒙特苏玛陷入更深的惊恐之中。恐慌中他找来一位天象家,想从整体上了解这些预兆的真相。天象家来了,只会见了皇帝本人。没人知道他对皇帝说了什么,但至少不是高兴的事。就在那个晚上,一些人受命把天象家的房子推倒了,而他就被埋在那堆废墟之中。两天后,蒙特苏玛又想到我不也是一个丢勒人吗?应该可以给他一些提示之类的吧。所以在日落之后他派人来找我,要我和他一起到御花园走走。我去了那儿,后面还是跟着一群乐师和跟班,这帮人从来不给我一刻安宁。但这次他命令所有的随从都不得入内,他只想和我一个人说话。他开始在高大的杉树下行走,我跟在他旁边,落后一步。

“丢勒,”他终于开口了,“告诉我真话,你的国人为什么要来到我们的岸上。”

“他们可不是我的国人,蒙特苏玛,”我说,“虽然我的母亲曾经是他们中的一员。”

“难道我没跟你说过要说实话吗?丢勒。如果你的母亲曾是他们中的一员,那么你也必定是他们中的一员。你能说你不是母亲的亲生骨肉吗?”

“随皇上高兴。”我应道。于是我开始告诉他关于西班牙的一切——他们的国家，他们的成就，他们的残暴，他们对黄金的贪婪。他注意地听着，但我想他只相信其中很小的一部分。恐惧已使他变得非常疑神疑鬼了。等我说完，他问："他们到这儿阿那灰克来干什么？"

"我担心，皇上，他们大概是来夺取土地，至少是来抢夺所有的珍宝，并摧毁你们的信仰。"

"那么丢勒，你有什么建议吗？我如何才能保护我自己并抵抗这些强大的敌人？他们穿着金属的衣服，驾着喷火的野兽，拥有的机械发出雷声，巨响之际成百人倒下死去，他们的武器还会发出银色的光芒。啊！抵抗是不可能了，他们是奎扎儿的子孙，是来夺取土地的。从我的孩提时代起，这些魔鬼的影子就一直笼罩着我。而现在他们来到了我的门前。"

"如果我只是一个上帝，恕我冒昧向人间的君主说话，"我说，"我的回答是简单的。就是用武力对付武力。丢勒人很少，你可以集合成千名士兵对付他们一个人。要向他们发起突然进攻，不要有任何犹豫，在他们回过神来之前就消灭他们。"

"这就是一个建议，出自一个母亲是丢勒人的口中。"皇帝的话里带着些许尖刻和讽刺。"告诉我，顾问，我该如何知道我与他们的战斗不是在反对上帝，我又如何知道那些人或上帝的真实意愿是什么，而我们相互之间语言又不通。"

"这很简单，蒙特苏玛，"我回答说，"我会说他们的语言，派我去为你发现它。"

当我说这些话的时候，我的心在剧烈地跳动。我充满了希望，因为如果我能回到西班牙人中间，说不定我就可以逃出被送上祭坛的命运了。它或许还能帮我找到回家的路。他们乘战舰来到这里，而战舰是能找到回路的。虽说我现在的境遇还不太悲惨，但毫无疑问，我是宁可再回到基督徒中间去的。

蒙特苏玛打量了我一会儿，然后说道："你大概以为我很愚蠢吧，丢勒。什么？我让你回到你自己的国人中间，去报告我的恐惧和我的人民的弱处，并把我们工作的秘密都告诉他们？你以为我不知道你是被派到我的国土上为这些丢勒人收集情报的？笨蛋，我从一开始就知道了！在黑哲那边你不向泰兹卡特立誓。你的心脏将会在黑哲的祭台上烧焦。小心，不要再向我说假话，否则你的末日将比你想象的还要来得快。要清楚我问你这些问题的意图，这是写在牺牲者心脏上的上帝的指令。我要发现你心中的秘密，我要避开你提出的任何建议。你建议我去和丢勒们战斗，我就要避免与他们作战，相反，要好言好语地送给他们礼物。我清楚地知道，你要我做的是让我尽快地走向末路。”

他低声地愤怒地说着话，低着头两手抱在胸前，强烈而快速地变换着感情。尽管我的身份是上帝，但那时仍十分惧怕这个国王，只要他点一下头就能把我送去折磨至死。但是我此时却非常好奇，一个曾经十分聪慧的人，怎么会变得如此愚昧。是什么力量使他如此怀疑我并让迷信将自己带入毁灭？今天我看到了答案。蒙特苏玛不是在自己做事，是命运之手通过他的手在行事，命运之声通过他的声音在说话。阿兹泰克的上帝们是人造的偶像，但我相信他们是有生命和智慧的。这些丑陋的石像是魔鬼的居所，当那些祭师们说，把活人献祭会令他们的上帝欣喜时，他们是说了实话。

通过祭师们，这个国王去求诸神示，而他得到的是真正的从最高处来的命令：把魔鬼们自己和崇拜他们的人一起毁灭。

在我们说着话的时候，太阳很快地落山了，世界陷入一片黑暗，只有从火山口波波和伊兹泰克发出的亮光把火山顶映照成可怕的红色。从未见过死人的棺木像伊兹泰克那样的形状。那个晚上，一切看上去都是那样清晰和美丽，不知是真的还是因为精神恍惚的缘故，那看过去就像是一具浸染着血液的女人尸体，正躺在那儿等待着埋葬。这并不是我一个人的幻觉，当蒙特苏玛结束了他对我的叱责抬起头来，他的眼光落在那山头上便不动了。

“看啊，丢勒！”蒙特苏玛此时已变成了沉稳的嘲笑，“那儿躺着阿那灰克民族的尸体，正浸透了血水等待着掩埋。难道她的死亡还不够悲惨吗？”

说完他正准备离去，一阵悲伤的哀号从山那边传了过来，那狂野的并非出自人间的呼号令我的血液都凝固住了。蒙特苏玛恐惧地抓住我的手臂，我们呆望着伊兹泰克，都感觉到发生了怪事。只见在恐怖的红色光芒中，那红色的躺着的女尸直立了起来，或者说是从它的石棺中直立了起来。它就像一个人从睡梦中醒来一般，慢慢地立起在山顶上，直插云天。那巨大的醒过来的尸体站立着，白色的裹尸布沾着鲜血。我们颤抖着望着它。

尸体站了有一会儿，凝望着泰诺梯兰城，忽然又向天空举起巨大的双手，像是十分悲伤的样子。此时黑暗突然降临，黑幕遮盖了它。哭声也渐渐地弱下去。

“说说看，丢勒，”蒙特苏玛在我耳旁轻声说道，“眼看着这样的异象天天发生，我还不该害怕吗？请听听这城市的哀哭吧，见证这些景象的并非你我两个人。听听人们响彻云霄的哭声和祭师们躲避灾害的鼓声吧。哭吧，人们；献祭吧，祭师们：你们的末日就要来临了。啊，泰诺梯兰，城市的王后！我看到你的毁灭和消亡，你的宫殿被烧成了黑色，你的神殿被肆意亵渎，你的美丽的花园荒芜一片。我看到你高贵的女人被异族的主人蹂躏；你的王子成为他们的奴仆；运河里的水被你孩子的鲜血染成了红色，你的大道被你孩子的骨骸塞得水泄不通。到处都看到你的死亡，屈辱是你每天的粮食，废墟就是你的城池。再见吧，城市的王后，我先辈的摇篮，我儿时的天堂。”

蒙特苏玛在黑暗中痛哭，他越哭越响，直到一轮明月从天边升起。月光穿过杉树和挂在树上像鬼怪的衣服似的苔藤，照射在蒙特苏玛瘦长的身上，照在他精神分裂的面孔上，照在他极端痛苦中挥舞着的细长的手掌上，照在我身上闪光的外衣上，照在被吓呆了的乐队身上。那些乐师们早已停止了奏乐，只听见细微的风声悲伤地吹在巨大的杉树枝上，又回响在卡波泰皮克的巨石上。我从未见到过如此奇异和蕴含着神秘之色，预示灾祸将临的震撼景象。这个伟大的独裁者的悲伤预示着他的权力即将陨落，他的民族即将消亡。尽管还没有任何一个人遭灾，但他却知道末日终将到来，这记录在哀歌上的话语是从一颗破碎了的心脏上读出来的。

而那晚的异象却还没有完。

当蒙特苏玛从对自己的命运的哭泣中停下来的时候，我低声询问要不要召唤他的侍从过来照顾他，那些侍从都站在远处。

“不，”他回答道，“我不要他们看到我悲哀和恐惧的样子。不管其他人怎么恐惧，我必须看上去坚强。跟着我走一段，丢勒，如果此时你想要谋害我，我不会悲伤。”

我不作声，跟着他走上黑暗的杉树林中弯弯曲曲的道路。此时如果我真要杀他，那是易如反掌，但我看不出这样做对我有什么好处。虽然我知道他是我的敌人，但是我并不想去做谋杀他的事。他在沉默中大约走了一英里多的路，有时走在树影底下，有时走在种植的鲜花之中，直到我们来到皇家墓地的门前。墓地门前有一片开阔的草地，月光明亮地照在上面。草地中央，有一具白色的似乎是女人的尸体躺着。蒙特苏玛停住了脚步，指着墓地的门说：“这些门四天前为我的妹妹开了，不知多久以后它们会为我而开？”

在他说话的时候，那具白色的尸体开始扭动起来，像是一个人刚睡醒过来，而一开始他并没有注意到。尸体举起了双手，蒙特苏玛看到了，待在那儿发抖。我也发抖了。这个女人——那是一个女人——慢慢地向我们靠近。我们开始看清她是被裹尸布包着的。她抬起了头，月光洒在了她的脸上。蒙特苏玛大声呻吟起来，我也惊叫出声。我们看到了瘦削、苍白的公主的脸——是帕盼倩，她在坟墓里躺了四天！帕盼倩向我们移动过来，梦游者一般滑行着，直到我们站立着的矮树丛的阴影前，她停住了。现在帕盼倩，或者说帕盼倩的鬼魂望着我们，她的眼睛像是瞎的，睁大了空洞的眼睛，却似乎什么也看不见。

“你在那儿吗？蒙特苏玛，我的兄弟，”声音是帕盼倩的，“尽管我看不见你，但是我可以感觉到你在这儿。”蒙特苏玛从树影中走前一步，面对面地站在尸体前。

“我是帕盼倩，”她说，“我从死人群中回来，带给你一个信息，蒙特苏玛，我的兄弟。”

“你带给我什么消息？”他声音沙哑地问。

“我带给你末日的消息，我的兄弟。你的帝国将要灭亡，你也要和你成千上万的子民一起死亡。我和死人在一起过了四天，我在那儿见到了你的假上帝们，实在是魔鬼们死在那儿。我还看见服侍他们的祭师们，因为他们生前的行为而被投入到永恒的折磨之中。阿那灰克的人民也因崇拜假神而遭受毁灭。”

“你难道不能带给我一句安慰的话？我的妹妹帕盼倩。”

“没有，”她说，“如果你能抛弃你崇拜的假上帝，你或许能救赎你的灵魂，但却不能拯救的生命，也救不了你子民的生命。”

她转过身来走向树影之中，我听见她的尸衣擦过草地发出的声响。

一阵狂怒的情绪攫住了蒙特苏玛，他大声叫道：“你遭诅咒吧，帕盼倩，我的妹妹！你既然已死了，为什么还要回来带给我这些恶毒的话？如果你带来希望，带来逃生之路，我还会欢迎你。现在你回到黑暗中去吧，让大地永远重压在你的心脏之上吧。至于我的上帝们，我的祖先崇拜的上帝们，我将永远崇拜他们直到死为止！嗨，即使能他们抛弃了我，我也永不抛弃他们。神们发怒，是因为放上祭坛的祭品太少了，应该加倍才行。对了，这些祭师们也应该被献祭了，因为神们不喜欢他们的工作。”

他这样发着怒，直到像一个身体衰弱的人受到了惊吓之后，直到那些站在远处的贵族和侍臣都围过来不知所措地担惊受怕。最后他的眼泪流在了自己的手上、袍子上、头发和胡子上。蒙特苏玛扭曲着身子倒在了地上，这事才告一段落。

人们把他抬进宫殿，有三天三夜没人能见到他。但在献祭这件事上，他可不是随便说说的，从此全国范围内的活人献祭增加了一倍。尽管十字架的影子已经落在了阿那灰克的祭坛上，但被活祭者的烟雾升上天庭，被关押者的哭声缭绕在金字塔的周边。此时那些魔鬼似的上帝们仍然控制着他们，并榨取着最后的红色的收成。那可是丰厚的收成。

我，汤姆-温费尔见证了这些征兆，但我不敢断言，这到底真的是从天庭发下的警告，还是突发的自然现象造就的幻想。这片土地受到了恐怖攻击，人们的意识在如此重击之下会对一些异象作出悲观的解读，而在常态下甚至对此毫不留意，但帕盼倩的还魂却是事实[①]。很可能她当时只是昏厥并未真死，至少她并没有马上回到墓地。我虽然并未再见到她，但听说她活了下来成了一个基督徒，并向别人讲述她见证死亡地的故事。

注释

① 帕盼倩还魂的史实，请参考 Jourdanet 的翻译本《Sahagun》807 页。——作者注

第十八章
给汤姆选新娘

现在，离开我被命名为泰兹卡特上帝和西班牙人来到这墨西哥地方已经有几个月了。在此期间，这个城市像着了魔一样。蒙特苏玛一而再、再而三地向西班牙人低声下气地送去大量的黄金和宝石作为礼物。这个愚蠢的君王不知道他这样显露财物会引诱鹫鹰向他扑来。西班牙人只是回了几句客气话和一些小礼物作为回报，仅此而已。

一天，一个令人魂飞魄散的消息传来，蒙特苏玛的世仇特拉卡兰族被打败了。更坏的是成千上万名勇敢善战的特拉卡兰战士成了西班牙人的同盟军，向神圣的城市乔鲁拉进发了。很快，特拉卡兰城被占领了，那些神圣的或非神圣的上帝们的神坛也都被砸了。关于西班牙人的勇敢、强大和那些坚利的盔甲的故事不断地传来，还有那神奇的发出雷火的武器和他们骑着的猛兽(马)。有一次，在一个小战斗中被砍下的两颗白人的头和一个马头被送到了蒙特苏玛面前。可怕的面容、凌乱的头发和带血的马头使蒙特苏玛差点吓昏过去。好在他还能下令把它们送上金字塔的祭坛按入侵者的罪名处置了。

从那以后，蒙特苏玛的政策全乱套了，他每天开会。这些贵族们、高级祭师们，还有邻近的友好君主们都各有建议，最后总是没有结果。唉，要是当初蒙特苏玛能听瓜特莫克的话，今天阿那灰克就不会成为西班牙人的领地了。现在，瓜特莫克再次请求他抛弃胆怯，向西班牙人开战——乘现在还来得及，停止派遣使臣和贡献宝物，集合起自己所有的军队，在山间和道路上伏击敌人。但蒙特苏玛却答道："有什么结果，侄儿？连上帝都偏心于他们，我还能跟他们斗吗？如果上帝们愿意，他们会做他们该做的事。我不在乎我的生命和命运，但是啊！我的子民，啊，女人和孩子们。唉，我年老又衰弱。"说着他用手遮住自己的脸，像个孩子似的呻吟和哭泣。于是，瓜特莫克愤怒地甩下这个愚蠢但曾经伟大，现在已无可救药的国王离开了。瓜特莫克和我一样对这个无能的君主感到愤怒和绝望。

人们必须理解，几十年前我虽作为一个上帝在阿那灰克生活了一段时间，从而有机会了解那儿发生的一切事情，但我汤姆-温费尔却仍然是一个在社会变化中有双重身份的人。蒙特苏玛把我当作一个间谍不予信任，而那些祭师们则把我当成暂时的上帝和将来的献祭品。这些是我从他们的言语和行为中看出来的。蒙特苏玛已不像一个真正的领袖，他不受制约，所以这个国家就任由他指挥。一会儿向东，一会儿向西，就像失去了舵手的航船，任凭风和潮水的仁慈在大海中漂流。

人们因为对未来的恐惧而发疯，又因为恐惧而麻木，并因此而将自己投入到追求感官的刺激中去替代宗教的热情。在这些日子里，人们决不错过狂欢也决不错过献祭活人，就像一条大河得到了充足的水源，加快了冲向下游的速度。阿那灰克的人民预见自己即将毁灭，也看清楚了事情的发展。被献祭者的哭叫声从成百座山上的殿堂里传出，而狂欢的叫喊声也不断地从各个角落里传来。"让我们吃喝吧！"他们叫道，"从海上来的上帝已降临到我们的头上，我们明天就会死去！"贞节的妇女们力求证明自己的淫乱，一向诚实的男人们努力证明自己是个骗子，没有人再为此而伤感。唉，甚至孩子们都会醉倒在街上。阿兹特克是一个令人憎恶的国度。

不久，皇帝从他的卡波泰皮克宫搬到面对神殿的大广场里的行宫里居住。这座行宫就像一个小城，每天晚上有上千人睡在它的屋檐下，其中包括侏儒和怪人们，成百的鸟和怪兽被关在笼子里。在这儿，我可以和任何人一起吃喝玩乐，然后溜出去在街上玩我的琵琶。对这个讨厌的乐器，我已经玩得不错了。我衣着鲜艳，有一群贵族侍从陪在身边，每到一处，人们便从屋里走出来欢呼着向我致敬。孩子们向我投掷鲜花，妇女们在我面前跳舞并亲吻我的手和脚。他们跟随着我，最后人群甚至达到千人以上。我自己也像个愚昧的村民跳着叫着，我希望用这种疯狂的幽默来充填我剩下的日子。但我仍无法忘记自己的痛苦，忘不了那即将到来的被献祭的日子正在一天天临近。

我希望忘却，但是啊，我怎能忘却得了。龙舌兰的香味和龙舌兰的酒可以使我暂时麻木，花香和美景以及人们的崇拜能暂时消除我的痛苦，但却更使我陷入对亲人和家乡的思念。这些日子，如果没有温柔和慈爱的奥托美给我安慰，我的心早就碎了，甚至可能会了断自己。这位伟大而美丽的女子总是千方百计地使我建立起信心，一再用不清楚的语句让我心存希望。我不会忘记第一次来到蒙特苏玛面前时的情景，那时我已爱上了她并对她心存幻想，直到今天我仍然爱着她。但那时我心中充满恐惧，已容不下对任何女子的柔情蜜意了。事实上，当我从酒和药的沉迷中醒来时，我努力使自己和上帝建立起和平的关系，这是我的实际需要。

我和奥托美经常谈起我的信仰和往事，就像我曾经和玛莉娜谈过的那样，她现在已是西班牙人科特斯的情妇和翻译。奥托美在听我说话时非常专注，用她那柔和的眼神注视着我。她是妇女中最开化、最值得骄傲，也是最美丽的。

事情发生在西班牙人从乔鲁拉向墨西哥开进的时候。一天早上，我坐在花园里，手里拿着琵琶，服侍我的人和教练站在我身后较远处。在我坐的地方可以看到皇帝和他的幕僚正在进行每天都要举行的会议。后来我看到王子们离去而祭师们来了，他们后面跟着几个可爱的姑娘，还有一些中年妇女陪着她们。此时，瓜特莫克王子带着近来很少有的笑容向我走来，问我是否知道那边正在商议着什么，我说我不知道也不感兴趣。但事实上我在想，大概蒙特苏玛又要收集珠宝去献给他的西班牙主子了。

“小心你说的话，丢勒。”王子傲慢地说，“你的话可能是对的，你难道不知道我很喜欢你吗？你会为此而后悔的，尽管你具有泰兹卡特之神灵。”他挺直了身子继续说道，“啊，我的叔父疯狂的现状让你说出这样的话来。但是我，阿那灰克的皇帝会让你见证乔鲁拉的每一个丢勒人会在一周内被献祭在那边的神坛上。”

“注意你说的话，王子。”我语带嘲讽地回答他，“如果那边的人听到你所说的话，他们会让你后悔的。虽然有一天你可能会成为皇帝，到那时，他们会见证你是怎么对付那些丢勒人的，但我是等不到了。那儿发生什么事了？蒙特苏玛要娶媳妇了？”

“他在选媳妇，但不是为他自己。你知道，丢勒，你的时间所剩无几。蒙特苏玛和祭师们正在决定谁将会做你的新娘。”

“给我新娘？”我站起了身，“这对我来说那新娘就是死亡！我跟爱情和婚姻有什么关系？在短短的几个星期里我就会光荣地上祭坛？啊，瓜特莫克，你说你爱我，我曾经救过你的命。你若是真爱我的话，你应该会救我的命，像你曾经发过的誓一样。”

“我说过我会用我的命来换你的，丢勒。如果那是在我的权力之下，我会履行我的誓言。但没想到你的命运变化会如此之大，我的朋友。我帮不了你，你已经被选为上帝，我就是死一百次，也改变不了你的宿命。除了来自上天的意愿，没有什么能够拯救你。尽欢吧，如果你还能够；死得勇敢些吧，如果那是必须的。你的情况绝不比我们的差，死亡在等待着我们所有的人。别了！”

他离去后，我起身离开花园走进一间大房间，在那里，我应该作为泰兹卡特来会见众人。我坐在一张金色的椅子上，吸着烟叶。在我高兴的时候，我会叫他们进来，并分给他们一些烟叶一起享用。不一会儿，我的侍从中的头儿告诉我，有人想要见我。我点了点头，表示允许此人进来。侍从出去了，一位带着面纱的女人站在我的面前。我令她摘下面纱说话，她顺从地取下了面纱。来访者竟是奥托美公主。我惊异地站起身。因为通常她不应单独与我会面，所以我想她一定有什么消息要告诉我，或者要告诉我哪些习俗我应遵守却被我忽略了。

“我请求你仍然坐着，”她有些不安地说道，“按规矩你不应站在对面和我说话。”

“为什么不呢？公主，”我问道，“即使我不管你的地位，对你这样一位美丽的女子，我也应给予尊重。”

“说实话，”她挥着小手答道，“我到这儿来，哦，泰兹卡特，是根据古老的习俗，需要把一个信息传递给你，那些将要和你结婚的女子的名单。”

“继续说吧，她们是谁？奥托美公主。”

“她们是——”她说出了三位女子的名字。我知道这个三人，她们是这儿最可爱的姑娘。

“我以为有四位呢，”我苦涩地笑着说，“难道第四位被减了？”

“一共有四位。”她答道，然后静默不语。

“告诉我第四位是谁！”我叫道，“这要跟我一起上祭台去死的人是谁？”

“这定下来的人，哦，泰兹卡特，除了她的名字外还有一个头衔。”

我狐疑地望着她，听她继续低声说道：“我，是我，奥托美公主，蒙特苏玛的女儿就是这第四位，也是第一位。”

“你？”我跌入我的椅子里，“是你？！”

“是的，我被祭师们选为这块土地上最可爱的也是最应该陪祭的新娘。我的父亲，那个皇帝愤怒了，他说无论如何他的女儿也不能和一个将被当作牺牲品送上祭台的俘虏结婚。但祭师们说，如今上帝已经愤怒的时候，除了拿他自己的血来交换，已没什么可以改变的了，以前也有最高地位的女子被献祭的例子。我父亲签了字，因为我本人同意。我告诉祭师们，再高傲的人有时也得变谦卑，去和一个曾经被称为上帝但又将被献祭的奴隶结婚。所以我，奥托美公主，同意做你的妻子。啊，泰兹卡特，我已从你的眼睛里看出我不该同意这件事。我只希望在这件事中能找到和你在一起时的短暂的欢乐和爱情，并希望通过我的选择——和一个献祭的牺牲品结婚来改变我们人民的风俗。不过，现在想要收回我的承诺已是太晚了，但我不害怕。现在我的信息传递完了，我该走了，那庄严的婚礼将会在十二天后举行。哦，泰兹卡特。”

我站起身来握住她的手说：“谢谢你，奥托美，为你高贵的心。如果没有你和你堂兄瓜特莫克给予我友谊和精神上的支持，我想我也活不到今天。现在你决定支持我，直到和我一起去死，奥托美，我真的不知怎么对你说才好。在我们那边，假如一个女子愿意和情人一起去死，一定是因为内心有着无比寻常的爱情。如今我很难想象，像你这样一位连国王都在向你求婚的人，会把自己的身份放得如此低下，我怎样才能真正地理解你呢？奥托美的公主。”

“用你的心去理解，”她轻声说道。我感到她的手在我的手心里颤抖。

我看着她那美丽得无与伦比的脸庞，想着她的奉献，想着她在死亡面前毫不畏惧的精神，一阵类似于爱情的感觉涌上心头。与此同时，在我的脑海中闪过那英国的花园和那英国女孩与我在狄钦汉的山毛榉树下离别时说的话。毫无疑问，她还活着，而且仍然忠实于我。我也还活着，但我的心是否还忠实于她呢？如果我必须和这些印第安姑娘结婚——现在我是非做不可。但如果我告诉奥托美我爱她，那我就背弃了自己的誓言，可是她会很高兴。然而，今天我虽然被深深地感动，并还有着强烈的冲动，但却没有迈出这一步。

“坐下，奥托美，”我说，“听我说，你看这个金子的东西，”我从手指上取下莉莉给我的有题字的戒指，“你看这上面写的字。”她低着头不说话，我从她的眼睛里看到了害怕。“我把那上面的字念给你听，奥托美。”我用阿兹泰克语把它们念了出来：心心相印，虽然远在天边。

最后她说话了。“那写的究竟是什么意思？”她问，“我只看得懂图画，丢勒。”

“那意思是说，虽然两个相爱着的人分开得很远，但他们的心是紧紧地连在一起的。在我遥远的故乡，有一个女人爱着我。”

“她是你的妻子吗？”

“她还不是我的妻子，但她曾发誓要嫁给我。”

“她曾发誓要嫁给你？”她难过地问，“为什么？现在我们是平等的，因为我也是这样，丢勒，所不同的是，你爱她却不爱我。不用多说了，我懂了，是大海分割了你和你的爱人。现在牺牲的祭坛等在那儿，而死后什么也没有了。我得走了，但我必须成为你的妻子，这是无可避免的。哦，丢勒，不要想太多了，一切都会很快地过去。此后，你将会在星云中游荡，我为此而祷告。在这整整一个月里，我努力地想为你找到免死的希望，但看来是没有救了，一切都晚了。现在，丢勒，我希望你能发自内心地告诉我你是爱我的，这样对我俩都好。但我不愿意求你说这话，你不能对我说谎。我要走了，在我走之前我还要告诉你，此时我对你的尊敬远远超过任何时候，因为你敢于向我——蒙特苏玛的女儿说实话。那个在大海另一边的女人应该为此而骄傲和感激你。虽然我对她并没有敌意，但我和她之间是互不相容的。我和她是陌生人，永远都是。再见，我未来的丈夫，在那遗憾的一天到来之前，我们不会再相见。”

奥托美站起身来，带上面纱，缓缓地走过房间离开了，而我则陷入了深思。我鲁莽地拒绝了女中王者献上的爱情，我对我自己的行为很不高兴。莉莉是否能做这样的牺牲，降低自己高贵的身份并在献祭台上躺在我的身边？可能不会。如此激烈的节操大概只能在这里的民俗中找到。这些太阳的女儿们要爱就爱到死，恨也恨到死。她们不需要祭师们来提醒自己的誓言，她们只需要自己的意愿和责任。她们自己的意愿就是法律，一旦需要，她们会毫不畏缩，甚至直面死亡，失败了也毫不在意。

第十九章
四位女神

时光流逝，纷扰不断。科特斯和他的军队终于进入了墨西哥城内。西班牙人占领城市后的所作所为，我不想多说，这是历史应该记载的。我只说说我自己的故事，以及我所关心的人和事。我没有看到蒙特苏玛和科特斯的会见。我只看到这个皇帝穿着像所罗门大帝一般的盛装，他的贵族们站在他的周围。我确知，在这不幸的时刻，蒙特苏玛的心情比任何一个被带上祭坛的奴隶的心都要沉重。他自己的愚蠢毁了他，如今已经知道自己完了。

会见结束后的黄昏，我看到这个皇帝坐在金色的轿子里，经过他先父阿克夏建造的宫殿回来。那宫殿大约五百步远，坐落在神殿的西大门前。那时我还听到嘈杂的人声和马蹄声。从我的座位上还能看到西班牙人正行进在伟大的街道上。那时我的心因为见到来自基督国度的人而跳动起来。在队伍的前面骑着马，穿着华丽衣服和盔甲的人是科特斯。他中等身材，神态高贵，还有似乎什么事情都逃不过去的锐利眼光。在他身后有几个骑马的，其余都是步行的。这一支小小的远征军，正目空一切地东张西望，用卡第兰语交谈着。我不能相信，这一小撮被太阳晒成紫铜色的皮肤上没什么伤痕，一部分甚至衣冠不整的家伙，竟会有不可压服的勇气冲锋陷阵，横扫千万满怀仇恨的敌人。现在他们竟然进入了蒙特苏玛权力的中心地带。

在科特斯身旁，抓着他的马蹬，走着一位美丽的印第安女子。她穿着白色的袍子，带着花冠。当她经过皇宫的时候，转过了脸。我一下子就认出她来了，这是我的朋友玛莉娜。现在她实现了自己的愿望，达到了人生的最高峰。毫无疑问，她也给自己的祖国带来了深重的灾难。她看上去很快活，也以她主人对她的宠爱而自得。

在西班牙人经过的时候，我仔细地看着他们每一个人的脸，心中隐隐地怀着仇恨。虽说德-加西亚很可能早已葬身海底，但我还是矛盾地希望能看到他混在这些征服者之中。这些人的血腥、掠夺和对黄金的贪婪习性，很适合他的恶毒本性。有机会的话，他是一定会加入其中的。一种奇怪的直觉告诉我，他还没有死。事实上他并没有死，确实与这些人一起来到了墨西哥。

这天晚上我见到了瓜特莫克，并向他询问情势如何。

“鹞子舒服地栖身于鸽子的巢穴里，”他苦笑着说，“鸽子可是病得很厉害。蒙特苏玛，我的叔叔，正在那边咕咕地叫呢。”他指着阿克夏宫那边，“丢勒人的首领也在咕咕地叫着回应。尽管他在装腔，但我却从他的叫声中听出了鹞子的尖叫声。用不了多久，在泰诺梯兰就会有他们的狂欢了。”

他是正确的。不到一个星期，蒙特苏玛就被西班牙人用奸计关在了他们的驻地，日夜派士兵看守着。于是事件一个接着一个。海边的几个头领杀了几个西班牙人，他们就被科特斯传唤到墨西哥城。他们来到后就被活活地烧死在皇宫的大院里。这还不够，还让他们自己的帝王蒙特苏玛戴着脚镣，看着他们被执行死刑。这个阿兹泰克的皇帝被当作罪犯，整天戴着镣铐。在受到如此凌辱之后，他仍必须宣誓效忠西班牙国王。甚至设奸计抓住了卡卡玛，那个仍在抵抗西班牙人的泰兹库克的君王，并把他交到西班牙人的手中。他顺从地交出了所有库藏的金子和财宝，总价值相当于几百万英镑。整个国家顺从地、愚蠢地服从他们这个已被关起来的皇帝的命令。但当西班牙人在他们伟大的殿堂里崇拜真正的上帝的时候，他们被刺痛了，不满的声音和愤怒的情绪在千万个阿兹泰克人中蔓延开来，充满了空间，并在人群聚集的地方发酵着，声音像是远处大海愤怒的喧嚣声。暴发的时刻已经来临。

我的生活还是一如既往，仍然不被允许走出宫墙半步。他们怕我和西班牙人发生联系，因为后者并不知道还有一个白人被关押着，并准备献祭掉。这几天我也很少见到奥托美公主，我新娘们的首领。自从那次奇怪的谈话之后，她躲避着我。在宴会上或在花园里和我说的话内容都是必须的和事务性的。现在，我的婚礼来临了。那是，我记得，是在六百名阿兹泰克贵族被屠杀的前一个晚上，在一个讨好奎扎儿神的聚会之上。

婚礼那天，我被最尊贵地对待着，像上帝一样被崇拜着，一切都是这个城市的最高礼仪。来致敬的人在我前面点燃香烛，直到我受不了那些香味。尽管如此沉重的悲痛浸透了这片土地，但那些祭师们却丝毫不减他们对欢庆和残杀的热情。怀着巨大的希望——因为我是一个丢勒，所以我的献祭会减轻他们的上帝的愤怒。太阳落山之际，我被盛情款待了两个多小时。最后所有的礼宾都站起身，齐声高叫：

“无比荣耀，啊，泰兹卡特！你来到世上带来幸福。快乐吧，你来到太阳的屋宇中。当你来到这儿，请记着对我们好，因为我们把最好的都献给了神。请替我们求情，因为我们把最好的都献给了神。请替我们求情，使我们的罪恶可以被原谅。无比荣耀，啊，泰兹卡特！”

最后两个领头的贵族走上前来，手牵着手，带我进入一间无比辉煌的房间里，这里我从未来过。在这里，他们重新装饰了我，为我换上了更好的新衣，装上发亮的蜂鸟的羽毛。在我的头上戴上了许多花环。脖子上和手腕上带上了巨大的珍贵的绿宝石，把我打扮得像个可怜的鹦鹉。其实这样更像打扮一个女人，而不是男人。

当我完成盛妆之时，手忙脚乱突然停止了，随之是一阵静默。黑暗中，从较远处传来女声的新婚之歌，这歌声在那种风俗中算是很好的了。歌声停止后，又传来袍子的窸窸窣窣声和低低的说话声。然后响起了一个男人说话声："你们在那儿吗？天堂选中的。"

接着是一个女人的声音，我听出来那是奥托美，她答道："我们在这儿。"

"啊，阿那灰克的少女们，"那个男声在黑暗中响着，"还有你，啊，泰兹卡特！上帝中的上帝，听着我的话。根据天意选出的少女们，你们这四个按天意选取的神女，是我们这里最圣洁的人，可以在这个上帝，你们的造物主，你们的主人身边生活一段时光。他高兴地来到我们这个地方，直到他想要回到自己的太阳生活的地方。希望你们能表现出自己值得的这份光荣，使他舒适，引他高兴，让他忘情在你们的友爱之中。当他回到自己的处所时，可以带去美好的记忆和对你们的人民的好的汇报。在这一生中，你们在他的身边只能生活短暂的时光。像笼中的鸟一样，他灵魂的羽翼正要乘风而起，很快他将会自由地离开你们和我们。如果你们愿意的话，你们中的一人可以和他一起乘风而去到他的太阳之家。你们不论是跟他而去，还是留在这里伤心地念他一辈子，请爱他并引他高兴，柔顺和礼待他。否则，毁灭将会等待着你们，你们和我们都将受到天堂里的非议。你啊，泰兹卡特，我们祈求你接受这些少女，她们有幸成为你天国的配偶，在阿那灰克地方再也找不出更美好、更高贵的少女了。她们都是我们国王的女儿。她们并不十全十美，这只能在你的天国里才能找到。她们只是你神仙真夫人的影子和形象，她们不可能是完美的。嗨，我们拿不出更好的来奉献给你了。我们希望你通过仁慈地看待这块土地上的女人来祝福我们，因为这些你把她们称为你在地面上的妻子们是美好的。"

这声音停顿了一下后又响了起来："女人们，你们在天上的名字是孝妻、希罗、阿尔塔和克里克托。以上帝们的名义，我把你们嫁给泰兹卡特造物神，在他留在地上的时间里与他同住，这上帝让你们与他自己造的化身结婚。这形象可能是完美的，神秘是处处存在的。不要过分欢乐，现在要看到未来。"

当这声音说到这儿，屋子里的远处突然点亮了许多火炬，我看到了一个恐怖的景象。这大屋子的另一头有一块祭石，上面躺着一个男人。直到今天我也不知道他是活的还是用蜡封死的。至少他若不是被涂了色的便是涂了蜡的。因为他的皮肤像我一样是白色的。他的头和四肢被五个祭师按住，第六个人弯身向着他，两手握住一柄黑曜石做的刀。刀光向上举起落下时，火炬全部熄灭了。然后是爆开声和呻吟声，接着又一下子安静下来，直到那些新娘们开始唱她们的新婚之歌。非常奇异的旋律，野性的和甜蜜的，但是那没有多少力量能感动我。

黑暗中，她们的歌声更响了，直到屋子那边点燃了一支火炬。接着一支又一支，而我却看不见谁在点燃它们。现在整个屋子都变得通亮。但那祭石、牺牲者、祭师们都不见了，屋子里只剩下我自己和四个新娘。她们都是高挑美丽的姑娘。她们穿着白色的新娘袍子，上面装饰着宝石和鲜花，头上戴着象征女神的冠冕。而奥托美是其中最端庄美丽的，看上去真像是一位女神。她们一个接着一个走向我，微笑地唱着歌，在我身前跪下去并且说道："我被选中在一段时间里做你的妻子，泰兹卡特，我因此而快乐。希望上帝使我在你面前变得美丽，这样当我崇敬你的时候你会爱我。"

说完退下后，另一个接着这么做。最后是奥托美。她跪下说了同样的话，然后低声说道："作为新娘和女神向丈夫泰兹卡特上帝说的话，我说完了。现在啊，丢勒，我作为一个女人向男人说话。你不爱我，丢勒，如果你允许的话，让我们离了这个由别人主导的婚姻吧，这样我可以少点羞辱。这些姑娘都是我的朋友，她们不会出卖我们的。”她朝那边点了一下头。

“就按你说的办吧，奥托美。”我简短地回答她。

“谢谢你的仁慈，丢勒。”她伤心地笑着，向我致敬意后退了下去。她看上去是如此的端庄和甜美，我的心被爱刺激得跳动起来。自从那晚开始直到残忍的献祭时刻，奥托美和我之间，既没有接过吻，也没有交换过一句温存的话。但是我们之间的友谊和爱意却天天都在增长。我们交谈得很多，而且我自认使她倾向于天堂里的真神了。这可不是一件容易的事。像她的父亲蒙特苏玛一样，奥托美死信他们的上帝。尽管她恨这些祭师们，并设法抢救那些被献祭的牺牲者，有时甚至是他们国家的仇敌。她尽力减少献祭的次数，因为她说，他们的祖先并不献祭活人而只奉献鲜花。就这样一天天过去，连我自己都没有察觉，我的心中已滋生了对她的爱情。除了莉莉，她已是这个地球上我最爱的人了。至于其他的姑娘，尽管她们也是美丽和温顺的，但我对她们毫无情感。然而我对她们看上去仍然很友善，因为若不是这样，她们就会因不讨我的欢心而被处死。另一方面，我因为知道自己死期已近也尽可能地饮酒作乐。

在我婚礼的第二天，六百名阿兹泰克的贵族在阿尔伐拉多绅士的命令下被屠杀了。此人是科特斯留在墨西哥统领西班牙人的，而科特斯本人则离开墨西哥去与拿伐兹作战。那是科特斯的对手，担任古巴总督的维拉斯克司的部下。

那天是黑哲的喜庆日，在圣殿的大广场有献祭、音乐和舞蹈。那广场四周围着高墙，墙上雕刻着巨大的蟒蛇。那天早上，在参加庆典之前，瓜特莫克对我进行了礼节性的拜访。我问他是否准备参加庆典，因为我看到他穿戴整齐。

“是的，”他答道，“你为什么要问这个？”

“因为如果我是你的话，瓜特莫克，我就不会去。这些跳舞的人是否带着武器？”

“不会，这是个特殊的盛会。”

“他们是没有武装的，瓜特莫克，他们是这块土地上的鲜花。没有武装在那个围住的院子里跳舞，而观看的丢勒人却是全副武装。那么这些人假如向贵族们挑起事端的话，结果会怎么样呢？”

“我不懂你为什么要说这些，丢勒。这些白种人显然不是胆小的谋杀者，但我仍会把你的话当作一个预言。虽然这个盛会必须举行，那些贵族们已经来了，但我不会去参加。”

“你是聪明的，瓜特莫克，”我说，“我确信你是聪明的。”

然后奥托美、瓜特莫克和我走进了皇家花园，在一个小型的金字塔的顶端坐下。蒙特苏玛造这个建筑，是为了可以看到下面的商场和殿堂里的广场。在这里，我们可以看到贵族们在跳舞，听到乐师们在奏乐。这里是一个有趣的观察点，明亮的阳光照在羽衣装点的服装上，使衣服看上去像是宝石做成的一样。没有人会想到这最后的结局。

跳舞的人中混有西班牙人，他们身穿盔甲，带着剑和火绳枪。一点一点地，我注意到这些人渐渐地与印第安人分开来，一堆堆的像蜜蜂一样集中在门口和高墙下面。

“你看这是为什么？”我对瓜特莫克说。正说着，我看到一个西班牙人在空中挥动一块白布条。在那白布条还未停止挥动的时候，烟火从各个角落里冒了出来，紧接着火绳枪声响了起来。刚才跳着舞的人纷纷倒下死了或伤了，大部分的人被吓得像受惊的羊群般挤在一起，一声不响，他们被吓呆了。此时西班牙人大声叫喊着他们保护神的名字，就像以往他们干坏事的时候一样。他们抽出宝剑，向手无寸铁的阿兹泰克的贵族杀过去。印第安人有的四处逃避，有的一动不动等着被杀死。但是不论是逃避还是站着不动，其结果都是一样的，因为门被看守住了，而墙又太高无法爬上去。所有的人都被屠杀了。上帝见证，奖励这些谋杀者吧！从挥舞白布条开始，不到十分钟，所有的事情都完了，六百名贵族躺在地上死了或快要死了，西班牙人高喊着胜利的口号从尸体上掠夺他们身上戴着的珠宝。

我转过身来对瓜特莫克说："看来你不去参加那边的狂欢是做对了。"但瓜特莫克没有回答。他看着那杀人的和被杀的，一声不响。只有奥托美说话了："你们基督徒是仁爱的，"她带着痛苦的笑声说，"这就是你们对我们好客的回报。我现在深信蒙特苏玛，我的父亲要为他的客人而高兴了。啊，我！这些人中的每一个都必须躺在祭坛上。如果我们的上帝们如你所说，都是魔鬼，那么这些人崇拜的你的上帝是什么？"

终于，瓜特莫克说话了："现在剩给我们的只有一件事，那就是复仇。蒙特苏玛已经变成了女人，我再也不会理他。如果有必要，我会亲手杀了他。在这块土地上只剩下两个人，奎拉华，我的叔叔和我自己。我将要去召集我的军队。"

说完他离去了。

整个晚上，城市里充满了低低的嗡嗡声，像是野蜂群在聚集。第二天清晨，天蒙蒙亮的时候，市场里和街道上聚满了成千上万全副武装的战士。他们像海潮一般涌向阿克夏宫，又像潮水遇到岩石般被枪火击退。一而再地进攻，一而再地后退。此时蒙特苏玛，这个女人似的国王，出现在墙头上请求他们停止攻击，因为如果他们胜利了，他可能也完蛋了。甚至在这种时候，他们仍然顺从了他，因为他的不可侵犯的王权。对西班牙人的进攻停止了，但是他们并没有就此了结。蒙特苏玛禁止他们进攻，至少他们可以用饥饿来制服这些人。于是一道封锁线在皇宫的四周建立起来。成百的阿兹泰克战士已经被杀，但伤亡并非只是单方面的，一些西班牙人和很多特拉卡兰人已落入了他们的手中。这些不幸的战俘的命运是可怕的，他们立刻被带到伟大的金字塔上，在他们的战友可以看见的地方被活祭给了上帝。

科特斯带着更多的人回来了，他征服了拿伐兹，增加了不少顺从的军人，其中有一个人我有理由知道。科特斯悲痛地和阿克夏宫里的同志会合了，但是他并没有发动进一步的进攻，我不知道这是为什么。在第二天他甚至释放了奎拉华，蒙特苏玛的兄弟，派拉盘的国王。可能他想安抚百姓，但是奎拉华可不是一个胆小鬼。一出牢房，他就召集了议事们，其中的头便是瓜特莫克。

在那次会议上，他们作出了战斗到底的决议，并认为蒙特苏玛已因他的怯懦而失去了领导权，他们将自行决断。如果这个决定在两个月之前作出的话，此时西班牙人是不会有一个在泰诺梯兰存活着的。除了玛莉娜，这个科特斯的情人，用她的狡黠帮助他成功之外，最主要的原因还是蒙特苏玛自己毁了自己，还有自己的王国阿那灰克。

第二十章

奥托美的忠告

在科特斯返回墨西哥的次日清晨，我被成千上万名战士的呼啸声和战鼓的喧闹声吵醒。我赶快走到我在金字塔顶的瞭望台上与奥托美会合。我们看到所有的民众都集合起来参加战斗了。在目力所及的地方：广场上，市场上，街道里，每处都集结了成千上万的人。有的手拿投掷绳，有的带着弓和箭，有的拿着前面包着铜的标枪，有的带着成袋的有尖突的黑曜石，他们管它叫“马库瓦”。比较穷的则拿着顶部尖硬的木棍。有的人身上穿着黄金盔甲和羽饰的斗篷，头戴画着图案的木制头盔。头盔上面有的画着美洲豹[1]，有的画着蛇或狼，顶上插着羽毛。还有的人穿着棉织的护身，更多的人则光着身子，只缠了护腰带。宫墙外的高地上、屋顶上，甚至在金字塔的顶上也都站了很多人，他们是准备向西班牙人那边投掷石块的。看到那红色的清晨景象，你一辈子都不会忘记。殿堂上、宫墙上发出的闪光照射在鲜艳的羽衣上、狂欢的旌旗上和无数的标枪头上，还有奔忙在城垛后面准备迎战的西班牙人的盔甲上。

太阳升起的时候，一名祭师用贝壳吹出一种尖锐的声音，接着西班牙人那边，响起了一阵呼唤胜利的叫声。成千的阿兹泰克人带着深仇大恨向前冲去，遮天的标梭飞了过去。紧接着一排烟火带着巨响，从阿克夏的宫墙后面发射出来，进攻的战士像秋天的落叶般倒在了基督徒的火绳枪子弹下。

一时间人群像潮水般退落，巨大的痛苦声响彻云霄。此时，只见瓜特莫克冲向前去，他手持一面旌旗，引领着人群再次冲锋。很快，他们就冲到了宫墙下，攻防战又开始了。阿兹泰克人勇猛地战斗，他们一次次拼命爬上墙头——用死去的同伴垫起来做梯子，但一次次痛苦地失败。于是他们用一根根大木柱来撞击围墙，但当他们撞开围墙蜂拥而入时，枪响了，他们又一排排地倒下去。接着，他们发射着火的箭头，然而那外墙是石砌的，不起作用。如此战斗了十二个小时，夜幕开始降临了，攻击也停止了。只见一支支火把移动着，人们在寻找死去的亲人；处处传来女人悲痛的哭声和临死者的呻吟声。

第二天清晨，战斗又起。科特斯带着他的主力部队和成千上万的特拉卡兰同盟军赶来了。一开始我以为他打算攻打蒙特苏玛的皇宫，心里便升起了一线逃生的希望，想趁乱逃走，但是他的目标却是火烧城中的房屋。那些平顶的房子曾经向他的军队发射出成千的火箭。印第安人绝望了，他们无法抵挡骑兵的进攻，肉身无法抵抗铁做的盔甲。一排排房屋着火了，黑烟冲天，似乎是从波波火山里喷出来一般。但很多从阿克夏宫中骑着马冲出来的人却没有能回去。阿兹泰克人抱住了马腿，并把上面的人活活抓走。就在当天晚上，这些俘虏被拖到黑哲的祭坛上，在他们的同伴可见的地方活祭了。有一匹马也被活活拖过去，推上陡峭的金字塔，在那儿活活烧死了。在这几天的战斗日子里，被活祭的人比任何时候都要多。祭坛上整天火焰通红，牺牲者的哭叫声没有一刻停止过。愤怒的祭师们也整天忙着杀人，他们以为这样可以让上帝高兴，从而带给他们对丢勒人的胜利。甚至晚上点着火炬，活祭仍然继续进行。从山下望去，燃烧着的火焰犹如妖魔掠过那地狱之火，去加害那些祭坛上的牺牲者；更像狄钦汉教堂穹顶上画着的最后审判的情景。黑暗中，不断有叫喊声恐吓西班牙人："黑哲已经对你们的鲜血饥渴了，你们丢勒人，你们一定会跟着这些同伴而去。笼子已经准备好了，刀已经磨快了，烙铁已经为你们烧红，准备好了吧，你们这些丢勒，尽管你们杀戮了很多人，但是你们还是逃不了。"

争斗一天接着一天，直到成千的阿兹泰克人死去，西班牙人也因为无休止的战争带来的饥饿、伤亡和得不到片刻休息而几近崩溃。最后，有一天早晨，在战斗最激烈的时候，蒙特苏玛出现在宫殿中心的高塔上。他穿着堂皇的袍子，戴着皇冠。在他的前面，站着手持权杖的传令官，在他的身边，站着和他一起被扣留的贵族们，还有西班牙卫兵。他向前伸出手去，突然间战斗停止了，全场安静了下来，连那些受伤的人也停止了呻吟。于是他开始向群众讲话了。因为距离太远，我不知道他在说什么。

但事后我了解到了他讲话的目的。他请求他的臣民停止战争，他说西班牙人是他的朋友和客人，他们很快就会离开泰诺梯兰城。当这些懦弱的话从他的嘴里说出来的时候，下面的人顿时被激怒了。这些长久以来一直把他当神一样供奉着的人民，像潮水一般地怒吼起来，他们似乎在叫着："女人！叛徒！"

只见一支箭射上去击中了这个皇帝，紧接着雨点般的石头飞了过去，他倒在了塔的顶部。

一个声音哭叫着："我们杀死了自己的皇帝。蒙特苏玛死了。"立刻，人群四散奔逃，聚集着成千人的广场一眨眼竟然见不到一个活人了。我转身去安慰奥托美。她原先站在我身边观望着，亲眼见到她高贵的父亲倒下去，就哭着走进宫殿里。我们在这里见到了瓜特莫克王子，他看上去愤怒、狂野。他全副武装，手里拿着弓箭。

"蒙特苏玛死了吗？"我问道。

"我不知道，也不关心，"他带着狞笑回答，"处罚我吧，奥托美，我的堂妹，那是我的箭把他射倒了，这个国王变成了一个女人，一个叛徒，他欺骗了他的男人之身和他的祖国。”

奥托美停止了哭泣，回答说：“我不能处罚你，瓜特莫克，是上帝打击了他，使他发疯，并让你用你的箭射中了他。对他来说，对他的人民来说，死了更好。尽管如此，瓜特莫克，我敢肯定，你的罪行会得到报应，你将会因你的亵神行为而羞愧地死去。”

“可能的，”瓜特莫克说，“但至少我不会因背叛而死。”他说罢离去了。

我现在必须认识到，我深信，这是我在地上的最后一天了。明天就是我装神的过期之日。而我，汤姆-温费尔，将会被带出去献祭。不管那些喧嚣和死亡的伤痛，以及像笼罩在城市上空的乌云一样的恐惧感有多厉害，宗教的仪式和庆典将仍然严格地施行不误，甚至比以前还要严格。于是这天晚上以我的名义举行的庆祝活动开始了。我必须头戴鲜花坐在我的妻子中间，等着那些还活着的城里的贵族来向我表示忠心。他们中间有奎拉华。如果蒙特苏玛死了，他就是皇帝。那是一个凄凉的宴会。我尽量用酒精来麻醉自己，而客人们也没有多少欢欣可言，他们成百的亲人和成千的百姓都死去了。西班牙人仍然坚守着城堡，而印第安人则目睹了他们视之为神的皇帝被自己人杀死。

更为沮丧的是，他们已经感觉到自己的末日将要来临了。没有什么能使他们高兴起来，没有比这个庆典更悲伤的了。美酒、鲜花和美女都不能带来一丝快乐。说真的，那是一个死前的盛宴——对我来说。

最后宴会结束了，我退回到我自己的住处，我的三个妻子跟着我进来。她们祝贺我的幸福，因为明天我将和我自己，也就是说上帝，在天上合而为一。可我不是这么认为。我愤怒地站起身把她们赶走了。我告诉她们，只有一件事能使我高兴，就是不论我去哪儿，我都不会带着她们。

于是我把自己扔在床垫上，沉没在恐惧和愤怒之中。这是我向德-加西亚复仇行动的结尾,而我却把自己的心撕碎了交给魔鬼。我的恩人方西卡曾经用他的智慧忠告我,要忘记仇恨,带着命运给我的财富回去,管它什么复仇的誓言不誓言。如果我听从他的话,今天也许我已是一个幸福的丈夫,享受着她的爱,生活在我充满平静的家乡英格兰。而如今我是什么呢?一个把灵魂交给魔鬼的即将活祭给恶魔的游魂。在这极度的悔恨和痛苦中,我大声地哭泣了,并向上帝祈祷,哪怕我罪该被活祭,至少明天能让我在天堂里享受和平。

在哭泣和祷告中,我进入了一种半睡眠的状态。我梦见自己行走在狄钦汉山坡旁通向花园的小路上。微风吹过葡萄山坡,小河边的树叶在轻轻细语。故乡鲜花的香味沁入我的心肺,六月温柔的凉风轻拂着我的额头。一会儿,我的梦境里显现出月光甜蜜地铺照在草地与河面上,夜莺的叫声从四处传来的景象。但是我的注意并不专注在风景和美妙的鸟语上。我的眼光注视着教堂后面通向山坡的小路,我的心听到了久违的脚步声。一支悲伤的歌从山的后面传来,那歌声唱道,有一个人扬帆万里却再也不会回来了。此时我从苹果树间看到山顶上有一个穿着白衣的人。她慢慢地向我走来,我知道那是她,莉莉,我的爱。她停止了歌唱,继续慢慢地向我走来,她的脸是那样地忧伤。那张脸看上去已接近中年,却依然那样美丽,比当年情窦初开的时候更美。她来到山下,走到花园的小门边,我从树影下走出来迎着她走去,站在她的面前。她惊惶地叫着向后退去,然后静下来注视着我的脸。

"变化真大呀,"她喃喃地说,"那是真的吗?汤姆,难道是你从死亡中回到我的身边,还是这只是幻影?"慢慢地,毫不犹豫地,她伸出手抓住了我。

突然间,我从梦中醒来,惊讶地发现在我面前站着一个穿白衣的美丽女子。她沐浴在月光中,像梦中一样慢慢地,充满爱意地向我伸出手来。

“是我，亲爱的，这不是在梦中。”我哭了，从床上跳起来，一把抱住她亲吻。但是在我的嘴唇快要碰到她时，却发现了自己的错误。我手中抱着的并不是我的未婚妻莉莉-波扎，而是奥托美公主，我所谓的妻子。这是我最最伤心和悲痛的梦，它让我羞愧难当。所有的现实一下子又回到了我的脑海中。我放开奥托美跌入床中，大声地哭了起来。在我倒下去的时候，我看到她的双颊和胸部都羞红了。这个女孩爱着我，我的行为羞辱了她，她马上就能猜到我的心思。然而她却仍然温柔地对我说话。

“对不起，丢勒，我只是过来看看并没有想弄醒你。我过来还因为天亮之后我就不能再见到你了。我希望再给你一些服务，至少在最后一刻到来之前能给你一些安慰。说说看，你刚才是在睡梦中把我当成另外一个更可爱、更美丽的女子来拥抱了？”

“我在睡梦中把你当作我所爱的未婚妻了，她在遥远的大海那边，”我沉痛地回答，“如今，在我即将要到那永恒的黑暗中之前，谈这些爱不爱的还有什么意义呢？”

“说实话，我不知道，丢勒，但智者说爱情如果能发生在任何地方，那么在死后的黑暗中也能找到爱情。这就是光明，真的。别再伤心了，如果你告诉我的信仰是真的，对我们来说，在地上或在别的什么地方，用你灵魂的眼睛，你能再见到你的爱人，我祈祷她能像你一样对你忠诚。现在你告诉我，她爱你有多深？她能躺在你身边一同献祭，像我选择的一样，丢勒，自愿地选择与你同去？”

“不会的，”我答道，“我们的传统不会让一个女人在丈夫死的时候，选择与他一起去死。”

“大概她们会想，最好还是活着，这样还可以再嫁一个？”奥托美很快地回答。此时我见到她闪亮的眼睛和起伏的胸膛。

“不再说这种笨话了，”我说，“听着，奥托美，如果你真的关心我，你一定能把我从这种残酷的恶刑中解救出来，或者劝导瓜特莫克来救我。你是蒙特苏玛的女儿，在这几个月中，你不能想出办法来使他发布命令赦免我吗?”

“你真的以为我是这样一个无情无义的朋友吗? 丢勒,”她愤怒地回答道,“这些日子我白天黑夜地努力,想有一个办法救你。在我的父亲被扣押之前,因为我不停地请求而使他恼怒,把我从他身边赶开。我曾经试图贿赂祭师,我也曾经计划帮你逃跑,瓜特莫克也一起努力,因为他也爱你。唉! 要不是这些可诅咒的丢勒们来到这儿,把战争带给这座城市,我一定可以救出你的。一个女人的思维是缜密和深远的,可以找到别人无法找出的通道。但这次战争改变了所有的事情。更不幸的是,观星家和预言者给出的预言,把你的命运给钉死了。他们预言说,如果在明天正午的时候,你的鲜血和心脏在泰兹卡特的祭坛上献祭,我们的人民将会战胜丢勒人,并把他们彻底消灭。但是如果献祭早一刻或者晚一刻进行,那么泰诺梯兰的毁灭就会来临。他们还声称,你不应该像传统的那样,死在湖那边的神殿上,而是要在那伟大的金字塔上,在上帝的神像前面。这些话已经传遍全国,成千的祭师们都在祷告,希望这次献祭能带给我们带来好运。一只金子做的圆环已经吊在了献祭台的上方。正午时分,日光会穿过圆环照在你的胸膛之上。几个星期以来,你一直被紧紧地看守着,像美洲虎注视着它的猎物一样。他们怕你会逃到丢勒那边去。我们,你的妻子们也被看守住了。此时皇宫的四周紧紧地围了三圈,祭师们守候在你的门前和窗下。你想想吧,丢勒,你逃跑的机会有多大?”

“很微小,真的,”我说,“但是我知道有一条路。我可以杀死我自己,他们杀不着我。”

“不要,”她急切地说,“这能帮你什么忙? 你只要活着,就有希望。一旦你死了,就永远死了。如果你必须死的话,死在祭师手里会更好些。相信我,尽管这结局看起来很可怕,”她颤抖起来,“那却几乎一点也不疼,这是他们说的,而且过程很快。他们不会折磨你,我们达成了协议,瓜特莫克和我与他们。一开始他们想要在这一天给上帝以特别的荣耀。”

“哦，丢勒，”奥托美继续说下去，同时坐下来，和我一起坐在床上，用她的手握住我的手。“不要再去想那短暂的恐怖了，看得比那更远一些吧。死亡难道真的那么难吗，而且是快速的死亡？我们都会死的，今天，今晚，或明天。什么时候死不重要——记住你的信仰，像我们的一样，在死亡的后面，是无穷的幸福。想想那时，我的朋友，明天你就会远离这个纷扰的世界；争斗和痛苦，以及天天为了未来而担忧，使你的灵魂不得安宁，这一切都会远离你而去。你将被带到你的平安世界，再也不会有烦恼的人和事了。在那里你会找到你的母亲，你曾经告诉过我的，她爱你。在那里，那个爱你胜过你母亲的人，可能会和你会合。还有，我也可能和你在那儿相会，我的朋友，”她抬头望着我，用一种奇怪的眼光，“那条死后的路可能是黑暗的，但那一定是好走的，有亮光照耀的。做一个男人，我的朋友，别伤心，相反要为你这么年轻就经历了悲伤和疑虑，并站在通向永恒的欢乐的大门而高兴。你已经过了无水的荒原和满布荆棘的道路，看到了微笑的湖泊和花园，在它们的中间是你永恒的殿堂。”

“现在，我们再见吧。在你被献祭之前我们不会再见面了。我们这些伪装的妻子们，必须陪伴你直到神殿的第一层。再见，亲爱的朋友，记住我的话，不管别人怎么想，我深信这些。为你自己的荣誉和我对你的请求，你要勇敢地面对死亡，就像你自己的人民在看着你一样。”在悲伤地鞠躬之后，奥托美像一个姐妹一样温柔地亲吻我的额头，然后离去了。

帘子在她的身后晃动着，而她那些高贵的言词却留在了我的心中。任何人都不能把死亡看成可爱的事情，更何况那等待着我的死法会使人的勇气萎缩。但是我感到奥托美说出了真理，那死亡虽然看上去恐怖，但相比已经见证过的生活，却不算什么了。一阵不太自然的平静降临到我的心上，就像迷雾笼罩在海面上。在它的下面可以有不平静的泡沫，上面可以有明亮的阳光，但周围却是灰色的平静。此时此刻我好像离开了自己的肉身，用全新的视角看着世界上的万物。生命的潮汐从我身上退去，死亡的彼岸隐隐地显现在近旁，我开始懂得，今天在我垂暮之年更加懂得，生命相对于死亡只是多短的一瞬间！我虽然可以自夸过去，想象未来，但怎么也不能想象这个美丽的印第安女郎能够看透如此深奥的哲理，并娓娓道出它来。

无论如何，有一件事我不会令她失望，那就是我会死得像个英国男人，把其他的都交给上帝。这些野蛮人不会说我们是胆小鬼。我有什么可以特殊的？在那个平台上不是有成百的像我一样的人被杀害而不吭一声吗？我的母亲不也死在谋杀者的手中吗？那个不幸的姑娘伊莎贝尔-德-西昆扎不是因为疯狂地爱上了一个恶棍而被活生生地封死在墙里了吗？这个世界上充满了恐怖和悲伤，我是什么人，值得特别抱怨？勇敢前行吧，直到明天清晨，太阳升起，喧闹的人群准备战斗。现在作战的愤怒天天在增长，明天将是最残酷的战斗，而我则很少去想阿兹泰克人与西班牙人的战事。我得与我自己作战，并准备与将临的死亡斗争。

注释

① 在这里我还是用美洲豹，也叫美洲狮（puma）和美洲虎（jaguar），这是大家熟悉的名称。

第二十一章
爱之吻

随着音乐声响起，一些艺人走了进来，我的随从跟在后面，他们带来了从未有过的贵重礼品。随从们走到我面前，首先脱下我的袍子，再由画师们在我身上涂上可憎的红色、白色和蓝色的图案，直到浑身上下甚至脸上和嘴唇上都涂得像面旗帜。嘴和脸是鲜红色的；在我的心脏位置，他们经过用心量度，涂成了深红色的圆圈。然后开始打扮我的头发，在我的头顶结上刺绣的红色带子，上面插上公鸡的尾羽。再后他们给我带上金耳环、金手镯、金脚环和一副无价的绿宝石项圈。胸前挂着的一块巨大的宝石闪烁着月光映照下湖水般的亮光。脸颊下面是用粉红色的海贝做成的假胡须，最后在我的身上套上了许多花环，使我想起了彭盖那边集会上的五月花柱。他们停下了工作，望着我，为他们自己所做的活儿感到满意。

现在音乐又响了起来，他们递给我两把琵琶，其中一把我得拿到那个宫廷的大殿里。那里聚集着身穿盛装的贵族和高官。我的四个妻子穿着华丽的长裙走在旁边，她们代表四个女神晓齐、希洛、阿尔塔和克烈克斯多。她们轮流服侍我，阿尔塔就是奥托美公主。我被安排在高座上，当我入座后我的妻子们一个接一个上前来亲吻我的额头，向我献上放在金盆里的甜肉和糕点，还有装在金杯里的饮料——美思科。我只喝了美思科，因为那果汁可以使我心神镇定。当这些热闹都结束后，全场一阵静默，直到一队肮脏的祭师们走了进来。他们身穿深红色的祭服，身上和双手沾满了血污，他们长长的头发上粘着血迹，甚至凶狠的眼睛里也充满了血丝。他们一直走到我的座位前面，那领头的突然伸出手来大声叫道："敬仰永恒的上帝，啊，人们。"全场人都齐声跟着叫道："我们敬仰上帝。"

祭师喊了三遍，群众也跟着喊了三遍，每次都伏身下地。然后他们站起身来，那祭师开始对我说话了："原谅我们，哦，泰兹卡特，我们和我们的首领应该在这里一起向你敬拜。但是你知道，你的仆人们有多痛苦多艰难，他们必须在自己的城市里与那些亵渎你和你的上帝兄弟的人战斗。你知道我们敬爱的皇帝躺在那边受伤了，并成为不洁的人手中的俘虏。我们向你敬拜，希望在天显灵，哦，泰兹卡特，你教导我们在地上的一切只是一闪而过的阴影。现在以我们对你的爱，我们请求你让我们通过仪式，让你那个在地上的不真实的形体作为向天上的献祭。你曾与我们同住，所以我们不会再因敬仰你而拖住你，我们希望你超脱而去，现在是时候了。我们爱你，泰兹卡特，我们服从并看护了你，我们希望看到从你伟大的胸怀里发出的回馈，请继续看顾我们，你曾经降尊纡贵地和我们同住。"

祭师说这些话的时候，有一阵子因大家的哭泣而听不清楚，我的妻子也一起大声哭起来，只有奥托美没有哭。过了一会，那个恶毒的祭师做了个手势，音乐声又响了起来，于是他和他的团队走在我的周围，我的女神妻子们走在我的前后，就这样我们通过房间走向宫门的道路。我向四周张望，看到了可载入历史的奇观正在那边发生，这正是一场活生生的历史剧。数百步之外，向阿克夏宫的进攻正在进行，西班牙人带着愤怒的激情在挖壕据守，成群的战士们企图攀登宫墙，却被西班牙人的枪火和他们的同盟军特拉卡兰人的矛梭击退。与此同时，在周围尚未毁坏的屋顶上，特别是那个我将要被献祭的神坛平顶上，有人正在往下扔石块标梭，射击箭矢，石块标梭和箭矢纷纷落向大院里和西班牙人构筑的工事上。

离开战场大约五百码的地方，蒙特苏玛宫殿广场的另一边，却上演着完全不同的戏剧。这里聚集着一大群人，其中有很多的女人和孩童，他们正等着看我死，他们手捧鲜花在音乐声中流着幸福的眼泪。当看到我到来的时候，他们发出一阵欢迎的叫声。声音是如此的响亮，甚至盖过战场那边愤怒的咆哮声。而且不时有射偏的炮弹呼啸飞来，造成了一些人死伤。但其余的人对此却毫不在意，反而哭叫得更厉害："欢迎你，泰兹卡特；祝福你，我们的神，欢迎并再见！"

我们慢慢前行，经过人群，走在铺满鲜花的道路上穿过广场，来到金字塔脚下，队伍因人群拥挤而停了下来。此时，一名战士穿过人群，飞快地来到我面前，很快我就认出了他是瓜特莫克。

"丢勒，"他对我耳语道，"我离开了那边的战事，"他朝战场那边指了一下，"我是来向你道声再见的，毫无疑问，我们不久会再相见。丢勒，请相信我，我真的很想帮你，但是我实在无能为力，我真希望能和你换个位置！再见，我的朋友。你救了我两次命而我却救不了你。"

"再见，瓜特莫克，"我答道："上天保护你，你是一个真正的男子汉。"然后我们就分手了。

金字塔脚下的仪式开始了，我的一个妻子在向我告别时流下了伤心的眼泪，但我并没有被感动。

现在我们沿着通向塔顶的石阶一圈圈地走上去，越走越高。我们一路静默地走着，每一次转弯我们都要停下来，让另一个妻子来向我告别；或者从我身上取下一样东西，或是我的盛装的一部分被脱下拿走。就这样慢慢地走了一个多小时，最后走上一段巨大的石阶，来到了金字塔的顶部。这个平顶很大，比狄钦汉的教堂墓地还要大得多。顶部的四周没有栏杆。在这令人目眩的高处，建有黑扎和泰兹卡特的神殿，这些建筑物是木石结构，里面有众多恐怖的上帝们的雕像，还有一些沾满献祭者血迹的可怕的石屋，里面有献祭的石坛，各种行刑的工具和巨大的蛇皮鼓。其他的地方是空的，但这里的火焰永不熄灭。

在这平顶的一边，人们仍然不停地往下面的西班牙人射箭。而另一边，一群祭师们准备着我死亡的庆典。金字塔的下面，在被烧毁的房屋周边，一部分人正进行着与西班牙人的战斗，而更多的人在等着见证我被杀死。

在献祭之前还有几个仪式要施行。首先，我被带进了泰兹卡特神殿，里面有他的雕像，黑色的大理石上装饰着金色的饰物。他的手中拿着一面磨得光亮的金制盾牌，上面镶着两只宝石做的眼睛，盾牌上的图文是祭师们编造的寓言，说是这世界上的一切都是他创造的。在这神像的前面放着一只金色的盘子，我看见祭师头领正在一边低声祷告，一边用他乱蓬蓬的又长又脏的头发去擦那金盘子。干完之后，他把它递到我的嘴唇前，让我吹一口仙气。我知道那是用来盛我的心脏的，我恶心得差一点昏死过去。后面还有什么仪式我不知道了，因为下面的广场出现了一阵骚乱，祭师们对我匆忙行事。此时，我发现因为塔顶上不停地射箭，使得西班牙人不胜其烦，开始向金字塔发动进攻。一大队士兵穿过广场，由科特斯自己率领并带上成百的特拉卡兰同盟军向这边冲来。成千的阿兹泰克人赶到底层的进口处和他们抗争。西班牙人借着火绳枪不断地向阿兹特克人进攻，但他们的战马却总是在石阶处失蹄而使他们摔下马来。随着印第安人的大量死亡，西班牙人终于在最下层的阶梯口站稳了脚跟。但仍有成百的阿兹泰克士兵守在旋转的阶梯上和平顶上，所以西班牙人想要攻上顶部会是非常艰难。一股强烈的希望向我袭来，如果西班牙人占领了神殿，献祭就不可能进行了。献祭必须在正午之前举行，那是奥托美告诉过我的。

现在还有两个小时的时间，如果西班牙人在两个小时内胜了，我还有机会活下去，否则我就得死。当我被领出泰兹卡特神殿时我突然看到奥托美，她正在和祭师头领争论着什么。过了一会，她向神殿的门鞠了一躬，像是在告别什么，她是最后一个离我而去的妻子。因为战斗的声音太响了，我听不清他们在说什么，但似乎祭师们被她的话惊呆了，奥托美看上去很高兴的样子，我想她可能赢得了争论，他们向她鞠躬服从。她慢慢地向我转过身来，并以一种我从未见过的高贵、优雅的步态向我慢慢走来。她满脸容光焕发，带着神圣的使命，像一个新娘走向自己丈夫的怀抱。

“你怎么还不走？奥托美。”我说，“已经太晚了，西班牙人包围了这里，你不是被杀就是被抓起来。”

“我会等着，不管是什么结果。”她勇敢地回答。

我们停止了交谈，一起望着那边激烈的战斗场面。阿兹泰克战士在他们上帝的雕像前不屈地战斗着。下面广场上的人群静静地观望着这场殊死的搏斗。战士们勇敢地扑向西班牙人，大声叫喊着把敌人拖向路边和他们一起摔下去。丢勒人穿着发亮的盔甲，排着长蛇阵冒着细雨向上推进。大家都在为自己的荣誉，为自己的信仰和上帝，为自己的生命而奋战。一个小时过去了，西班牙人大约攻上了金字塔的一半高度。恐怖的战斗声越来越响，西班牙人大声呼喊着自己保护神的名字，而阿兹泰克人则像野兽似的大声叫喊着。几乎裸体的祭师们使劲地敲打着那些大鼓，大声祷告并哭叫着求他们的上帝鼓舞自己的战士。但有时枪声、大鼓声和炮弹声盖过了他们哭叫声。只有下面广场上的人们静默无声地站在那儿仰望着，阳光从他们凝视的眸子里反射出光亮。

整个过程我和奥托美一直都站在那献祭石的旁边。在我们的周围守着祭师们，祭石上有四根矮柱，上面铺满黑色的方形布块，那是用作烛台的。布的中间绣着一个金色的漏斗，当阳光穿过漏斗照在下面像一只苹果大小的布块上时，那就是太阳进入了天堂，献祭者就要躺在那上面。

祭师头领做了一个手势，祭师们抓住了我并开始脱下最后剩下的一点衣服，就像那些残忍的小孩拔去鸟毛一样。直到除了腰部还有一条布和身上的涂鸦以外我已一丝不挂了。我知道这是我最后的时刻来到了，我快乐地想到自己终于可以从苦难中解脱了，这是我第一次这么有勇气地面对死亡。我转向奥托美，开始向她作最后的告别，但我惊异地发现，她那高贵的袍子也被脱去了，除了一件绣花的衬衣外，她几乎赤裸裸地站在我身边，剩下的只是秀发和美丽的身躯。

“别难过，丢勒，”她低声说，“我是你的妻子，那儿就是我的婚床，第一次，也是最后一次。丢勒，虽然你并不爱我，我也救不了你，但今天能在你的身边一起死去，这是我最大的快乐。”

我一时说不出话来，开始思绪万千。正当我想说什么的时候，祭师们已经把我按倒在地，这已经是我第二次躺在祭石上了。正在他们把我按住的时候，一阵比以前更长更响的叫喊声响了起来，西班牙人终于登上了最后一个台阶。而令人毛骨悚然的是，我已被放在了巨石的正中，奥托美就躺在我的身边，近到肌肤相触。最后的时刻快到来时，祭师们把我们紧紧地捆在铜环上。

我们并肩躺了几分钟。我的脑海翻腾起来，一个女子竟然如此勇敢地面对死亡，我心中对她充满了感激。感激她献给我伟大的爱情和她年轻的生命。她爱我如此之深。她本可选择继续生活在尊荣之中而不必和我一起面向这残酷的死亡。这时，一道新的亮光照射在我的心间，使我对她的情感转变了，我感到没有任何一个女子能像她那样对我来说是如此的珍贵。我感到——不，谁也说不清我真的感到了什么？但我知道此时我的眼泪流了下来，我向她转过头去，她也尽可能地侧身向着我，长长的秀发披在祭石上，我们如此接近，嘴唇之间几乎没有距离。

“奥托美，”我说，“听我说，我爱你——奥托美。”我见到她绑带下起伏的胸部和面颊上升起的红晕。

“我得到了回报。”她答道。我们的嘴唇紧紧地亲吻在一起，这是第一次也是最后一次。是啊，我们亲吻了，在献祭的石坛上，在祭师们的屠刀下，在死亡的阴影之中。

“哦，我得到了回报，”她再次说道，“为了这一刻，我宁可再死几回。说真的，我希望能在你收回这句话之前就死去，丢勒，因为我知道还有一个人你爱她胜过爱我。但现在你的心因为一个印第安女孩的忠诚而爱上了她。让我赶快死吧，让我相信这不是假的！”

“别这么说，”我语调沉重，尽管莉莉的形象又回到了我的脑海中。“你把你的生命给了我，我会为此而爱你。”

“我的生命不算什么，你的爱才是珍贵的。”她微笑着说，“啊，丢勒，你使了什么魔法让我——蒙特苏玛的女儿自愿地来到献祭上帝的神坛上？我并不稀罕那温软的婚床，至于究竟是为了什么，我们很快就会明白。”

第二十二章
十字架的胜利

“奥托美，”我问，“他们什么时候会来杀我们?”

“当阳光照射到涂在你胸前的圆圈上的时候，”她回答。

我再次把头转向她，看到一缕阳光笔直地照射下来，像一支金色的铅笔，指在我身边大约六英寸的地方。可以预测大约再过十五分钟，它就会移到我胸前的那个环上。此时，战斗的喧闹声越来越响，越来越近了。我尽力移动自己的身子，抬起头来看了一下，西班牙人已经控制了金字塔的顶部，战争已经移向边缘。很少能看到如此惨烈的战斗。阿兹泰克人用绝望的愤怒，奋不顾身地想与西班牙人同归于尽。但他们劣质的武器穿不透盔甲。唯一的希望是把西班牙人摔下塔去，摔到二百英尺的地面上，死得一只破鸡蛋一样。于是，这喧闹分成一堆堆殊死相搏的对手，他们互相撕裂，抓咬在塔顶的边缘上，一次次地有十几个人一起掉了下去。有一些祭师也参加了战斗，为保卫神殿而不顾自身的安危。我看到一个身材高大强健的祭师抓住一个西班牙人的腰部，和他一起跳了下去。战斗继续进行着，西班牙人和特拉卡兰人在缓慢地向中部推进。看来我们被杀的危险在减少，阿兹泰克人必须去抵抗他们。

战斗慢慢接近祭石，活着的阿兹泰克人围成一个圆圈在抵抗。

除去祭师，还剩大约二百五十个人。此时阳光已经穿过那个金色的漏斗，无情地移向我的胸部，我感到身子像被烧灼一般。啊，我无法在战斗激烈进行的时候令太阳停止移动，就像约书亚在阿雅仑谷地所做的那样。当日光接触到我身体的时候，五个祭师按住了我的头和四肢，那个祭师头领用双手握住他那用燧石制成的刀。我一阵恶心，闭上了眼睛，心想一切都完了。

就在此时，我听见早先已注意到的那个大眼睛的人，那个星象家叫停了杀人的过程："还没有到时候呢，哦，泰兹卡特的祭师！如果你在日光照射到牺牲者心脏之前就下刀的话，你的上帝就会降罪下来，毁灭的将是阿兹泰克的人民。"

那祭师狠狠地咬着牙，望了一下光照点的位置和星象家身后正在向这里推进的战斗。慢慢地，战斗向我们这里推进；一点点地，日光也向着画在我胸前的红圆圈逼近，直到它接触到圆圈的边缘。我再次看到祭师举起刀而闭上了眼睛，再次听到那星象家高亢的叫声："还不到时候、还不到时候，否则你的上帝会惩罚的！"

此时我听到另一个声音，是奥托美，她叫喊着求助："快救我们，丢勒们，他们要杀死我们！"她的叫声是如此响亮，西班牙人听到了，其中一个人用卡第兰语喊道："上前去，我的战士们，上前去！这些狗东西正在他们的祭坛上杀人！"

随着一声狂叫，那个祭师举起了刀，我见到那金色的日光照射到了我的心口上。正在刀刺下的一瞬间，只见一道闪光照着一码长的铁器，从我身上飞过，刺向那祭师的胸膛，燧石刀落了下来，却没有落在我致命的心口上，而是落在了我和奥托美的中间，我们流血了。两人的血混在了一起，使我们真正地合二为一。那祭师也倒了在我们的身上，再也起不来了。他扭动着，死在本来要被他杀死的人身上。

此时好像在梦中一样，我听见那星相家悲号着阿兹泰克的上帝的挽歌："祭师死了，他的上帝陨落了，"他哭喊道，"泰兹卡特拒绝了牺牲,他陨落了。阿那灰克的上帝们毁灭了！基督的十字架胜利了!”

他不停地喊叫着。随着一声宝剑的挥舞声,我猜想这个预言者也死了。

一只有力的手把已死去的祭师从我们身上拉开,祭师从祭石上滑落下去,落在祭坛不灭的火焰上烤了起来。他的血也和世世代代被杀的人的血混在一起,燃烧了起来。一把刀把绑在我们身上的绳子割开了。我坐起来向四周张望;一个声音在我的上方响起。那是一名战士在用卡第兰语和他的同伴说话:“这两个紧挨在一起的可怜的魔鬼,我那一剑只要稍慢一秒钟,那个恶魔就会在他的心口上打一个和我的头一般大的洞。但圣徒啊！这个姑娘真可爱——如果说洗一下的话,我会请求科特斯把她赏给我。”

这说话的声音很熟悉。对我来说,再没有比这口音更印象深刻的了。不用抬起头来,我就知道他是谁。从祭石上滑下来,我认出了他。站在我面前全身盔甲的正是我的敌人,德-加西亚。这真是天命,他的剑刺穿了那祭师的胸膛,救了我的命。假如当初他知道的话,那一剑肯定会刺向我的心脏。

我盯着他看,心想是不是在做梦,而我的嘴巴却不受控制地说道:“德-加西亚!”听到我的声音,他像中了一箭似的转向我,擦擦他的眼睛,瞪着我。他终于认出了身上涂抹了彩色的我。

“上帝的妈妈!”他喘着气,“原来是那个小子汤姆-温费尔,我救了他的命!”

此时我的意识回来了,认识到自己的愚笨,并开始想到逃跑了。但德-加西亚可没有犹豫。他一面像头野猪似的狂叫,一面举起剑向我刺来,带着他心中所有的愤怒和仇恨。我本能地绕着祭石逃跑,而我的敌人则举着剑在我后面追。用不了多久他就会追上我,因为此时的我又饿又恐惧,四肢还有剩余的绳索。就在此时,一个骑士把德-加西亚的剑挡开了。我从他的衣着判断,这不是别人，正是科斯特本人。他说："这是怎么啦，沙西达？你被血弄糊涂了，甚至要像印第安人的祭师一样，杀死献祭的活人吗？让这个可怜的魔鬼走吧。"

"他不是印第安人，他是个英国间谍。"德-加西亚叫喊着又向我冲了过来。

"我们的朋友真是疯了，"科特斯说着仔细端详我，"他说这个可怜的东西是英国人。好了，都停下来，要不然有人会犯同样的错误的。"他挥舞着剑命令我们都走开。我不懂他这句话的意思，但德-加西亚却气得说不出话来，又一次想攻击我。

"不！以天堂的名义，我不会容忍这样做。作为基督徒，我们是来解救苦难者，而不是来屠杀他们。弟兄们，抓住这个蠢蛋，他想要用谋杀来玷污他的剑。"

几个西班牙人抓住了德-加西亚的手臂。他咒骂他们，怒吼着，正像我说的，他愤怒时不像个人，倒像头野兽。我站在那儿，犹豫着，不知逃向何方。幸运的是她虽然不懂西班牙语，却比我更有急智，奥托美捉住我的手，对我耳语道："逃，逃，快走。"带着我急忙从祭石边走开。

"我们要到哪儿去？"我问，"为什么不想办法求求西班牙人的仁慈？"

"手中握着剑的魔鬼的仁慈？"她答道，"别闹了，丢勒，跟着我。"

她继续领我前行，那些西班牙人给我们让道，还说我们是可怜虫，因为他们知道我们是从祭石上逃生的牺牲品。当一个残暴的特拉卡兰印第安人向我们攻击想要杀死我们的时候，一个西班牙人用剑刺穿了他的肩部，使他倒在了地上。

我们继续往外逃。在金字塔的边缘，我们回头看到德-加西亚已经挣脱了别人的控制，说不定他的舌头开始听话了，向他们说明了什么东西。他手里举着剑，在离我们大约五十码远的地方出朝我们飞奔而来。恐惧使我们像风一般地奔跑。在陡峭的石阶上我们肩并肩地边跑边跳,越过成百的死的或快死的人,只在躲避从上面被西班牙人扔下来的祭师尸体时才稍停一下。再往上看去,刚才还在高处向下飞奔的德-加西亚现在已经看不见了。显然他害怕了,不想落在金字塔脚下仍在聚集着的阿兹泰克战士的手中。

我们终于从那天的多重危难中活了下来。但是奥托美公主和我,不一会儿又经历了一次危难。在我们到达金字塔底部时就混入了广场上蜂拥的人群之中,他们正在抬走死的或伤了的人,就像潮水冲走杂物一般。此时,一声打雷似的响声从上面传来,只见那巨大的泰兹卡特雕像被西班牙人推倒,并掉了下来,像报复的魔鬼一样直向我砸来,我没处可躲。我们刚从向它献祭的石坛上逃出来,现在又要死在它的石像之下。上面的西班牙人发出胜利的欢呼声。它的底部砸到了大约五十英尺高处的金字塔的边缘后,整个雕像便开始旋转起来,然后在离我们三英尺远的地方又砸了一下。我感到高山也在我们脚下抖动起来,空中马上就充满了巨大的碎石,呼啸着从我们身旁飞过。扬起的石粉似乎就是从我们脚下的岩石中爆起来的。泰兹卡特上帝碎成了一块块石头,像飞矢一样从我们身边擦身而过,而我们竟毫发无损,只有我的头部被它的头部擦了一下,它的石脚在我的脚前掘了一个凹洞。这个假上帝对我这个逃脱了向它献祭的命运的牺牲品竟然无可奈何。

此后的事我记不清了,只记得我发现自己来到了蒙特苏玛皇宫里我的住处。我原以为自己再也不会看到这个地方了。奥托美就在我的身边。她在用水清洗我伤口上的血污和身上的涂画,她自己却无人服侍。那个祭师留下的刀伤很深,我流了不少的血,而她却巧妙地遮掩了自己的伤。她自己换上了白袍子,给我也穿上了衣服,还给我食物和水。我吃了一些也嘱咐她吃了。在她吃完后,我的心智才清醒了过来并开始和她说话。

“下面怎么样?”我问,“祭师们还会寻找我们并把我们拖上祭坛。在这儿我毫无生路，我必须逃到西班牙人那儿，去相信他们的仁慈。”

“那个拿着剑的人的仁慈？告诉我，丢勒，他是谁？”

“他就是我告诉过你的西班牙人，奥托美。他是我终生的死敌，我就是为了他才远渡重洋来到了这里。”

“现在你想把自己交到他的手上？丢勒。你真笨，丢勒。”

“与落入你们的祭师手中相比，还是落入基督徒手中的好。”我说道。

“别害怕，”她说，“祭师们已经伤不到你了。你已经逃过了他们的手，这就了结了。从来就很少有人能从他们的手中逃脱，这真是一个奇迹。看来你的上帝比我们的上帝更强大。当我们躺在那儿的时候，他一定把他的影响施加在那儿了。啊，丢勒！你究竟带给我什么，使我怀疑我的上帝并在你需要帮助的时候，竟会向我们国家的敌人呼喊求救。相信我，丢勒，我这么做并不是为我自己，当你吻了我的嘴唇的时候，当你在我耳边说你爱我的时候，我已准备去死了。现在我必须活着去认知这幸福究竟有什么。”

“认知什么？”我问，“我说的就是我说的。奥托美，你愿为我而死，你凭你的机智向西班牙人呼救从而救了我的命。在这个世界上，没有任何一个女子如此温柔和勇敢。这儿我再说一遍，奥托美，我的妻子，我爱你。我们在祭坛上亲吻，在那儿我们的血融在了一起，这些就是我们结婚的仪式。可能我也活不了多久，但是只要我活着，我就是你的，奥托美，我的妻。”

我用我全部的心说出这些话。尽管此时我身心在颤抖，恐惧和孤苦紧紧地抓着我，但是仍有两点支撑着我：我的天命，还有这个女子无与伦比的勇敢和爱情。我忘情地拥抱着她，就像一个孩子抱着母亲一样。尽管这是错误的，但是我有勇气说，很少有男人在这种情形下会做出别样的行为。再说，我也不可以收回我在祭石上对她说的话。当我说这话的时候，是准备去死了的，而现在就有点不同，并有点阴影了。但不论对还是错，我已把自己给了蒙特苏玛的女儿，我必须践行它，否则就是羞耻了。即使在这样的情况下，这个印第安女子仍是如此的高贵，她并不急于让我兑现自己的诺言。过了一会儿，她伤心地笑着站了起来，用手卷起她的长发并说："你不属于你自己，丢勒，如果我根据一个不知道自己究竟在做什么的人说出的话来做庄严的决定，那我就太自私了。在祭石上临死前的一刻，你说你爱我，无疑那是真的。但现在你回到生活中来了，告诉我，上帝，谁把那指环戴在了你的手上，那上面写了什么？即使你说的是真的，你有些爱我了，但是在海的那边，有一个人是你爱得更深的。我可以发誓，我的心在这世界上只属于你一个人，你也会对我很好。我可以在白天占据你的心，但是在晚上，假如不知你的心在哪里的话，我可受不了。你不懂。让我告诉你我的担心。我担心我们结婚之后，你可能会对我厌烦——就像男人们都会的那样。到那时，那个回忆就会在你心中增长。你就有可能去寻找回家的路，渡过大海，回到你的故乡和你的爱人身边。你就会抛弃我。丢勒，这是我不能接受的。丢勒，我可以让你走。现在，啊，还保持我们的友谊。但是我不能被丢在一边像个跳舞的姑娘，只得到一个月的温存。我，蒙特苏玛的女儿，我们国家最尊贵的女子。一旦我们结婚，那就是我一辈子的事，丢勒，这可能比你希望保证的要多——尽管你可以在那个石头上亲我，尽管我们有血的友谊。"她看了一下自己映红了的包住伤口的衣服。

"现在，丢勒，我要离开一会儿，去看看瓜特莫克和其他一些人是否还活着，他们可以帮助我保护你，并让你活得有尊严。现在祭师们的力量已经削弱了。想想我说的，不要太快作出决定。如果我能找到办法的话，你是否还想要逃到白人那边去？"

"就是能逃过去的话，我也太弱了，"我答道，"再说，我几乎忘了我的敌人在西班牙人那边。他是我发誓要杀的人，所以他的朋友就是我的敌人，他的敌人就是我的朋友。我不会逃跑的，奥托美。”

“你现在变聪明了，”她说，“如果你去到丢勒人那边，不论是公开的还是暗地里，他都会在一天之内把你杀死。这我从他的眼睛里可以看出来。现在你休息吧，让我去想办法保证你的安全，如果在这片沾满鲜血的土地上还有安全的话。”

第二十三章

汤姆结婚了

奥托美转身离去，我看着那金色的帘子在她身后合起。我想躺在软床上休息一下，但因为我太过衰弱和担忧竟然昏了过去。所以我对当时发生的事情和我们之间的谈话都记不得了，不过以后我一点点地都知道了。我睡了很久，当我醒来时，已是晚间了，虽然是晚间但外面还亮着。从遮掩的窗户外面传来了战斗的声响，燃烧的房屋照得天空发红。我忍住伤痛站起来趴在窗台上往外张望，看到西班牙人并不在金字塔那一边而是连夜攻击和火烧了城中的房屋。成千上万的阿兹泰克人仍抓住西班牙人不放，并不断地用石块和箭矢猛打他们，西班牙人终于退回到了驻地。

我躺回到软床上开始寻思自己该怎么办。我的想法不断地动摇着。离弃奥托美逃到西班牙人那边去并把自己的生死交给德-加西亚？如果阿兹泰克人能保护我，那么我应该留下来和奥托美结婚？还有第三个选择，就是留下来但不和奥托美结婚，不过这并不容易。有一点是很清楚的，那就是如果我和奥托美结婚，那么我就要成为一名印第安人，并且永远也别再想回到英国和我的未婚妻身边去了。唯一的一丝希望，就是只要我还活着，就总还有自由的一天。但是如果我和奥托美结婚，那么在她的有生之年，我就是属于她的。目前，对于莉莉-波扎来说，我大概已是死了的。而我不能对奥托美忘情和不忠，她为我牺牲一切，我怎么可以把她抛弃呢？

再说，她在我的心目中是越来越珍贵了。但是另外一个似乎比她更珍贵。只有英雄或天使才能在这里做出明智的抉择，可惜我只是一个普通的人。尽管如此美丽的奥托美就在身边，而我却几乎决定要坚守我在狄钦汉山毛榉树下所立的誓言至死不渝，并请求奥托美保留她的高贵永远不要再见我。

就这样，我的主意摇摆不停不知如何是好，而我却还不知一条路早已为我定了下来，不由我做主。我之所以记下良心的挣扎，是为了不掩饰真实，并把自己的软弱写下来。不久以后，尽管不是出于她的愿望，我还是必须和奥托美结婚，否则立刻就得死。只有这样做才不会有人责备我，虽然最终我可以为自己辩护这不是出于我的自愿，但事实上，即使没人逼我，我也可能会这么做的。

在多年之后的今天再回想当初的情形，另一个因素会使我把自己转向奥托美，那就是在西班牙人那边还有德-加西亚。我对德-加西亚的仇恨是压倒一切的情感，甚至超过了我对这两个亲爱的姑娘的爱情，我一生幸福的所在。直到这么多年后的今天，在我这样的年纪，这种恶魔似的报复之心仍在我的胸中燃烧。只要我在阿兹泰克一天，德-加西亚就是他们的仇敌，也是我的仇敌，我有希望在战场上与他相遇并把他杀死。不然的话，如果我到了西班牙人那边，他会立刻让我死。因为我相信他早已把我的故事编给他们听了，所以一个小时之内他们就会把我吊死。

现在让我结束这种无用的摇摆——在一个遥远的和一个现实的爱之间做一个选择。现在我想讲关于一些事情的经过，它让我没有了犹豫的余地。

那天，正当我坐在床上胡思乱想的时候，门帘拉开了，进来一个手持火把的人，他就是刚从战场上下来的瓜特莫克。瓜特莫克头上的羽毛已被削去，金色的盔甲上留着西班牙人的剑刺过的痕迹，颈上一道弹伤还在流血。战斗因天黑而停止了，留下那些仍在燃烧的房屋。

“祝贺你，丢勒，”他说，“我没想到会在今晚再次见到你，你和我都活着。这种事在泰诺梯兰从未发生过，而今天我们却见证了。但我没有时间多说话，我是受命来传唤你去参加会议的。”

“我的命运如何？”我问道，“要再被拖到献祭石坛上去吗？”

“不，不用担心那个啦。但余下的，我无法说。一个小时之内你有可能被杀或和我们一起受到尊荣——如果在这种羞辱的时候我们还有尊荣可言。奥托美为你在王子和议事官中间做了大量工作，她认为那些工作很有成效。你应该真诚地感谢她，很少有女人会这样爱一个男人。至于我自己，我已担任了另一项工作。”他看了一下自己破损的盔甲，“我会为你说话的，现在跟我来吧，朋友，火炬已快燃尽。如今你已历经危难，再经历一次对你我已不算什么了。”

我站起身来跟着他走进了一间用杉木板贴着的大房间里，就在这里，我曾被冠以上帝之名。而今在这里集合了一些尚活着的王子和议事官。其中一些人像瓜特莫克一样穿着破损和沾满血迹的盔甲，其他人都穿着传统的衣服。他们中间有一个人穿着祭师的袍子。他们有两个共同点，僵硬的面容和高贵的阶级。他们集合于此不光是为了决定我的命运，还要商议怎样把西班牙人在毁灭这座城市之前赶走。在这房间里我看到一个穿着盔甲的人坐在半圆的中间，我认出来他就是奎拉华。如果蒙特苏玛死了，他就是皇帝。他朝我望了一下，很快说道：“你带进来的是谁，瓜特莫克？啊哈！我认出来了，这就是那个曾被称为泰兹卡特上帝的丢勒人，今天从献祭石上逃跑了。听好了，贵族们，我们应该如何处置这个人？按律法他应该被送回去献祭吗？”

于是，那个祭师回答说：“很抱歉，最尊贵的王子，那是不合法的。这个人曾经躺在上帝的祭坛上，甚至被神圣的刀砍伤了，既然在那个决定命运的时刻上帝拒绝了他，他不能再躺回那上面去。如果你想的话，你可以把他杀了，但不是在那祭石上。”

“那么该怎么处置他呢？”那王子又问。

“他是丢勒血族的人，所以是个敌人。不能把他放回到白种恶魔那边去，不能让他把我们的秘密告诉他们。马上把他杀了不是更好吗？”

一部分参议点着头，而另一部分人则坐着不动也不说话。

“来吧，”奎拉华说，“我们没时间了，有千万条生命还在危急之中。现在的问题是，我们应该把他杀了吗？”

此时瓜特莫克站了起来：“请你原谅，高贵的亲戚，我认为我们应该更好地利用他而不是杀了他。我很了解他，他勇敢并忠诚，我已经证明了这一点。再说，他也不全是丢勒血统，他有一半的血统属于另一个也像他一样恨丢勒人的族群。他还熟知他们的世俗和战争法规，而这正是我们所缺乏的，我想今后他可以给我们提供很好的建议。”

“狼给羊提建议吧？”奎拉华冷冷地说，“他的建议会把我们带到丢勒人的牙齿上，我担心的是，我们信任了他，而他却背叛了我们！”

“我可以用我的生命作担保。”瓜特莫克说。

“以你的生命下赌注，那太不值得了，侄儿。这些白种人是天生的骗子，他们的话对我们来说毫无价值。我想最好是把他杀了，即使存在疑问也不在乎。”

“这个人和奥托美公主结了婚，”瓜特莫克又说，“她是如此地爱他，甚至愿和他一起在祭石上献身。据我所知，她也愿意来为他作证。能把她叫进来吗，同事们？”

一部分人说不行，但大部分人已经过奥托美游说，表示同意。最终，一个人被派去把奥托美叫来。

她来了，看上去很忧愁的样子，但她穿着皇家的服装，高贵风采依旧。她向议事官们鞠了一躬。

“这是一个大问题，公主。”奎拉华说，“这个丢勒人应该被立即杀死，还是让他宣誓成为我们中的一员？他会愿意接受这个誓言吗？瓜特莫克王子说，他和你都会为这个丢勒人担保。而一个女人只能用一种方式来担保，那就是把他作为自己的丈夫。按照我们的习俗，你们名义上已经结了婚，你愿意用你的生命为他担保吗？”

“我愿意，”奥托美平静地回答，“如果他也愿意的话。”

“你为这种白人这么做，真是作出了太大的牺牲，”奎拉华，“因为你，我们希望能挽回奥托美这个山地族群，你是他们酋长的继承人，你要把他们从与白人不光彩的结盟中拉回来。难道现在你要用你高贵的生命为这个外族人的忠诚下赌注吗？你要知道，奥托美，一旦他不忠，你的地位是保护不了你的。”

“这些我都知道，”她平静地回答，“是不是外国人我不管，但我爱这个人，并且愿意用我的鲜血为他作担保。更重要的是，我需要他帮我把奥托美人从他们的阵营中拉回来。还是让他自己说吧，我的主上。”

奎拉华狰狞地笑着说：“当他要从死亡的屠刀和你美好的双臂之间作出选择的时候，侄女，他的回答是很容易预测的。尽管如此，说吧，丢勒，快点！”

“我没什么可以多说的，主上。如果奥托美愿意和我结婚，我也愿意。”我说。这一刻我的一切危机和担忧全都消失了。正如奎拉华所说，在死亡和奥托美之间选择是很容易的事。

奥托美非常温情地望着我，低声说：“记住我们的话，丢勒。这个婚姻要使你忘却过去并把你的将来都交付给我。”

“我记得。”我答道。此时，莉莉向我告别时的脸庞又出现在我的眼帘中，这是我对她誓言的终点。奎拉华向我看了一眼，似乎在试探我的内心。他说：“我听到了你的话，丢勒。你，一个白人流浪者，仁慈地愿意以这位公主为妻，并因她而提升为这片土地的主人。但是我们怎么相信你呢？如果有一天你背叛了我们，你可怜的妻子马上就得死。”

“对此我可以再加一个誓词，”我说，“我恨这些西班牙人。他们当中有一个与我不共戴天的仇敌，我远渡重洋就是为了要杀死他，而他也在拼命地追杀我。如果你们不相信，可以马上把我杀掉，我在这里已受尽了苦难，生或死对我来说已无关紧要。”

“勇敢的话语，丢勒。现在，贵族们，我想问的是，这个人应该给奥托美做丈夫呢，还是马上杀掉？你们知道这个事情的重要性。如果他正像瓜特莫克和奥托美所说的那样，他是可信赖的，那么他对我来说可值一支军队，一方面，因为他熟知他们的语言、习俗、武器和白种魔鬼的用兵方法。另一方面，如果他是不可信任的话，他会给我们造成巨大的伤害，因为最终他会逃回丢勒人那边去，泄漏我们的计划和力量。贵族们，这该由你们来作决定了。”

于是这些参议们讨论了起来。但他们各有见解，下不了定论，渐渐烦躁起来。最后奎拉华建议用举手表决的方式作决定。如果不算奎拉华在内的话，一共有二十六位参议，其中十三位赞成处决我，十三位不赞成处决我。

“现在看来我也必须参加表决了。”当数字合计后，奎拉华说道。

我听到这话血都凉了，还好奥托美打破了沉默：“请你原谅，我的叔叔。在你说话之前，我有一些话要说。现在你需要我的帮助，不是吗？如果奥托美人可以听从一个人的劝告而改变他们的错误路线，那个人就是我。我母亲是他们历史上最后一个酋长候选人，而我是她唯一的孩子。我父亲是皇帝，所以我的生命在这个危难的时候是很重要的，我可以为你们带来三万个战士。记得，当我在金字塔上声明我愿躺在这丢勒人的身边时，尽管他们渴望着贵族的血液，但却极力反对我献身。那么现在，我的叔叔和贵族们，我对你们声明：如果你们想要杀死这个人的话，那么你们就得另找一个人来劝导奥托美人，因为这样，我就会完成我的誓言，和他一起进入坟墓。”

她刚说完，一阵低语声便在大厅里响起。没有任何人见过如此勇敢的女子，只有奎拉华的愤怒在增长。

“不忠诚的姑娘，”他说道，“你竟敢把你个人的爱情放在整个国家的利益之上，我们皇上的不知羞耻的女儿！真是有其父必有其女。蒙特苏玛背弃了他的人民，选择躺在那些奎扎的假子孙丢勒之间，现在奥托美跟着他的脚印在走。你和你的爱人从那祭坛上逃走，而你们其他的同胞全部被杀掉。你们是否和那些丢勒人有某种关系？我告诉你，侄女，如果真是这么一回事，我可是有办法解决的，那就是在一个小时内把你和这个人一起都杀死。”他凶狠地看着她。

但是奥托美一点也没退缩。她两手交叉站在他面前，脸色苍白而冷静，眼睛望着下面回答道：“不要因为我的爱情坚贞而责备我，我已经说了我最后想说的话。如果把这个人处死，你们必须想出其他办法赢回奥托美来为阿那灰克做出牺牲。”

现在奎拉华开始沉思了。他抬着头摸着胡子，四周陷入了寂静，大家都在等待他最后的决定。最后他开口说话了：“那就这么办吧。我们需要奥托美——我的侄女。跟女人的爱情斗争是没用的。丢勒，接下来的是荣誉、财富以及和我们最高贵的女子的婚姻，还有一个议事官的位子。接受她和这些礼物吧，好好地使用它们。如果你背叛我们，我发誓我会让你和你的家庭以及你所有的侍从死得很可怕。来吧！让他起誓。”

当我听到这些话时，我的头脑发胀，眼睛模糊起来。我又一次从死亡线上逃了出来。等我清醒过来时，我的双眼正好和我的救命恩人、我的妻子奥托美相遇。她向我微笑着，但好像显得有点悲伤。此时，一名祭师拿着一个木碗走上前来，木碗上刻着奇怪的图案，他还带来一把火石刀叫我露出手臂，用刀割开我的手臂，让血流到那木碗里，再把几滴血洒在地上，默默地祷告了一会儿，然后转过身看着奎拉华，似乎在发问。奎拉华面带苦涩的笑容说："让奥托美公主，我的侄女的血为他洗礼吧，她为他作了担保。"

"不，主上，"瓜特莫克说，"他们两人的血已经在祭石上融合过了，他们已经是夫妻了。我也曾为他作保，我愿献上我的真诚。"

"你是这个丢勒人的好朋友，"奎拉华说道，"你很尊重他，那就这么办吧！"

于是瓜特莫克走上前来，正当祭师要割他的手臂时，他笑了笑，指着颈上的弹伤说："不用割了，这里就有被丢勒人打伤流出的血，没有比这更有意义的了。"那祭师解开绑带，在瓜特莫克的伤口上挤出了一些血，用另一只小碗盛着，然后走到我的身边用手指浸了一些血，像基督徒浸洗婴儿那样在我的额头上划了个十字，并说道："由我们全能的无所不在、无所不知的主人上帝见证，我把你的血倒在地上（他把我的血倒在了地上），像你的血渗入地下一样，把我们过去的生活都忘掉，你也重生为阿那灰克人。由我们全能的上帝见证，我把这些血融合在一起（他把两个碗里的血倒在一起），并用它们涂在你的舌头上（他在我的舌头上点了一些血），同时你要发出以下的誓言：

'如果我违背了我的誓言，让所有的恶魔都进入我的肌体，让我生活在悲惨之中，让我在残酷的折磨中死去，让我的灵魂被拒绝于太阳之外，永远成为一个在星星之中的游魂。我，丢勒，宣誓效忠阿那灰克人民和他们合法的管理者们。我宣誓，去同他们的敌人作战，特别是那些丢勒人，直到把他们赶下海去。我发誓与奥托美公主——蒙特苏玛的女儿终身结合，直到她生命终止。我发誓不企图逃离这片国土。我发誓与我的亲人和我出生的土地脱离关系，坚守这块让我重生的土地。我的誓言是永远的，直到波波火山不再冒烟和喷火，直到泰诺梯兰不再有国王，直到再也没有祭师为祭坛上的上帝们服务，直到阿那灰克的人民已不再是人民。’”

“你愿意把这誓言再说一遍吗?”那个祭师问道。

“我愿意。”我不得不这样回答，因为里面有些誓言我一点也不喜欢。但是从以后发生的事实来看，事情的变化竟会如此的奇怪。不到十五年之后，波波火山竟会停止冒烟和喷火，国王们不再管理泰诺梯兰，祭师们也不再为祭坛上的上帝们服务，我的誓言也就失去了任何意义。那个祭师选择这些永恒的条件，恰恰给了一个例证，什么是永恒的!

当我发誓之后，瓜特莫克走上前来拥抱我:“欢迎你，丢勒，我的血相融、心相连的兄弟。现在你已经是我们中的一员了，我们希望得到你的帮助和建议。来吧，坐在我的旁边。”

我担心地看着奎拉华，他亲切地微笑着:“丢勒，你的审问已经结束了，我们已接纳了你，你也庄重地起了誓。如果你违背誓言，那就意味着你将会很恐怖地死去，并在另一个世界里受魔鬼的折磨。请忘记刚才我们对你的质疑，记住不要给我们造成对你有怀疑的理由。作为奥托美的丈夫，你是贵族中的贵族，你会受到尊重并拥有大量的财产。以后你坐在瓜特莫克的旁边和我们一起商议国家大事。”

我服从了他的指令，奥托美也退出了会场。奎拉华又开始讲话了。他不是谈我而是谈国家大事。他说话很慢，数次因沉痛而停了下来。他说，现在巨大的灾难正在不断地降临到这个国家，成千上万勇敢的战士接连地死去，祭师们在金字塔那边也被屠杀掉，这个民族的上帝被亵渎了。蒙特苏玛倒在那边，像一个罪犯一样在丢勒人的监狱里濒临死亡;而由他点燃的这场战争大火和毒气一起吞食着这片土地。阿兹泰克人的力量无法打破这些白色恶魔的盔甲和那些奇怪的武器。一天接一天，阿兹泰克人在遭遇溃败。当圣龛里的上帝们被打碎的时候，当祭坛上祭师们的血染红神坛的时候，当神谕已被抛弃的时候，他们还有什么智慧来保护自己呢？

王子们和将军们一个接一个地站起来说出自己的感受之后，奎拉华看着我说："我们现在有一个新加入的议事官，他熟悉白人的战争技术和战术，现在就让他给我们提一些建议。"

"说吧，我的兄弟。"瓜特莫克说道。

于是我就开始说了："最高贵的奎拉华，你们的主上和王子们，谢谢你们给我提建议的荣誉，我想要说的是，你们不应该浪费力量来对付石头墙和丢勒人的武器，你们想要赢得胜利，就必须改变策略。西班牙人和其他人没什么不同，他们并不是无敌得像传说中那样的上帝，他们骑着的动物也不是妖怪而是负重的野兽——马，这种马在我的家乡是有很多用途的。西班牙人是普通的人，他们会饥饿，会渴。他们会因无法入睡而累倒，他们现在已筋疲力尽，而我们还有其他很多的方法可以杀死他们。我的建议是，停止向西班牙人的进攻，对他们实行严密的封锁，不许供应任何食物给他们和他们的盟友特拉卡兰人。如果这些都做到了，不出十天，他们就会投降或逃出去回到海边。如果他们真的要逃，得首先从城里往外跑，所以我们要在堤道上筑起障碍物阻拦他们，当他们气喘吁吁地背着抢来的金子死命逃跑时，也正是我们向他们进攻的最好时刻。"我停了下来，一阵低声的赞许声从议事官们中间传来。

"看来我们保留这个人的生命是明智的，"奎拉华说，"他对我们说的话都是对的，我们应该马上执行这个建议。贵族们，你们还有什么要说的吗？"

"我觉得他的建议很好，让我们就这样做直到战争结束。"瓜特莫克响应道。

一阵简短谈话之后，贵族们散去。这一天的折腾和劳累快要把我拖垮了。微光中，我半闭着眼睛疲倦地顺着回廊向前走，直到睡房门口。走进睡房，在房间的另一头，我看到微弱的光线照射在她那像雪一样白的衣服上，还有那波浪似的头发和金色的饰物上，那儿站着我的新娘——奥托美。我向她走去，她伸出双臂向我快步走来，双手围住我的脖子，不断地亲吻我。

“现在一切都成功了，我的主上和爱人。”她对我耳语道，“不论结果是好是坏，我们都要结合成一体直到死，这是我们不可毁灭的誓言。”

“是的，全部结束了，奥托美。虽然曾经有些誓言被毁坏过，但这次我们的誓言是终身的，不可变的。”我答道。

就这样，我，汤姆-温费尔和奥托美——奥托美人的公主、蒙特苏玛的女儿结婚了。

第二十四章

一夜惊魂

第二天一早，在我醒来之前，贵族会议的命令已经下达并被执行了。架在湖水堤道上的桥被拆毁了，障碍物把路面挡住了。那天下午，我也像瓜特莫克和其他将领一样穿着起来，去参加科特斯要求的谈判。他站在那天瓜特莫克射倒蒙特苏玛的城垛上。对这次谈判其实没什么好说的，我印象深刻的回忆，只是在我离开托巴斯卡很久之后，又一次近距离地见到了玛莉娜并听到她那甜美温和的话语声。现在和从此之后，她都站在科特斯的一边，替他翻译他所提出的与阿兹泰克人讲和的条件。在这些条件中，我听出德-加西亚在这儿不只是一个木偶。他要求我方交出那个假的白人，那个从祭坛上逃脱的人，来交换几个阿兹泰克俘虏。而那个“假的白人”应该作为西班牙的逃犯和间谍，西班牙皇帝的叛徒被吊死。我怀疑当玛莉娜说出“假的白人”时，是否知道那不是别人，而是她在托巴斯卡时候的朋友。

“你看，你在阿兹泰克容身是一种幸运，丢勒，”瓜特莫克笑着对我说，“你们自己人会用一根绳子来欢迎你。”

他接着回答科特斯，不提任何关于我的事，只是命令他和所有的西班牙人准备死亡：“我们死了很多人，”他说，“你们也必须去死，丢勒们。你们将会死于饥饿和干渴，你们会在祭坛上被献给上帝。你们无路可逃，丢勒们，通向外面的桥已经断了。”

人群都在重复他的那句话，像雷声般响亮：“你们无路可逃，丢勒们，通向外面的桥已经断了！”

箭矢开始飞过去。我回到宫殿找到奥托美我的妻子，告诉她关于她父亲蒙特苏玛的消息。根据西班牙人的说法，他躺着快要死了，而她的两个姐妹则被扣作人质。我也告诉她，我被要求交给对方。她亲吻了我，笑着说，虽然我的生命现在与她绑在了一起，但总比落入西班牙人手中要好多了。

两天后，传来了蒙特苏玛的死讯，西班牙人把他的尸体交给了阿兹泰克人埋葬。他们把尸体放在宫殿的大厅里，给他穿上贵重的袍子。这些都是在夜间进行，快速和秘密地放入卡波泰皮克宫里，因为担心百姓会因仇恨而把它撕成碎片。当奥托美在我身边哭泣的时候，我最后看了一眼这个最可悲的帝王的脸，他的统治由最辉煌的开始，现在落到了这步田地。我一边看着，一边在想，难道还有比这更悲惨的结局了吗？从如此高的地位落下，受到被他出卖的人民的痛恨，躺在入侵者狼群的监狱里死去。而那些入侵者正在把他的祖国的心挖出来。蒙特苏玛的伤口上系了绑带，不知他们是否愿意理会这伤痛？真正的伤痛在他的心灵深处。那儿已被深深地刺伤了，无药可治——除了一样东西，死亡。那些被他当作上帝的魔鬼们，把迷信当作信仰装满了他的心胸，这些上帝和他们的高级祭师们，也必然会堕入毁灭的深渊之中。若不是他心中那些无足轻重的恐惧感掌控了他，那些西班牙人绝不会踏进泰诺梯兰城半步。阿兹泰克人也将会在很长的时间里保住自己的自由。但命运就是这样，这个死了的、失去荣誉的独裁者成了入侵者的工具。

这就是我呆望着这个伟大的蒙特苏玛的尸体时所想到的。奥托美停止了她的眼泪，亲吻了她父亲的身体，接着又大声地哭了起来：“哦，我的父亲，你死了还好些，凡是爱你的人都不愿意看到你活在羞辱之中。希望你信仰的上帝能给我以力量替你报仇，如果他们不是上帝，那么让我自己寻找办法。我向你发誓，只要还剩一个人，我就不会停止为你复仇。”然后她拉了一下我的手，不说一句话转身离开了。从以后发生的事情来看，她没有违背自己的誓言。

那一天和后面一天，同西班牙人的战斗没有停歇。他们划船过来修复并填充缺口，他们一度成功了，并死了一些人。但当他们回去后我们又把它破坏了。于是他们什么也没有赚到。这是我第一次经历战争，我把我的弓按英国人的式样做起来，我干得很成功。也是巧合，我射出去的第一箭就是射向我的仇人德-加西亚。但是这一次我的运气很背，因为长期缺乏练习和紧张，我射高了。箭头插入了盔甲上的铁片，造成他在马鞍上晃动了一下，没有受伤。尽管这样，我还是赢得了阿兹泰克战士的欢呼，因为他们用的是弱弓，还从来没有射穿过西班牙人的盔甲。如果不是我收集了西班牙人的箭羽的话，我也做不到这一点。如果瞄准了射，在近距离盔甲很少能抵御这样的箭。

经过第一天的战斗，我被任命为将军，统领三千名弓箭手。我身穿华丽的将军服，在我的身前还举着一面旗帜。令我更高兴的是，我还得到了一件片锁内衣。那是从一个西班牙骑士身上剥下来的。在今后的很多年里，我都把这件内衣穿在棉制的盔甲里边，它救了我好几次命。连子弹都无法穿过这两层盔甲。

我担任将军职务之后，在短暂的四十八个小时内，把军规教给我的士兵。他们虽然非常勇敢，却毫无章法，但事件发生后，却能忠诚地实行我的军规。在那个被西班牙人称为“诺切特拉梯”[1]的夜间恶战中，他们表现出色。就在那天下午，宫中召开了军事会议。我在会上发言，表示西班牙人一定会在晚上出逃，否则他们不会那么拼命地填充那些堤道上挖开的沟壑。奎拉华现在虽然还未正式加冕，但却因为蒙特苏玛的死亡而成为实际上的皇帝。他说，这可能是丢勒人要逃跑，但是他们绝不会想要在晚间逃跑，因为这样他们就会在街道上和障碍物前被纠缠住。我回答说，虽然阿兹泰克人没有夜间作战的习俗，但对于白人来说，这却是常见的事，更何况此前在这儿也被见证过。正因为西班牙人知道阿兹泰克的这种习俗，他们才更有可能利用夜幕的掩护来逃跑。他们会认为敌人正在睡觉。所以我建议，应该把哨兵设在每一个通向堤道的入口。这一点被奎拉华采纳了，并把防守堤道的任务交给了瓜特莫克和我。

我们带着一些士兵，在近半夜的时候，到堤道上去察看预先布置在那儿的岗哨。天很黑还下着雨，向前看时就像秋天的晚上透过肮脏的薄膜看东西一样。我们找到一个神态轻松的卫兵，他报告说一切平安。于是我们往广场走回来，却突然听到一阵低沉的脚步声，像是有成千人在走路。

"听！"我说。

"这是丢勒人在逃跑。"瓜特莫克对我耳语道。我们飞快地朝那通向堤道的街道跑去。即使是在黑夜的雨中，我们仍然能看见盔甲在闪光。于是我大声地叫喊起来："拿起武器来！拿起武器来！丢勒们在特拉库本堤道上逃跑。"

我的声音立刻传到了各个中心，通过警戒点一个一个地传遍全城，整个城市都沸腾起来了。每一条街道和运河都在叫喊，房屋里外，屋顶上面，甚至殿堂里面。城市在嗡嗡声中醒来了，湖面上也都是船桨打水的声音，像成万只禽鸟受惊后起飞一样。

这里，那里，四面八方，像天上落下星星一样，火把点起来了。号角和螺号此起彼伏地吹响起来，那压过一切响声的蟒蛇皮鼓也在金字塔顶被祭师们敲响了。叫声变成了咆哮，四面八方都有武装的人涌向特拉库本堤道。有的是跑来的，更多的是划着独木舟来的，密密麻麻的不可胜数。西班牙人大约有一千五百人，加上大约六千到八千的特拉卡兰人，他们排着细长的队伍向堤道冲来。瓜特莫克和我飞快地迎向他们，一边走一边召集队伍，直到第一道豁口，那儿大量的独木舟已经到达。当西班牙士兵的领头人到达豁口的时候，战斗打响了。一开始，阿兹泰克人一拥而上乱哄哄的，在黑暗中军官看不清士兵，士兵也听不清军官的声音。但他们有数不清的人，并且万众一心，只想杀了丢勒人。一声炮响，带来雨点一样的子弹，亮光中我看到西班牙人带着一座木制的桥，他们把它放在豁口上面。我们冲上去，各自为战。瓜特莫克和我被敌人的第一阵冲锋扫过了那座桥，就像狂风卷走落叶一般。但我们互相看到彼此都没有受伤，而这却是我们在那晚上的最后一次相见。在我们前面和后面都有长长的一串西班牙人和特拉卡兰人，但阿兹泰克人从四面八方涌向他们，爬上他们挣扎的队伍，像蚂蚁爬上受伤的蠕虫。

我怎么可能叙述那个晚上的开始和结尾呢？我实在不能，因为我只是看到了那很小的一部分；我只知道我在那两个小时里像疯子一样地厮杀。敌人冲过了第一道豁口，但当他们刚一通过，那桥就往下陷得很深，在污泥里动不了了。往前走不到半英里就是第二条更宽更深的豁口。除了踩着尸体，他们是无法越过这一条豁口了。看来他们只能在这一段堤道上求生了。加农炮声，火绳枪声，痛苦和恐惧的尖叫声，西班牙士兵的叫喊声，阿兹泰克人战斗的呼喊声，受伤的战马的嘶鸣声，女人的哭喊声，子弹和箭矢划过夜空的尖哨声和炮弹落下的撞击声和炸开的巨响，各种声音混在一起，组成了巨大的喧嚣，冲向云霄。那些西班牙人就像一群野牛似的冲来冲去，许多人就从路边掉下去被杀死在水中，或者被绑起来送到祭坛上献祭，还有很多人就掉到断河里淹死了，更多的是陷在泥浆里面死了。成百的阿兹泰克人也死了，多数是被西班牙人杀死的，也有一些人甚至是被自己人射杀的。他们拼命射箭，其中一些穿过了自己人的棉盔甲。

我拼命杀向前去，有一群战士总在我的身边战斗，直到拂晓，我看清了周围悲壮的景象。大部分的西班牙人和他们的同盟军已经通过了第二道河沟。他们是踩着自己同伴的尸体、残破的行李包、废弃的火炮和大量装着珍宝的箱子爬过去的。现在战斗已经超越了第一道断口,还有一股残余的西班牙人和特拉卡兰人在努力通过第二道断口。我直觉其中有这么一个人,就奋力冲进了他们的中心。突然间,我看见了德-加西亚。带着呼喊声,我飞快地向他冲去。他听到了我的声音,也辨认出了我。随着一声叫骂,他向我的头部刺来一剑。这重剑落到我的帽盔上,削去了一半的帽尖,并把我击倒在地。但在我倒下之前,我用带来的木棍击中了他的胸口,也把他打倒在地上。在一半的昏晕中,我看不清东西,在拥挤中向他爬去,我看到一副发亮的盔甲陷在泥中。我用身体压了上去,抓住他的脖子,我和他一起滚落到路边的浅水里。我的大部分身体在他上面,带着强烈的兴奋,我挥去遮眼的鲜血,想要亲眼看到自己把敌人杀死。他的身体浸在湖水中,但他的头在岸边的斜坡上。手中的棍子已经不见了,我想把他的头按到水中淹死。

"最终,德-加西亚!"在我换手时,我叫道。

"为慈爱的上帝,让我走!"一个愤怒的声音从我身底下发出,"蠢蛋,我不是印第安狗。"

我惊讶地看着他的脸。我明明抓住的是德-加西亚,但这却不是他的声音也不是他的脸,而是一个陌生的西班牙士兵。

"你是谁?"我问道,一边松开了我的手。"德-加西亚在哪儿?那个你们叫沙西达的。"

"沙西达?我不知道。一分钟之前他还躺在堤道上。这家伙一把拖住我把我弄下了水。让我告诉你,我不是沙西达。即使我是的,现在难道是解决你们恩怨的时候?我是你的战友勃诺-达埃兹。圣母啊!你究竟是谁?一个说卡第兰话的阿兹泰克人?"

"我不是阿兹泰克人,"我答道,"我是一个英国人,我和阿兹泰克人一起战斗,这样我说不定可以杀死那个你们叫他沙西达的人。但是我和你无冤无仇,勃诺-达埃兹。走吧,快逃,如果你还能够的话。不，我要留下你的剑。”

“英国人，西班牙人，阿兹泰克，或是魔鬼，”他爬起来，一边咕噜着一边从污泥中拔出腿来，“你是一个好人，我向你保证，如果我能活着出去的话，以后哪一天我卡住了你的喉咙，我会记住你是怎么对我的，再见。”然后他没有废话，从岸边跑出去，加入到一团逃亡的同胞之中。他把这把好剑留在了我的手中。我拼力跟着他，希望能见到我的敌人，他又一次从我手中巧妙地逃脱了。但德-加西亚的剑刺得很深，我流了很多血，剩下没有多少力气了。我只好原地坐下，直到一只独木舟过来接我到奥托美那里。十天之后，我又能够站起来走路了。

这就是在那个“诺切特拉梯之夜”我的经历和所见。啊！那是一个惨痛的胜利，虽然五百多个西班牙人被杀死了，再加上几千个他们的同盟军。但是阿兹泰克人没有受过军事训练，他们只是蜂拥追杀西班牙人，直到没有一个活着留下来。他们抢夺战利品，把活着的拖上祭坛。这一天也是奥托美悲伤的日子，她看着她的两个兄弟，被当作人质的蒙特苏玛的儿子在混乱中死去。

至于德-加西亚，我也没有一丝一毫的消息，不知他是死了还是仍然活着。

注释

① noche triste(诺切特拉梯)西班牙语，意为悲惨之夜。

第二十五章
埋藏蒙特苏玛的宝藏

奎拉华加冕，成为继他兄长蒙特苏玛之后的阿兹泰克的皇帝。此时我正在床上养病。这是德-加西亚的剑伤加上在祭坛上受的伤。那祭坛上的伤还没有完全恢复，就在那一夜激战中被撕裂开来，并比最初的伤口还要大。这给我造成了经年的痛苦。

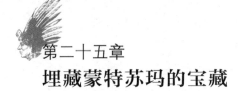

直到今天，每当秋季来临时，旧的伤痛就会发作。奥托美给了我全心全意的照顾。一个女人的心可以承受巨大的痛苦，却仍然如此地温柔。她告诉我关于新皇盛大的加冕典礼，阿兹泰克人因为终于赶走了丢勒人而狂欢起来。他们忘掉了，或者看来是忘掉了他们成千上万最勇敢的正当青春年华的战士们的牺牲。我怎么也看不出他们在为未来做打算。每一间房子，每一条街道都有年轻人和戴着花圈的姑娘们在狂欢。他们高声叫着："丢勒人走啦，一起来狂欢吧，丢勒人逃跑了！"如果有人不和他们一起狂欢，就会令他们不高兴，尽管此时那些房子几乎都荒废了，甚至还有死人在里面。那些上帝们的神像又在大金字塔和神殿里竖立了起来，黑扎和泰兹卡特像前的石坛上，又开始把西班牙人活祭了。几具西班牙人活祭后的尸体被人从高坛上扔了下去。瓜特莫克告诉我这些亵渎的事情时，并无任何大喜的样子，因为我已经告诉过他一些我的信仰方面的事。尽管他坚持自己非基督的信条，但私下里也相信基督的上帝才是真的上帝。他和奥托美一样不喜欢活人献祭，但他却因为祭师们的权力而不得不容忍这种习俗。

但是当我听到这件事的时候，我的理智被愤怒控制住了。我凶狠地说道："我向你保证，瓜特莫克，我的兄弟，我已与你的血亲结婚，我要告诉你从这一刻起，上天的惩罚会因你们沾血的偶像和你们的祭师们而降临。那个被你们亵渎的上帝和为他服务的人们会更强势地卷土重来，他将会坐在你们的偶像坐着的位子上，任何人都不会再来移动他。"我在说这话的时候，也不知后面的事故和谁把那些话放在了我的心中。我只是由着我的愤怒脱口而出。但如今基督教堂早已经竖立在墨西哥祭坛的旁边，它作为上帝对魔鬼胜利的象征，并将一直与世界同在。

"你讲话很轻率，我的兄弟，"瓜特莫克高傲地说道，但是我看出他在听到魔鬼的征兆时现出畏惧。"我说你讲话轻率，不知你从哪里听来这些东西，但想想至今为止我们给你的地位，你在战争中和会议上争得的荣誉，还有你从祭坛上的脱逃。你如此亵渎神灵，说不定又会把自己送回那里去。难道还有比你们的基督上帝一而再、再而三地通过你们白种人的所作所为更为恶劣的吗？现在让我们不要再说起这种事情了吧，我请求你，我的兄弟，不要再说出这种恶毒的言词了，以免伤害我们的兄弟情义。你真的相信那些丢勒人还会回来？"

"是的，瓜特莫克，就像明天的太阳还会升起一样。你们把科特斯抓在了手里，却让他跑了。现在他又在奥图姆盘地方赢得了胜利。如果他是一个男人，想想你自己，他会忘记这次几乎置他于死地的失败，忘记耻辱而把剑放回剑鞘里吗？不到一年的时间，西班牙人就会来到泰诺梯兰城下。"

"你没有给我好话，我的兄弟，"瓜特莫克说，"但是我担心你说的是真实的。好吧，如果非得再打仗让我们力争打赢它。现在至少没有蒙特苏玛那颗被毒害的心来祸害我们了。"他站起来，一声不响地走了，我看出他的心情是沉重的。

在那次谈话的第二天早晨，我已经可以下地行走了。一个星期之后，我就几乎复原了。瓜特莫克又来到了我的住处。他说，他受皇帝的指令来告诉我，要我听从他，瓜特莫克的指挥去完成一个绝密的和绝对受信任的任务。而这一项使命可以让我体会到我在阿兹泰克领导层心中的地位。那是去埋藏在那个惊恐之夜从西班牙人手中夺回的珍宝和皇帝秘密保存的更多的宝藏。

夜幕降临时分，我们开始行动了。瓜特莫克和我，还有一些高等级的贵族一起来到了湖畔。我们看到十只大型的独木舟，装着东西，用棉布盖得严严实实停在那儿。看清楚四周没有其他人看到，我们就三人一组上了船。一共是三十个人。在瓜特莫克的带领下，我们默默地划了两个多小时，横渡了泰兹库科湖，来到了一处地方。在那儿，瓜特莫克有一个美丽的庄园。我们上了岸，掀开盖在船上的布，下面是一个个大罐子和一袋袋金子和珠宝。在这些珍宝之中，有一个看来是金铸的蒙特苏玛的头像。头像很沉，要瓜特莫克和我两个人才能抬动它。至于那些罐子，如果我没有记错的话，一共是十七个。每个罐子要用船桨绑在两边，六个人才能吃力地抬走它。

这些无价之宝我们来回搬了数次，从岸边运到大约六百步远的一个山顶上。在一个土墩后面有个遮蔽物，旁边有一个洞，我们把东西抬到洞口。抬完后，瓜特莫克碰了一下我和一个尊贵的阿兹泰克贵族的肩膀。此人的母亲是一个特拉卡兰人。瓜特莫克问我们是否愿意和他一起下洞藏起这些宝藏。

“行啊。”我回答道，因为我很想去看看这地方是什么样子的。那个贵族犹豫了一下，但最后还是跟我们下去了，这真是他的不幸。瓜特莫克拿了一把火炬，顺着绳子下去了。接着轮到我，我也像一只蜘蛛顺着蛛丝降下去了，这洞还真深。最后我发现自己在洞底，瓜特莫克的身旁。借着火光，我看到有一道用干泥砖砌的墙，略高于人头。坐在洞边休息，看到洞壁是巨大的石墙，上面雕刻着阿兹泰克的叙事图。我凝视着图画，现在我已经可以读懂它们了。那上面说的是：在墨西哥皇帝奎拉华的第一年，这些宝藏被埋于此。任何人胆敢盗取这些珍宝，都会受到最严厉的上帝的惩罚。

在我们的身后，山洞转了一个直角的弯，向前走十步，洞高足以让人直立行走。那是一处像房间一样的地洞，跟我如今在狄钦汉写作的房间差不多大。洞口是用黏土砖和灰泥封住的，就像塞维利亚修道院的地下室里用石块把伊莎贝尔-西昆扎活活封死一样。

"谁挖了这个洞？"我问。

"那些不知道他们在挖什么的人，"瓜特莫克回答说，"但是，瞧，这儿是我们的同伴。现在，我的兄弟，我要求你对将要发生的事不要惊异，并深信我对我将要做的事有正确的理由。"

我还没有来得及说话，那个阿兹泰克贵族已来到我们身边。接着上面的人开始把桶和袋子吊了下来。一件一件，瓜特莫克都松开绳子并加以检验。然后我和那个阿兹泰克一起把它们弄到石室内，就像这儿英国人吊装一桶桶的麦酒一样。经过两个多小时的工作，所有的东西都运下来并安放好了。只是最后一袋宝石吊下来时散了包，一阵闪亮的宝石雨落了下来，其中最大的一颗绿宝石项链飞过来，落在了我的脖子上。

"收下它，兄弟，"瓜特莫克笑道，"作为今晚的回忆。"就这样，我把这个无价之宝挂在了我的胸前，至今仍在我的胸前。至于有一颗最小的收藏，我把它给了我们仁慈的伊丽莎白女王。而这颗宝石奥托美戴了很多年，所以我要把它和我一起埋葬起来。懂宝的人说这是无价之宝。不管是无价还是有价，它都要被埋在狄钦汉教堂的墓地里。愿那埋藏阿兹泰克之宝处的魔咒，能同样应验在那想要从我的尸骨上偷取它的人的头上。

现在我们三人离开石室进入通道，并开始砌起一面黏土墙来封住洞口。当那墙砌到二三英尺高的时候，瓜特莫克停下工作，让我拿住一根火炬。我以为他要看什么东西。只见他后退三步站在通道里，直呼那个阿兹泰克贵族的名字并向他发话。

"被发现的叛徒的命运是什么，朋友？"他的话尽管平静，但透出可怕的杀气。与此同时，他手中握着一根战斗用的黏着尖刺的棍子。

这个阿兹泰克人脸色灰白并开始发抖了。

"你这是什么意思？主上，"他轻声问道。

"你完全知道是什么意思，"瓜特莫克用同样可怕的声音回答，并举起了棍子。

这个被审判的人跪倒在地，哭着请求慈悲。他的呜咽声回荡在这个幽深的地下通道中，听起来是如此的可怕，我手中的火炬差一点落到地上。

"对待敌人我可以慈悲——对付叛徒，不行。"瓜特莫克一边说着，一边手起棍落，用力击向这个贵族，一下子就把他打死了。然后用他强有力的手臂抓起那具尸体扔到石室里和珍宝堆在了一起。那人一动不动地躺在宝石和金子堆里，双手被两只大罐碰伤，像是在盗窃它们一样。

现在我望着瓜特莫克，心想我的末日是不是也到来了。我知道那些王子们不希望太多的人知道他们藏宝的地方。

"不必担心，我的兄弟，"瓜特莫克说，"听着，这个人是一个贼，一个懦夫，叛徒。我们现在知道，他曾经两次向丢勒人出卖我们，还计划当丢勒人再度来到时向他们暴露这个藏宝之地，并与他们分赃。我们得知这一切是通过一个女人，他以为她是爱人，却不知她是我们派出的间谍，钻在他的心中探知他所有的秘密。现在让他满足心愿抓住金子吧，看看他甚至连死也要抓住金子。白人可不能像他那样靠近这些金子。啊！丢勒，难道阿那灰克的土地上不产别的，就生产做酒的玉米，做标梭头的火石和铜来确保它的儿子们永远自由吗？在那边埋藏的是诱饵，引诱海里来的鲨鱼撕裂我们的喉管。我希望它埋在那儿永远不要再见阳光，希望它永远消失掉！”于是他发疯似的工作起来，筑起那堵墙。

作业很快就基本结束了。在砌上最后几块砖头时，墙上剩下最后一方孔洞，就像我们诺福克的乡下人造房子时留下的最后几块砖。我插入一根火炬，朝那藏宝室最后张望了一下。那是一间死寂的石室，里面有发光的宝石，在一只罐子上放着金铸的蒙特苏玛的头像，那绿宝石的眼睛似乎在注视着我。而那死人正背靠着那只罐子，双手左右各放在其他两只罐子上。他看上去似乎又活了，本来闭着的眼睛不知怎的睁开了。他两眼瞪着我，就像在他上面的金像上的绿宝石眼睛，只不过更加可怕。

我匆忙地抽出火炬。我们一声不响地完成了工作，然后走到通道的那头向洞口上面望去。我真是很高兴地见到了星光闪烁在上面的天堂里。我们把绳子在身上绕了两圈，向上面发了信号，于是就被向上拖到一个岩石突出的地方，那里有一块黑色的大理石。这是蒙特苏玛的墓碑，也是死在里面的人的墓碑。这块石头放置得很巧妙，我们用手和脚把它推下去。随着一声很沉闷的响声，它正好卡住了底下的砖墙，那是准备好来承接它的。这使得下面的洞口被堵得如此严实，任何人想要进去，非得拿炸药来才行。于是我们继续上升，平安地抵达了地面。

一个人询问那个阿兹泰克贵族怎么没跟我们一起上来。

“他选择留在下面看守宝藏，像一个忠诚的仆人，随时等候他的国王召唤。”瓜特莫克平静地回答，听众点着头，完全深信不疑。

于是他们开始向里填土，不停地工作直到晨曦微露之时。那土也是事先准备着的，当洞口被填满之后，一个人从一只口袋里拿出种子，分散地撒在泥土上，并栽了两株带来的小树。我不知道他为什么要种这树，也可能是为了今后可以辨认这地方。全部完工后，我们收拾了绳子和工具，乘上独木舟，在上午回到了墨西哥城。我们把船停在城外一个地方，在确定无人注意的情况下，三三两两地回到了自己的家中。

这就是我帮助埋藏蒙特苏玛宝藏的故事。为了这个，我在以后的日子里曾经遭受到命中注定的酷刑。我不知道别人会否帮助西班牙人找到它们，但直到我离开阿那灰克这片土地，这秘密还是被保住了的。而且从此之后除了我自己，所有和我一起做这件事的人都已不在人世了。在我最后有机会再次来到墨西哥城时，我又一次经过了那个地点，那两株树已经长大长高了。我经过时西班牙人在我的身边，我对我的心发誓，他们决不能在我的帮助下触及那些宝藏。正因为如此，直到如今在我写下这个故事的时候，我也不会把准确的方位写出来，尽管我知道得很清楚，因为我担心以后它们会落入西班牙人的手中。

在我叙述墨西哥的围城之前，有一件重要的事必须说清楚。那就是我和奥托美是如何走进奥托美人之中并带回许多人参加阿兹泰克皇帝的同盟军的。我的故事还有没说清楚的地方。阿兹泰克并不是一个单一的族群，周围有许多其他的部落。有的与其结盟，有的受其领导，还有的是它的死敌，例如特拉卡兰。这是一个生活在墨西哥与大海之间的小小的好战的族群。他们帮助科特斯打败了蒙特苏玛和瓜特莫克。比特拉卡兰更远的地方，在西方，是伟大的奥托美人，他们住在山里。他们是比阿兹泰克更勇敢的民族。他们有自己的语言、自己的血统，并且也是由多个部落联合而成。他们有时与伟大的阿兹泰克帝国结盟，有时服从他们的领导，但有时又与阿兹泰克开战并和特拉卡兰亲近。但总的来说和阿兹泰克更接近些。他们与阿那灰克人的习俗相近更甚于苏格兰人与英格兰人之间的关系。蒙特苏玛娶了他们国王的唯一合法继承人为妻，这位夫人难产而死，而她的孩子便是奥托美，我的妻子，有继承权的奥托美人的公主。虽然她在母亲的人民中地位如此之高，但她只在儿童时代访问过他们两次。尽管如此，因为她从小就在奥托美部落人的看护和辅导下成长，不但娴熟他们的语言和习俗，而且通过她们保持了与奥托美人的沟通，受到他们的尊敬远胜过她的父亲蒙特苏玛。现在正如我所说的，一些奥托美部落已与特拉卡兰结盟，并参加了西班牙人一边的战事，所以在全体参议会上，奥托美和我，她的丈夫，被委派作为使节到他们的都城松树城，去说服他们回到阿兹泰克这一边来。

在我们出发前，传令官已经被派出去了，当我们开始行程之时，还不知道会受到怎样的接待。在壮观的仪仗中我们走了八天，但护卫的人群却不断在增加。奥托美各部落的人知道他们的公主亲自来访问他们，还带来了她的丈夫，一个娶了阿兹泰克女子的丢勒人。他们大批地追随她来作为她的侍从，所以在我们还未抵达松树城的时候，已经跟随了大约十万的山地人。他们豪爽而野蛮，奏响着难听的音乐行进着。但是除了例行的晋见和问候，我们没有与百姓或酋长进行过任何交谈。在每天早晨奥托美上轿，我骑上从西班牙人那里缴获来的战马时，他们高声行礼，使得山岳震响。我们一路前行，像人们变得更兴奋一样，山景也变得更加绚丽了。我们开始穿越生长着橡树和松树，以及各种羊齿植物和很多不知名树种的原始森林，走过美丽的闪着光的河流，穿过峡谷和山间的小路，但我们总是在不断地上升。终于周遭有点像英国的风光，只是更加明亮。最终，在第八天的白天，我们经过一条红色的岩石夹着的峡谷。峡谷非常狭窄，三位骑士很难并肩而行。这条峡谷有五英里长，是通向松树城的大路，不然就得翻山从秘道过去。峡谷两边都是峻峭而又高耸的岩石，大约有一两千英尺高。

“这里是一个险要之处，一百个人就能阻止一支军队的进攻。”我在对奥托美说这话的时候，还不知道今后这竟然是我的任务。

峡谷转过一个弯，我惊讶地发现前面就是美丽的松树城。这座城市坐落在一片直径大约十二英里的圆形平地上，四周是生长着橡树和红杉树森林的高山。城市的后面，在平地中心并不是绿色的而是黑色的火山岩上覆盖着白雪。白雪后面，白天冒着高高升起的烟，晚上则是一根火柱。这就是夏卡火山，或者叫皇后火山。尽管她不像她的姐妹火山奥律扎巴、波波和伊兹泰克那么高耸，可却是最美丽的一个。完美的形状，带着紫色和蓝色的火焰在晚上被送入天空。奥托美人把它当上帝来崇拜，向它献祭活人——这可不是件好事。有一次岩浆从碗底溢出来形成一道岩流把松树城切开一条通道。他们相信它是神圣的并且会报复的，所以没人敢踩到山上的白雪。但命运却要让我爬上去——我和另外一个人。

那座坐落于那山脚下，躺在夏卡山的烟与火以及白雪盛装面前的美丽的松树城，如今已经变成了一片废墟。这座城市相较于阿那灰克的其他城市并不算大，只有大约三万居民。奥托美人是山居者，并不习惯于生活在城里。城市虽然不大，却是印第安城市中最美丽的。街道布局整齐，从四周通向中心；街道边的房屋都建筑在花园中，大多用火山岩筑成，屋顶是白色的石灰黏合土。中心广场矗立着一座金字塔供人崇拜。金字塔顶上建有殿堂，上面装饰着一串串的头盖骨。金字塔的远处就是一座宫殿，奥托美父母原来的住所。那是一幢长长的低矮的房子，非常古老，里面有很多庭园，到处雕刻着蛇类和露齿而笑的上帝。不论宫殿还是金字塔，都用白色的石块整齐地围着，在日光下像银子一样；但建筑却都是用黑灰色的火山岩砌成的。这就是松树城给我的第一眼印象。我最后一次见到它时，它已是一片废墟冒着青烟，如今恐怕已是野狼和蝙蝠的家园了。现在“它是猫头鹰的庭园”，那些“模糊不清的街道空落落地散落着石块”。

从峡谷的出口向前，在平原上走上几英里，可见四周都种着玉米、芦荟、龙舌兰和其他植物，直到四个城门中的一个。进入城门，我们看到街道两边的平顶上聚集着妇女和儿童，在我们经过时向我们抛掷鲜花，口中喊着"欢迎公主！欢迎，奥托美，奥托美的公主！"最后我们来到了中心广场，看上去像是所有阿那灰克男人都汇集在这里了。他们也在高喊着"欢迎，奥托美，奥托美的公主！"响声震动大地。他们也用他们的方式对我表达敬意：用右手触地，然后把手放在头顶上面。不过我想他们对我更多的是感到惊异，因为大多数人还从来没有见过马匹，认为它是一头野兽或妖怪。如此我们经过喧闹的人群，前后都有成千的战士护卫着，其中一些人还穿着饰有闪亮羽毛的盔甲，甚至举着华丽的战旗。在我们经过金字塔的时候，看到祭师们正在上面忙着他们杀人的工作。直到我们来到宫殿，在一间雕刻着魔鬼的屋子里歇下来。那些魔鬼都带有奇异的怪笑。

第二天一早，在宫中的议事大厅里，奥托美人的各位酋长和领袖们开了一个会。会议有一百多人参加。在所有的人都到齐之后，我穿着阿兹泰克最高贵族的衣服和奥托美一起走了出来。她穿着皇家的衣服，看上去真是最最美丽的。议事官们全体起立向我们致敬。奥托美令他们坐下并开始讲话："我是你们的领袖和统帅，我母亲血亲的公主，古老的传统中最后一个统治者，已故的现在已经永远住在太阳宫殿里的皇帝蒙特苏玛的女儿。首先让我向你们介绍我的丈夫，贵族丢勒。他已通过了上帝的祭坛的考验，我和他结婚时，他带有上帝泰兹卡特的神灵，上天选择他来帮助我们的战事。然后我们又按照地球上的传统方式结婚并得到了我的皇家兄弟的祝福。现在，领袖和统帅们，这位贵族，我的丈夫，不只是我们印第安的血统，也不只是我们正在打仗的丢勒人的血统，而是奎扎的真正的孩子，从遥远的北方海上来到这里的丢勒人的仇敌。正像你们也听说了的，在那个对丢勒人进行杀戮的夜晚，没有人比他更伟大，也是他首先发现了他们的逃亡。

"古老的奥托美人的首领们和将军们，作为你们的公主，我受奎拉华，你们和我的共同皇帝的委派，和我的主上一起，来向你们提出一个请求。我们的皇帝听说，我也羞愧地听说，有许多我们的战将与特拉卡兰结盟。他们是阿兹泰克长期的仇敌，并且很失脸面地与丢勒人结成同盟。现在，短期内那些丢勒人是被打跑了，但是他们已经触到了他们贪图的金子，他们会像蜜蜂向往半开的鲜花一样卷土重来。单靠他们自己，他们是战胜不了伟大的泰诺梯兰的。但是，如果和他们一起来的还有成千、成万的印第安人呢？我清楚地知道，在这困难的时刻，空中传来各种凶兆，所有的上帝都显得无能为力，很多人只看到眼前的利益。很多的人和部落仍然记着历史上的恩怨，哭叫着：'现在是报仇的时候了，我们想到阿兹泰克人的标梭制造的寡妇，想到那些部落曾经抢夺过我们的财产，想到我们被俘的人被送上了他们的祭坛作牺牲！'

"难道这些不确实吗？唉，这都是事实，我不能否认它。但我希望你们记住，你们帮助架到别的城市的女王项上的枷锁，也会架到你们的头上。哦，愚蠢的人们啊！你们相信当你们帮助他们毁灭了泰诺梯兰，并让阿兹泰克人成为奴隶之后，你们自己就能得救吗？那些丢勒人使用的武器，在屠杀了阿兹泰克之后，就会被扔到火星上，一件一件地烧了？我告诉你们别做梦了。如果泰诺梯兰被攻破，那么在这块土地上的所有的部落都会被攻破。他们会被屠杀，他们的城市会被夷为平地，他们的财富会被抢走，他们的孩子们会吃奴隶的食品，并终生饮尽苦难。选择吧，你们奥托美的人民。

"你们究竟要站在和你们同种的人民一边，还是外人的一边？选择吧，你们奥托美的人民。但要记住了，阿那灰克不同部落的命运是连在一起的。我是你们的公主，你们本该服从我的领导，但是今天我不是为下命令来的。我是要你们选择到底与阿兹泰克结盟还是选择丢勒人的枷锁。希望众神之上的最高主宰能够指导你们的选择。"

奥托美停住了，一阵轻轻的赞美声在大厅里响起。啊，我无法形容她演说的激情，也无法形容她高尚可爱的品格在这时所造成的影响。但它们打动了与会的酋长们的心。其中很多人瞧不起阿兹泰克人的娘娘腔和平原上、湖边的人只会做生意的习俗。也有很多人一代一代地与他们结下了怨仇。但是他们知道他们的公主所说的是实情：如果丢勒人打败了泰诺梯兰，那么这片土地上的城市都会沦陷。所以此时，在此地，他们做出了选择。尽管以后在败仗的压力下许多人又反悔了，正像所有的人类一样。

“奥托美，”发言人在大家充分酝酿之后高声说道，“我们已做出了选择。公主，你的话征服了我们。我们全心全意地投向阿兹泰克，会为我们的自由与丢勒人战至最后。”

“我现在看到你们真是我的人民，而我也真是你们的统治者，”奥托美回答道。

“虽然那些伟大的统领们都已离去，我的祖先们，你们的最高领导们如果在这里，他们也会说一样的话。希望你们不会为这个选择而后悔，我的兄弟们，奥托美的男人们。”

就这样，当我们离开松树城时，我们带给奎拉华皇帝的是一个两万战士的承诺，他们会一起与西班牙人战斗到死。

第二十六章
瓜特莫克的加冕

我们与奥托美人民所打的交道告一段落，并一路平安地回到了泰诺梯兰城，期间一共是一个月零一天。在这短短的时间内，灾难又一次降临到这个不幸的城市。那就是西班牙人把欧洲丑恶的疾病带来了，天花在这片土地上传播开来。一天接着一天，成千的人染病而死，因为这些无知的人用往身上泼冷水的办法治疗这种疾病，这会使热气往里面去，使病人在一两天内死亡。人们因不知所措而感到愤怒，骚动开始在城里蔓延开来。家家户户都有人死去，尸体堆在市场上等待埋葬。那些祭师们也因为为献祭儿童祷告时感染种疾病死去。最不幸的是，奎拉华皇帝也被击倒了。在我们抵达城市的时候他正躺着等死，不过他仍然想见我们，传令要我们到他的床边去。我不断地劝说奥托美不要服从，但她却不害怕，笑着对我说："什么？我的丈夫，难道我应该在必须面对的事情面前退缩吗？来吧，让我们去汇报这次任务的情况吧。如果我因得了这个疾病而死去，那就是我的期限到了。"

我们被引进奎拉华的房间。他全身盖着一条白色的床单，看上去好像死了一样。在他的四周点着金色的香，我们进去之前他似乎处于昏迷状态，当听到我们的声音后他醒来了。

"侄女，欢迎你。"他透过床单用沙哑的声音说道，"你看，我落入了魔鬼的手中，我的日子是有限的了。丢勒人用瘟疫来杀死那些剑杀不了的人。在我死后，很快就会有一个新的领袖来接我的皇冠，但我并不悲伤。这是你的父亲传给我的，我的继任将会继承荣耀并承担阿兹泰克人最后的奋斗。侄女，让我简短地听听你们的汇报，然后告诉我奥托美的部落和你的臣民们怎么说。”

“我的主上，”奥托美鞠躬并谦虚地说道，“希望从此烦恼远离你，希望你能继续领导我们。我的主上，我的丈夫丢勒和我已把大多数的奥托美人民动员回到了我们的阵营，两万高山战士等候你的指令，还会有更多的人民会跟随我们的。”

“干得好，蒙特苏玛的女儿，还有你，白种人。”临死的国王轻声说道，“上帝们明智地在祭坛上一再地拒绝了你，而如果我现在杀了你，那真是天大的愚蠢。对你，丢勒，以我坚定的信仰来说一句，如果你一定得死，要死得光荣。不管将来的结果会怎样，我都不能与你们分享了。”

他平静地躺了一会儿。突然，好像有一种灵感抓住了他，他把盖在脸上的床单掀开坐了起来，样子很恐怖，似乎那瘟疫在给他以最后的打击。

“啊，”他哀号着，“啊，我看到泰诺梯兰的街道上满是血与火，我看到成堆成堆的尸体。我看到我的人民颈上带着枷锁，他们在叹息。他们的子孙遭罪是因为祖先的罪恶。我们落入劫数，啊，阿那灰克的人民。她曾经像鹰喂着它的幼子一样哺育了你们，地狱向你们张开大口，是因为你们的罪恶。而存活下来的会一代接一代地做奴隶直到惩罚结束。”

如此大声地哭叫后，奎拉华躺了下来，在服侍他的人们还未帮他抬起头来时就离开了尘世。但他最后的话语却深刻地印在所有在场的人的心中。虽然他只领导了阿兹泰克十五周。

这就是奎拉华——阿兹特克的皇帝在我和奥托美面前死去的情景。这个国家为他们的国王死去而悲伤。那可怕的传染病带走了他和成千上万的百姓到那“太阳的居所”或者到那“群星后面的黑暗”中去了。

现在，这个国家急需一个新的皇帝来领导军队和管理政事，所以这服丧期没有太长。

在奎拉华下葬的上午，四个有投票权的议事官集中了起来。来开会的还有大约三百位低一等的贵族，我作为将军和奥托美公主的丈夫也参与其中。会议进行得很顺利，虽然有几个人的名字被提起，但大家都知道只有一个人按出身、勇敢和高贵的心胸能在国家危难时期胜任，能接下这个皇冠，他就是瓜特莫克。他是最后两个皇帝的侄儿，是我妻子的姐妹泰姬波的丈夫，是我的朋友和兄弟。这些每个人心里都很清楚，但就是瓜特莫克自己不清楚。就在我们走进会议厅的时候，他还向我提议两个王子，并说毫无疑问应该在他们两人中间选择一个。

这是一次壮丽而又严肃的会议。四位穿着华丽袍子的高等贵族和三百多位低等贵族、王子坐在议事厅里听着会议的议程。然后，一位穿着发亮的黑貂皮袍子的高级祭师庄严地祷告道：“哦，上帝无处不在，无所不见，知道我们的国王奎拉华已被召唤，他已去到了上帝的脚下，去到了我们高贵祖先在一起的永恒的地方。他完成了他短暂的使命，带着罪和悲伤到了上帝的身边与上帝一同休息，没人再会打扰他了。愿上帝给他快乐，但别让他沉醉，皇帝的荣耀对他来说只是一场噩梦。带着眼泪和祈求，请取走他的重负，让他幸福地睡吧。他跟着他的先辈去了，永远不会再回到我们的身边。哦，神圣的上帝，选一个接替他的仆人，他凭自己的心做事，不畏惧，不退缩；他将辛勤工作，不知疲倦，他将会像母亲带领她的孩子一样领导我们的人民。万王之王，请把美德赐给瓜特莫克，他是我们的选择。当祭师们扶他坐在这人间的皇位上时，请稳固他的服务直到他的有生之年。让仇敌变成他的踏脚石，让他发扬荣光，宣扬崇拜，保护我们的王国。我谨以国家的名义祷告，阿门。请四位选举人中的第一位起立。”

当高级祭师结束祷告后，四位选举人中的第一位站了起来。他说道：“瓜特莫克，以上帝的名义和阿那灰克人民的声音，我们召唤你坐到那阿那灰克的皇位上。望你生命长久，公正管理；让光荣归于你，把那些企图毁灭我们的敌人赶下海去。向你致敬，阿兹特克人的皇帝。”

现在王子瓜特莫克自己走上前去并说道：“选举团的贵族王子们，议事官们，将军和统领们，请听我说，上帝作证，当我来到这里时根本没有想到会得到你们给我的如此巨大的荣誉。我本希望你们能找一个更合适的人来填补这个位置，但我的生命已不属于我自己。阿那灰克在召唤她的儿子，我会服从这个召唤。死亡的战争威胁到她的生命，在我力所能及的时候我能退缩吗？决不能。从今天开始，我属于我的国家，属于与丢勒人的战争，我和他们没有和平，我不会休息直到把他们赶回去，或直到我死在他们的剑下。没有人知道上帝为我们所做的安排，可能是胜利也可能是毁灭。但无论如何，我的兄弟们，为了我们的国家，为了我们的家园，为了我们的传统，让我们发誓，坚决与丢勒人和他们的帮凶战斗到底，直到城市变为废墟，直到家园堆满了尸体，祭坛变成了血海。如果我们能胜利，这胜利必须是彻底的；如果我们败了，至少我们尽力了。我的人民，我的兄弟们，你们发誓吗？”

“我们发誓！”他们高喊道。

“好的，”瓜特莫克说，“现在如果有人违背这个誓言，就让他活在永恒的羞耻之中。”

就这样，瓜特莫克，这个阿兹特克最伟大也是最后一个皇帝登上了先辈传下来的皇位。在这里我先提一下，瓜特莫克这位新皇帝，他还算是幸运的，因为他后来被丢勒人处以重刑，没有看到悲惨的结局。这片土地上的人的命运其实都是一样的，越是高贵的人，下场越是悲惨。

会议一结束，我就赶快跑回宫殿去，想把这选举的结果告诉奥托美，却发现她躺在自己的床上。

“你这是怎么了，奥托美？”我问。

“哦，我的丈夫，”她答道，“这瘟疫打垮了我，别靠近！我求你。让侍女们来照顾我，亲爱的，你不该为我而冒着生命的危险。”

“安静。”我走到她的床边。作为一个医生我太了解这个病情了。我在她的病床前整整忙碌了三个星期。她终于退烧了，而且她那美丽的脸上没有留下任何斑痕，说真的，如果不是我的医术好，奥托美最终会死的。在最初的八天中，她一直处于昏迷状态。也就是在这段时间里，我意识到她对我的爱是如此之深。因为在昏迷时她发出的喃喃细语中除了我以外没有别的，但同样地，她心中的忧愁也流露了出来。她担心我不再爱她，她的美丽会令我生厌，我会离开她去找回那个“鲜花姑娘”——她是这么称呼莉莉的，莉莉会在海的另一边用魔法把我拉回去。

这就是她心中的烦恼和负担。最后她醒来了，第一句话就是：“我睡了多久，我的丈夫？”

我告诉了她之后，她问道：“你一直在这儿照看我，陪伴我度过这生病的日子吗？”

“是的，奥托美，我亲爱的，我一直在照看着你。”

“我做了什么，使你对我这么好？”她喃喃地问。随即，她突然惊恐地叫了起来：“镜子，快，拿面镜子给我！”

我递给她一面镜子。她急急忙忙地在昏暗的房间里仔细地照起自己的脸来，然后把这磨光的镜子放下，昏昏沉沉地跌回床里快乐地叫道：“我多担心呀，”她说，“我担心我会像那些传染上这种疾病的人那样变得丑陋，然后你就不爱我了，那我还不如死了的好。”

“真羞耻，”我说，“难道你认为爱情会被几个斑点吓跑？”

“是的，”奥托美说，“这就是男人的爱情。我担心，如果我真的变成了麻脸，我想不到一年，你就会嫌弃我。你不会对那个遥远的美丽姑娘这样，但对我，我不能肯定。哦，不，我不会在你恨我的状况下生活。啊！你不会的，我真的很感谢，真的。”

我走开了一会儿，感受到她给予我的伟大的爱情，同时也回味着她说的话。难道一个男人的爱真是如此卑劣和忘恩负义吗？如果奥托美真的像泰诺梯兰街上走着的很多人一样满脸麻子、头发脱光，用瞎了的发白光的眼睛瞪着我时，我会不会远离她呢？我实在不知道。我只是感谢上帝没有试探我的坚贞。但有一点我敢肯定，就是哪怕我患了麻风病，奥托美也不会弃我而去。奥托美终于从这次灾难中解脱了，而且不久之后这天花也在泰诺梯兰灭绝了。

我现在需要考虑的事太多了。瓜特莫克被选为皇帝，使我这个皇帝的兄弟加朋友的地位上升了不少，我成了最高阶的将军，也是首席议事官。我不遗余力地工作，不分昼夜地统帅军队，准备应付将要到来的围城战斗，其中有奥托美承诺带来的两万名战士。这是一项艰苦的工作。这些印第安人缺乏训练，特别是不能凝成一支队伍，这样和白人打仗是不堪一击的。另外，还必须解决一个互相嫉妒的大问题，而我就是一个被嫉妒的对象。更糟糕的是，很多部落这次因阿兹泰克的天花灾难而离弃了他们原来的同盟或臣族关系，以前他们只是保持中立。但我们还是尽力而为地将他们分成一个个军团，安排他们的驻地，像欧洲人那样进行训练，希望能形成最强的战斗力。为了对付围城，我们遣散了许多老弱病残者，以减少粮食的压力。在泰诺梯兰城里还有一个人比我更辛苦，那就是瓜特莫克皇帝，他不分昼夜地忙碌着。

我试着用硫黄来制造火药，那是从波波火山取来的。但由于缺乏技术，用途也不是很大，因为我们没有火枪和火炮，只能放在通向城门的路下，所以只好放弃了。

就这样几个月过去了，直到探子回来报告，说是大量的西班牙人来了，还带来了无数本地的同盟军。我试图让奥托美到她自己的家乡去躲一下，但她轻蔑地笑着说：“你在哪儿，我就在哪儿，丈夫。难道当你面对死亡的时候我可以不在你身边同死吗？如果这是白种女人的习俗，我把这留给她们。我的爱人，我可是要留下来和你在一起。”

第二十七章
泰诺梯兰的陷落

过了圣诞节不久，科特斯带着大军从海边过来了。军队里有很多新从海上过来的，还有数十万本地的同盟军，他们把大本营设在墨西哥峡谷的泰兹库科。这城就在湖边，离开泰诺梯兰大约有十英里，正处于他的同盟军特拉卡兰土地的边缘，所以很适合科特斯设立大本营。接下来就是世界上最残忍的战争。战争持续了八个月，最后泰诺梯兰和周围很多美丽的城镇都化为焦土，大多数阿兹泰克人都死于饥饿和杀戮，这个国度从此在地图上消失了。详细的过程，我不在这里描述了，否则这本书将会写不完。我还是得说出我自己的故事来，而正史就留给历史学家来写吧。科特斯的计划就是要毁灭墨西哥这个峡谷地带的皇后，以及她的臣族和同盟。他干得很有技巧和勇气。作为一个战将，自从恺撒时代以来，很少有人能与他匹敌。

伊斯塔帕拉盘是第一个被攻破的地方。那里有十万男女老少被屠杀或活活烧死。接着一个个城市都落入他的手中，其中很多是投降了的。泰诺梯兰是最后留下来的。阿那灰克是一个多部落的集合体，而不成一个整体。它像是一捆芦苇而不是一棵树。所以，当西班牙人割断那捆绑着的绳索后，帝国就开始散架了。就这样瓜特莫克不断地被削弱，而科特斯却越来越强大。那些散落的芦苇都落入了他的篮子里。现在泰诺梯兰遭到麻烦了,许多被压抑着的仇敌和远古的仇恨,都像阴火燎原似的烧向了她;又像半驯服的狼群一旦解脱了束缚,就扑向了它们的主人,要把她撕碎。就这样,阿那灰克被毁灭了。如果她能真实地对待自己,忘掉过去的妒恨,像一个人似的站起来对付西班牙人,那么泰诺梯兰绝不会毁灭,科特斯带来的所有丢勒人,都会躺在祭石上被献祭。

在我拿起笔写这本书的时候就说过,任何错误的对别人的报复行为,最终都会使自己自食其果。现在就看到了。墨西哥毁灭了,是因为那令人厌恶的敬拜上帝的行为。他们在互相仇杀的时候,可怖地把人生生地活祭掉。在过去,所有这些城市都曾经把俘虏拖到金字塔上活剥生吃掉。现在这些深仇大恨都被翻了出来。现在皇后的力量衰竭了,她曾经杀害过的孩子们站起来杀了她,并把她的儿女们拖上祭坛。

到五月份的时候,尽管我们尽力奋斗,但却不能形成有效的抵抗,因为我们所有的同盟军不是被打垮就是背叛了我们。就这样,对城市的围攻开始了。这包围不仅是土地上的,也包括水面上的。科特斯动员了巨大的资源,在特拉卡兰造了十三条双桅战船,然后拆散了,把它们搬过了六十英里的山路,直到他的大本营。从那儿,他动用了十万印第安劳力,用了两个月的时间,挖了一条运河直通大湖,重新拼装的船通过运河开入湖中。而那些双桅船,是动用了两万特拉卡兰的军队护送过来的。如果按我的计划行事,我们应该在山中伏击这支军队。但是尽管瓜特莫克也赞成我的意见,却由于此时我们大多数的军队已被派去威胁一个叫卡尔科的城市——这座城市里的人虽然也属于阿兹泰克的血统,但却无耻地背叛了阿兹泰克——我只好建议由我领着那两万奥托美战士去对付特拉卡兰运输队。这个建议在战事指挥部里引起了热议,大多数的领袖都反对派军队到远离城市的地方去与西班牙人和他们的同盟军作战。如此这般地就把战机都延误了。就像其他的决策一样，我们落入了霉运。这些战船截断了通过独木舟从湖面提供城市食品的供给线，成为泰诺梯兰陷落的主要因素。唉，再勇敢的战士也难抵饥饿的打击。正像印第安人说的，饥饿是一个伟大的人。

现在阿兹泰克要面对面地独自与仇敌们作战，最后的斗争来到了。西班牙人先是把引来卡波泰克山泉的供水渠道切断，那里是我最初被带到墨西哥来的地方。于是直到战事结束，我们就只能喝湖里渗过来的泥水或低洼地里的井水。我们虽然把水煮开了，去掉了盐分，但却无法去除恶臭和疾病。奥托美在水源被切断的第一天，为我生下了第一个儿子，我们的第一个孩子。在这样艰苦的环境下，她已是非常虚弱了，再加上营养不良，若不是她原先的体质好，再加上我的医术帮助，她恐怕已经死了。我是如此地欢乐和感谢，并按照基督教的方式亲自为孩子行洗礼，还为他起名叫汤姆，沿用了我的名字。

一天天，一周周，战斗继续着。有时这边打了个胜仗，有时那边打了个败仗；有时在城郊，有时在湖上，更多的时候则在街道上。战线有时前移有时后移。有一次我们抓住了他们六十个战俘和一千多个他们的同盟军。所有这些人都被活杀献给了黑哲，并被阿兹泰克人生吃了。按照阿那灰克野蛮的习俗，他们高兴吃掉献给上帝的身体，并不表明印第安人喜欢这样的肉食，而是出于神秘的宗教理由。我毫无用处地恳求瓜特莫克终止种恐怖活动。

“现在是行施礼仪的时候吗？”他愤怒地说，“我无法从祭坛上把他们救下来，即使能够我也不会。让这些白狗根据这儿的规矩去死吧。至于你，我的兄弟丢勒，不要走得太远。”

啊，瓜特莫克随着战争的进程越来越愤怒了。其实这也是难怪他了。

这是科特斯可怕的计划：在向城市中心推进的过程中，把它一片片撕碎。这个计划被执行得毫无慈悲之心。当西班牙人占领一部分城区的时候，成千的特拉卡兰人被派去烧毁房屋，连同里面还活着的人一起烧光。在围城结束时，泰诺梯兰，谷地的皇后，已成了一堆黑色的废墟。科特斯应该和先知以赛亚一样，对着墨西哥哭泣："辉煌之城变为坟堆，和弦成了嘈杂声，蠕虫充塞着它的下面，盖满了它的上面。为什么你的所为从天上降落，哦，撒旦，早晨的儿子，为什么你们的所为撕裂大地损毁万国！"

我参与了所有的战斗，这可不是我自夸勇武。西班牙人已经很了解我了，他们有理由了解我。每当他们遇见我就会对我恶语相向，叫我"叛徒和叛教者"和"瓜特莫克的白狗"。科特斯并为我的人头悬赏，因为他通过奸细知道有些瓜特莫克最成功的计谋和攻击，都是出自我的计策。但是我对他们如箭刺的羞辱并不在意。因为尽管很多阿兹泰克人是我的朋友，我又仇恨西班牙人，但作为一个基督徒，我却站在活祭并生吃活人的野蛮人一边。我为此而感到羞耻。我不在意，因为我全心全意地寻找着我的仇敌德-加西亚。我知道他在那边，也看到他不少次，但我却接近不了他。

我在注意他，而他出于不同的目的也在注意和躲避我。现在已经显老了的德-加西亚害怕我，他深信我将带给他死亡。

在不同的战线上的仇敌，按照传统应该被安排作一次决斗。一对一，安排一个安全的决斗环境给决斗者和他们的助手。直到有一天，因为对在战场上和他相遇已感到失望之后，我派传令官送了一封挑战信给德-加西亚，并用了他的假名沙西达。一个小时之后，传令官带回一封用西班牙语写的信："基督徒不跟异教徒狗和崇拜魔鬼、吃人肉的白种人决斗。只有一种不会被玷污的武器等着你，一条绳子，汤姆-温费尔。"

我把它撕碎并愤怒地踩踏。现在除了其他罪，德-加西亚又加了更重的一条羞辱我的罪行。但生气也没有用，我永远无法贴近他。虽然有一次我带着我的十个奥托美人冲入西班牙人的阵营，朝他打过去，但这一次冲击除我一人安全逃回外，十个奥托美人全都因我的愤怒而牺牲了。

叫我如何形容在这个末日的城市里一天天堆积起来的恐惧呢？很快，食品吃完了，男人，唉，更糟糕的是柔弱的女人和孩子都必须吃连猪都不愿意吃的东西，努力挣扎着生存了几天。青草、树皮、蚰蜒和昆虫，用令人作呕的从湖里来的水洗洗就吃，这是他们最好的食物。当然还有俘虏献祭后的人肉。现在他们开始成百地甚至成千地死去了。死得如此之快，甚至已无法埋葬了。死在哪儿就埋在哪儿，直到尸体上生出瘟疫，一种黑色的可怕的高烧扫光了成千的人，而这些人又成为瘟疫的根源。一个人被西班牙人和他们的同盟者杀死，就会造成两个人死于瘟疫或饥饿。想想看，在七万人被烧死或杀死之后，会造成多少人的死亡。在城破的最后一天，估计一天里就死了四万多人。

一天晚上，我从战场上回到奥托美和她姐姐泰奎姬波、瓜特莫克的住处，现在所有的宫殿都已被焚毁。我饿得慌，因为我已经有四十个小时没有吃东西了。她能给我的只有三张小小的混着树皮的玉米饼。她亲吻我并请求我吃了它，但我发现她自己已经一整天没吃东西了，所以除非她一起吃，否则我也不吃。但是我发现她连一点点东西都难以下咽，并拼命遮掩着流出来的眼泪。

“发生什么了？妻子，”我问。奥托美忍不住痛苦地大哭，并说道：“是这样，我亲爱的，我已经两天没有奶水了——饥饿榨干了它——我们的宝贝死了！看，他躺在那儿死了！”她掀开一件衣服让我看那小小的身子。

“啊，”我说，“他已是如此地瘦弱。难道我们能让一个孩子经历我们所经历的灾难，然后终于死掉吗？”

“他是我们的儿子，我们第一个孩子，”她继续哭道，“哦！为什么我们必须受到这种折磨？”

“我们必须接受折磨，奥托美，这是我们注定的命。那给予我们的幸福，是为救赎我们的痛苦的。不要问我为什么，我无法回答你！在这世上的一切信仰都无法回答这个问题。”

看着这死了的宝贝，我也哭泣了。在这可怕的一个月中，我看到成千的恐怖情景，而这个死了的婴儿的惨况却给我以最大的震撼。这是我的孩子，我的第一个孩子，他的母亲在我的身边哭泣，他的小小的僵硬的手像是抓住了我的心弦。上天也无法回答这是为什么，我对此已失声了。

后来我拿了一把鹤嘴锄在屋外挖了一个大约两英尺深的洞。在泰诺梯兰这地方，两英尺深的地下就能见水了。我低声地为他祷告，然后把我们的儿子放到水里，盖上了土。至少他不会让兀鹰——阿兹泰克人叫扎匹洛特给吃了。

然后我们就在哭泣中拥抱着睡下了。奥托美不时低语着：“哦，我的丈夫，我怎能忘掉我们的宝贝而睡觉。”

“休息吧，”我说，“死亡离我们也不远了。”

第二天早晨，拼死的喧闹声比任何时候都吓人，接着是更多的死亡和更沉重的哀伤，但我们还是活了下来，瓜特莫克把他的食物都给了我们。现在四分之三的城市被毁了，四分之三的抵抗者都死了。科特斯派了传令官来命令我们投降。死去的人在屋子里像死蜂一样堆在一起，街道上连路都塞住了。

议事会召开了——一群愤怒的，因饥饿和战事而形容枯槁的人在一起讨论科特斯的传令。

“你的意见是什么？瓜特莫克，”他们中的发言人问道。

“我是蒙特苏玛，你问我？我曾发誓保卫这座城市直到最后，”他沙哑地说，“就我来说，我会打到底。我们都死掉也要比活着落入丢勒人的手中要好。”

“我们也一样，”他们回应道。这样战争继续着。

到了最后一天，西班牙人发起了又一轮进攻，占领了更多的地盘。人们被赶到了一堆，像在羊圈里的羊一样。虽然我们拼死地保卫百姓，但饥饿使我们手软了。他们向我们发射枪炮，把我们像镰刀割玉米一样成片地击倒。接着特拉卡兰人四下杀戮，就像狂野的獒犬咬死受伤的毫无抵抗力的鹿一样。据说这一天就死了四万人之多。没有一个人被赦免。第二天早晨，这已是围城的最后一天，科特斯派来了新的使臣，要求瓜特莫克去会见他。得到的回答是和以前一样，没有任何东西可以征服他的精神。

"告诉他，"瓜特莫克说，"我在哪儿就死在哪儿，我不会和他谈判。我们已经无望了，科特斯想要对我们怎样就怎样吧。"

现在整个城市都已经毁掉，我们剩下的人集中在城市边缘的堤道上，背靠着毁坏的城墙，男人、女人和孩子。他们又开始进攻了。金字塔上的大鼓最后一次擂响了，阿兹泰克人最后的野性的呼声传向了天堂。我们尽力奋战，我还在那一天用站在我身边的奥托美递给我的箭射杀了四个人。但我们多数人的体力还不如一个孩子，我们还能怎样呢？他们冲过来像水手冲入海豹群一样，把我们成百地砍杀。他们把我们赶入运河，把我们淹死在那儿。最后死去的人堆成了一座桥。我也不知道我们最后怎么又逃脱了。

后来我们有一群人，包括瓜特莫克和他的妻子泰奎姬波，退到了湖边，在那儿有几条独木舟，我们昏昏沉沉地上了船，只想着在全城都已经毁灭的时候，我们或许还能逃脱。那些双桅船上的人看到了我们，驾着顺风船追了上来——在这次战争中风向总是对敌方有利——我们拼命地划船，但还是有一艘船追上了我们，并开始向我们射击。

此时瓜特莫克站起来说话了："我是瓜特莫克，把我带到马林契那儿去，放我的人活命吧。"

"现在，"我对身边的奥托美说，"我的时刻到了，西班牙人肯定会把我吊死。我已决定，妻子，与其让他们羞辱地杀死我，还不如自己死得爽快些。"

"不，丈夫，"她悲伤地说，"像我以前说的一样，只要活着就有希望，而死了就回不来了。我们说不定还会有幸运的时候。但如果你要死，那我也准备一起死。”

“我可不愿意这样，奥托美。”

“那你必须握紧我的手，丈夫，现在就像以往一样，你到哪儿，我就到哪儿。”

“听着，”我悄悄地说，“不要让他们知道你是我的妻子，把你自己混在泰奎姬波，那皇后，你的姐姐等一群妇女中。如果我们分开了，如果我有机会逃脱掉，我会想办法到松树城去。在那儿，在你的自己人中间，我们说不定可以避难的。”

“那就这么办吧，我亲爱的，”她痛苦地笑着说，“但我不知道奥托美人会怎么接待我。我领导他们二万名最勇敢的战士都悲惨地死去了。”

现在我们上到了双桅船的甲板上，只好停止谈话。西班牙人对我们的处置争论了一会儿之后，就把我们带上了岸，并带到一座还没倒塌的房屋的屋顶上。科特斯正急着要见他的俘虏皇帝。那西班牙将军周围站着他的手拿头盔的护卫们。他站着见我们。他的旁边还站着玛莉娜，她比以前更美丽了。这是我和她在托巴斯科分手之后的第一次见面。当我们的眼神相对时，她惊了一下，说明她认出了我。她应该难以认出这个满身血污、衣衫褴褛、饥饿得连阶梯都爬不上的可怜虫。我们之间也没有说话，因为所有人的注意力都集中在科特斯和瓜特莫克，这征服者和被征服者的身上。

瓜特莫克虽然已像一具枯骨，但仍然骄傲地带着挑衅的态度，直接走到那西班牙人面前。他开始说话，玛莉娜替他翻译。

“我是瓜特莫克，皇帝。马林契，”他说道，“一个人保卫他的臣民所该做的事，我都做了。看看我的努力所结的果实吧，”他指着焦黑的泰诺梯兰的废墟，四周目力所及的地方，“现在我来到这里，是因为上帝们都在反对我。随你把我怎么办吧，最好尽快地杀了我，”他用手触碰了一下科特斯的短剑，“这东西可以很快地结束我悲惨的命运。”

“别担心，瓜特莫克，”科特斯回答说，“你像一个勇敢的男人一样战斗过了，我对此表示尊敬。在我们这儿你是安全的，因为西班牙人喜欢勇敢的对手。看，这儿是食物，”他用手指着一张桌子，上面堆放着食品，我们都有很久没有见过了。“你和你的同伴们一起吃吧，你们一定很需要它。吃完我们再说吧。”

于是我们就吃了起来，大口地吃。至少对我来说，吃饱了死总比较好些。我们已经饿着肚子面对死亡很久了。西班牙人站在一边看着我们可怜的吃相。这时，泰奎姬波被带到科特斯面前，奥托美和另外六位贵妇也一起带来了。他向她亲切地问候，也让她们吃了食物。此时，一个一直在观察我的西班牙人在科特斯的耳边说了些什么，他的脸顿时变黑了。

“说！”他用茄泰兰语说，“你就是那个叛教者，那个帮着阿兹泰克人反对我们的叛徒吗？”

“我既不是叛教者也不是叛徒，将军，”我勇敢地回答，酒和食品又使我重新活过来了。“我是英国人，我帮助阿兹泰克人是我有足够的理由恨你们西班牙人。”

“你马上就会受到严惩，叛徒，”他狂怒地说，“过来，把这个人带走，把他吊在那船上的桅杆上去。”

我看到自己的末日来到了，做好了去死的准备，却见玛莉娜在科特斯的耳边说了些话。我听不清她说了些什么，只抓住了一个词“藏金处”。他听着，犹豫了，最后大声说道：“不要把这个人在今天吊死。好好看住他，我明天来处理这件事。”

第二十八章
汤姆被判罪

听到科特斯的命令，两个西班牙人走上前来，一边一个抓住我的手臂，带我走过屋顶，走向梯子。奥托美听到我们说话，尽管她不懂我们在说什么，但她看懂了科特斯的脸，并知道我将被送去监狱或去处死。当我经过她面前时，她带着惊恐的眼神向前移动了一下。我担心她会投向我的怀抱因而暴露了她是我妻子的身份，并最终把我的厄运带给她。我向她投去了一个温暖的眼光，并假装因恐惧和疲劳而失足跌倒在她脚前。押解我的士兵恶毒地嘲笑我，其中一个还用他的靴子踢我。奥托美在我身前弯下腰来，用手扶我起来，我站起来时轻声快语道："再见，妻子，"我说，"不论发生了什么，保持静默。"

"再见，"她答道，"如果你死了，在死界的门边等我，我会到那儿与你会合。"

"不要，活下去。时间会抚平一切。"

"你是我的生命，亲爱的。你走后我的时间就完了。"

此时我已完全站了起来，我看到大家都在听科特斯说话，没有人在注意我们俩。

"我命令你看好这个叛徒，而不是踢他，"他愤怒地用茄泰兰语说，"你想让我们在这些野蛮人面前丢脸吗？再敢这么干的话你就要好好地受惩罚了。向那个女人学学文雅吧，她放下食品去帮助在她面前跌倒的人。现在把他带到营房去吧，别伤害他，我要他告诉我很多事情。”于是士兵们把我带走，一面口出怨言。最后一眼，我看到我的妻子奥托美失望的脸，凝望着我的背影，昏昏沉沉地保持着我们之间痛苦的秘密而分离。当我来到楼梯旁的时候，经过了瓜特莫克站立的地方，他近前来握住我的手，使劲地摇了一下。

“再见，我的兄弟，”他热情地笑着，“我们在一起玩的游戏结束了，该我们休息了。我要谢谢你的价值和帮助。”

“再见，瓜特莫克，”我说，“你跌倒了。但我要安慰你的是，你虽然跌倒了，但却赢得了永久的英名。”

“走，走！”士兵们低吼着。我走了，不知我和瓜特莫克是否还能再见面。

他们把我带上一只独木舟，特拉卡兰人把我划向对岸，来到一座西班牙人的营房。整个过程中，虽然这两个士兵因为害怕科特斯的恼怒而不敢对我动手，但却不停地笑骂和污辱我，问我异教徒的生活好吗、是喜欢生吃还是熟吃人肉，还有很多强加在我头上的嘲笑。我起先忍住了，这是我从印第安人那儿学来的耐心。但最后我用几个字回答了他们：“安静，胆小鬼，”我说，“我现在是无助的，但如果我是健康并武装地站在你们面前的话，那么，不是我不会活着听你们这些话，就是你们不会再发出声音。”

于是他们静默了，而我也沉静了。

当我们到达兵营的时候，我被带着穿过营地，后面跟着一群凶猛的特拉卡兰人和其他人，如果不是害怕禁令的话，他们一定会把我撕成碎片。我还看到一些西班牙人，他们多数都喝龙舌兰酒醉了。因为他们终于完成了使命，攻下了泰诺梯兰城。

他们对我并没有留意。我从未见过他们如此疯狂，这帮可怜虫以为他们从此可以在金子做的盘子里吃好喝好了。他们是为了金子而跟随科特斯来到这里的。为了金子他们不怕被送上金字塔活祭，打了几百次仗。现在他们以为自己最后得胜了。

我被关在一间有窗子的石头屋子里，窗子用木条钉住。从木条中间可以看到和听到那些士兵们在狂欢。只要不在执行任务，他们就会整日整夜地狂欢。他们赌博，喝酒，一把赌几十个比索，输了就拿抢来的无数的阿兹泰克人的珍宝赔付。输或赢一点儿也不在乎，只相信还能再抢得财富。他们玩到醉倒为止，于是就躺在桌子底下。有时会跳起身来狂野地跳舞，反反复复直到天亮，高呼着："金子！金子！金子！"

从窗里往外听，也听到了一些消息。我知道科特斯已经回来了，带着瓜特莫克和另外一些王子，还有一些阿兹泰克淑女。我还听到这些士兵玩厌了钱，就拿这些女人来赌博，把每一个女人用一张纸写下来。其中一个淑女就是我的妻子，奥托美，她被拍卖一百个比索，哪一个畜生赌赢了就可以得到她。这些人深信只要他赢了，金子和女人就会是他的了。

这样过了几天。期间我或睡或坐，除了一个来照顾我的本地女子外，没有别人来打扰我。这个女子拿给我足够的食品。几天来，我吃到了以前或以后都吃不到的东西。尽管悲伤，但我的身体还是需要食品和睡眠。一个星期之后，我的体重增加了一半，穿的衣服也不再松垮了。我又重新强健了起来。

有机会的时候，我就从窗内向外张望，希望能见到奥托美或瓜特莫克，尽管这个希望很渺茫。如果见不到我的朋友，至少能见到敌人。一天傍晚的时候，我真的见到了德-加西亚。他正朝着我的牢房张望，脸上带着魔鬼般的笑容，慢慢走去像一只狼。我为即将到来的灾难而颤抖起来。大约有十分钟之久，他像只饿鬼一样看着我的牢房，又好像一只猫看着笼子里的鸟。尽管他看不见我而我能看到他，但我知道早晚牢门会被打开，而且他知道很快就会打开。

这，就在我被施以刑罚的那天晚上。

在这期间，我发现兵营里的气氛有些变化。士兵们不再以没有到手的财富赌博了，他们甚至停止了饮酒，停止了狂欢，却聚集成一团团的激烈地争论着什么事情。就在德-加西亚到我的牢房来张望的那天，一大群士兵在对面的广场里汇集。只见科特斯骑着一匹白马，穿得非常高贵华丽。虽然因为距离太远，我听不清他们在说什么，但我注意到几个军官愤怒地向科特斯说话，士兵们用响亮的欢呼声支持他们。然后这个伟大的将军回答了他们一段话，他们开始静默下来。第二天早上，当我结束早饭之后，四个士兵进入牢房命令我跟他们走。

“哪儿去?”我问道。

“去见将军，叛徒。”领头的回答。

我对自己说:“这终于来了。”但我只对他们说:“很好。任何地方总比这儿好。”

“一定的，”他说，“这是你的最后一班了。”

我知道这个人认为我将要被执行死刑了。五分钟之后，我就在科特斯的房间里站在他面前了。他的一边是玛莉娜，周围还有武装起来的他的部属。这个伟大的将军注视了我一会儿，然后开始说话。

“你的名字叫温费尔，你是一半英国人，一半西班牙人的混血儿。你在托巴斯科河那边被抛入海中，后来又被带到了泰诺梯兰。在那儿，你被扮成阿兹泰克的上帝泰兹卡特后去送死，又被我们从金字塔上救了出来。结果你加入了阿兹泰克那一边并参加了攻击和杀戮我们的‘诺契特列梯’。然后你成了瓜特莫克的朋友和参事，并参与了泰诺梯兰的保卫战。是这样的吗？监犯。”

“是这样的，将军。”我回答道。

“好的，你现在是我们的犯人，即使你有一千条命，也因为你背叛了自己的民族和血统而难逃一死。你所犯的叛国罪我无法饶恕，因为事实摆在那儿。你杀害了很多西班牙人和他们的同盟者，那是在叛国的罪名下施行的谋杀。温费尔,你是必死的人,我们判你作为叛徒和变节者而被吊死。”

“那么我没什么可多说的了。”我平静地答道,尽管恐惧把我的血液都冻住了。

“有的,”科特斯说,“尽管你罪行重大,我还是打算有条件地让你活下去并重获自由。我还准备为你做更多的,就是一旦有机会的话,就让你回到欧洲去。在那儿,如果上帝宽恕你的话,你还能挽回自己的丑名。我说的条件就是这个:我们有理由相信你参与了埋藏蒙特苏玛的宝藏,那些宝藏是在那个诺契特列梯之夜非法地从我们手中抢去的。不管怎么样,我们认为是那样的。有人看到你和装载它们的独木舟一起离去。现在选择吧,变节者,在羞耻地死去和告诉我们藏宝处之间作一个选择。”

我在两者之间摇摆了一会儿。一方面是生和自由但失去荣誉;另一方面是可怕的结局。我想起了我的誓言和奥托美,以及她会对此作何想法,我不再犹豫了。

“我对这些珍宝一无所知,将军,”我冷静地回答,“送我去死吧。”

“你的意思是你不想说任何东西,叛徒,再想想吧。如果你曾经发过任何誓言,那已经被上帝毁灭了。阿兹泰克帝国已经结束了。他们的皇帝现在是我的囚徒,他们伟大的都城已变成了废墟。真正的上帝通过我的手战胜了这些魔鬼们。他们的富贵已被我合法地毁灭了,我必须付钱给我的同伴们,在这片废墟上他们得不到财富。再想想吧。”

“我对这些珍宝一无所知,将军。”

“有时记忆会变弱,叛徒。我曾经说过你应该死,你必须知道这一点。但死起来可不一定是很快的。死法有的是。你在西班牙住过,一定听说过的。”他抬起眉梢头示意了我一下。“有些时候一个人死了,但仍然活了几个星期。现在尽管我不愿意这样做,但是看来你的记忆仍然睡着，我必须找到办法在你死前唤醒它。”

“我在你的掌控之中，将军，”我说，“你一次次地叫我叛徒，但我不是叛徒。我是英国王上的臣民，而不是西班牙国王的。我到这儿来是要追一个恶徒，这个人对我和我的家人做了很多坏事。你的一个同伴叫德-加西亚或者沙西达。为了找到他和一些其他的理由，我和阿兹泰克人走到了一起。他们现在被征服了，而我就落到了你的手中。对待我至少像一个勇敢的人对待倒下的敌人。我不知道什么珍宝，杀了我把这事结束了吧。”

“作为一个普通人我可以这么做，温费尔，但我不只是一个人，我代表阿那灰克这儿的教会之手。你曾和崇拜偶像的人志同道合，你眼见你的基督教伙伴被你的同伴活祭掉。就凭这一点，你就该受到永恒的折磨。毫无疑问，在我们结束你之后，你会受到这种对待的。至于堂-沙西达绅士，我只知道他是一个勇敢的伙伴，我当然不会去听一个游魂似的叛教者对他所编的故事。那是，不管怎么说，是你的霉运，”一刹那的闪光从他的脸上划过，“如果你们之间还有什么未了的争端，我相信他会合理地解决它们。现在，最后一次让你作出选择：你是讲出那藏宝处而得到自由，还是被交给堂-沙西达来照顾，直到他发现办法来让你开口？”

我的头一下子昏晕起来，我知道我将会受到酷刑，而德-加西亚将会是酷刑的执行者。作为他最大的死敌，他在向我报复的时候，我还能指望他残忍的心会释放任何慈悲的行为吗？但是我的决心和荣誉感仍然指引我抵抗强权。我回答道：“我已经告诉过你了，将军，我对那珍宝之事一无所知。做你最坏的打算吧，愿上帝原谅你的残忍。”

“不许用那神圣的名义，叛教的，偶像崇拜的，吃人肉的家伙。把沙西达叫来。”

一个传令兵走出去了，随即便是一阵安静。我看到玛莉娜的眼光，并从她温和的眼中看到了怜悯。但她在这里不能帮助我。

因为找不到金子而使科特斯愤怒，士兵们要求奖励的喧闹使他劳累，并羞辱地想用金子来摆平。本质上他并不是一个残忍的人。她仍然想尽力为我求情，在他的耳边说话。科特斯听了一会儿，然后粗暴地把她推开。

“安静，玛莉娜，”他说，“你说什么？不要对这个英国狗太残忍？而此时我的地位，甚至可能是我的生命，都悬在能否找到那些金子。不，他清楚地知道金子藏在哪儿，在我要把他当叛徒吊死的时候，你自己就讲过。而且我们的内线也曾见到过他带着金子出现在湖边。我们的朋友当时也和他们在一起，但没有能回来。毫无疑问，他们杀死了他。你和他究竟有什么关系让你帮他求情？别再麻烦我，玛莉娜，难道我还不够麻烦吗？”科特斯用手遮住脸，陷入了沉思。而玛莉娜悲伤地看着我并用眼神告诉我“我已经尽力了”，而我也用眼神表达了我的谢意。

此时传来一阵脚步声，我抬头一看，德-加西亚站在我的眼前。光阴和艰苦给他留下了痕迹，他的卷发和修尖的胡子里加入了银丝，却增加了高贵的气质。说实话，仅从他略带黑色的西班牙人漂亮的外表和他装饰着金链的华丽的衣装，以及手持帽子向科特斯行礼的仪态，你绝对不可能想象，这样一个勇武的骑士，胸中竟会装着一颗如此黑暗的充满谎言的心。但我已知他是个什么东西。在他的旁边我的心因憎恶而颤动起来；再加上我知道他来到这儿的目的和我自己的命运，我咬牙切齿地诅咒自己生下来的那一天。德-加西亚带着残忍的微笑向我致意，并对科特斯说：“你高兴怎么办，将军？”

“回你的致敬，伙伴，”科特斯回答说，“你认识这个叛教者吧？”

“我太了解他了，将军。他曾经三次拼命地要杀死我。”

“好，你逃脱了。现在是你的机会了，沙西达。他说他和你有仇，那是什么？”

德-加西亚犹豫了一会儿，摸了一下他的尖胡子，然后回答道：

“我本不愿意告诉你，因为这故事是一个错误，我经常为它悲伤并自责。但我还是说出来，免得你把我想得很坏。这个人有理由不喜欢我。老实说，在我年轻的时候，我干了一些蠢事。一次机遇，在英国，我遇到了他的母亲，一个美丽的西班牙女子。她不幸地嫁给了一个英国男人，一个小丑中的小丑，他还虐待她。长话短说，这女子爱上了我，而我在一次决斗中打败了她的丈夫。这个叛徒从此恨上了我。”

当我听到这些话时，我的心快要跳出来了。在恶意地攻击我之外，德-加西亚还加上了对我母亲的诽谤，毁坏我亲爱的母亲的名誉。

“你说谎，谋杀者。”我对绑在我身上的绳索发怒。

“我必须向你请求免受这种侮辱，将军，”德-加西亚冷静地说，“要是这个犯人值得受我一剑，我一定会进一步请求把他松绑了，留一点点地盘给我们；但如果我和这么一个人打斗的话我的荣誉将会永远被玷污。”

“你如果胆敢再这样和一个西班牙绅士说话的话，”科特斯冷冷地说道，“你这只异教的狗，你的舌头就会被一把烧红的钳子拔下来。至于你，沙西达，我谢谢你的信赖。如果你的灵魂没有更重的罪，我想我们的好牧师奥尔米多会让你渡过赎罪之火的。我们在这儿浪费时间和精力。这个人知道瓜特莫克和蒙特苏玛宝藏的机密。如果瓜特莫克和他的贵族们不肯说，至少他应该会被迫说出来。那些刑罚印第安人可以忍受得了，这个白种的异教徒最终会吐些气泡出来的。把他带走，沙西达。听好了，他受你的专门侍候。首先让他和其他人一样受刑；之后，如果他仍执迷不悟的话，你想怎么办就怎么办。等他招供了，马上通知我。”

“请原谅我，将军，这可不是一个西班牙绅士的活儿。我更愿意用我的剑刺死敌人而不是用钳子把他们的嘴钳开。”德-加西亚说道，但我从他说话时闪光的黑眼珠中看到他的极端的得意和胜利的喜悦。

“我知道，伙伴。但这是必须要做的。尽管我很不喜欢这样做，但这非做不可，没有其他办法。金子对我是必要的——看在圣母的份上！那些呆子说我盗取了他们应得的财富！我不相信那些固执的印第安狗会说出来，不论加在他们身上的痛苦有多深。这个人知道我把他交给你，而你是知道他的恶行的，这就可以使你心中的怜悯不再存在。尽你所能，伙伴。记住必须逼他开口。”

“这是你的命令，科特斯，我必须服从，尽管我不喜欢这种活儿。但有一个条件，你得给我一个签了字的委任书。”

“这个很快就能办好，”将军回答道，“现在走吧。”

“到哪儿，将军？”

“到他被带过来的监狱，那儿什么都准备好了，他的伙伴们也在那儿。”

一个卫兵被叫来了，我被带回到原来的地方。与此同时，德-加西亚说他会马上和我见面。

第二十九章
德-加西亚说出心里话

一开始我并没有被带回原来那间牢房，而是另一个小房间，外面有看守睡觉的地方。我的手脚被捆着坐在地上，望着那两个士兵手里拿着出鞘的剑站在那儿。在我等待的时候，从墙的另一面传来捶打声和呻吟声，令人恐惧和愤怒，最后这种声音停止了。接着我的房门打开了，两个凶猛的特拉卡兰印第安人走了进来抓住我的头发和耳朵，把我拖回我原来的房间。

“可怜的恶魔！”在我离开时其中一个西班牙士兵说道，“是个异教徒吧，真替他可怜！”

然后门关上了，我又被关在这个施酷刑的地方了。窗格子上挂着一件衣服，使得房间有点昏暗，还好房间里有一盆燃着的炭火。借着这炭火的微光，我看到了这房间里有三把结实的椅子，一把空着，另两把上坐着两个被捆着的人，一个是瓜特莫克——阿兹泰克人的皇帝；另一个是我们两人的朋友——塔库巴的酋长。那盆炭火就放在他们的脚前，在他们的身后各站着一个手里拿着纸和牛角墨水盒的人。在他们周围，有几个印第安人在这两个西班牙人的指导下好像在做着一些什么可怕的事情，因为光线太暗没看清楚。在第三把椅子旁边站着一个空闲的西班牙人，那就是德-加西亚，我的仇人。

正在我看着的时候，一个印第安人，取来一盆炭火，抓住塔库巴王子的一只赤裸的脚，按在炭火上，只听到嘶的一声，然后是塔库巴的呻吟声。旁边的瓜特莫克把脸转向他和他说话。这时我才看清楚原来他的一只脚也放在炭火中。

"你干吗抱怨，我的朋友。"他平静地说道，"和平常一样跟随我，朋友，安静地把痛苦咽下去。"有一个书记把他的话记了下来，我听到羽管在纸上的沙沙声。

这时瓜特莫克转头看到了我。因为疼痛他的脸发青，但说话的声音仍像以前一样清楚。

"啊！你也来了，我的朋友丢勒。"他说，"我曾希望他们会放过你，但看来他们是不守信用的人。马林契曾表示会有尊严地对待我，你看他们是怎么对待我的。烧红的炭对付我的脚，钳子对付我的肉。他们以为我们把宝藏埋起来了，你知道那是胡说，如果我们还有珍宝的话，我们一定会高高兴兴地把它献给我们的征服者——上帝的儿子奎扎。但你是知道的，这儿除了废墟和尸骨什么也不剩了。"他突然停住了，因为那个对他上刑的人给了他一巴掌并说："安静，狗。"

我听懂了瓜特莫克的话，我在心里发誓，我死也不会透露我兄弟的秘密。这是他瓜特莫克可以赢得的最后一次胜利，保住他的金子，不让贪婪的西班牙人夺取，而这个胜利绝不能输在我的手里，我发誓！这个誓言很快就能得到验证。

一个信号从德-加西亚发出，两个特拉卡兰人抓住我把我绑在那第三把椅子上。耳边传来德-加西亚说的茄泰兰语："上帝的安排是奇妙的，温费尔侄儿。你满世界地追杀我，我们也曾有过几次遭遇，但每次都以你的失败告终。我以为我在奴隶船上拿住了你，又以为鲨鱼拿住了你，可到了最后还是让你逃脱了。我知道后很是丧气，但这次不会了，你已被关在这里，再也跑不掉了。不过我们在分手之前还得多待在一起，因为我要好好地对待你。我们该怎么开始呢？你可以在魔鬼之间选择一下，我没有太多自由的选项。那些特拉卡兰人没有艺术性，烧红的炭就是他们唯一的刑具，而我却有很多种，"他指着各种刑具，"你想挑选哪一种？"

我没有回答。我已决定不说一句话，行刑时不喊一声，让他们想干什么就干什么。

"让我想想，让我想想，"德-加西亚摸着他的胡子继续说道，"啊！我有了，这儿，奴隶们用的。"

这里我不想太详细地重复我被折磨的痛苦，简单地说，就是这个魔鬼和几个特拉卡兰人用他发明的新刑具折磨了我两个多小时，各种各样残酷的一般人不可能承受的刑具都用在了我的身上。我一次一次地昏厥，又一次次地被冷水泼醒和烈酒灌醒。但我可以骄傲地说，在这种灭绝人性的折磨中我没有发出一声呻吟，也没说一句话。

他不仅仅在肉体上折磨我，还用最肮脏的语言来侮辱我。但最后他放弃了，骂我是一个固执的英国猪。此时科特斯和玛莉娜走了进来。

"怎么样了？"他平静地问。当看到这个场景时脸色也变得苍白了。

"这个塔库巴的酋长承认金子是埋在他的花园里。但另外两个什么也没有说，将军。"那书记看着手里的纸张回答说。

"勇敢的人，真的！"我听到科特斯轻轻地自言自语，然后高声地叫道："把这酋长抬到他的花园里去，叫他指出埋金子的地方。至于另外两个，今天的刑讯就到这儿，我相信他们迟早会招供的。"然后他把沙西达和其他施刑者叫到屋子的另一边商谈，玛莉娜则和我、瓜特莫克面对面站着。

玛莉娜不安地看着瓜特莫克，并低声地用阿兹泰克语问道："你还记得我在托巴斯科被拒绝的事吗？我告诉了你什么——没有你我也会变得伟大。你看这全实现了，比预料的还要伟大，而你却落得这个下场。你不觉得遗憾吗？瓜特莫克。我觉得遗憾，尽管我和其他女人一样也会因你的情况而幸灾乐祸。”

“女人，”王子用沙哑的声音说道，“你背叛了你的祖国，使我也因此而受到酷刑。是的，若不是你的作为，事情不会是这样。我很遗憾当初没有杀了你。还有，你的名字会让所有正直的人听了感到羞耻，你的灵魂会被永远地诅咒。你说的都变成了事实，而我说的也将会变成事实。”

她听到这些后浑身发抖，静默了一会儿，然后她面对着我开始流泪了。

“啊！可怜的人，”她说，“啊！我的朋友。”

“不要为我哭泣，玛莉娜，”我用阿兹泰克语说，“眼泪已经不再值钱了，如果你能的话，帮我离开这里。”

“啊，这个我可以做到！”她抽泣着转身离去，科特斯在后面跟着。

几个西班牙人走了进来，他们抬走了瓜特莫克和塔库巴酋长。他们被折磨得不能走路，那可怜的酋长身体已肿了起来。

“再见，丢勒，”瓜特莫克从我的身边经过时说道，“你是真正的奎扎的儿子，一个勇敢的男人。我已经做不到了，但我希望上帝会因此而奖励你为我们所做的一切。”然后他昏了过去，而这就是我所听到的他的最后的声音。

现在我是一个人面对特拉卡兰人和德-加西亚，他又开始嘲笑我了。

“有点累了吧，嗯？我的朋友温费尔，”他轻蔑地说，“这玩意儿是有点痛，直到你适应了它。一个晚上的睡眠会让你恢复得很好，明天你就会成为一个新人了。你不要以为我已经用完了我最坏的套路。愚蠢！这只是刚刚开始而已。不要以为你的顽固会使我愤怒，又错了！我的朋友，我祈求你可以一直闭嘴到死。我宁愿付出所有份额的金子来换取再折磨你两天的权利，我还欠你很多东西要还给你呢。好了，我又想出一个新方法来对付你了，要伤害一个男人不一定要伤害他的肉体。比如我要向你父亲报仇的时候我就打击她——他所爱的人。现在你在我手里，你可能会问我想要对你干什么，好，让我告诉你吧。你大概听说一个阿兹泰克的皇家血统的女士叫'奥托美'的？"

"奥托美，她怎么了？"我叫道。我第一次开口说话了，对她的担心远远超过了我所受到的所有的酷刑。

"好！一次真正的胜利，我终于让你开口了。看来你明天的话会更多，温费尔侄儿。奥托美——蒙特苏玛的女儿，一个非常可爱的女人，根据印第安习俗是你的妻子。你看，我知道你所有的故事而且——她在我的手里，我会证明给你看，把她带到这儿来让你们好好聊聊。但是，听好了！她明天会坐在你坐的位子上，而且就在你的眼皮底下受你今天所受过的所有酷刑。到时你会告诉我你所知道的一切，不过可能太晚了。"我第一次被打垮了，而且请我的敌人发慈悲。

"别碰她！"我怒吼道，"你要干什么都冲我来吧，但是别碰她！凡是人终有良知，你不能这么做，科特斯也不会允许你这么做。"

"至于科特斯，"他回答道，"他会对此一无所知直到这事做完。我得到保证书，我可以做任何事情来从你这儿得到实话。折磨你已失败，看来对付她是唯一的办法了。我知道你恨我，而我对你的恨却是你的十倍。我恨你是因为你身上流着的血液；我恨你因为你有你母亲的眼睛；我更恨你是因为你把我一个西班牙绅士绑在树上用棍子抽打。尽管你是一个勇敢的人，但现在你懂得了什么是恐惧并在尝着恶果。我可以坦白地跟你说，汤姆-温费尔，第一次见到你我就怕你，我有我的理由，这也就是为什么我想要杀了你。而且随着时间的推移，我越来越怕你和恨你，因为你我从西班牙逃出来，又因为你我在许多战斗中像个胆小鬼。但我和你争斗时好运似乎总是在我这一边，即使这样我还是怕你。如果不是要向科特斯汇报，我真想一下子就把你给了结了，否则你总是像鬼一样地追逐我，就像你母亲追逐我一样。不过现在是我的机会，只要你和你珍爱的人还有一口气，我就会拼命地让你们蒙羞，然后悲惨地死去，就像我对你的母亲我的堂妹所做的那样。是她逼着我这样做的，我得保自己的命。是的，我已不可饶恕，你早晚会向我寻仇，但至少在那一天到来之前，我是胜利者！嗨，哪一天我才可以结束这种屠夫的作为。”他突然停了下来，转身离开了。

疲弱和痛苦使我昏睡了过去。当我醒来时，发现我已被松了绑，并睡在一张软床上。一个女人倾斜着身子照看着我并轻声说着可怜和爱的话语。已是夜间了，屋子里亮着微光，我看出那个女人正是奥托美，她看上去不再饥饿和可怜了，而像围城以前一样可爱。

“奥托美，你在这儿！”我张开肿胀的嘴唇轻轻地说道。因为我还记着德-加西亚的恐吓。

“是的，亲爱的，是我。”她轻轻地说，“他们对我照顾你很不高兴吧？真是一群魔鬼。哦！为什么我必须看到你这样无助地受到报复。”她开始哭了起来。

“嘘，”我说，“嘘，有东西吃吗？”

“多的是，玛莉娜派人送过来的。”

“让我吃点，奥托美。”她喂我吃了一些。尽管身上有多处伤痛，但感觉上好多了。

“我想问你，奥托美，你见到德-加西亚了吗？”

“没有，亲爱的。我和我姐姐泰姬波还有其他人分开两天了，除了带我来这里的两个士兵外，我没有见过其他任何西班牙人。他们告诉我你病了，啊！我不知道他们为什么要这样对待你。”说着她又开始哭了。

“但至少还是有人看见了你并报告了你是我的妻子。”

“这不稀罕，”她说，“这是整个阿兹泰克区域的人都知道的事，难道他们这样对待你是因为和他们打仗吗？”

“这儿没有其他人吗?”我问道。

“除了卫兵外,没有其他人。”

“把头低下来,我告诉你。”于是我把所有的事情都告诉了她,她听完后跳了起来,眼睛发亮,手放在胸前说道:“哦!如果说我过去爱过你的话,那我现在是更爱你了。有谁能够经受这么多的酷刑还忠实于已经倒下去的人和自己的誓言?哦!我的丈夫,最真诚的男人,我会一直照顾你直到你完全恢复健康。我深信这一切很快就会结束的。”

“啊!奥托美,我必须把所有的事都告诉你,这事还没有结束呢。”我不安地告诉了她,他们把她带到这儿来的目的。她一声不响地听着,嘴唇变白了。

“说实在的,”我说完之后她说,“这些丢勒比我们最坏的祭师还要坏,这些祭师们折磨和献祭只是为了上帝而从不是为了金子或者私仇。现在,我的丈夫,你有什么建议?”

“我不敢建议什么,妻子。”我呻吟道。

“你胆怯得像个不敢表达爱情的姑娘,”奥托美骄傲地回答,带着痛苦的笑声,“好吧,我来替你说,你心中想的是我们必须在今晚一起死去。”

“是的,”我说,“现在去死,或者羞辱和痛苦地活到明天,但最终还是得死。既然上帝已不能保护我们,也只能这样了。”

“上帝?没有上帝!如果真有上帝,他能让这些事发生而无动于衷?你才是我的上帝,丈夫,我只祈求忠于你。那边有些绳子,窗台上有木栅格子。我们很快就会远离这世界,安安稳稳地睡觉了。现在离天亮还有点时间,让我们好好说会话吧。”

于是我们开始说起第一次见面的情景。奥托美怎么发誓做我这个泰兹卡特的妻子,灵魂究竟是怎么一回事,还有那天我们在祭坛上躺在一起的情景,这之后我们真正的婚姻生活,围城的日子和我们第一个孩子的死亡,等等,我们一直说话到凌晨三点,然后停了下来。

“丈夫，”奥托美最终用平静和庄重的声音说，“你受尽了伤害，而我也累了，现在是时候了。虽然我们的命运是如此地悲惨，但至少我们可以休息了。最后我还要感谢你对我的家庭和我的人民的忠诚。好了，现在是我做最后准备的时候了吗？”

“做准备吧！”我回答。

于是她站起身来，开始整理那些绳子，最后一切终于完成了，死亡的时刻到了。

“你必须帮帮我，奥托美，”我说道，“我靠自己已走不动了。”

她走过来，用她有力但柔软的双臂扶我站起来，扶我走到窗子前的凳子边，那上面她已系了一根为我准备的绳子，又系了一根为她自己用的。我们庄重而又平静地接了吻，然后奥托美问了我一句话：“现在这个时刻你想着谁，丈夫？是我还是我们死了的孩子还是那生活在海的另一边的女子？哦，不，我不愿意问了。我活着的时候很幸福，那已足够了。现在是生活和爱情一同结束了。这样也好，但是有点悲伤。好吧，我该把这凳子踢开了吗？”

“是的，奥托美，既然除了死以外别无选择，把它踢开吧！我不能背叛对瓜特莫克的誓言，也不愿活着看到你受辱和受刑。”

“那么最后再亲我一次吧！”

我们亲吻之后，就在奥托美准备把我们脚下的凳子踢开的一刹那，门开了又关了，接着一个带着面罩的女人出现在我们的面前。她一只手拿着一把火炬，另一只手拿着一个包裹。见到我们正打算要做的事后，急忙向我们跑了过来。

“你们要干什么？”她叫道，我听出是玛莉娜。“你疯了吗？丢勒。”

“这是谁？和你这么熟悉，丈夫，不让我们平安地死？”奥托美问。

“我是玛莉娜，”那女人回答，“我是来救你们的，如果办得到的话。”

第三十章
逃　亡

奥托美拿掉了颈项上的绳子，并从凳子上下来，站在玛莉娜的面前。

“你是玛莉娜，”她骄傲地冷冷地说道，“你来救我们。你把你面前的这片土地弄成废墟，使得成千的它的孩子们受辱，受刑，死去。现在，现在如果我将按自己的意愿去死，我不会接受你的救赎，不，我宁可依我自己的方法救赎我自己。”

我从未见过奥托美的神态有比说这话时更加高贵的时候。但她可能冒着把生命扔出去的极大危险，而把轻蔑砸向她认定的女叛徒的头上。不，应该说这女人确实是叛徒，若不是玛莉娜的帮助和计谋，科特斯绝不能占领阿那灰克。我听到她这么说话的时候心中开始打颤了，十秒钟之前还站在死亡边缘的我，尽管受尽了折磨，但此时仍然感到生命的珍贵。我想玛莉娜一定会离我们而去，不再管我们的死活了。可事情并非如此。在奥托美的蔑视面前，她退缩并颤抖了。她们面对面地站在这个行刑室中，真是一对绝然相反的为爱情而奋战的典型。从她们身上可以看到，一个是高贵的灵魂为爱情而赴汤蹈火，不怕蒙羞而死，但却可以胜过看来命运胜过她许多的另一个人。

“说，皇家的女子，”玛莉娜用她可爱的声音说道，“你是为了什么理由而——据说——去躺在祭石上这个白人的身边的?”

“因为我爱他,玛莉娜。”

“正是因为这同样的理由,我,玛莉娜,把我的荣誉放到了不同的祭石上,为了这同样的理由,我抗争着我自己的人民,因为我爱着像他似的另外一个人。因为我爱科特斯而帮他。所以不要怨恨我,用你的爱来理解我的爱,因为对我们女人来说,爱就是一切。我知道自己犯罪了,毫无疑问,我会在某一天受到应有的惩罚。”

“必须说得更明白一些,”奥托美说,“我的爱并没有伤害别人,看看你的前面,你播下的种子结下了多少恶果。那边那只椅子上,你的主人今天对你的皇帝施行了酷刑,尽管他曾答应过会对他待以应有的礼遇。这边我的丈夫丢勒,你的朋友。科特斯把他交给了他私人的仇敌德-加西亚,你们叫他沙西达的那个人。看看他被折磨成什么样了。不,别颤抖,女士。看看他身上的伤!想想我们将要这样像狗似的死去之前曾经受到过的磨难。他,我的丈夫,无法活着看到我去经受他已受过的屈辱。而我要跟着他,因为奥托美人的公主,蒙特苏玛的亲骨肉不能接受这样的羞辱,爬着去死。这一切全拜你所撒下的种子之福。没人认你为叛徒,悲惨的果实在那些泰诺梯兰的废墟里积存着。我告诉你,我宁可早点死得干净,而不愿接受一只沾满我的人民的鲜血的手的帮助,我——”

“哦!停住,女士,停住,”玛莉娜呻吟道,用手遮住两眼,似乎奥托美的形象吓坏了她,“发生的事已经发生,不要再增加我的悔恨。你说什么?你,奥托美公主,带来这里是要受酷刑的?”

“不但受刑,而且是当着我丈夫的面。蒙特苏玛的女儿,奥托美的公主有什么理由逃脱阿兹泰克皇帝的悲惨命运?如果女人的身份不能保护她,还有什么希望能保持尊严?”

“科特斯对此一无所知,我发誓,”玛莉娜说,“他被士兵们的责难所逼,他们痛骂,他们指责他把根本没有找到的珍宝给私吞了。至于你刚才所说的事,他是无罪的。”

“那让他去问问他的工具沙西达吧。”

“至于沙西达，我向你保证，公主，只要我做得到的话，我会对他的这种恐吓进行报复的。时间快来不及了，我得到科特斯的准许到这儿来试试，看我能否从丢勒，你的丈夫那儿得到藏宝地的秘密。但为了我们的友谊，我准备背叛他的信任而帮助你们逃跑。你想拒绝我的帮助吗？”

奥托美没有回答，而我则开始说第一句话了。

“不，玛莉娜，能逃过这种事当然是好的，但是怎么能做到呢？”

“机会尽管很小，丢勒，但我决定了，只要你能逃出这间监狱，你就可以乔装出走。在清晨的时候很少有人活动，而且他们此时多数都已经认不清楚人了。看，我给你带来的西班牙士兵的服装，在昏暗的光线下，你因皮肤黝黑，很容易混过去。至于你的妻子，公主，我带来了另一套服装，我真的很难为情把它拿给你，但那是唯一在此时可以不被注意的。丢勒，我同时还带来了一把剑，那是从你身上取走的，虽然我相信它原来属于另一个人。”

玛莉娜一边说，一边打开包裹，里面有衣服和那把剑，就是在那个“诺契特列梯”的大屠杀之夜，我从西班牙人达埃兹手中抢来的。她先把女人袍子取出来给奥托美，那是给跟随军营的印第安妇女穿的红黄相间的袍子。奥托美看着往后退。

“真的，姑娘，你带错了衣服吧？”奥托美的话平静却带着残酷的意味，她很少这样。“至少我是不会穿这种衣服的。”

“看来我必须一再忍受，”玛莉娜说着开始愤怒了，她拼命地忍住眼泪。“我得走开，让你们去吧。”她开始把包裹重新卷起来。

“原谅她，玛莉娜，”我急忙说，逃生的欲望每分钟都在增长，“悲伤使她言不由衷。”我转向奥托美说道：“我请求你更加友善，妻子，如果不是为了你，至少也是为了我。玛莉娜是我们的唯一希望。”

“她能不能让我们平静地死？丈夫。好吧，为了你我就穿上这不洁女人的衣服吧。但我们又如何能从这里和这个兵营逃出去呢？能让这些看守们走开，并把门打开吗？你能走路吗？丈夫。”

“这门是不会开的，女士，”玛莉娜说道，“这些人已等不及了。在我出去的时候，他们就会把门锁上的。看，那些窗格子是木头的，这把剑足可以解决它了。你们必须装着喝醉酒的士兵被他的女人扶着回到他营房里去的样子，余下的我就不可预期了。你看，为了救你们，我已经冒了极大的风险。如果我被发现帮助了你们，我很难使科特斯的愤怒软化下来，他已经赢得了这场战争，”她叹了一口气，“不再像过去那样的需要我了。”

“我能用我的右脚着地，”我说，“余下的必须靠运气了。总之，不会比已经发生在我们身上的更坏了。”

“就这样吧，丢勒。现在我们再见吧，我不能留在这里了。我也做不了更多的了。让你的上帝之星照亮你的前程，并带你从此平安。而且丢勒，如果我们不能再见的话，我请求你仁慈地思量我。在未来的日子里，很多人会以不同的方式行事。”

“再见，玛莉娜。”我说。然后她离去了。

我们听到门在她身后关上了，抬她轿子的人声渐渐远去，然后一切都归于静寂。奥托美在窗前听了一会儿。看来看守也已经离去，不知到哪儿去了，也不知为什么离去了。只是在远处的营地里还传来狂欢的声音。

“现在开始工作吧。”我对奥托美说。

“按你说的办，丈夫。但我担心那是无用的。我不信任那个女人。毫无信誉，她也一定会背叛我们的。但在最后关头，你还有这把剑，我们可以用它的。”

“没多大关系，”我说，“我们的境遇不会比现在更糟了。或者说，不会比受酷刑或死亡更坏。我们已经走过这段了。”

于是我坐上凳子，我的手臂幸好没有受伤，仍然坚强。我用锋利的剑向窗格子乱砍一阵，直到砍出足够我们爬出去的空位。没有人来打扰我们，奥托美帮我把玛莉娜带来的西班牙士兵的衣服穿上，因为我还不能自己穿衣。我在穿衣时所受的痛苦，特别是把沉重的长靴套在我受伤的脚上时的疼痛无法用言语来形容，简直无法说出马上死去和继续受苦哪个更好些。最后完事了，奥托美就得把那红黄相间的袍子穿上去，对于任何诚实的印第安女人来说，这是宁死也不愿意穿的衣服。我想在她穿上这种衣服时所受的痛苦远远超过我受刑时的痛苦，只不过那是心灵上的痛苦。她带着挖苦的神情在我面前把衣服穿好了，并说道："请看，士兵，我打扮得像吗？"

"别开愚蠢的玩笑，"我回答道，"我们随时会有生命的危险，自己难看些有什么关系呢？"

"很有关系，丈夫。但你怎么会懂呢？一个男人和外国人。现在我要从窗户洞里钻出去了，如果你能的话，就跟着；如果你不能的话，我就再回到你的身边结束这个化装舞会。"

她很快从洞里钻出去了。奥托美敏捷和强健得像只豹猫。而我则尽力地站上凳子照她一样去做。我像个死猫一样伸出去，直到她把我拖出窗外，等到我感觉已下地了，并和她处在一起时，就躺在地上喘息。她把我拉起来，使我仅靠一只脚站立着。我们四下张望。周围看不到人，狂欢声死得远远的。波波火山已经发红了，黎明即将来到山谷里。

"我们往哪儿走？"我说道。

那时奥托美已被允许在兵营中和她的姐姐、瓜特莫克的夫人，以及其他阿兹泰克的贵妇们一起走动了，她凭着印第安人的本能，走过一遍的路就能重复，甚至在黑夜中。

"到南门那边去，"她悄悄地说，"战事已经结束，可能那儿已没人守卫了。至少我知道往那儿去的路。"

我们开始走了，我扶着她用右脚跳着走。在疼痛中我们走了大约三百码，没碰上任何人。很快好运没有了。在我们转过一间房子时，迎面碰到三个士兵带着他们的仆人，从狂欢的地方回到他们的帐篷去。

“我们碰到谁啦？”第一个人问，“你叫什么名字，伙伴？”

“晚安，兄弟，晚安。”我用西班牙语回答，似乎还带着醉意。

“你意思是早安，”他说，天蒙蒙亮了，“你的名字？我没见过你的脸，但又好像在战争中见过似的。”他笑了起来。

“你不应问一个伙伴的名字，”我平静地回答，左右摇晃着，“连长可能要我做事，他脾气很好。你的手臂，姑娘；是时候了，该睡觉了，太阳落下去了。”

他们大笑着，其中一个对奥托美说：“离开这个酒鬼，美人儿，来和我们一起走。”他抓住她的手臂。但她回敬他一个凶狠的眼神，他惊吓地放走了她。我们蹒跚前行，直到离开了他们的视线。在另一幢房子角上，我跌倒在地上。疼痛打倒了我，因为在那些士兵面前，为了不使他们起疑，我必须也使用那只受伤的脚。但奥托美又一次把我拉起来，并说道：“啊！我亲爱的，我们必须继续前行，不然的话我们就会死的。”

我呻吟着站起来，无法形容我是怎么挣扎着来到南门前的，我原以为在到达这儿之前就会死掉。但我们最终来到了门前。凭运气，西班牙守卫已经到警卫室里睡觉去了，只留下三个特拉卡兰人围着一堆火。为抵御清晨的寒冷，他们把斗篷罩住了头。

“开开门，狗东西！”我用圆滑的声音说道。看到西班牙士兵来了，其中一个服从地站起来，然后又停住了，他问道：“为什么？谁的命令？”

我无法看到他遮住的脸，但他的声音有点熟悉，这使我害怕。但我必须继续说话。

“为什么？因为喝醉了希望睡在外面直到清醒。谁的命令？我的。我是今天的值班军官，你如果不服从命令，我就让鞭子抽你，直到你永远不敢再问问题。”

“我们要不要问一下里面的丢勒?”这个人不高兴地问他的同伴。

“不,”他说,“沙西达老爷累了,而且下了命令不准吵醒他,除非有正当的理由。让不让他们出去你自己决定,别去吵醒他。”

我四肢发抖了,德-加西亚在警卫室内!如果他醒了,如果他走出来并看到了我!还有——这熟悉的声音我想起来了,那是一个今天参与对我行刑的特拉卡兰人。万一他看到我的脸呢?他绝不会认不出他在我脸上新留下来的创伤。我被恐惧吓呆了,说不出话来。如果不是因为奥托美的机敏,我的故事就在那儿结束了。现在她表演她的部分了,表演得如此出色。她和那人讲起粗俗的兵营里的玩笑话,直到他接受了她的幽默,开了门,跟他说再见,让我们走了。我们走出大门之后,一阵晕眩向我袭来我,我转过去倒在了地上。

“起来,朋友,起来!”奥托美急促地笑着说,“如果你必须睡觉的话,也得找个软些的树丛,”她拖着我把我拉起来。那个特拉卡兰人一直在笑着并走过来想帮一把。此时我终于站住了,而我头上的帽子却松松地掉了下来,好在照在我脸上的光线仍旧被遮掩住了。我向前单脚跳着,回头看了一下,那个特拉卡兰人带着疑问盯住我们看着,像是被搞糊涂了。

“他认得我,”我对奥托美说,“当他醒过来后,就会跟过来的。”

“走,继续走!”奥托美说,“转过那个角落,有不少树丛,我们可以躲一下。”

“我已经没有力气了,不能继续走了。”我再次要倒下了。

奥托美在我快倒下的时候抓住了我,突然发力把我抱了起来,像一个母亲抱着她的孩子似的抱着我蹒跚前行。就这样走了五十多步。是爱情和绝望给了她力量。

我们终于走到了龙舌兰的边缘,一起跌倒在了地上。在倒下时我向过来的路上看了一下。那个特拉卡兰人就在转角处,一根闪亮的标梭拿在手中，想找到我们解释一下心中的疑问。

“完了，”我低声说，“那人跟过来了。”

奥拖美抽出我的宝剑，把它藏在草丛中。

“现在假装睡觉，”她说，“这是我们最后的机会。”

我把手臂放在脸上假装睡着了。我听到那人的脚步声，那个特拉卡兰人站在我的身边。

“你要干吗?”奥托美问，“你没看见他在睡觉吗? 让他睡觉。”

“我必须先看看他的脸，女人，”他说着把我的手拿开，“上帝知道，我也知道！这就是我们昨天对付过的那个丢勒，他在逃跑!”

“你疯了，”她说道，并笑了，“他没从哪儿逃跑，只不过是打了一架。”

“你说谎，女人，不然的话你什么也不懂。这个人知道蒙特苏玛宝藏的秘密，价值非凡。”他举起了手中的标枪。

“你想杀死他！好吧，我不知道他的任何事。等他醒了之后把他带回去。他只是个醉鬼，我正好甩了他。”

“说得好，杀死他是够笨的。如果把他交给沙西达老爷的话，我就可以得到奖赏和荣誉。来帮我一下。”

“你干你的，”她不高兴地回答，“但先搜他一下，说不定可以从他的口袋里找到一些小钱，我们两个分一下。”

“说得好！再一次的。”他说着跪在地上弯身向我，开始翻我的口袋。

奥托美在他的身后。我看到她的脸的变化，一道可怕的光在她的眼中一闪，像祭坛上的祭师眼中发出的光。她飞快地从草丛中拿起宝剑，用力砍向那人弯下的头颈。他一声不响地倒下了，而她也倒在了他的身边。不多一会儿她又站了起来，手里拿着剑凶狠地盯着他看。

“起来，”她说道，“在其他人找来之前。不，你必须。”

我们再一次奋勇挣扎着向前穿过树丛。我的脑海中装满了一个巨大的旋转影像,空空的。一会儿又似乎是在梦中,我失落在一处可怕的地方,下面踩着火红的铁。然后一群武装的人手中拿着标梭,奥托美张开手臂迎向他们。

我什么也不知道了。

第三十一章
奥托美向她的人民请求

当我醒来时，发现自己在一个山洞里，光线很黑暗。奥托美倾身向着我，不远处一个人正在锅子里煮着东西，锅底下烧着龙舌兰的干叶子。

“我在哪儿，发生了什么事？”我问道。

“你安全了，亲爱的，”她答道，“至少可以安全一会儿。等你吃完后我会告诉你的。”

她拿来肉汤和食物，我很快吃完了，并感觉好多了。她说道：“你记得那个特拉卡兰人跟踪我们和我是怎么……解决他的？”

“我记得，奥托美，但我不明白你是怎么找到力气去杀死他的。”

“爱和绝望给了我力量，我祈求我再也不用做那事了。别再提起它了，丈夫，这件事对我来说比之前的所有的事都要可怕。唯一使我自慰的是我并没有杀死他，剑在我手里转了一下，他只是被击昏了。接着我们又往前走了一段路。我往后一看，另外两个特拉卡兰人，那个昏过去的人的同伴又跟上来了。他们走到他倒下的地方瞪眼看着他，然后又发现了我们的行踪，拼命追了上来，就快要追上我们了。那时你已经处于昏迷状态，我也没有力气再背你了。但是我们仍然挣扎着前行，在他们离开我们已经不到五十步远的时候，我看到了一些武装的人，一共有八个，从树丛中向我们跑来。他们是我的族人，奥托美人，是你统领的士兵。他们在西班牙军营外面观察，发现一个西班牙人落单了，就过来把他杀了。他们最近就这么做着，一开始我喘不过气来，说不清话，最后我用几句话告诉了他们我是谁，以及你的悲惨状况。此时那两个特拉卡兰人已经赶上了我们，我叫奥托美人保护我们，他们扑向那两个还没有弄清楚状况的特拉卡兰人，杀死了一个，活捉了一个。然后他们做了一个抬架，把你放在上面抬了六十英里的路，一直到了山里。你在这个秘密的山洞里躺了三天三夜。丢勒们到处搜寻你，但都是徒劳了。只有昨天，有两个西班牙人带着十个特拉卡兰人，在离开这山洞只有百步之外走动，我竭力阻止我们的人向他们攻击。现在他们已经离开此地，我想我们可以安全一段时间。很快你将恢复得好一些，我们就可以离开了。"

"我们可以到哪里去呢？奥托美，我们是失去鸟巢的鸟儿。"

"我们必须躲避到松树城去，或者渡过大海，没有别的选择，丈夫。"

"我们不可能渡过大海，奥托美，所有到这儿来的大船都是西班牙人的。我也不知道在松树城里我们会得到何种待遇，成千的战士都因我们而死了。"

"我们必须试试机会，丈夫。阿那灰克人还是有真诚的心的。他们会因为我们的遭遇而同情我们，同时这也是他们的悲伤。至少我们已经逃过了最大的危险。现在让我来治一下你的伤，大家再休息一下吧。"

我在山上的洞里又休息了三天，奥托美细心地照料着我。我的状况已允许我躺在担架上旅行了。但几个星期里我的脚还是不能着地。第四天晚上我们出发了。我靠人抬着走，最后来到了通向松树城的峡谷口。步哨阻止了我们，奥托美把事情告诉了他们。我猜想其中的几个先我们而去，报告了城防司令。我们缓慢地跟着信使前行，因为我的伤势而不能走得太快。当我们来到这美丽的城市的门口的时候，正是落日的余晖把红色的霞光照射在夏卡火山白色积雪的尖顶上的时候，使顶上的烟云发出如同熔化了的铁水似的暗红色。

我们来到的消息四处传开了，一群群的人汇聚起来，看着我们走过。大多数人沉默地站着，但一些失去了丈夫或儿子的妇女则对我们发出嘘声。

啊！与不到一年之前我们第一次来到松树城的时候相比，我们的境遇有多大的差别呀。那时簇拥着我们的护卫有十万之众，乐队在前面开路，道上撒满了鲜花。而如今，我们是从丢勒人那儿逃亡的两个人！我躺在由四个疲惫的士兵抬着的担架上，而奥托美，这里的人民的公主，还穿着卑贱的衣服，受着女人们的嘲笑，在我的旁边步行，没有人来抬她。四周围都是责备的气氛，因为我们是他们悲伤的制造者。不知道他们最后会对我们说什么。

最后，我们走过广场上金字塔的阴影下面，来到了古老的宫墙外。夏卡火山上的烟雾罩着火光，似乎这圣山的心中正孕育着大火。一个很小的宴席招待了我们，我们在神殿的火炬光线下进餐，吃了一些肉饼和一些水，就像对待平民百姓一样。然后我们爬下来睡觉，我则因为伤痛而无法入睡。奥托美以为我睡着了，在我身边轻轻地啜泣。自从我们的孩子死去之后，我还从未见她哭过，她哭得很伤心。

过了一会儿我问她："你为什么如此伤心？奥托美。"

"我不知道你还醒着，丈夫，"她哭泣着回答，"不然我会自制一些。丈夫，我在悲伤所有降临到我们身上和我的人民身上的事，你因为这些小事而受到低下的对待，我们在这儿受到冰冷的接待。"

"你有理由，妻子，"我说，"这些奥托美人将会怎么处理我们呢？把我们杀了还是把我们送给丢勒人？"

"我不知道，明天就会知道了。但就我来说，我宁肯死也不会投降。”

“我也不会，妻子，死也比科特斯的仁慈更好，何况还有他的手下，德-加西亚。我们还有希望吗？”

“是的，有希望，亲爱的。现在奥托美人很沮丧，他们记着自己的亲人去送死了。但是他们有着勇敢和宽大的胸怀，如果我能触及他们的心，所有的境况就会变好的。担忧、痛苦和记忆使我们软弱，而我们应该充满勇气，从不幸中挣脱出来。睡吧，我的丈夫，让我来思考。什么都会好起来的，不幸也会有尽头。”

于是我睡着了。早上醒来时感到清新，头脑也清醒起来了。一个人被晨光照亮的时候难道不会更勇敢些吗？

在我睁开眼睛的时候，太阳已经高升，奥托美已经在黎明时分起身了，而且在这两个小时里也没有闲着。经她料理后，我们得到了适合我们身份的食品和衣服。我们不再穿那些我们穿过的衣服。她也会见了一些在这个不幸的时刻仍然忠诚于她的人。派出一些人去通知他们，她会在中午时分，在宫殿的台阶上，对人民发表讲话。奥托美知道群众的心弦，她比那些冰冷的议事官们更容易调动群众。

“他们会来听你的讲话吗？”我问。

“别担心，”她回答，“要想看看我们这些从围城中生还的人和听听所发生的事情真相的愿望会促使他们来的。还有些人是想找我们算账的。”

奥托美是对的。从早晨到中午，我看到松树城的居民们汇聚了数千人，宫殿的阶梯上和金字塔的正面，都是黑压压地挤满了人。奥托美梳理了她卷曲的头发，在上面插上了鲜花，肩上披了饰有闪亮的羽毛的大衣，罩在白色的袍子上，胸前是辉煌的绿宝石项链。那是瓜特莫克在藏宝洞里给我的，而她在经历了那么多的危难后仍完好地保存着。她的腰部是一条金子做的腰带。手里拿着一根象征王权的小手杖，乌木的顶端镶着金子。在宫廷里，这些美丽的饰物象征着等级。在如此的盛装之下，虽然经过长途的劳累和悲伤她减容不少，但是在我的眼中，她比任何人都更像一个女皇。接着，她们让我躺在简陋的担架里，正午时分，她让那些把我抬过群山的四个士兵，把我抬到她的身旁。我们从宽大的门道里走出来，站在宫外的台阶最上端。此时，巨大的哭叫声从数千人的口中喊出，那愤怒的喊叫就像野兽们对着猎物嗥叫。叫声越来越响，撕人心肺。我终于听懂了几句。

"杀死他们！"他们喊道，"把这些说谎者送给丢勒人！"

奥托美向前走到平台边缘，举起权杖并一声不响，阳光照在她美丽的脸庞上和她的衣装上。但各种尖叫声、笑骂声和恐吓声随着喧嚣在增长。有一次他们冲了上来，似乎要撕裂她，但在最后一级台阶处，又像海浪碰到岩石一样退了下去。还有一次，一支梭镖飞来，在她的颈边飞过。

那些抬着我的士兵们不愿看到我们的死和他们有任何关系，就把担架放在石板上退向宫中。但奥托美却始终丝毫不动，甚至梭镖从她身边飞过的时候也一动不动。她坚定地、轻蔑地站在他们前面，真的是一位女皇站在所有的人前面。慢慢的，她高贵的仪态和伟大的勇敢精神使人群安静了下来。等到安静了一会儿后，她开始用清晰的声音把话音传向远处。

"我是在我自己的人民，奥托美人之中吗？"她痛心地说，"还是我们已经失落在野蛮的特拉卡兰部落里了？听着，奥托美人民，我只有一个声音，没有人能在乱哄哄的吵闹声中讲清道理。选出一个人代表你们说话，让他来表达你们的心声。"

喧闹又开始了，有的叫这个名字，有的叫那个。最终一个叫马克特拉的人走上前来。这是一个贵族，祭师，在奥托美人中很有权势。他是众人中最主张和西班牙人结盟，并反对派军队去帮助瓜特莫克守卫泰诺梯兰的人。和他一起来的还有四个酋长。从他们的衣装，我看出他们是特拉卡兰人并且是科特斯的使者。我的心往下沉了，不难看出他们来此的目的。

“说吧，马克特拉，”奥托美说，“我们必须听到双方的回答，奥托美的人民，我请求你们保持安静，这样你们可以在谈话结束后作出裁决。”

现在是绝对的安静，大家尽量挤得近些，像圈中的羊群一样，竖起耳朵希望听清楚马克特拉的话。

“我要对你，公主，和那个丢勒，你的非法丈夫要说的话是简短的和尖锐的。”他简短地开场后继续说道，“不久之前你们来到这里，希望得到军队去帮助奎拉华、阿兹泰克皇帝，加入与丢勒人、奎扎的儿子们之间的战争。军队在违反我们很多人意愿的情况下给了你。你以你的尊荣赢得了建议会的同意，而我们则竭力反对。结果还是把我们的与白人、上帝的儿子们结盟的建议反对掉了。你走了，带走了两万人，两万人民的鲜花们，去到泰诺梯兰。他们现在在哪儿？我来告诉你。大约两百个战士爬着回来了，其余的在空中飞来飞去落入神鸟的沙壤中，或堆在地上进了虎豹的肚子。死亡把他们抓走了，是你把他们带向死亡的。用你们两人的命来抵偿我们两万个死去的儿子、父亲、丈夫是太高的要求吗？再说我们并不要求你们抵命。在我旁边的是马林契派来的使者，丢勒人的军官，他们在一个小时之前，刚刚来到我们这个城市。他们带来了马林契亲授的命令：‘把奥托美，蒙特苏玛的女儿以及她的奸夫，那个叛徒，你们称他为丢勒的，交还给我。他逃脱了对他罪行的审判。这样你们，奥托美人才可以平安。藏匿他们或拒绝交出他们，泰诺梯兰这峡谷之皇后的命运，就是你们的命运。在我的爱和我的愤怒之间选择吧，奥托美的人民。如果你们服从，过去的事情可以被原谅，加在你们颈项上的牛轭就会轻一些。如果你们拒绝，你们的城市将被夷为平地，你们的名字将会从这个地球上消失。’说吧，马林契的使者，这就是马林契的原话吗？”

“这就是他的原话，马克特拉。”使臣的发言人说。

此时闹声又起来了，人群中发出阵阵喊叫："把他们交出去，把他们交给马林契去交换和平。"

奥托美走向前方开始说话时，喧闹声停了下来，大家都想听听她要说什么。

她说道："奥托美人民，看来我是在我的家臣面前受审，我的丈夫也一起来受审。好吧，我就以一个女人的身份来为我们辩护吧。你们有权利，你们就在我们和马克特拉与他的同盟者马林契以及特拉卡兰人之间作一个评判吧。我们的抗辩是什么呢？那就是我们来到这里是受奎拉华的派遣，来求得你们在他与丢勒人的战争中给他以帮助。那时我对你们说了什么？我告诉你们，如果阿那灰克人不能站在一起反抗白种人的话，他们就会像没有捆在一起的柴薪那样，一根一根地被丢进火里烧掉。我说谎了吗？没有。我说出了事实。通过她的部落的叛变，特别是通过特拉卡兰人的叛变，阿那灰克正在沦陷，泰诺梯兰已成充满尸体的废墟，像是玉米地一样。"

"这是事实！"一个声音高叫道。

"是的，奥托美人民，那是事实。但是我要说，如果阿那灰克所有的战士，都像你们的儿子那样勇敢地战斗，那么结果就会是另一个样子。他们战死了，为了这个，你们要把我们交给我和你们的共同仇敌。但是我一个人并不能安慰他们，尽管那死者中还有我的亲人。不，别生气，听好了。他们死得值得，死得光荣，为自己挣得了荣誉的花环，可以永远地住在太阳的居所，好过活着做奴隶，看来这是你们的选择，奥托美人民。我对你们所说的话里没有一句是假的。现在那个马林契用来抽打瓜特莫克的棍子，可以被折断并用来烧火了。那些他的乖孩子们已经是他的奴隶。你们应该听说了他的命令，那些与他结盟的部落，要在采石场里和道路上服劳役，直到那些被他毁灭了的城市重新在水边建立起来！你们能不能不急于加入这种苦役？奥托美的人民，这种苦役没有休息，没有奖励，除了监工的鞭打和丢勒人的刑罚。看来你们已经急于去做了，高山的勇士们！你们的手已经准备好使用铲子和涂泥的抹子，而不是弓箭和梭镖；感觉更甜蜜地为执行马林契的命令和增加他的财富，而终日劳累在山谷下或矿洞里，而不是自由地生活在至今没有敌人踏足的群山之中！”

她再一次停顿了下来，成千的听众里涌动着低低的讨论声，人群开始激动起来。马克特拉向前走了几步准备讲话，但人们高声对他叫喊，命令他下去。他们高声叫道：“奥托美，奥托美！我们要听奥托美的讲话。”

“我谢谢你们，我的人民，”她说道，“我的确还有很多事要告诉你们。我们的罪名，是我们带走了一支军队去与丢勒人作战。那么我们是怎么带走这支军队的？难道我命令了你们吗？没有！我说出了我的道理，并说：‘现在选择。’你们选择了，在你们的自主意愿下派出了这支伟大的军队，而现在他们死了。于是我的罪名是你们做了错误的选择。你们说是错误，但我至今仍坚持说再对也没有了。为了这个选择，我和我的丈夫要被送给丢勒人，作为和平的献礼。听着，让我告诉你们一些我们所经历的这场战争的事——在你们把我们献给丢勒人之前，然后我们将会永远地沉默。从哪儿开始呢？我也不知道。听着，我生了一个儿子，如果他还活着的话，今天将会是你们的王子。这个孩子在我的眼前饿死了，一寸一寸地，一天一天地我看着他饿死。但这不算什么，我凭什么要抱怨自己死了个儿子？你们那么多的儿子死了，而且他们的血是我要走的。再听着……”

她继续用烈火一样的言词叙述了围城的惨烈，西班牙人的残忍和奥托美人的勇敢，这些人是在我的统领之下的。她整整讲了一个小时，下面的人被她吸引住了。她也讲了我参加的战斗和建立的功劳，人群中那些曾经在我手下战斗，又曾经逃出大火和屠城的士兵不止一次地叫道：“那是真的，我们亲眼看到的。”

“这样，”她说道，“一切都完了，泰诺梯兰成了废墟，我的堂兄，我们的国王，伟大的瓜特莫克，成了马林契的阶下囚；我的丈夫丢勒，我的姐姐，我自己和其他很多人也都落入了他的手中。马林契曾经保证对待瓜特莫克和其他人以尊重。你们知道他怎么尊重他的吗？几天之后，瓜特莫克，我们的国王就被绑到行刑室的椅子上，奴隶们用烙铁烧他并逼他说出蒙特苏玛的藏宝处！唉，你们可以叫：‘他受羞辱了’，但等我把我的故事告诉你们后，你们会叫得更响。瓜特莫克并不只是一个人在受苦，躺在这里的人和他一同受苦，但同样不吐一个字。还有我，你们的公主也被关起来准备受刑。我们在将要死亡之前逃跑了。我告诉我的丈夫，奥托美人有颗真诚的心，他们会在我们悲伤的时候庇护我们，为了救他，我，奥托美，乔装在这卑贱的衣服里逃到了这里。如果我知道我会活着并听到，甚至梦见受到这种待遇，我宁愿死一百次也不会站在这里从你们的手中请求怜悯。

“哦！我的人民，我的人民，我恳求你们不要与不诚实的丢勒人结盟，要勇敢地捍卫自由。你们的脖子不是用来套奴役的牛轭的，你们的儿女血统高贵，不是用来满足外族人的需求和欲望的。拒绝马林契。我们民族中有些人已经死了，但成百上千的部落还在。这里在你们的家园里，你们可以打败所有在阿那灰克的丢勒人，就像现在已经变态的特拉卡兰人曾经击退阿兹泰克的进攻一样。那时特拉卡兰人是自由的，现在只是一个奴隶的部落。说，你们愿意分享他们奴隶的身份吗？我的人民，我的人民，不要设想我只是为我自己在请求，或是为了我的，比我的荣誉还要重要的丈夫。你们真的以为把我们交到那些特拉卡兰狗，那些马林契派来羞辱我们的人的手中之后，我们就会受苦了吗？看，”她走向那支落在地上，曾经掷向她的梭镖，并把它捡了起来，“这是有些朋友送来要我们死的信息，如果你们不听我的申诉，它就会在你们的眼前被使用，然后你们就可以把我们的尸体送给马林契，作为和平的献礼。但我申辩是为了你们的利益。拒绝马林契，如果你们必须死，那么作为自由人而死，不是丢勒人的奴隶。不要相信他的温柔的慈爱。如果你们相信了马克特拉的建议，这可悲的命运就会降临到你们的头上。”

她走到我的担架旁，很快地脱下我的外衣，把我的上身裸露出来，露出了身上和手上的伤痕，并把我扶了起来，让我用一只脚站着。“看！”她用一种能穿透人心的声音高喊一声，指着我身上和脸上已愈和未愈的伤口，“看这些丢勒人和特拉卡兰人干的，看这些敌人是怎么对待已经投降了他们的人的。投降吧，如果你们要的话，或把我们送给他们吧，但是你们身上就会留下同样的印记，直到没有一两黄金剩下去满足丢勒人的贪婪，或是没有一个男人和姑娘剩下去满足他们的惰怠和欲望。”

然后她停下来，把我扶下地躺着，因为我还不能独自站太久。她站在我身边，手持梭镖，做好随时刺向我心脏的准备——如果人民仍然要把我们交给科特斯的信使的话。

全场一阵静默后又突然怒吼起来，群情激昂，比之前的声音要响十倍以上，但不再是针对我们的了。奥托美征服了群众。她高贵的言词，她的美丽，我们悲惨的遭遇和我的伤痕见证了的酷刑，这一切成就了她的功劳。人们的心中充满了对丢勒人的愤恨，他们毁灭了奥托美人的军队，特拉卡兰人则是他们的帮凶。从未看到一个女人的才智和雄辩这么快速地转变了形势。他们喊叫，撕下身上的袍子，挥舞着手中的武器。马克特拉试图抢着说话，但他们把他拖下去，而他则赶紧逃命去了。然后大家转向特拉卡兰使者们，用棍子打他们，并叫喊着：“这就是我们对马林契的回答。滚，你们这些狗，把我们的回答带回去！”直到他们被赶出了城。

最后混乱停止了，一些高贵的酋长走上前来，吻了奥托美的手，并说道：“公主，我们作为你的孩子，将会至死捍卫你，因为你重新把一颗心装回了我们的胸中。你是对的。为自由而死比作为奴隶活着更好。”

“看，我的丈夫，”奥托美说，“我曾经告诉你，我的人民是高贵和真诚的，我没有说错。但是现在我们必须为战争做准备，他们已经走得太远而无法回头，这些事一旦传到马林契的耳中，他就会像一只被抢走了小豹的母豹。现在让我们休息吧，我已经累坏了。”

“奥托美，”我说，“这个世界上没有任何女子比你更伟大。”

“我不能说这个，丈夫，”她笑了笑，“只要赢得你的信任和安全，我就满足了。”

第三十二章

瓜特莫克之死

有一段时间我们平静地住在松树城。身上尽管疼痛，但我还是慢慢地从德-加西亚对我的酷刑造成的伤害中恢复了过来。我们都知道这和平的日子不会太长，奥托美的人民也知道这一点。他们不是鞭打并且驱赶马林契的使者出城了吗？很多人开始后悔这么做了，但既然已经做了，就必须收下已经播种的东西了。

于是他们开始做着战争的准备。奥托美是建议会的主席，我也是列席者。不久有消息传来，说是五十个西班牙人带着五千个特拉卡兰同盟军前来攻城，想要毁灭我们。我统领奥托美各部属的军队——一共有一万多人，以他们自己的传统武装起来——出城来到峡谷三分之二的地方。军队不可能塞在山谷里，我进行了另一个部署：派遣大约七千人，从两边的山上通过秘道登上悬崖的顶部，接近峡谷最窄处的边缘，在离地一千英尺的绝壁上准备了大量的石块。余下的部队，除了五百个跟随我的士兵之外，都部署在隐蔽的山谷中不会受到从山崖滚落的石头打击的地方。他们都用弓箭和梭镖武装起来。然后我派了一些可信赖的人作为侦察，去观察西班牙人的进程，其中一些人假装投靠去做他们的向导。

现在我自认为计划周全，所有的事情都看上去完好，但还是出了一点小差错。马克特拉，我们的敌人，西班牙人的朋友也在我的军营中——确实我是故意拉着他并看着他——但他却不是一只木偶。

在西班牙人离到达峡谷还有半天路程的时候，一个我派去监视他们行程的士兵来到我面前向我汇报，说马克特拉收买了他，要他把我们伏击的计划都告诉西班牙人的头领。他已经收到了贿赂并出发去进行叛国的行为。但他的心止住了自己，返回告诉了我所有的事情。我立刻把马克特拉逮捕了，并在晚间把他执行了。

在他死后的第二天早晨，西班牙人的队伍进入了通道。我带着五百战士在半道截住他们并发生了战斗，在杀死了他们一些人后，我们向后撤退了。而他们在追击中变得越来越勇敢了。我们越逃越快，最后引着他们的马队来到了狭窄处。在通向松树城的峡谷口不到八分之三英里之处，峡谷转了一个弯并且突然变窄了，这里的悬崖如此陡峭和高耸，山崖下面的光线也变得阴暗了。

在此我们像溃散了一般奔跑起来，在我们身后的西班牙人高喊着他们圣者的名字，被胜利冲昏了头脑。但是，在我们转弯后不一会儿，他们就用另一种声音叫喊了。在一千英尺高处观察我们的人给了一个信号，于是从上面像下雨似的落下的石块和大鹅卵石把天空都遮暗了，砸在他们身上，很多人都被打倒了。在挣扎中看到前面路变宽了，山崖也不是那么陡峭了，剩下的大约半数的人继续往前走。但那儿弓箭手正等着他们，代替石块的是如雨的箭镞。最后他们完全被击溃了，连还手的机会都没有，就回转身向山谷外逃去，于是我们再次从上面向他们投掷，并追击他们。在战斗结束时，那些逃命的西班牙人和他们的印第安盟军被打得完全像散兵一样回到了平原，远离松树山谷。

这次战斗之后，除了威胁之外，西班牙人有几年的时间没有来惹麻烦，而我在奥托美人中的名声也高涨起来。

有一个西班牙人，我把他从死亡边缘救活，并放他自由。从他那儿，我了解到德-加西亚也就是沙西达的一些情况，我知道他还在为科特斯服务。但玛莉娜还是守着她的诺言，很看不起他，因为他曾经想对奥托美施以酷刑。同时科特斯也因为我们的逃离而对他发怒，玛莉娜也乘机暗示他受贿赂放我们出了门，把责任都推到了他的头上。

在西班牙人被打败的十四年里，我可以简要地叙述一下我的生活。与此前相比，这可以算是平静的日子。奥托美和我生了几个孩子——三个儿子。这些孩子是我最大的幸福，我热爱他们，他们也爱我。确实，除了带有母亲的血统之外，他们是英国男孩而不是印第安人。我让他们都受了洗礼，教他们英语和英国的宗教，他们的样子和眼睛都更像英国人而不像印第安人，尽管他们的肤色较黑。但我没有运气保有他们，就像我和莉莉所生的孩子一样。其中两个死了——一个死于发热，我用尽法子也治不好他。另一个从高高的杉树上摔下来死了，他是想去找鹞子的窝。就这样，连同在围城的时候饿死的，我失去了三个孩子。剩下的那个是在松树城中生下的三个孩子中最年长的。他也是最受宠爱的，我必须在后面叙述一下。

自从我们打败了西班牙军队和他们的盟军之后，我在联席会议上和奥托美一起被任命为卡西克。自此我拥有了广泛的虽说不是绝对的权力。运用我的权力，我最终取消了残酷的把生人活祭的仪式，为此而造成许多城外的部落脱离我们的掌控，怀有敌意的祭师以行动反对我。除了一个最恐怖的献祭——我会在以后叙述——之外，在皇宫对面的金字塔上最后的献祭，就是我们在山谷中打败西班牙人之后进行的。

在我居住于松树城三年之后，我的两个儿子出生了。几个神秘的信使受我们的朋友瓜特莫克的派遣到来了。瓜特莫克在酷刑之后活了下来，但仍在科特斯的监狱中。从信使的口中，我们得知科特斯计划扩张他的地盘到洪都拉斯海湾，这一片地方现在被称为优卡坦。他准备把瓜特莫克和阿兹泰克的贵族们都一块儿带走，而不敢把他们留下来。我们还听说在被占领的阿那灰克部落中，不满的声音很多，这是因为西班牙人的残忍和勒索。甚至有传言说有人准备起事。

派信使的人恳求我组织一支奥托美人的军队，跨越距离到达优卡坦，在那儿会合其他部落的起事者，在西班牙人经过森林和沼泽地的时候，等待合适的时机向他们袭击并解救瓜特莫克。这是他们此行的首要目的。当然他们还有其他的想法，在这里就不提了，因为那对我们并不重要。

当我听到这些信息的时候，就悲伤地摇头了，因为我可以预见这个计划是不可能成功的。但领头的使者把我拉到一边对我说，有些话要悄悄地告诉我。

“瓜特莫克要我对你说，”他说，“我听说你，我的兄弟，已经自由并安全了，和我的堂妹奥托美一起生活在奥托美人中。而我，啊，还被关在丢勒人的监狱中，像一只折翅的雄鹰被关在笼中。我的兄弟，如果你有这个权力，帮助我吧，凭着我们长久的友谊和一起度过的苦难，我恳求你。如果有一天我再统治阿那灰克的话，你将会坐在我的边上。”

听到这些，我的心跳动了起来，因为直到此时，我仍然像兄弟一般爱着瓜特莫克。

“回去，找机会对瓜特莫克说，”我说，“只要我能做到，我一定去救他，尽管这只有很小的希望。告诉他，在优卡坦的森林里等着我。”

但奥托美听到我的诺言后被激怒了，她说这是愚蠢的，只会把我自己的命搭进去。但既然我已经说出了口，她只得坚决支持我把事情办下去。最后，我组织了五百个战士，并带着他们开始了辛劳的跋涉。我计算时间在科特斯去优卡坦的路上截击他们。在临出发时，奥托美想要和我一起走，但我不允许，我指出她既不能离开她的孩子，也不能离开她的人民。这是我们之间第一次悲伤的离别。

这里避开一路的辛劳不谈了。在两个半月中，我们艰苦地越过山地、河流、沼泽和森林。最后我们来到了一座巨大的被毁弃的城市，当地的印第安人叫它帕兰克，已经有好几代人没居住了。这是我的旅程中最奇妙的地方，尽管它多数地方已经隐没在树丛之中，但过路者可以在所到之处看到用大理石建造的宫殿，里里外外都刻着东西，还有饰有雕像的神殿和巨大的露齿而笑的神像。我常常想，是什么样的民族建造如此规模的都城？住在这儿的国王又是谁？但这都已属于过去的秘密，这些问题无法回答。直到有一天来了一些有学问的人，找出方法解读石上雕刻着的到处都是的符号。

我把我的人都隐蔽在这座城中。让他们住在这么多离奇的鬼神当中，可不是一件容易的事，更别提那臭气、瘟疫以及野兽和毒蛇了。但我已经得到消息说，西班牙人将会穿过这废墟与河流之间的沼泽地。我希望在这里偷袭他们。但等了他们八天之后，我才得知，科特斯已从高处越河而过，并直接穿过森林，因为他已受够了沼泽地了。于是我赶紧走向河边想渡过河去。但是那天整日整夜地下着大雨，似乎世界上除此之外，无处可以下雨了。当我们踩着齐膝的泥水找到渡口时，却看到那里的水又宽又急，除了用耶末斯鲱鱼船之外没人能渡过去。我们只能在岸边干等，承受热病的煎熬和缺少食品的痛苦，以及无处躲藏的大水。最后等到河水降了下去。

我们在那儿等了三天三夜。第四天早上，我命令渡河，在河中间淹死了四个人。过了河之后，我把部队隐藏在芦苇和树丛中，只带了六个人潜行，希望能发现西班牙人在何处。一个小时之内，我就找到了他们穿过森林所留下的行踪。我们小心地跟踪前行，来到一处地方。树木稀疏，科特斯留下了露营的痕迹，火堆留下的灰烬还有余温，旁边还有一具病死的印第安人的尸体。离营地不到五十码的地方有一株巨大的丝棉树,这种树的生长环境与我们英国的橡树相似,不过是软木,有白色的树皮。这种树不像橡树可以在百年中不断地增大,而只在二十年中生长,却比橡树长得更大些。这株丝棉又粗又高,与那种叫科比橡树或苏格兰王橡树不相上下。我在诺福克县狄钦汉的邻近教区布隆姆见过。这株丝绵树上有不少"扎菲罗特"也就是兀鹰栖息。在我走近那树时,我发现西班牙人也来过这里。远远看去,在较低的树枝上吊着的三具尸体在微风中摇动。"这是西班牙人留下的足迹,"我说,"我们检查一下。"我们向树下走去。

在我们接近那树时,一只兀鹰落在接近我的一具尸体上,它的重量和翅膀扇起的风使尸体的脸庞转过来对着我。我注视着,再注视着,不禁跌坐在地上呻吟起来。这不正是我一心想来救的人,我的朋友、我的兄弟、阿那灰克最后的皇帝瓜特莫克吗?!他在这里被吊死在阴暗的、荒无人烟的森林里,像处罚小偷一样被处死,任凭兀鹰啄食他的脑袋。我坐在那儿被恐怖打击得头脑昏乱。我想起了阿兹泰克贵族的骄傲的符号,一只凶鸟抓着一条毒蛇。在我的面前是最后的皇帝,看!一只兀鹰用利爪抓住了他的头发,这不正是阿那灰克和它的皇帝的陨落吗?

我发着咒跳起来,用带在身上的弓箭射出一箭,正中那兀鹰,它应声落地哀叫着挣扎。我命令随从把瓜特莫克的尸体解下来,同时也解下了塔库巴王子和另一个贵族的尸体。我们在树下挖了一个深深的坟墓,让他们永远安息在这悲哀的树荫之下。这就是我最后一次见到我的兄弟瓜特莫克。我为救他而长途奔袭,却发现西班牙人已经准备好让我们把他埋葬。

我们转身向回家的路走去,阿那灰克已没有国王需要拯救了。在路上,我们捉到了一个会说西班牙语的特拉卡兰人。他是因为受不了科特斯军队辛苦的行军和折磨而逃出来的。这个人参与了谋杀瓜特莫克和他的同伴,并听到了皇帝最后说的话。看来是有什么骗子背叛了，向科特斯说有人要来救王子，于是科特斯命令把他吊死。同时，瓜特莫克对待死亡就像对待厄运一样，骄傲且无畏。这就是他最后的话："我做错了，马林契，我没有在投降你之前自杀，尽管我的心告诉我，你的保证都是谎言，它是对的。我欢迎死亡，我已经活着学懂了羞辱、失败和酷刑，并看到我的人民成为丢勒人的奴隶。但我还是要说，上帝最终会报答你的。"

于是他们在绝对的沉默中把他杀害了。

再见了，瓜特莫克，最勇敢的，最正直的，最高贵的印第安人。但愿加在他身上的痛苦和羞辱深深地烙在科特斯的光环上。让人们都记住他们吧！

回程走了两个多月，我终于抵达了松树城，虽然劳累，我却完好无损。在经历了众多的旅途中的困难之后，我们只损失了四十个战士。奥托美健康完好并因为我的安全归来而欣喜有加，她原以为会再也见不到我了。但是在听到她的堂兄瓜特莫克的死讯之后，她又陷入了深深的哀伤，不仅是因为他的死亡，更是因为阿兹泰克的最后的希望也失去了。好几天里，她都无法从悲痛中解脱出来。

第三十三章

伊莎贝尔-德-西昆扎复仇

瓜特莫克死后许多年中，我和奥托美一起在松树城里过着平静的生活。我们的山地之国虽然崎岖和贫穷，但是我们拒绝服从西班牙人，不向他们进贡。现在科特斯已经回到西班牙去了，他们也没有闲心来征服我们。对他们来说，除了几个像我们这样生活在贫困地区的部落之外，全部阿那灰克人都已经在他们的控制之下了。若再把剩下的奥托美人也一起征服，这并不能带给他们太多的好处，可能还损失大于利益。就这样，他们让我们过我们的，等到哪一天容易收拾我们的时候再说。我说剩下的奥托美人，是因为随着时间的推移，许多部属纷纷向西班牙人投降了，最后只剩下松树城和周围十来英里的地方还在我们的管辖之下。说实话，这些部属也只是因为对奥托美的爱和对古老的部落的记忆，再加上对我这个无法征服的白种人的尊敬和我作为统领的信任，才团结在我们的周围。

现在应当要问一个问题，就是在这些年中我幸福吗？我有足够的理由感到幸福——没有人如此幸运，拥有一个比她更美丽可爱的妻子；也没有人曾经受过她这种真诚奉献的爱。这个女子完全出于自愿地和我一起躺在祭石上；她不顾自己女人的天性掺和到血污里，保卫我的生命；她用自己的智慧多次救我于危难之中；

她用自己的爱使我从悲痛中恢复过来。如果感恩可以征服男人的心，我应该匍匐在她的脚下直到永远。我的确是这样做了，而且到如今还是这样。但是感恩和爱情或者任何其他感情能够掌握我们的灵魂，使一个人忘记他自己出生的房子？我，一个印第安酋长，同正在沉沦的民族一起抵抗不可抗拒的命运，能够忘记自己的青年时代和那心中一直存在的希望与恐惧，忘记威凡尼山谷和山谷中的鲜花，忘记曾经的誓言——尽管我已背弃了那誓言？机会总是和我作对，环境也总是和我作对，但是我想总会有人读了这个故事后，找到原谅我的理由。我深信，很少有人在经历了我的困苦和危险之后不会做出我曾经做过的事。

回忆会在心中泛起，我常常会躺着睡不着觉，甚至是睡在奥托美身旁的时候。回忆，悔恨，如果一个人会为自己不可控制的事悔恨的话。我是一个活在陌生土地上的陌生人。尽管我的家在这里，我的孩子在我的周围，但对另一个家的思念却始终在我的心中，也无法消除对已经失去了的莉莉的思念。她的戒指仍在我的手上，除此之外再也没有她的纪念物了。我不知她是否嫁人，也不知她是否还活着。我和她的距离随着岁月的久远而变得更遥远了，但对她的思念却始终萦回在我的心中，像我的身影一样隔在我和奥托美炽烈的爱情之间，甚至会泛起在我亲吻我孩子的时候。更为严重的是，我为我自己的悔恨而轻视我自己。不！如果还有比这更坏的话，这里还有一件，就是虽然她从不说出来，但奥托美却看到了我的心里面。

“心心相印，虽然远在天边”，这是镌刻在莉莉订婚戒上，也是印在我心上的一句话。我们尽管相隔万里，也没有桥梁可以架在中间，可是至今心心相印的誓言仍保留在我们的心中。她的心有可能已不在跳动，但我的心却仍然向着她。跨越陆地，跨越海洋，跨越死亡之谷——如果死了的话——我秘密地坚守着我已经背弃的爱情。

日月一年年滚过去，希望越来越渺茫，直到我终于相信，我将会在这个远离家乡的地方生活直到死去。但这却并不是我的命运。

任何人若读过我早年的故事，一定还记得伊莎贝尔-德-西昆扎是怎么死的。她被切开了混入泥中。也一定还记得在她最后的时刻，发出了请求上天降临惩罚的声音，惩罚那个所谓神圣的教父。他在对她的酷刑之上又加上了无法忍受的羞辱。她恳求上天让他也死在疯狂的教徒们的手中，比她经受到的还要凶残。如果我没有记错的话，这真的发生了，何等惊奇啊！在科特斯征服了阿那灰克之后，这个凶残的传教士跟着其他传教士从西班牙来传教了。他用酷刑和剑来转变印第安人的信仰，使他们热爱上帝。事实上，在所有执行这和平使命的人中，他是最狂热的一个。印第安祭师已经够残忍的了，他们把被害人的心脏取出来，奉献给黑哲或奎扎，但他们至少让他的灵魂得以上升到太阳的圣殿中去。而基督传教士们，那些所谓"拇指的一群"同样使用献祭石，但却把他们囚犯的灵魂送下地狱。

这些传教士中有一个神父叫彼得罗，是最凶恶和残忍的。他四处巡查，沿途用尸体造就了对他的崇拜，直到他挣得了一个"基督魔鬼"的称号。最后他在神圣的热情中走得太远了，被一个奥托美的族群抓住了，而这部分人正是因为反对取消活祭而从我们分裂出去，一直未被西班牙人征服。那是在我们管理松树城十四年左右的时候，一天消息传到我这儿，说是这个族群的祭师抓到了一个基督教的传教士，准备要把他献给泰兹卡特上帝。我只带了一小队卫兵就匆忙上路穿越群山，准备去拜访这个族群的酋长。尽管他已经从我们的联盟中分裂了出去，但我们仍然保持着友谊。如果可能的话，我打算劝他放了这个传教士。但是我赶得快，这些祭师们的行动比我更快。当我赶到那个村庄的时候，发现他们正在把这个"基督魔鬼"带到那些丑陋的偶像前的祭石上去。祭石的周围堆满了骷髅，他的双手被绑在身后，上身被剥光了衣服，灰色的长发垂到胸前。他尖锐的目光盯着他的异教徒敌人的脸，不像是恳求，倒像是在威胁。薄薄的嘴唇轻声地在祈祷。彼得罗神父向他的终点走过去，不断地拼命摇头，驱赶嗡嗡作响的虫子。

我看着他感到有些惊异，再仔细地看他，就明白自己为什么会惊异了。在我的脑海中突然出现一个女人的身影。在塞维利亚的一个昏暗的穹顶下，一个年轻美丽的女子被包在裹尸布里，一个长脸的穿着黑袍子的修道士正在用象牙做的带耶稣像的十字架抽打她的脸。现在，在我面前的就是那个人。伊莎贝尔-德-西昆扎祈求上苍，让同样的命运也降落在他的身上。现在是真的降临了。即使我现在有能力去阻止这个活祭，我也不会去做了。我站在那儿，让受刑人从我身边走过，并在他经过的时候用西班牙语说道："记住那个你很可能已经忘掉的往事吧，神父。记住伊莎贝尔-德-西昆扎临死前的祈祷吧，那个许多年前在塞维利亚被你杀死的姑娘。"

这个人听到了我的话。他的皮肤一下子变成土灰色，全身颤抖，眼中带着惊恐，想要弄明白为什么一个印第安酋长会对他的死亡高兴。

"你究竟是何种魔鬼，"他嘶哑地叫着，"从地狱里来，在我的最后一刻伤害我的心？"

"你应该记住伊莎贝尔-德-西昆扎临死前的祈祷，你在她最后一刻毒打她并诅咒她。"我讥讽地回答，"不用知道我是谁，只需记住这件事，现在，并直到永远。"

他一动不动地站了一会儿，忘记了他的处境。然后他的勇气又回到了心中，高声地叫着："离开我，魔王，我为什么要害怕它？那个罪人我记得清清楚楚——愿她的灵魂安息——她的诅咒已经降临到我的头上，我高兴，那是应该的。但在献祭石的另一边，天堂的门已为我开启。离开我，魔王，我有什么可以害怕你的？"

他一边叫着一边蹒跚前行，嘴中念念有词："哦，上帝，我把我的灵魂交在你的手中！"愿这个灵魂也安息吧。尽管他曾经残酷，但至少他勇敢，并且在面对他曾经加给很多人的酷刑时没有退缩。

这并不是一件大事，但后果却是巨大的。如果我成功地解救了神父彼得罗，不让他被奥托美的祭师杀害的话，我大概也不会坐在这儿，在威凡尼山谷写着这个历史故事了。我不知道我能否救他，只知道自己并没有试着救他。这个死亡事件让我的心中充满了悲伤。我究竟是做对了还是做错了，有谁能说呢？那些评判我故事的人，可以拿着这件事同我做的其他事一样指责我，说我是错了。但如果他们也曾目睹伊莎贝尔-德-西昆扎在她的墓中死去时的情景的话，一定会说我没有错。但不论对错，我得把发生的事情一一记下来。

接下来的事情是可以预料的。从西班牙新来的总督，因为传教士被反叛的奥托美异教徒杀害而震怒，决定对干这事的部落进行讨伐。消息很快传开，大队的特拉卡兰人和其他印第安人集合起来，准备最终消灭我们，把所有的部族连根拔起。他们都已经是奴隶了，我们怎么还敢不是！和他们一起来的还有一百多名西班牙士兵。整个军队由勃诺-达安兹上尉统领，就是那个在"诺契特列梯"之夜被我在死人堆里放生的士兵。他曾发誓要还我一报的。

现在我们必须准备战斗了，勇敢是我们的唯一生机。西班牙人曾经攻打过我们，那时他们还带了成千的同盟军，但是那些人在科特斯的军队中已所剩无几了。我们曾经做过的，现在还可以再来一次——奥托美从她不可征服的心中说出了这句话。但是啊！十四年来这儿的事情已经发生了很大的变化。十四年前，我们管理着群山中广大的地域，其中每个部属都会在我们发出号召时派出成百名战士；现在这些部属已经不服从我们管制了，只有松树城和连接着的地域、村庄还听命于我们。当年西班牙人向我们进攻时，我还可以统领数万大军与他们战斗，而现在我最多只能召集到两三千人，其中还有些人在危急时刻逃跑了。

虽然我必须装出勇敢的样子来，并对这支军队作出战斗部署，但我的心中实在非常担心。然而，在奥托美面前我一点都不说出来，而她也一样把全部担忧埋在了心底。说实在的，她对我充满信心，认为凭我一个人的智慧就足以对付西班牙军队了。

敌人终于临近了，而我则布置了十四年前同样的阵势，在唯一进城的峡谷里留了少量军队，而把更多的人均匀分到山谷两边的悬崖绝壁上，在西班牙人的头顶上准备了大量的石块，等我发出信号的时候就从上面扔下来。我也计划了其他可能出现的情况。我加固了城墙和城门，并派守了一支卫戍部队，以备万一必须退守时可以有退路。作为最后的基地，我在金字塔上面储存了大量的饮水和其他战备物资，这儿已不再是做献祭的地方了。我还在周围加固了布满火山玻璃和其他利器的围墙，直到看上去不可能被攻破。

这是一个初夏的晚上，我带上我的儿子，告别了奥托美出发上前线。按照印第安人的习俗，少年人必须面对面地与敌人战斗。我也派出了那些指定上悬崖边上守候的部队，自己则带着剩下的几百号人，进入了幽暗的山谷深处。根据情报，我知道西班牙人已扎营谷口的外面，准备在黎明前我们还在睡梦中的时候发起进攻。第二天凌晨，当阳光尚未照到夏卡火山顶部的时候，远处传来的轻轻的骚动声打破了黎明前的宁静，告诉我敌人已经开始行动了。我驾轻就熟地乘着夜色向前迎接他们，因为我们熟悉这里的每一块石头。西班牙人多数骑在马上，其余的人则拖着两门短筒炮。这种炮在鹅卵石路上还可以走得快些，但在黑暗中拉炮的奴隶们就不知该把轮子放在哪里行走。最后上尉只得命令他们停止前进直到天亮。

终于黎明到来了，光线照亮了山谷的底部，照亮了盔甲闪亮的西班牙军队，以及成千的装束更为鲜亮的印第安同盟军，他们头戴涂着色彩的头盔，身穿饰有羽毛的发亮的衣装。他们也看到了我们，并开始嘲笑我们这支穷酸的队伍。他们的队伍蜿蜒向前，像一条巨蛇游走于山谷之中，直到离我们还有百步之遥。此时，西班牙人发出了战斗时颂扬圣彼得的喊叫，驱赶他们的马匹来冲击我们。我们用像雨点一样的箭射向他们，但只能对他们造成一点伤害，支持不了多久。很快他们就和我们短兵相接并用他们的矛追击我们，杀了我们很多人。我们印第安人的武器对他们用盔甲保护的人和马不能造成多大的伤害。于是我们只好奔逃了。事实上，这正是在我的计划之中。我希望他们被引到那个狭窄的两边山崖直立的峡谷之中，在那里，他们将会被冰雹似的石块打垮。一切都按计划进行得很好。我们在逃跑，西班牙人紧跟着我们。他们因胜利而兴高采烈，直到接近那个陷阱的地方。此时一块石头从高处落下，砸到一匹马，打死了那个骑兵。那个骑兵弹了起来，造成一阵恐慌，使他后面的不少人都受了伤。石头一块又一块地砸了下来，我从心底里感到高兴，看来危险已经过去，我的计谋再一次成功了。

但是突然从上面传来了声音。那不是石头砸下来发出的声响，而是打仗的声音。响声越来越大，直到空中充满了喧嚣，然后有什么东西旋转着掉下来。我仔细一看，那不是石头，而是一个人，是我的一个士兵。那正是领先扔下石块的人。

啊，我终于明白了，我真是太自以为聪明了。西班牙人久于征战，他们是不会在一条诡计上受两次骗的。他们从山谷中进发是因为这是必需的，但他们已经先派出了大量的军队，在晚间从已被他们发现的秘道爬上山去，在那儿解决掉埋伏着准备扔石头的人。事实上他们很容易就得手了。因为我的奥托美士兵们正全神贯注地趴在崖边的龙舌兰丛中或其他多刺植物的中间向下观望着战斗过程，他们做梦也没有想到敌人会出现在眼前。他们被吓晕了，根本没有时间去拿起自己的武器。为了腾出地方扔石块，他们的武器都放在了别处。而当敌人呼啸着冲向他们的时候，面对着比他们多得多的敌人，这种结果也就是注定的了。

什么都太晚了，我自责事先没有想到这种可能性。我根本没有想到过西班牙人会从另一头发现登顶的小路，忘记了叛徒是主要的敌人这一点。

第三十四章
松树城的围城

战斗失败了。从一千英尺上面传来西班牙人胜利的欢呼声。虽然失败了，但我们仍需继续战斗。我尽快聚集剩下的士兵到一个转弯处，在那儿可以短时间内阻挡敌人的前进。我在这里征集了五十几个勇敢的愿意和我一起战斗的士兵，其余的则命令他们快速跑回松树城，去通知守卫部队危险已经来临。我还告诉他们，如果我死了，请奥托美我的妻子尽她的能力抵抗敌人。与此同时，我坚守阵地以给守卫部队有时间关闭城门和布置人力。我的儿子极力请求留下来陪我，但我知道留在这里只有死路一条，所以我拒绝了他，把他一起派了回去。

现在一切都完了。西班牙人知道我们只留下了少数人，担心这里面有陷阱，所以只敢缓慢地沿着崖壁前行。他们不敢相信我们真的留下这么小的力量来对付他们的部队。而这里的地形也只允许他们每次过来几个人来攻击我们。重武器过不来，火绳枪也帮不了忙。因为地面难行，使得他们只能下马步行来攻击我们，这也是他们最后的策略。在他们骑兵的长矛下，我们的士兵还是一步步被逼到了峡谷尽头，直到离开松树城的城门不到半英里的地方。尽管这样，他们也受到了较大的伤亡。

再打下去已经没有用了，我们应该选择逃离还是战死在这里？

为了我们的妻儿，我们选择了逃跑。我们像一群鹿一样飞奔起来，而西班牙人和他们的同盟军则像猎犬一般追逐着我们。很幸运，因为道路的崎岖和满地的石头，他们的马匹无法快速奔跑，这样我们大约有二十来人平安地跑到了城门。守城的卫兵让我们进了城门。城内的士兵大约不足五百人。可是不久，在沉重的橡木柱的撞击下，厚厚的城门开始摇晃起来，更多的西班牙人来了。我的弓箭还在手里，但箭筒里只剩下一支箭了，我把它放在弓上，用全力拉了满弓射了出去。一个走在最前面的年轻骑兵被我的箭射中了颈部，向后倒下马来躺在地上一动也不动，死了。

他们开始向后退了，紧接着有一个人举着一面休战的旗子骑着马走向前来。他是一个有骑士风度的人，穿着贵重的盔甲。从他的仪表和不经意的骑马作风上，我觉得有点眼熟。他在城门前勒住马韁，抬起头来开始说话了。看到他的脸后我马上就认出了他。他就是德—加西亚，我永久的敌人。我已有十二年没有听到任何有关他的消息，时间给他留下了痕迹。确实，他已是个六十多岁的人了。他那栗色的向上翘的胡子已变成了浅灰色，双颊陷了下去；他的双唇远远看上去像两条红线，但他的眼神仍像以前一样尖锐和明亮，嘴上带着玩世不恭的冷笑。毫无疑问，他就是德—加西亚。如今，就像以往一样在我危难时刻，他来确保我往死路上去。看着他，我知道我们之间最后的决断来到了。光阴如梭，旧根新仇将令我们其中的一个甚至两人一起被埋葬在这阴冷的土中直到永远。我很后悔，我的最后一箭没有射向他，却杀了一个和我无冤无仇的士兵而放跑了他——我的仇敌。

“哈，那边！”德-加西亚用西班牙语高声说道，“代表勃诺-达埃兹上尉，这支军队的司令，我要和叛逆的奥托美人的头领说话！”

我在城墙上站直了身子，挺起了胸膛，以领头的身份回答：“说吧，我就是你要对话的人。”

“你的西班牙语很好，朋友，”德-加西亚说道。他抬高了眼，开始尖锐地打量着我，“说吧，你在什么地方学的，你的血统是什么？”

“璜-德-加西亚，我是从唐娜-露伊莎那儿学的，你应该从小就知道她。而我的名字叫汤姆-温费尔。”

德-加西亚在马鞍上摇晃了一下，嘴里发出了诅咒声。“上帝的母亲！”他说道，“很多年前我听说你混进了几个野蛮的部落，而我远离这儿去了西班牙，但现在我又回来了。我以为你已经死了，汤姆-温费尔。但我的运气真是好，你又一次地落到了我的手中，这一次我绝不会再让你逃跑了。”

“我确信，这次我们中的一个是跑不了的，璜-德-加西亚。”我回答道，“只有上帝一人知道谁是最后的胜利者。你虽然成功了很久，但终有一天你的好运会结束，和你的呼吸一起。”

他在那儿停了一会儿，摸着他的胡子，看得出曾经恐惧的阴影又回到了他的心中。但他很快恢复了自制，抬起头来大声地说话了：“听好我说的话，汤姆-温费尔！还有那些我们还没来得及杀死的奥托美人，勃诺-达埃兹上尉代表尊贵的总督阁下给你们以下的条件。”

“什么条件？”我问道。

“对你们这些可恶的反叛者和异教徒来说，这是非常仁慈的了。”他轻蔑地回答，“无条件投降！但是，对你的处理又另当别论了，因为你的信誉已不存在，而你所犯下的罪行是不能饶恕的，你还是会受到应得的处罚。所有参与或是与谋杀彼得罗神父有关的人，都要在火刑柱上烧死，看到这件事的人眼睛都要被挖出来。审判官们会挑些奥托美的头领们出来当众吊死，这其中就有你和那个奥托美女人——蒙特苏玛最后的国王的女儿。至于松树城里其他的居民则必须把他们的财物和珍宝献给总督，然后所有的人，不论男女老少都会被押出城去，分配给西班牙的殖民者们，让他们去学习种田和开矿。这些就是投降的条件。现在给你们一个小时来决定接受或拒绝。”

“如果我们拒绝呢？”

“那么勃诺-达埃兹就会领命掠夺并毁灭这个城市，而且会仁慈地给予特拉卡兰人和其他忠心的印第安同盟军十二个小时，用以收集所有还活着的人，把他们送到墨西哥城去当奴隶卖了。”

“很好，”我说，“你会在一个小时内得到回音的。”于是我离开城门，飞快地跑回宫殿，发出信息给城中还活着的建议官们来开个会。在宫殿门口，我见到了奥托美，她温情地问候我。自从听到前方的坏消息后，她一直性急地想要见到我。

“跟我一起到议事厅吧，”我说，“我会在那儿和你说话。”

我们来到议事厅后，建议官们已经等着了，连我一共才八个人。我把加西亚的话重复了一遍，并不加入一点我自己的意见。然后奥托美说话了。按等级她有权首先发言。在这之前，我一共听她讲过两次关于怎样对抗西班牙人的话。第一次是当我们作为奎拉华，那个接替她父亲——蒙特苏玛位子的国王的使臣，请求山中的儿子们去支援对科特斯的战争的时候；第二次是十四年前，泰诺梯兰城破，我们作为逃亡者回到松树城的时候，当时人民很愤怒，因为他们失去了近二万士兵，都被我们送入了西班牙人的手中。

以前每一次奥托美都赢了，那是因为她的雄辩，她的伟大的名字和她那高贵的形象。但是现在的形势大不相同了，再怎样使用相同的手法也已毫无用处。现在她那伟大的名字已经失去了光辉，过去的传统和骄傲也已失去了光亮，她也已不再年轻，女人的华丽光彩离她而去。但是为了她身边的儿子和我，她站起来对着这七个面容憔悴，心存恐惧，对命运失去希望，在她面前用手遮住脸的建议官们说话，我觉得奥托美从未像现在这样美丽、高傲。

“朋友们，”她说，“你们都知道灾难降临到我们头上了。我的丈夫把丢勒人投降的命令带给了你们，我们是绝望的，我们只剩下大约一千名士兵来保卫这个城市了。阿那灰克人已所剩无几。尽管这样，我们还得要勇敢地站起来，武装起来抵抗白种人。多年以前我对你们说过，在光荣的死去和在羞耻中活着之间作选择，今天是时候了！可是对我和我的家庭来说已经没有选择了，因为无论如何我们总是要死的。但你们不同，你们可以战斗到死，也可以用做奴隶来换得你们的余生。”

这七个人在一起商量了一会儿，然后一个人代表他们发言了。

“奥托美，还有你——丢勒，我们跟随你们的引领也有很多年了，但很少能得到好运。我们不怪你们，我们抛弃了阿那灰克的上帝，所以他们也抛弃了我们，上帝主宰着我们的命运。不论我们经历了多少苦难，你们都和我们在一起。而现在该是结束的时候了，在这奥托美人的最后时刻，我们不会食言。我们已经选择了，我们会和你们一起去死，像你们一样作为自由人去死，而不愿被拖出去在丢勒人的马鞭下苟活。”

“好极了，”奥托美说，“现在没其他的了，这是一个光荣的下场，这是余下的日子里的战歌。亲爱的丈夫，你听到了建议官们的回音了，让西班牙人也听到它吧！”

于是我手中举着一面白旗回到城墙上。一名西班牙士兵从营地里跑过来和我说话，我简短地告诉他，只要我们还有一支梭镖和一支箭，就不会接受西班牙人提供的仁慈，我们和剩下的奥托美人宁可像泰诺梯兰人一样死在废墟下。

士兵回到军营后不到一个小时，进攻就开始了。西班牙人把炮火移到城门的一百多步以外，向城门发射铁弹，而我们的梭镖和弓箭在这个距离上却很难伤到他们。这个木制的城门很快就会经不起火炮和铁弹的打击。我们决定拆掉两边的房屋，在路上用废物和石头堆起高墙，在它的后面挖了一条又深又宽的壕沟，使得马匹和重武器无法通过。我们还在通向金字塔广场的路上筑起了许多路障，路障的前后也都挖有壕沟。如果西班牙人企图攻击我们的侧翼或从小路开进，也很难进入，因为我们在四条通道上都设下了障碍。

直到夜幕降临，西班牙人的炮击仍没有造成太大的伤害，只是炮弹和火绳枪打死了二十几个人。于是他们停止了一天的进攻。趁着停火的机会，我们整顿了一下。大多数的男人必须守卫城门和城墙的薄弱处，修筑路障就由妇女们来担当了。所有的工作都由我和我的军官们负责指挥。奥托美也给自己安排了一份工作，就是召集所有的女人，因为就在这一天，又有很多的女人成了寡妇。现在奥托美人中已是女人远多于男人。她们跟随着奥托美成为一支巨大的力量。

这是一幅壮观的景象。成百的松脂火炬把城中照得通明，她们整夜地忙来忙去，背着沉重的装着泥土和石头的篮子艰难地慢步前行。她们用力推倒房屋，用木制的铲子挖掘坚硬的泥土；她们毫无怨言，也没有哭泣，只是不停地工作着。就是那些早上死了丈夫或儿子的妇女们也没掉眼泪，她们知道抵抗是无用的，她们的死期就在眼前，但是没有一个人要投降西班牙人。她们正像奥托美所说的宁可自由地死去也不愿活着做奴隶。所有的人都无声地劳动着。

看着她们，我想这些耐心、沉静的女人心中都怀着同样绝望的想法，但都不愿意说出来。

“你愿意为你的新主子西班牙人如此卖力地工作吗？”一个男人苦涩地说，一边搬着沉重的石块。

“愚蠢！”一个可爱的年轻姑娘说道，她像是个头领，“做那该死的劳役？”

“不，”这个开玩笑的人回答说，“像你这样美丽的姑娘，丢勒人是不会杀你的，你可以做很多年的奴隶。不过你说说看，你怎么能逃过他们？”

“蠢蛋！”那姑娘说，“火不一定要等到燃料烧尽才熄灭，人一定要到老才死吗？我们可以这样逃脱他们。”于是她把手中的火炬丢在地上，用脚把它踩入土中，然后继续她的工作。她的意思我明白了，虽然奥托美没有说什么。

“奥托美，”那天晚上我遇到她时说道，“我有一个坏消息要告诉你。”

“在这个时候这么说，那一定是够坏的，丈夫。”她回答道。

“德-加西亚在敌人那边。”

“我知道，丈夫。”

“你怎么会知道的？”

“从你眼中流露出来的仇恨。”她回答。

“看来他胜利的时刻到了。”我说道。

“不，我的爱人，不是他的而是你的，你一定会战胜德-加西亚。但是胜利会使你失去很多，爱人。不要问我怎么会知道的，是我的心告诉了我。现在你应该赶到城门那儿去，西班牙人很快就会热闹起来的。”

就在奥托美说这话的时候，我听到喧闹的胜利叫声从城墙外传来。我急忙跑到城门边，在一丝光线下，可以看到西班牙人正集合他们的队伍准备进攻。他们并没有马上冲过来而是等到太阳升起之后才开始行动。他们向我们的城门发射大量的炮弹，使石块变成粉末，削低了城垛，甚至把城门后面的工事顶部都震下了一部分。炮火突然停止了，胜利的喊声又起来了。然后他们开始用纵队向我们进攻，由特拉卡兰人打前锋，西班牙人跟在后面。

我和大约三百来名奥托美士兵等在工事后面，当他们在顶端露头之后就用梭镖和弓箭攻击。在打退了三次进攻后，他们终于冲破了防线，如排山倒海似地掉落进工事后面的深沟里。我们被迫退到深沟后面的工事里去，我们无法在开阔的街道上和这么多敌人争斗。很快，等到他们的马匹和火器填满深沟之后，敌人就随之而来了。战斗又开始了，我们努力战斗了近两个小时，双方都有伤亡。不久，我们再一次退守到下一个工事，并再一次受到攻击。每一次战斗之后我们的士兵就有减少，我们的体力也在减弱，但我们仍在绝望地拼死战斗着。在最后的两个工事的战斗中，成百的奥托美妇女也加入进来了。就这样，战斗经历了一整天。

终于，在太阳落山的时候，西班牙人攻陷了最后的工事。在逐渐降临的黑暗中，我们剩下的人逃到了事先准备好的金字塔上，而这一天的战事终于停了下来。

第三十五章
奥托美女人最后的献祭

西班牙人在前进中烧毁了所有的房屋。在金字塔的大院中，凭着火光，我们设法集合并清点剩下的四百多名战士和接近两千名的妇女以及许多孩子。尽管这里不像墨西哥城伟大的神殿那样高耸，但四周峭立，尽为石块筑成。金字塔顶部十分宽大，有一百步见方，它的表层用大理石块铺砌，中间是战神的殿堂。尽管已经有很多年没有献祭了，但它的雕像仍然坐在那儿。祭石、火炬和祭师们也还在那里。在殿堂前面与祭石之间的地方有一个很深的大若一间屋子的水泥砌的洞，那里曾经被用作备荒的仓库。现在我用了很多劳力在它里面储满了水，而在神殿里面我储存了大量的粮食，这样我们在短期内就不用担心缺水断粮。

但是现在我们却面临一个新的困难。尽管金字塔顶的面积够大，但仍有一半左右的人要露天宿营；而要抵抗多批次的大量攻击，许多人就必须离开这里。我召集了人群中的首领们商量，几句话就把情况向大家说明了，让他们自己去讨论决定该怎么办。经过短时间的讨论，他们给了我这个回答：大家一致同意让那些受伤的、年老的和大多数孩子以及愿意离去的人在当晚离开金字塔，尽量找路离开这个城市；如果走不了，那就只能把希望寄托在西班牙人的仁慈上了。

我说这样很好，到处都有死亡的危险，从哪个方向走都一样。于是他们悄悄离去，大约有一千五百人走了，他们趁半夜院门洞开的时候离去了。哦！看到这样的离别真是痛彻心扉。女儿抱住年老的父亲，母亲亲吻着年幼的孩子，丈夫和妻子在作最后的告别，四处传出极度痛苦的声音，那是锥心的痛苦。我把自己的脸埋在手心里，心中在发问，正像我一直在问的一样：有仁慈名义的上帝怎么能够看着这样令人心碎的场面而无动于衷。

我抬起双眼对奥托美说话，她正站在我的身旁。我问她要不要把我们的儿子也同其他人一起送走，就像他是平常百姓家的孩子一样。

“不，丈夫，”她回答说，“他和我们一起死要好过做西班牙人的奴隶。”

最后一切都结束了。在最后一个人离去时，院门关闭了。不久，我们就听见远处西班牙哨兵的叫喊声，他们发现了逃离的人。枪声伴随着叫喊声也传了过来。

“毫无疑问，那些特拉卡兰人正在屠杀他们。”我说。但事实并非如此。当几个人被杀之后，西班牙人的头领发现，他们正在对手无寸铁的人进行攻击，其中大多数是老年人、妇女和孩子。于是他们的首领勃诺-达埃兹，一个仁慈而勇猛的人命令停止屠杀。他还决定把所有还能劳作的人和足够健壮的能走路的儿童挑选出来，卖作奴隶。他还怜悯那些余下的可怜的人们，让他们随便离开。于是他们走了，他们后来的情况，我就不知道了。

那一夜，我们待在金字塔下的大院里。我猜想，天亮后西班牙人就会再次进攻，于是在天亮之前，我让那些还留在这里的妇女和儿童，大约有六百个人自己选择去留，其中有少数未婚的姑娘，还有一些虽然已婚但仍年轻漂亮的少妇；我则和大约三百名战士留下继续战斗，另有一百多名士兵选择把自己投向西班牙人的仁慈之下。天亮后，战斗又开始了。我们尽力抵抗。直到中午时分，大院的墙被毁了，死伤了近一百名士兵，我们退到了旋转的通向塔顶的斜坡上。他们跟上来攻击。但这道路又陡又窄，他们的人数虽多却不占太多便宜。最后，他们在损失了很多人之后退下了，而这一天就没有继续战斗。

这个晚上我们都在金字塔顶上休息。我在晚饭后一直担心得睡不好觉。第二天一早，战斗又打响了。这一次西班牙人比较成功。他们利用火绳枪和鸟枪把我们一英寸一英寸地往上赶，整整一天战斗都在这窄窄的旋转路上进行。日落时分，一队敌人喊着胜利的呼声踏上了平顶，并从进口处冲入了神殿。在此之前一直在观望的妇女们此时在一个人的带领下跳起身来，她高声叫道："抓住他们，他们只有几个人。"

随着一阵令人恐怖的愤怒的叫声，一大群女人冲向那些已经疲惫不堪的西班牙人和特拉卡兰人，几人拖一个地把他们按倒在地。她们中的好多人被杀了，但最终她们成功了。

她们把俘虏们捉起来，并用绳子捆绑起来，串在地面石头上的铜环里，那原来是用来绑住准备献祭的牺牲者的。被俘的人不少，祭师们担心让他们跑了。我带了一些战士看到这一场景，不禁叫出声来："怎么了，奥托美的男人们！难道我们的女人比我们更勇敢吗？"接着不费一句话，带领一百多名战士绝望地冲向斜坡下的窄路中去。

在第一个转弯处我们遇上了西班牙人和他们同盟军的队伍，他们正缓慢地向上走来，满怀胜利的喜悦。他们被我们的突击吓住了，很多人被摔出路边，滚向陡峭的金字塔的外沿。下面的人看到这景象也开始往下退了。但我们的冲击和重量压向他们，他们开始自相推撞了，直到恐惧抓住了他们，随着巨大的喊声，在旋转的坡道上，由上而下地推挤，想要找到出路，但是连能搭手的石块都找不到。

往下压的力量越来越大，谁也无法阻挡，直到全部泻到了地面上。就这样，短短的十五分钟，原先西班牙人整天的胜利成果输个精光。进攻金字塔的士兵们除了金字塔上被俘的之外，没有一个活着回去的。他们确实受到了惊吓，在夜幕的掩护下，他们拖着死的，带着伤的逃回围墙外面的营地里去了。

带着疲惫和胜利的安慰，我们向塔顶走去。就在离地约一百英尺的第二个转弯处，一个想法突然出现了。我带着一些人把路上的石块和石块下面的泥土挖开，并把石块滚下金字塔的边缘，一道接着一道地挖，直到那儿形成一条大约三十英尺宽且很深的裂缝。

“现在，”我借着初升的月光审视着我们的成果说，“西班牙人想要占领我们的巢穴，他们得飞过来。”

“唉，丢勒，”我边上一个人说，“但说说看，我们用什么翅膀飞过去呢?”

“死亡之翼。”我冷冷地回答一句后往上走去。

当我回到神殿时，已是半夜时分。尽管食品送下来使我们可以不间断地工作，但是挖掘和理平沟壑还是用去了很长的时间。睡梦中，我似乎听到了庄严的歌声，看到黑哲神殿的大门洞开。我仍然好像在梦中。多年没有点燃的献祭的火焰又令人恐惧地在祭坛上点着了。我站起来，仔细聆听。是我的耳朵在欺骗我，还是我又听到了可怕的献祭之歌? 不，在沉静中被禁止的歌声又响了起来：

我们为你献祭! 保佑我们，哦，黑哲，黑哲，上帝我主!

我向前跑去，在神殿里我转过身来，发现自己正面对着我的过去，在那儿罩在黑袍里的祭师像过去一样黑发垂肩，腰带上佩着吓人的玻璃尖刀。祭石的右边是准备献给上帝的人，正在领向祭石的是第一个牺牲者，一个特拉卡兰俘虏。他的双手被两个穿着祭师服装的人抓着。在他的旁边，穿着红色献祭盛装的是我的一个队长，我记得在禁止献祭之前，他就是松树城里的泰兹卡特祭师。

周围一大圈围观的都是妇女，口中唱着难听的赞歌。

我一下子全懂了。在她们最后的绝望中，被失去父亲、丈夫和孩子所激怒，面对残酷的命运，面对必然的死亡，久远的复仇之火在她们心中再度燃起。这儿是神殿，这儿有象征献祭的石头，这儿有手头的，通过自己的战斗抓来的俘虏。她们要充分地复仇，她们要对父辈的上帝像父辈一样地去奉献，牺牲品要从她们自己通过胜利得到的敌人中拿出来。唉，她们终究要死，但至少她们要看到太阳之家，用丢勒人的血洗得更干净、更神圣。

我说了，女人们唱圣歌使献祭显得更恐怖，但这还不是我见到的更恐怖的事情。在人环的最前面，穿着白色袍子，颈上戴着瓜特莫克送的礼品，一颗硕大的绿宝石在她胸前闪烁，头发上别着皇家的绿色羽毛，站在那儿等候圣歌结束的不是别人，正是蒙特苏玛的女儿，我的妻子奥托美。我从来没有看见她如此美丽又如此可怕。这不是我曾经见过的奥托美，那甜美的笑容，温柔的眼睛都到哪儿去了？在这儿站在我面前的是一个扮成女人的活着的复仇之神。虽然我作了猜想，但我仍不知是怎么一回事。奥托美看来不像是几年中表现的那样已经归信基督，她已经很久不再提起这种可怕的仪式了。除非在极度愤怒的时候，她的所有的行为都充满了爱，她的所有的言词都是慈祥温柔的，但其实，在灵魂深处，她仍然是一个拜物教者，一个野蛮人。她把自己的这一面隐藏了这么多年，可能连她自己都不知道这个深藏的秘密。但是有两次我看出了她血液中埋藏着的凶猛之气。第一次是在玛莉娜带给她那种袍子，用来从科特斯的军营里出逃之时，她对玛莉娜说到这件袍子的时候；第二次是那同一天她乔装与特拉卡兰人对话，当特拉卡兰人转身向我时，她亲手打死他的时候。

所有这些回忆都瞬间闪过我的脑际。此时，奥托美止住了死亡赞歌，祭师们把那个特拉卡兰人拖向祭石。我正站在她身边。

“下面要干什么？”我严厉地问道。

奥托美冷冷地看着我，眼中空洞得好像不认识我。

“走开，白种人，”她回答，“陌生人混在我们的仪式当中是不被允许的。”

我昏乱地站在那儿无所适从。火点燃了，圣歌又在黑哲的雕像前唱了起来这个魔王黑哲在沉睡了多年之后又醒过来了。

庄严的圣歌一次又一次地响起，奥托美用她的乌木小棍子打着节拍，一次又一次的胜利欢呼声升上了沉静的群星。

我终于醒来了。对我来说这是一场魔鬼之梦。我一边拔剑，一边冲向那神坛旁的祭师，准备把他砍死。尽管那个人站在哪儿不动，那些女人们却比我还快。在我举剑之前，还没有来得及说一个字，她们就像森林中的美洲豹一样跳起来，美洲豹一样的嘶声传入了我的耳中：“走开，丢勒，”她们说道，“不然的话，我们让你躺在那石头上你兄弟的身边。”她们不停地发出嘶嘶声，把我推开。

我离开那儿并在神殿的阴影下想了一会儿。我的眼光落在了那长长的牺牲者的队伍。一共有三十一个人，其中五个是西班牙人。我注意到西班牙人被绑在队伍的最后面。看来杀人者是要把他们保留到庆典的最后时刻。大概是在太阳升起之际再把他们献祭。我苦思冥想着怎样才能救出他们。

我的权力已经不存在了。那些女人们在复仇中是不听劝告的，她们被痛苦折磨得失去了理智。正像要从美洲豹口中夺走猎物，或抢走它的幼子一样，要她们改弦更张是一件困难的事。但男人们却是另一个样子。有些人混在狂欢者中，更多的是离得远远的。他们带着掺杂着恐惧与欢乐的心情，旁观眼前的景象，而不参与其中。

我的旁边站着一个与我年相仿的贵族，他一直以来都是我的朋友，是仅次于我的部落士兵的领袖。我对他说道：“朋友，为了你的人民的骄傲，帮我劝阻这些行为。”

“我做不到，丢勒，”他说，“在这件事情上小心你的立场，没有人会站在你的一边。现在女人们掌权，而且你看，她们正在使用它。她们即将死去，在死之前，她们要像祖先们一样去行事。她们身心苦痛，尽管她们将此放在一边，但古老的习俗并未遗忘。”

“至少我们可以救救这些丢勒们吧？”我说。

“你为什么要救这些丢勒呢？当我们落在他们手中的时候，他们会放过我们吗？”

“大概不会，”我说道，“但如果我们必须得死，至少不要被这件事情所玷污。”

“你要我做什么呢？丢勒。”

“这样，你找三四个没有陷入疯狂的人过来，他们可以和我一起为这些丢勒人松绑，我们救不了其他的了。然后我们可以用绳子把他们从那个切断了的路口吊下去，让他们自己逃回营地去。”

“我可以试试，”他耸了耸肩说，“不是因为我心软了，对那些有罪的丢勒人，我很希望把他们送上祭石上去；只是因为这是你的愿望，为了我们之间的友谊。”

说完他离开了。一会儿我看见几个人插入最后一个印第安俘虏和第一个西班牙人之间，他们站立的位置正好可以挡住那些疯狂的女人的视线，而她们正全神贯注于她们的仪式之中。

我走向那些西班牙人。他们正蜷缩在地上，手脚被绑在地面的铜环上。他们脸色恐怖得发白，深陷的双眼直愣愣地瞪着，一声不响地坐等最后时刻的到来。

“别出声，”我对第一个人耳语道。这是一个年岁较大，看得出曾参与过科特斯战争的人，“你愿意被解救吗？”

他抬起头来，用嘶哑的声音问道：“你是谁，来救我们？谁能把我们从这些女魔鬼手中救出去？”

“我叫丢勒，一个白人和基督徒。而且我必须说，是这些异教徒的首领。借着一些忠于我的人的帮助，我要割开你身上捆绑的绳子，你就会看到的。现在，西班牙人，我这样做冒着极大的风险，一旦我们被捉，也会受到和你们一样的惩罚。”

“记着，丢勒，”这个西班牙人说道，“如果我们能安全出逃，我们不会忘记这件事。救救我们吧，那个我们回报你的时候会到来的。但是我们被松绑之后，该如何在月光下越过那片开阔地而不被那些愤怒的眼睛发现？”

“我们必须相信机遇。”正在我回答的时候，奇怪的好运帮了我们。下面的西班牙人在他们的营地里看出了我们在金字塔顶正在做的事情，愤怒的喊叫声从他们那边发出来，枪弹打了上来。但因为金字塔的形状和我们之间的距离，阵雨般的子弹飞越我们的头顶，却很少能伤着我们。大群的士兵冲进大院，想要攻占神殿，但他们却不知坡道已经被切断了。

献祭仍在进行。大炮的轰鸣声，西班牙人愤怒的喊声，火绳枪弹划过天空的咝咝声，西班牙人为得到更多的亮光而点燃的房屋的爆裂声，还有圣歌声和吵闹声，这一切混乱使得我实行自己的计划变得比预想更容易了。这时候我的朋友，这个奥托美的军官站在我一边，他带来的人也对他忠诚。他弯下腰来用一把锋利的刀帮我把绑住西班牙人的绳子割断了。然后我们十几个人站成一团，西班牙人在中间，我抽出我的剑高声叫道：“丢勒们向圣殿打过来了！”这是事实，他们的队伍已经排成长长的纵队回旋着向上走来。

“丢勒们进攻了，我去阻止他们。”我们直接快速地通过了开阔地。

没有人看到我们，即使看到也没有人看出来我们在干什么，因为大家都在等着吃献祭的肉。不仅如此，我后来才知道，竟然很少有人来注意我们。两分钟后，我们就到达了旋转的斜坡上了。我开始喘了一口气，因为我们已经走出了女人们的视野。我们尽快地往下走，那些脚抽筋的西班牙人还需要我们背着他们。终于我们来到了道路断开的拐弯处。进攻的西班牙人已经来到了断路的另一边，我们看不到他们，但是可以听见他们愤怒的叫喊声。他们无助地知道，自己的战友将得不到他们的帮助了。

“现在我们得想办法了，”那个和我说过话的西班牙人说道，“路不见了，试着从金字塔的边上下去等于是找死。”

“不用担心，”我说，“五十英尺下面，路还是存在的。用这条绳子，我们可以把你们一个一个地吊下去。”

我们开始工作，用绳子绑在一名士兵的腋下，然后把他慢慢地放下去，直到他抵达下面的路，被他的战友接住并看到自己的同伴从死亡中回来。最后一个下去的是与我交谈过的西班牙人。

“再见，”他说道，“让上帝因你的慈爱行为而保佑你，尽管你已经叛教。说吧，现在，你不想和我们一起走吗？我以我的生命和荣誉保证你的安全。你曾说你仍然是个基督徒。这个地方是基督徒住的地方吗？”他指着上面问。

“不，确实不是，”我回答道，“但我仍然不能走，我的妻子和儿子都在那儿，要死我也要和他们一起死。如果你觉得欠我人情的话，努力保护他们的性命吧，我已不大在意了。”

“我会的。”他说道。于是我们把他放下去，让他与他的同伴们会合了。

我们回到神殿，告诉大家因为道路中断，西班牙人退回去了。神殿里的仪式还在进行着，只剩下两个印第安人了，杀人的祭师也累了。

“丢勒人哪去了？”一个声音叫道，“快！把他们拖到祭石上。”

但丢勒人不见了，找来找去找不到他们。

“他们的上帝用他的翅膀把他们带走了，”我站在阴影里用假声说道。“黑哲在丢勒人的上帝面前阻挡不了。”

然后我溜到了一边去，所以没有人知道这是我在说话。但哭喊声响起来了，并四处传开。

“基督的上帝用他的翅膀把他们保护了起来。让我们把他拒绝了的人献祭吧。”他们叫喊着，并把最后一个俘虏拖走了。

我以为一切都过去了，但事实并非如此。我曾提到印第安妇女在从事艰苦的修筑工事时眼神中流露出来的秘密目标，现在就要看到她们执行那个目标了。愤怒之火仍然在这些妇女的心中燃烧着。她们结束了献祭，但最后的狂欢尚未到来。她们走到金字塔的边缘，对下面射来的子弹不管不顾，不时有子弹洞穿这个或那个人的胸膛——在那里，她们完全暴露在西班牙人的火力之下——她们待在那儿做了一下准备。

和她们一起过去的还有献祭的祭师们。但是像此前一样，余下的男人们只是悲伤地站在一起，看着将要发生的一切，不伸出一只手或说一句话去阻止地狱的降临。

一个女人没有和她们一起过去，这个女人就是奥托美，我的妻子。她站在祭坛的边上，一副可怜的模样。她的狂热，更确切地说是她的愤怒已经燃尽，她已回到原来的她。在那儿站着的奥托美睁着大大的被恐怖吓坏了的眼睛，呆看着那自己双手造成的惨相发着抖。我走过去把手放在她肩上，她很快地转过身来，轻声地说：“丈夫！丈夫！”

“是我，”我回答，“但不要再叫我丈夫。”

“哦，我干了什么？”她悲伤地哭着，昏倒在我的臂中。

我要在这里写下我当初的无知，直到很多年之后我们教区的长老，一个很有学问却思想闭塞的人告诉我，如果我懂得多一些，那么在当时我应该对我的妻子奥托美更温和地说话，并对她的奇怪表现更小心地考虑。这位教区长老告诉我，在古代的很多地方，妇女们向魔鬼上帝跪拜，就像阿那灰克的上帝那样，那些东西早已深植于她们的心中，即使她们已不再崇拜它们了，但在巨大的灾难来临的时候，它们仍会使她们狂热起来。后来他还告诉我，古希腊有一个叫西奥克拉图的诗人，在他的一首诗歌中叙述一个叫爱盖芙的女人信了一个秘密的宗教组织，狂热地崇拜一个叫戴奥尼索司的魔鬼，当她发现自己的儿子看了她们的秘密狂欢，就和几个妇女一起扑向前去把儿子杀了。这个诗人也是戴奥尼索司的崇拜者，认为她应该得到巨大的荣誉而不受谴责，说这是荣耀上帝的"功绩"而"不应受到责备"。

现在我写这些有一个理由，虽然这与我无关，但看来像戴奥尼索司控制了爱盖芙，使她杀死了自己的儿子一样，黑哲也控制了奥托美，事实上她后来自己也这样对我说。如果说那个希腊女人崇拜的恶魔有如此大的能量，那么阿那灰克众魔之首的能量一定更大。那天晚上在献祭时，我看到的不再是奥托美本人，而是受魔王控制的她的身子，那一时刻，黑哲的灵魂占据了她的身心。

第三十六章
投　降

我把奥托美抱在怀里，走进神殿边上的一间储藏室。出于安全原因里面住了很多孩子，其中还有我的儿子。

"我们的妈妈怎么了？爸爸，"儿子问道，"外面好像还在打仗呢，她为什么要把我和这些小朋友一起关在这儿？"

"你的母亲昏过去了，"我回答，"她把你关在这里毫无疑问是为了你的安全。现在你能不能在我回来之前照顾好她？"

"我会的，"儿子回答说，"但我最好还是到外面去和西班牙人战斗，和你在一起。这比在这儿照顾一个女病人要好。我都快是个男子汉了！"

"按我的命令做，儿子，"我说道，"我命令你不得离开这儿，直到我回来。"

我走出储藏室，反手把门关了。一分钟之后我就后悔没有待在屋子里了。在平台上我两眼所见的景象比任何时候看到的都要可怕。妇女们排成四行向我们走来，有的人手中还抱着婴儿。她们边走，边唱，边跳，很多人裸着上身。更有甚者，行列的最前面还走着祭师，有的是妇女打扮成的祭师。领头的也有男的，他跑着，跳着，唱着，叫着他们上帝的名字，庆祝他们祖先的奇迹，身后则是盲从狂吼的妇女。

她们跑过来，先向黑哲的雕像致敬，然后在他边上的丑恶的姐妹——死亡之神面前卧倒。死亡之神的颈项上是用人的头和手装饰的项链。她们在祭石边绕行鞠躬，然后把她们裸露的双手放入圣火之中。就这样，她们进行着鬼蜮般恐怖的仪式。我在印第安人中生活了这么长时间，也无法弄懂这样做的原因和意义。一会儿，似乎有什么力量控制了她们，使她们从祭坛边走向空地的中央，人群组成两个圆圈，圆圈中央站着祭师。突然，她们喉咙里唱出了狂野、尖厉的圣歌声。那歌声让我的血液都翻腾了起来，直到几十年后的今天，我还会在睡梦中梦见那可怕的歌声和场景，并被惊醒过来。我不想多说它了，让读者自己去想象存于一个人的心中最残忍、最持久的可怕的谋杀仪式。鬼影，非人的报复，如果还可以的话，再加上奥托美妇女古老的歌声还有她们的哭声，掺杂进死亡的哀泣，一起描述出来吧。

在她们唱着歌的时候，脚步逐渐后退，在每个小组领头者的示意下，她们的双眼看着她们上帝的雕像，渐渐组成一个圆圈，圆圈逐渐扩大，逼近至金字塔陡峭的边缘。祭师们和妇女的头领们杂然其中。全场肃静起来，在一个信号的指挥下，她们整齐地站直了身子，向后仰去。长发在风中飘动着，下面燃烧房子的火光照着她们的胸膛和发狂的眼睛。随即，她们爆发出尖叫声："拯救我们，黑哲！接受我们，上帝，我们的家园！"她们如此喊叫了三次，一次比一次激动。突然间，她们消失了，奥托美的女人们没有了！

她们用自杀的方式结束了松树城最后的献祭。这些魔鬼上帝们死了，带着它们的崇拜者永远离去了。

一阵低沉的话语从围观的男人嘴里发出，然后一个声音叫喊起来，打破了这个奇怪的沉默："愿我们的妻子，奥托美的女人们平静地在太阳的家中休息吧，她们用自己的行动教会了我们怎么去死。"

"唉，"我应道，"但不是这么个死法。让女人自己杀死自己，而我们的敌人，要面对我们男人的剑。”我转身准备离去，但奥托美却站在我面前。

“发生什么事了？我的姐妹们去哪儿了？哦，我做了一个可怕的梦。我梦见我祖先的上帝又强大了一回，还喝了人血。”

“你的噩梦醒来后情形更糟糕，奥托美，”我说，“地狱里的上帝们在这片遭诅咒的土地上的确仍然强大，它们把你的姐妹们都带走了。”

“是吗？”她轻声说道，“在我的梦中，它们使出了最后的力量，然后就沉入了无尽的死亡之中，看那边！”她指着夏卡雪山的顶部。

我顺着她的手指望去，不知是因为经历了一晚的恐惧而产生的幻觉，还是真的就是那样，我也说不清楚。但是后来一些西班牙人也发誓见证了那个景象——夏卡火山顶上，一向耸立着带火的烟柱，但当我凝视着它时，火与烟似乎分开了。火焰形成十字架形的火舌，像闪电一样从山顶直上云霄。在它的周围，云层缭绕着黑烟，组成了可怕的形状，就像我身后的殿堂，但是却要比它大百倍以上。

“看，”奥托美又说，“你的上帝的十字架，在我的上帝们——那些失败了的，我今晚崇拜过的——形象上面闪亮。虽说不是出于我自己的愿望。”说完她转身离去。

我非常担忧地站着，望着夏卡雪山的异象。突然间，初升的阳光照向了它，异象消失了。

接下来的三天里，我们继续抵抗着西班牙人，他们既攻不上来，他们的子弹也伤不着我们，只是从我们的头顶飞过。在这几天里，我和奥托美没有交谈，我们互相躲避着。她几个小时一动不动地坐在储藏室里，一副十分孤寂的样子。我看到她遭受沉默的煎熬非常痛心，曾有两次想和她说话，但她都转过头去不理我。

西班牙人很快发现我们储备了足够的水和粮食，可以在金字塔顶上生活一个月以上，他们无法仅凭武力占领这个地方。于是他们建议我们谈判。

我走到路被切断的地方，去和他们的使者交谈，他站在断路的另一边。第一次给的条款是无条件投降。我回答说早晚要死，不如死在这儿。他们的回答是，如果我们交出参与献祭的人，则其他人可以自由。我说，参与献祭的是妇女和少数男人，他们已经自杀了。他们问奥托美是否死了。我说没有，但除非他们发誓不伤害她和她的儿子，否则我们不会投降。我们三人生死与共。一开始他们拒绝了，但最终我们赢得了谈判，一份写在羊皮纸上的文件放在标枪尖上投给了我。文件是由勃诺-达埃兹上尉签署的，上面写道，考虑到我和几个奥托美人曾经救出了西班牙战俘，从而免于被献祭，所以特别赦免我、我的妻子和儿子以及所有金字塔上的人。我们可以到我们想要去的地方而不受伤害，但是我们的土地和财产都将归于总督所有。

这结果是出乎我意料的好。我真的是从未指望不但能保住性命，还将获得自由。

至于我自己，我感叹曾经的九死一生。但现在，奥托美在我们之间筑起了一堵墙，我和她各在一边，我无法越过。不管是自愿与否，作为一个女人，她双手沾上了献祭者的鲜血。好在她把儿子交给我管，对于他我简直无可非议。至少他不知道自己母亲的羞耻。哦，我觉得自己要爬越一座金字塔；哦，我要逃离这个被诅咒的地方，带着儿子远走高飞，到英国的海岸。唉，奥托美一起走，在那儿她可能会忘记自己曾经是一个野蛮人。啊，这真是难以做到！

回到神殿后，我们几个一起去谈判的人把细节告诉了大家。他们静静地听着。如果是白种人听到这个结果，一定会非常高兴，因为与死亡相比，其他的损失是无足轻重的。但对于这些印第安人来说却并非如此。当不幸的命运降临时，他们并不倾向于生命。这些奥托美的男人们失去了他们的祖国，他们的妻子，他们的财富，他们的兄弟姐妹和家园。至于生命，连同自由地到处流浪，这并不是太值得庆幸和留恋的。所以他们对待这个我从敌人那儿赢得的恩赐，就像是在其他场合他们面对死亡一样，悲伤地沉默着。

我到奥托美那儿去，也把这个消息告诉了她。

“我曾经希望死在这个地方，”她说，“现在就这么办吧，在任何地方都能死的。”

只有我的儿子很高兴，因为他知道上帝已经把我们从饥饿而死或被杀死的厄运中解救了出来。

“父亲，”他说，“西班牙人让我们活下去了，但他们夺走了我们的故乡，并把我们赶出去。我们能到哪儿去呢？”

“我也不知道，我的儿子。”我回答说。

“父亲，”这个少年又说了，“让我们离开这阿那灰克地方吧，这里除了西班牙人和悲伤之外已经没有其他东西了。让我们找到一条船，跨越大海航行到英国去，到我们自己的祖国去。”

这孩子说出了我的心里话。听到这些话我的心跳动起来，虽然我自己并不想把它说出来。我停留了一会儿，看着奥托美。

“这个想法很好，丢勒，”她回答了我没有说出口的问题，“对你和我们的儿子，没有比这更好的了。但对于我自己，我要用一句我们人民的格言，‘生我们的土地最适合我们的骨头’。”

于是她转身，离开这间被围困时作为住处的储藏室，不再谈起相关的话题了。

在日落之前，一群疲惫的男人带着几个妇女和儿童，走过了围着金字塔的大院。我们从殿堂上拆下几根木头做成简易的桥，通过了斜坡上被切断的道路。

西班牙人在大门前面等着我们。有些人诅咒我们，有些人嘲笑我们，但较高贵的一群却什么也没有说，他们同情我们的境遇，对我们在最后的战斗中所表现的勇敢表示敬意。他们的印第安同盟者也在那儿。这些露出牙齿的像没有喂饱的美洲豹咆哮着，或像狗一样呜咽着想要我们的命，直到他们的主人踢他们让他们安静。最后的阿那灰克人的毁灭像以前一样，狗就是狗，它们只能看着狮子是如何死亡的。

在门口我们被分开了。一般的男人连同儿童被卫兵带着，走过城市的废墟，在山边放了；重要的人物被带到西班牙军营，进行释放前的问话。我和我的妻子、儿子被领到了皇宫，我们原来的家，去聆听达埃兹上尉的意见。

这是一段短短的路，却有很多值得今天回忆的。在我们行走的时候，我抬起头来看，前面那个抱着双臂的人是德-加西亚，他与其他人不站在一起。我那几天已很少想起他来了，因为实在有太多的事占据了我的思想。但看到他那张邪恶的脸，我就知道我睡觉时都要和他的影子在一起。

他看着我们从他身边走过，仔细看着，等我最后走过时他叫住我："再见，温费尔侄儿。你活过来了，还得到了自由的保证。你，你的女人和臭小子一起。如果前面那个笨蛋将军听了我的话，你早就被绑在柱子上烧死了，你们所有的人。就这么着吧，先再见一会儿，朋友。我会到墨西哥城去向总督汇报的，他会有不一样的意见。"

我没有回答他，但却问了带队的西班牙人，就是那个我在献祭时救过他命的人，沙西达说这话是什么意思。

"是这样的，丢勒，在沙西达同事和我们的上尉之间曾经有过争论。他希望不给你们任何宽恕，或用假和约引诱你们从金字塔上下来，然后用剑来对待你，就像对待无信仰的人一样，不受誓言的约束。但上尉不同意这么做，他说誓约必须恪守，哪怕是对待不信教的人。我们这些被你救过的人高声斥责他无耻。争论如此激烈，最后沙西达绅士——他在我们这儿位居第三——声称，他和这个和约无关，并将带着他的随从到墨西哥去向总督汇报。于是达埃兹上尉叫他滚到地狱里去，向魔鬼汇报去。他们怀着仇意分手了。而达埃兹相信，沙西达原本就不该活着从'诺契特列梯'之夜逃出来，从那以后，他们就互相不喜欢了。我想，他会尽其所能在总督那儿说你们的坏话。我相信你确实是他的仇敌。”

“父亲，”我儿子对我说，“那个西班牙人是谁？他看着我们的样子很残忍。”

“他就是我曾经告诉过你的那个人，儿子，德-加西亚，他残害我们的家人已有两代人了。他背叛了我的父亲，向神圣法庭告密，杀死了你的祖母；他对我施行了酷刑，他的坏事还没有干完呢。我告诫你对他要小心，永远要小心。”

我们来到了皇宫，这几乎是松树城里唯一剩下的房屋。他们给了一套房间让我们住，并传令我和我的妻子要会见西班牙上尉达埃兹。

尽管奥托美宁可待在屋里，但我们还得去。屋里有食品，我们就把儿子一个人留下了。记得在我离开的时候我还亲了他，也不知当时为什么要这么做，只是感到我们回来时他大概已经睡了。达埃兹的住处在宫殿的另一头，大约两百步的距离。我们站在他的面前，他看上去相貌粗鲁，身板厚实，有些年纪了，难看但诚实的脸上有一双明亮的眼睛，像一个四季操劳的农民，只不过他的田野在战场上，而他的收成是人的生命。当时他正和一些士兵在说着低俗的笑话，士兵们在附和着。看到我们进来，他停住说话并向我走来。我按印第安的礼仪，用手触地向他致敬，因为我自认是一个印第安俘虏。

“你的剑。”他简短地说道，并很快扫描了我的全身。

我从身上解下佩剑递给他，并用西班牙语说道：“拿去吧，上尉。你胜利了，这是物归原主。”这把剑就是在“诺契特列梯”之夜，我从勃诺-达埃兹手里夺来的。他仔细看了一下，又发了一次誓，说：“我就知道你不会是另一个人。我们真的是经过这么多年之后又一次重逢了。我很高兴自己可以活着报答你。如果我不确定你就是那个人的话，你是得不到这么宽容的条件的，朋友。你的名字叫什么？不，我知道印第安人是怎么叫你的。”

“我的名字叫温费尔。”

“那么，温费尔朋友，告诉你，我本来打算坐在那边的魔鬼的房子下面，”他指了一下金字塔，“直等到你在那上面饿死。不，温费尔朋友，把这剑拿回去。我在很多年前就已经得到了另一把好剑，而你已经勇敢地用了这把剑。我从未见过印第安人仗打得这么好。我也看到了奥托美，蒙特苏玛的女儿，你的妻子，她仍然美丽，高贵。上帝！上帝！那是多年之前，却好像就在昨天，我看到她的父亲死去。他虽不是基督徒，却有基督之心，我们对他很不公平，愿上帝原谅我们全体！唉，夫人，没人能说你有基督之心——如果我听说的三天前那儿发生的事情是真的话。但让我们不再提起它了吧，野蛮的血会显现的。你已经因为你的丈夫救了我们的同伴而被原谅了。现在，温费尔朋友，”达埃兹上尉继续说道，“你今后打算做什么？你可以自由地到你想去的地方，那么你要到哪儿去呢？”

“我也不知道，”我答道，“多年之前，是阿兹泰克皇帝给我以生存的机会，并把这位公主嫁给我，当时我发下誓言对她和她的国家忠诚，为他们战斗直到波波火山不再冒烟，泰诺梯兰再无国王，阿那灰克人不再是国民。”

“现在你已到了这个时候，朋友。所有誓言中所假设的条件现在几乎全成事实。波波火山已有两年不冒烟了。如果我给你提个建议，你将会再次成为基督徒并为西班牙效力。好了，现在吃饭吧，我们可以稍后再谈这些事。”

我们在火炬的照耀下与勃诺-达埃兹和其他一些西班牙人一起进餐。奥托美想要离开，虽然上尉令她留下，但她什么也没有吃，并悄悄地离开了房间。

第三十七章
复　仇

饭间，勃诺-达埃兹说起了我们在堤道上的第一次见面和我差点把他当作沙西达给错杀了。于是他问我，究竟与沙西达有什么仇恨。我尽量简要地把我的一生讲给他听，并告诉他，德-加西亚或沙西达对我和我的家人犯下的罪行，以及我追踪他来到这里的经过，他听呆了。

“圣母！”他终于开口说道，“我早就知道他是个恶棍，但如果你说的都是真的话，那他比我知道的更糟。说实话，如果我在一小时以前听到这个故事，沙西达就休想离开这座军营，除非他能回答这些问题或者是通过决斗来解决你们之间的矛盾。但我担心已经太迟了，他将在月亮升起的时候离开这里去墨西哥，他可能会在那儿搞浑水说我放走了你，倒不是我怕他，他在那儿也没有太好的名声。”

“我说的都是事实，”我说，“如果需要的话，很多事情我都可以向你提供证明。我想告诉你，为争取和他面对面地决斗，我宁可减去一半的寿命；一旦他从我这儿逃跑了，解决的时间就会拖得更长。”

在我说这些话的时候，我感到一阵可怕的风吹过我的手心和额头，我一阵惊吓，好像有恶魔爬上了我的灵魂，把我镇住了，我一时动弹不得，也不能说话。

“让我们去看看他是否已经离开。”达埃兹说道。他召唤一个正要离开屋子的士兵。我抬头看了看，却看见一个女人站在门口。她的手放在门柱上，拖着长发的头向后仰着，她的脸看上去非常痛苦。变化如此之大，我已认不出她就是奥托美。当我确认是她后，我立刻明白发生什么事了，只有一件事会使她如此失魂落魄。

“我们的儿子怎么了？”我急促地问道。

“死了，死了！”她耳语般的回答简直要把我的骨髓劈成两半，我说不出话来。但达埃兹问道：“死了？为什么？是谁杀死了他？”

“德-加西亚！我看到他逃走了。”奥托美回答道。接着她举手向天，一声不响地倒在了地上。

这一刻让我崩溃和心碎，我一生中没有任何时候比这时更为伤心的了。而这个惨痛的记忆一直伴随着我直到我死。

“说吧，勃诺-达埃兹，”我声音变得嘶哑，“对你这个同事，我说过谎言了吗？”我跃过奥托美的身子离开了房间，后面跟着勃诺-达埃兹和其他一些人。

出门后我飞快地朝军营跑去。还没跑出一百步，月光下我看到一小群人骑着马向这边跑来。这是德-加西亚和他的随从，他们想沿着山间小道往墨西哥去，我还算来得及时。

“停住！”勃诺-达埃兹大声叫道。

“是谁在命令我停住？”是德-加西亚的声音。

“是我，你的上尉。”达埃兹咆哮道，“停下，否则我就把你砍下来！你这个魔鬼，谋杀者！”

我看到他脸色发白地停了下来。“这是奇怪的态度，先生，”他说道，“请仁慈地允许我问——”此时德-加西亚看到了我，停住了话头。我挣脱了达埃兹拉住我的手臂向他走去。虽然我没有说话，但从我愤怒的脸上他看出我已经知道了一切，他的末日到了！

他向我身后望去，窄窄的路上挤满了人。我慢慢走近他。他警觉地把手放在剑柄上，眼睛看着我。突然，他驾马转身朝着通往夏卡火山的路跑了。

德-加西亚逃了！我紧追不舍，像一条猎犬似的低身跑着。一开始他越跑越远，但后来因为路面崎岖不平，马跑不快慢了下来。而我们穿过全城或全部废墟，沿着一条在炎热的天气印第安人把雪水引下来的小路走上去。这条路从雪线下来大约有五英里左右。雪线往上是印第安人视为神圣的地方，他们从来不上去。他沿着小路往上走，我很高兴，因为我知道往上走是没有出路的，两边是水道和峭壁。德-加西亚一英里接着一英里地往前走，一会儿往左看，一会儿往右看，然后继续往上看。上面是巨大的雪山顶，中间冒着巨大的烟柱。但他绝不敢往后看，因为他知道后面是什么，一个人形的死亡的记号！

我像一只狗一般跟在后面，不快不满地节约能量，我确信早晚会抓住他的，不急。

他终于到达了雪线。前面不再有路，他第一次回头看了。我在他身后大约二百步。我，他的死神，就在他身后，而他前面雪光明亮。他犹豫了起来。在这宁静的空间，我听到了他的马沉重的喘气声。然后他转向高坡，用马刺踢坐骑的两侧。雪结得很硬，寒气逼人。一时间虽然坡有点陡，但马却走得比道路上更容易些。和以前一样，他只有一条路可走，像衣服上的褶一样，上山也只能走一个褶，两边都是陡坡，人和马都站不住脚。我们沿着山脊走了大约两个小时。在这鬼蜮般宁静的火山上走着，孤独扩散在永恒的白雪之中，我的灵魂似乎进入了我的猎物心中；通过他的双眼，我看到了所有的事情在流经他的心头。即使这么坏的人，他的梦也不会快乐。我从中读出他极端的痛苦、黑暗中的绝望，以及受回忆的追索而对前途的恐惧和茫然，这种心灵的折磨是永远无法去除的。即使他没有良心，但他有担心和想象来成倍增加这些痛苦。

雪地变得更陡了，那匹马已几乎力竭，它已很难在这高度上呼吸了。德-加西亚无助地不断用马刺踢它，但这匹马已无能为力，它突然倒下把德-加西亚压在下面。看来他也只能等我来了，但我没料到他的恐惧会这么深，他竟从马的身子的重压下挣扎了出来，然后看了我一眼，没命地往上逃。逃的时候为了减轻重量，他把身上的盔甲全丢下了。

一会儿我们都越过了积雪，来到了被火山口的热量融化的积雪的边缘处。在晚间或是冬天，这里是冰冷刺骨。夏卡火山的顶上盖着的白色冰冠足有一英里厚，这冰冠是下面的白雪和上面黑色的火山口间的圆圈。德-加西亚艰难地爬上了这个冰冠，而这可不是一件容易的事。别说对他这样心神不宁的人，就是一般的人要利用冰的裂缝和积块一点点往上爬也很困难。一旦冰棍断了，或者不小心滑了一下，他就会一路下去被无数的像箭一样的冰凌刺穿。我有几次都担心他会失足，因为我不想就这么失去亲自报仇的机会。

现在我离他不到二十步远，我曾有几次向他喊叫，告诉他脚应该往哪儿踩以免危险。奇怪的是，他也不假思索地按我的话去做，全然忘了我就是他日夜担心的死神！而我却毫无畏惧，我知道自己不能掉下去，尽管这种地方我一般会尽量避免去攀登。

就这样，我们借着月光往夏卡可怕的山顶爬去。突然，晨曦划破了天空照亮了山顶，火焰也随之消失在烟柱的中央。红色的阳光照在雪山顶上的景色是多么壮丽，而我们两个人就像苍蝇一样在白色的冰冠上慢慢地往上爬。周围较低的群山和山下的世界仍沉浸在夜色的阴影中。

“现在我们爬的时候有较好的照明条件了，同志!”我向德-加西亚喊道。

在这冰雪悬崖上，我的声音听起来有点怪异，这儿从来没有响起过人的回声。我说话的时候山似乎也在颤动，声响似乎在我们的身下抖动着，又如被风吹动的树因它不可侵犯的孤独被亵渎而愤怒了。颤动中有一阵灰色的尘土像雨一样撒落下来，一时间难以看轻德-加西亚的身影，只听到他因害怕掉下去而发出的叫声。过了一会儿，灰雨停了，我看到他安全地站在火山口的火山岩上。

现在我想到，如果他还有一点勇气的话，就一定会在前面等着我，在我爬出冰冠的那一刻用剑把我杀死，因为他身上还挂着剑。可能他也想到了这么做，他转过身来像魔鬼一样瞪着我。我以为他要动手了，但出乎意料，他又突然转身跑了。我不禁想，他究竟能往哪里躲？

从冰冠的边缘到火山口喷出蒸气和黑烟的地方大约有三百步的距离。这火山岩石滚烫，有些地方甚至难以落脚，在上面走动时下面会发生震动。德-加西亚慢了下来，他害怕了。而我则不紧不慢地跟着他，让气喘平静下来。

他走到了火山口边缘，伸长身子张望了一下。我以为他要跳下去自杀了。但即使他有这个念头，在看到下面的无底深渊时也会改变主意。他转过身向我走来，手握着佩剑，我们在离开边缘十二步的地方碰面了。虽说是碰面，其实他在我的剑还够不着的地方就停下了。

我在一块火山石上坐下来观察他。这是怎样的一张脸？坏过谋杀者的人正要接受惩罚！可能只有画脸谱才能说清楚了，此外再没有言词可以形容他满脸的恐怖和红色深陷的眼睛，还有那露出的牙齿和颤动着的嘴唇。我想，如果人类的敌人想要杀死最后一个人，把他的灵魂带到地狱，那就是他了。

“终究，德-加西亚！”我说道。

“你为什么不直截了当地杀了我，结束这一切？”

“干吗这么急？我努力追踪你二十年了，现在为什么要离别得这样匆忙？让我们在永别之前先谈谈吧！出于礼貌，你应该会回答我一个问题吧？我很好奇，你为什么要对我和我的家人做出这些恶魔般的事？为什么要干这种没心肝的蠢事？你总得有个理由吧!”

我如此安详冷静地问道,不带感情,不带任何成见。在那一刻,我已经不是汤姆-温费尔,只是一件工具,一种力量。我可以不带悲痛地想着我的儿子,他对我来说似乎并没有死。我甚至可以想着德-加西亚而不带仇恨,他只是受了什么东西的使唤才这样子。现在他在我的控制之下,他是属于我的。他必须真实地回答我的问题,就像他面对审判一样。

“我爱你的母亲,我的侄儿,”他慢慢地痛苦地说道,“从孩提时代起,在这世上我只爱她一个人,直到现在我还爱着她。但她因为我的坏心眼而恨我,因为我的残忍而怕我。后来,她遇到了你的父亲就爱上了他,还设法把他从神圣法庭里救出来。是我把他送进那儿受刑法的。后来他们逃到英格兰去了。我嫉妒,我想报复,但没有途径可行。从此,我过上了魔鬼般的生活。就这样,二十年过去了,不过却有了一个去英国经商的旅行。后来,一个机会让我知道你父母亲住在耶末斯附近,我就决定去见她,那时我并没有想要杀她。我的运气好,我们在树林里见面了。她仍然和以前一样美丽。看着她,我发现我对她的爱比以前更强烈了。我给了她两个选择,跟我逃跑或是死。她选择了死。过了一会儿她就死了,但当她在树丛中蹲下时突然又站直了身子说:‘在你刺我以前听好了,璜。我看到了另一个死亡的画面,正像我从你身边逃开一样,你也会从我的一个亲人面前逃开,到一个有火山石和雪的地方。你把我送入天堂之门而他会把你送入地狱。’”

“像这个地方一样?”我问道。

“像这个地方一样!”他轻声地答道,环顾四周。

“继续说。”我催促他。

他再一次企图停止不说,但我的意愿再一次控制了他,他只好继续说下去:“那时如果我想要逃跑的话,就只能杀了她,所以我就下了手后逃跑了。从此,杀了人的恐惧感就一直如影相随,直到现在。在我的眼中一直出现他——你母亲的后代，在他面前，我只得像你母亲所做的那样逃跑，但终究他会把我送入地狱。”

“那一定是在那边，亲戚。”我用剑指着火山口的深坑说。

“是的，就在那边，我看过了。”

“那只是容纳你的身体，不是你的灵魂。”

“只是容纳身体，不是容纳灵魂。”他重复了一遍我的话。

“继续！”我说道。

“然后我遇到了你，汤姆-温费尔。你母亲的预言显灵了。所以当她的后代出现时，我得拼命地杀掉他，否则他就会杀了我！”

“就像他现在要做的那样，亲戚？”

“就像他现在要做的那样，”他鹦鹉学舌般地重复着，“你想知道后来发生了什么和我是怎么逃脱的吗？杀了你母亲之后，我逃到西班牙想忘掉它，但我做不到。一天，我在塞维勒的街上看到一个人很像你，尽管不能肯定就是你，但深深的恐惧使我决定还是赶快逃走，逃到远远的西印度去！而你却突然出现在我和一个女士说再见的那个晚上。”

“是的，那是伊莎贝尔-德-西昆查，亲戚。在那之后我和她说了再见，并答应把她临死的话传给你。现在她等着见你，还有她的孩子。”

德-加西亚颤抖地继续说下去。“后来我们在大洋中又见面了。一开始我还不想杀你，我希望你在奴隶的底舱里死掉，这样就没人可以指责我是杀人凶手。但你没有死，甚至连大海也淹不死你。不久我跟着科特斯来到阿那灰克，在那儿我们又见面了，那次你差一点就把我杀了。后来我报复了你，并对你施以酷刑，准备第二天一早就把你杀掉，但你又逃脱了！好多年过去了，我东荡西游，去西班牙，回墨西哥。但不论我在哪里，我的恐惧，死亡的鬼影和噩梦一直紧追着我，我从来没有高兴过。还没有到达松树城，我就听说你在奥托美人那儿做统领。那以前，人们早就在传说你已经死了，这以后的事你都知道了。”

“你为什么要杀我的儿子?”我愤怒地问道。

“他难道不是你母亲的后代吗？这后代迟早有一天也会来杀我报仇的！我不能蠢到留下仇人的儿子而不杀了他。我很高兴杀了他，因为他加入到向我索命的行列之中。”

“他们会永恒地追索你！现在让我们结束这一切吧。使用你的剑，死在战斗中还是比较容易的。”

“我不能了。”他发出喉音，软弱地说道。

“随你的便。”我向他走去。

他两眼盯着我看，就像一只老鼠正要从吞吃他的蛇面前逃遁。突然，他转身向后逃去。我紧追不放，一会儿我们开始逼近火山口的边缘。我向下面望了一眼，看到了一幅可怕的图景。在大约三十英尺下面，滚滚的红色岩浆不断地冒上来并不时地散发出烟雾，熔浆向上喷发时发出呼啸声。一条条有毒的蒸汽，带着各种颜色在表面旋转，向上加热并毒化着空气。这正符合我的希望，那是德-加西亚通向死亡的最好通道。

我笑着用剑指着那火山口，他看了看大声尖叫起来。他的人生走到了尽头，这个骄傲又残忍的西班牙人哭叫起来。他做了这么多不可原谅的坏事，却请求给他仁慈的待遇，给他时间来悔悟。我站在那儿看着他，心如冰水。

“来吧，是时候了。”我说，再一次举起了我的剑，只等着落剑。

但他突然发起疯来。德-加西亚就在我的眼前发疯了！

我不想详细描述发生的经过。发疯后，勇气似乎又回到了他的身上。他开始战斗了，但不是对着我。他好像已看不见我，却仍然在战斗，握着他的剑疯狂地对着天空刺去。看着他对着空气战斗，嘴里不停地喊叫和咒骂，真是又可气又可怕。他一点一点地刺杀到火山口的边缘，在那儿站了一会儿，像一个人对着强大的敌人作最后的抗争一样拼命地刺、拼命地砍，有两次差点就掉下去了，但站定后又继续向前攻击。如此来回几次，最后随着一声尖叫，他突然张开两臂像是被人刺中胸部一样，他的剑掉了下去，身子也随之向后倒去，落入了深深的火山口里。

我把眼睛转开，不想再看下去了。但我常常在想，究竟是谁给了德-加西亚那最后的一击。

第三十八章
奥托美的离去

就这样我完成了曾经向我父亲发下的杀死德-加西亚的复仇誓言，更确切地说，我见证了此事的最后完成，他最后足够可怕地死了。不是死于我的手，而是死于他诸多的恐惧。从那以后我不时为此伤心：当那一阵冰凉的非人间的冷静通过我脑海的时候，我恨他超过了任何东西，我为他不是死于我的手而悲伤，直到今天还有这种感叹。毫无疑问，很多人会认为我很另类，因为我们从小就被教育要原谅我们的敌人。但这里我把原谅留给了上帝。我怎么能原谅他这个背叛我的父亲并把他送给教士、谋杀我母亲和儿子、把我锁在奴隶船里并长时间对我施以酷刑的人？年深月久，我对他的仇恨只有增加。我这么长地描述这份感情，是因为它将成为我的麻烦。我虽不能说自己是最大的慈善家，但多年以后在我们教区里的一位受尊敬的教长，就因为这事出面反对我在教堂里参加教会仪式。我到主教那儿去，把我的经历一五一十地全告诉了他，连他也感到迷惑。他是一个宽怀的人，最后他指责了教长，要他恢复我在教会里的活动。他认为，上帝不能找到一个犯错更大的人，但他应该原谅一个犯过这样大错的人，尽管他的敌人已经死了，并将到另一个世界去受到审判。

对于良心的问题就在此打住吧。

在德-加西亚落入火山口之后，我就开始走回家去。更确切地说，是往城市的废墟走下去，我已经没有家了。我必须从冰盖上爬下去，这比爬上来更困难。我仇也报了，就像一个普通的人，又悲伤又疲倦。说真的，如果我不慎失足的话，也不会增加更多的悲伤。

我平安地到达了雪地，后面的行程就容易多了。我实现了自己的诺言报了仇，但我一边走一边还是在计算自己的损失。我失去了我的未婚妻，青年时的爱人；在野蛮人中以一个野蛮人的酋长的身份生活了二十年，习惯了一切困苦的生活；和一个女人结了婚，虽说她热爱我并且不缺高贵的品格，但从那天的表现来看，她始终有一颗野蛮人的心，至少她仍是魔鬼上帝的奴隶。我曾经领导过的部落被征服了，我曾经居住过的美丽的城市已经成为废墟。我已是一个无家可归的叫花子，虽说我成功地避免了死亡和成为奴隶。所有这一切我都能忍受，因为我经受过这样的遭遇。但是，我那最后仅存的儿子的悲惨命运，这个在我孤寂的生活中唯一给我带来欢乐的儿子的惨死，叫我怎能忍受！对这些孩子们的爱已是我中年生活的热情。我爱他们，他们也爱我。从婴儿时期开始我就教育他们，使他们有一颗英国的心，而不是阿兹泰克的，包括语言和信仰；使他们成为我可爱的孩子，而且是自己种族的群体，是我唯一留下的。现在因为疾病、意外和杀戮，他们一个一个地离我而去，留下孤单的我。

哦！想想年轻时的悲伤吧，当一个亲爱的甜心跟我们分手时，我们认为整个世界都充满了悲伤，而且誓言这种伤感是永远无法医治的。但当我们低下头来看到裹着尸衣的孩子时，才第一次懂得悲痛究竟是怎么一回事。人们告诉我们，时间是能医治悲伤的，这不是真的。这种悲伤是时间无法医治的——我是在这么老的时候才这么说——原来有多么伤心，以后还是这么伤心。没有信念就没有希望，活着没有救治，只有进了坟墓才可解脱。爱永远不是完美的，直到上帝盖上了死亡的印章才算完美。

我跌跌撞撞地走向夏卡荒凉的雪地。这儿从未有人迹到过，流着一个男人一生总会落下的眼泪。

“哦，我的儿子阿伯所门，我的儿子，我的儿子阿伯所门！上帝，我宁肯自己替换他。哦，阿伯所门，我的儿子，我的儿子！”我哭着，像古代的犹太王哭他的儿子一样。但是我的悲伤更甚于他，我在短短的几年内就死了三个儿子。犹太王在不久之后就与他的儿子们会合了，有一天我也要与我的儿子们会合。这么想着，我稍感宽心，就站起来走向松树城的废墟。

我回去时已是黄昏，我拖着疲惫的步伐走着长长的路。在宫殿的门前，我见到了达埃兹上尉和他的同伴们。在我经过的时候，他们抬起头上的软帽，他们对我的悲伤表示同情和尊重，只有达埃兹说话道：“那个谋杀者死了吗？”

我点点头，继续走路。我走进了我们的居屋，想着在那儿可以见到奥托美。

她孤独地坐着，冷静而美丽，像一尊大理石像。

“我把他和他的兄弟与先辈的骨殖埋在一起了，”她回答了我用眼睛示意的问题，“你最好不要再看他了，否则你会心碎的。”

“好的，”我答道，“但我的心已经碎了。”

“那个谋杀者死了吗？”她问得和达埃兹一样。

“他死了。”

“怎么死的？”

我简短地说明了。

“你应该自己杀他，我们儿子的血仇还是没有报。”

“我是应该自己杀死他，但在那个时刻我已不想着报仇，看着他从天堂掉入地狱，我也满足了。可能那是最好的结果。寻仇多年带给了我多少悲伤。复仇之事属于上帝而不属于人，我学这个道理太晚了。”

“我并不这样认为，”奥托美说。她脸上的表情同她在刺杀特拉卡兰人时，在笑骂玛莉娜时和她作为献祭的头领在金字塔上跳舞的时候一样。“如果我站在你的位置，我会一英寸一英寸地砍了他。但现在说也晚了，所有的事都完了，所有的都死了，我的心也随他们而去。现在吃吧，你已经累了。”

于是我吃了点东西，然后就倒下睡了。

黑暗中我听到奥托美在说话。“醒来，我有话要对你说。”她的声音使我在沉睡中惊醒。

“说吧，”我说，“你在哪儿？奥托美。”

“我坐在你边上。我无法休息，所以我坐在这里。听着。很多、很多年以前我们相遇。那时，瓜特莫克把你从托巴斯科带来。唉！我至今记得第一眼见到你的那一刻。一个丢勒人，在我父亲蒙特苏玛面前，在卡波泰皮克宫中，我爱上了你，而且至今仍爱着你。那么多奇怪的上帝轮换之后，至少我没有陷入迷途。”她痛苦地笑着。

“你怎么会想要说这些事，奥托美？”我问道。

“这是以我的立场要说这些。你难道不能从你的睡眠中赐给我一个小时的时间？我曾经给了你那么多。你记得你是如何蔑视了我——哦，我曾经因羞辱而想自杀——当我献身于你为妻，一个阿兹泰克妻子，而你告诉我你在海洋那边的少女，那个少女莉莉，她的信物至今还戴在你的手指上。但我忍受了，并因为你的诚实而爱你更深。接下来的事你都清楚了。我得到你是因为我的勇敢并躺在祭石上你的身边。那时你亲吻了我，你告诉我你爱我。但是你从来没有爱过我，没有真爱过。你一直想着那个少女莉莉。我那时就知道，现在仍知道，尽管我企图欺骗我自己。我那时很美丽，而这对男人来说是有魅力的。当时丢勒人再过一个小时就要来了，我们必须在那块石头上死掉，我这样做是完全出于我自己的愿望而不是你的。结果我们逃脱了，艰苦的奋斗从此开始了。我告诉你我完全懂得我的行为的意义。你在祭石上亲吻了我，那时你已是个必死的人了。但当你回到生活中的时候，就是另一回事了。只是，命运不由你自己掌握。你娶了我，你向我发誓并遵守了你的誓言。你娶了我，但你不知道自己娶的是谁。你觉得我美丽、真诚、甜美，这些我都具备。但你不知道我和你的距离是如此遥远。我仍是个野蛮人，就像我的祖先一样。你以为我已经学习了你们的习俗，甚至认为我已经顺从了你的上帝。为了你，我努力去做。但一直以来，我仍然顺着我的人民的路走，无法彻底忘却我们的上帝们，或者至少它们不让我，它们的奴仆逃离它们。多年来我试图离开它们，但最后它们报复了。我的心控制了我，或者是它们控制了我。我对几天前的晚上所做的事一无所知，我当时只认为自己在欢庆对黑哲的献礼，你看到了在那古老仪式中的我。

“多年来你一直真诚待我，我为你生了你所喜爱的孩子们。但你爱他们是因为他们是你的，而与我无关。事实上你从心底里仇恨他们血管里混有的印第安人的血液。你爱我也只是特别的原因，而这一半的爱使我几近愤怒。即使这点爱情也在你看到我在金字塔那边疯狂地庆祝我们祖先的仪式时死掉了。你认知了我是什么，一个野蛮人。现在，把我们联系在一起的孩子都死了，一个接着一个地，他们以不同的遭遇死去了。我的血也遭诅咒地随着他们到了地下，而你对我的爱也和他们一起死去了。剩下我独自一人，一尊过去时光的纪念品，我也该死了。

“不，请安静，听我说，因为我的时间不多了。当你命令我不要再叫你丈夫的时候，我知道一切都结束了。我服从了你，离你远远的，你已不是我的丈夫，很快我也不再是你的妻子了。现在，丢勒，我请求你继续听我讲。现在你看上去很悲痛，你的日子似乎已走到了尽头，再也不会有欢乐了。但这不是事实。你是一个男人，正当壮年，身体强健。你会从这个已成废墟的土地上逃走，当你抖去脚上的尘土的时候，那诅咒也会随着尘土从你的身上落下。你将会回到你自己的故乡,你也会找回那个这么多年一直等着你的人。这里,那个野蛮人的女人曾经和你结合过;那从马背上掉下来的公主,会成为你的一个奇妙的回忆;而所有这些奇怪的经历,则会成为你多年的半夜之梦。只有你对孩子们的爱,会留在你的心中,他们会成为你日夜难忘的爱。对他们的思念,心中无法解脱的悲痛会随着你进入坟墓,而我则很高兴也会这样,因为我是他们的母亲,所以我一部分的心已随他们而去。只有这一件事,少女莉莉让给了我,只在这一件事上我赢了她。丢勒,她的孩子不能给你留下比我的孩子更多的记忆。

“哦!我日日夜夜观察着你,我从你的眼里看到了你对那失去的面容和年轻时的故土的思念。高兴起来吧,你会再得到他们的。争斗已经结束,少女莉莉强过我太多了。我衰弱极了,只有一点话要说。我们将要分别,很可能是永别了。在我们之间还共有死去的孩子们的灵魂吗?你不再需要我了,所以我将使我们的分离完美。现在,在我快死去的时候,我宣告放弃你的上帝,并寻回我自己的。虽然我爱你的上帝并且恨我的人民,难道他们之间有一点点的交流吗?我们要分别了,并可能是永别,但我恳求你在想着我的时候仁慈些。我爱过你,我爱着你;我是你孩子们的母亲,他们是基督徒,你会和他们再相会的。我爱你,并一直会爱你。我为你在祭石上亲我并生活下来而高兴,并为你生了儿子们。他们是你的而不是我的。现在看来,我只高兴他们是你的,他们爱你而不是我。你拿走他们——拿走他们的灵魂正如你拿走了一切。你曾经发誓只有死亡才会把我们分开,你遵守了你的诺言。但现在我要到太阳的房子里去了,去找寻我的人们去了。至于你,丢勒,我们一起生活了很多年,经历了很多痛苦,但我不能再叫你丈夫了,因为你不允许我这样做。但我要说,不要在和莉莉说到我的时候嘲笑我。尽量对她少提起我吧。快乐吧。永别了!”

她说话越来越弱,而我则昏乱地听着,晨曦渐渐使屋子里亮了起来,也使我能看清奥托美脸色发白坐在硬椅上的模样。我发现她双手下垂,头向后靠在椅背上。我跳起来细看她的脸。那是苍白的、冰凉的,我发现她已经没有气息了。我抓住她的手,那也是冰凉的了。我在她的耳边说话,亲吻她的眉间,但没有反应也没有回答。屋里更亮了,我终于看清楚奥托美死了,她自杀了。

她是这么死的,她喝下了印第安人秘制的毒药。这种毒药慢慢地发作并没有痛苦,死前大脑也仍然是清醒的。这就是为什么在她生命逐渐消逝的时候,对我讲话如此悲伤和苦涩的缘故。我坐在床沿上对她凝视着。没有眼泪,因为泪水早已流干了,正像以前说过的那样,已经没有什么事情能打破我的平静了。但一股巨大的温情和悲伤抓住了我,我比任何时候都更爱她了。往事一件件回到我的眼前。我记得她在她高贵的父亲的宫廷中的荣耀和光辉,我记得她在祭石边看我的目光,我记得她在奎拉华的法庭上为保我的命而与其争辩的形象。我又似乎听到了她在看到我们第一个儿子尸体时的哭声,看到她们手握利剑面对特拉卡兰人的时候的样子。

在这清晨的时刻,我望着奥托美尸体的时候,无数往事都回到我的眼前。她说的是事实,即我从来没有忘掉我的第一个爱人并一直还想见她;但她说的也不是事实,即说我从来没有爱过奥托美。我深深地爱着她且一直信守着对她的誓言,直到她死我才知道她在我心中占据着越来越大的地位。我们之间存在隔阂并且年深月久地扩大了,这是事实。隔阂来自血统和信仰。我知道她不可能抛弃原来的信仰,而且当我看到她在领唱死亡的颂歌时,一种巨大的恐惧抓住了我,使我一时间厌恶了她。但这些都可以在生活中逐渐消除并化解的,这些是她血液和身体的一部分。再加上最后那可怕的事并非出自她的自愿。抛开这些东西,她仍然是最高贵和美丽的女子,并且在这么多年中一直是我忠实的妻子。这就是我在那一个小时里的想法,我至今也还是这么认为。她说我们将会永别。但我深信这不会是真的，我们最终都会被原谅。有一个地方，使得在地上亲近并互相珍视的人们会重新相聚并和睦相处。

最后我叹息着站起身来去寻求帮助。当我站起来时，我发现脖子有一样东西，那就是瓜特莫克给我，而我又给了奥托美的巨大绿宝石项链。她在我熟睡时给我带上了，结合在一起的还有她的一绺头发。而这些将会和我一起埋葬掉。

我把她葬在她的祖坟里，和她的祖先们在一起。在那儿还有她的儿子们的尸体。两天后，我乘勃诺-达埃兹的马车到墨西哥去了。在山路的转角处，我转身看着这个松树城的废墟。我在这里生活了多年，所有我爱的人都埋在了这里。长久地、虔诚地凝视着，就像现在一个年老的将死的我凝视着自己的一生，直到达埃兹的手放到了我的肩上："你现在是一个孤独的人了，同志，"他说道，"对将来你有什么计划?"

"没有，"我回答，"除了死之外。"

"别这样说，"他说，"为什么要这样？你才四十来岁，而我已经五十出头了，还没说死亡的话。听着，你在你自己的祖国，英国，有朋友吗?"

"有的。"

"在那平静的地方，人们都长寿。去看他们去，我会替你找到去西班牙的办法的。"

"我会考虑的，"我回答。

当我到达墨西哥城的时候，我见到的是一座新的陌生的城市。科特斯重建了它：金字塔仍然耸立在那儿，我曾经在那儿被献祭；原来丑陋的阿兹泰克偶像竖立的地方现在是一座教堂。城市建设足够的好，但不像蒙特苏玛的泰诺梯兰那样美丽，永远也不会。住在那儿的人也不一样了。那时他们是自由的战士，现在是奴隶。达埃兹为我找了个住处。没人来麻烦我，我的赦免受到了尊重。

再加上我已是一个被打败的人，无须担心了。我在"诺契特列梯"和松树城所扮演的角色已经被遗忘了，而我悲惨的故事赢得了甚至包括西班牙人的同情。我在墨西哥城住了十天，在城中伤心地漫游并登上了恰波梯派克山，那儿曾有蒙特苏玛悠闲的住房，在那儿，我遇见了我美丽的奥托美。现在除了几株古老的杉树之外，什么也没有留下。

在墨西哥城的第八天，一个印第安人在街上叫住了我，说有一个我的老朋友派他告诉我，她要见我。我跟着这个印第安人，想知道这个朋友是谁，因为我已经没有朋友了。他把我带到一条新街道中一幢好看的石头房子里。我被让到一间昏暗的房间里等了一会儿，直到听见一个伤感的、甜美的、听上去熟悉的声音，用阿兹泰克语发出的声音："欢迎你，丢勒。"

我望过去，站在我面前的是一个穿着西班牙服装的印第安女士。她仍然美丽，但衰弱且伤感，像是生病而且神情悲伤。

"你还认得玛莉娜吗？丢勒，"她说道，但在她说出口来之前，我已认出了她。"不过我要说我已很难认出你来了，丢勒。艰难和时光在我们两个人身上留下了印痕。"

我拿起她的手并亲吻了它。

"科特斯现在在哪儿？"我问道。

一阵颤抖抓住了她。

"科特斯在西班牙，正在为自己的官司辩护。他在那儿娶了个新妻子，丢勒。很多年前他就抛弃了我，让我跟堂-璜-夏拉米洛结婚。他娶我是因为我的财产，科特斯对我，他的情妇很慷慨。"她接着流泪了。

接下来我听到了故事的一部分。我不需要在这里说了，因为这是全世界都知道了的事。玛莉娜为他服务之后，她的才智已对他无用，这个征服者就把她抛弃了。她带着一颗破碎的心留在这儿。她把自己身心痛苦的情况都告诉了我，她在得知他的决定之后，曾经向他哭求过，但丝毫不能打动他的心。

我们大约交谈了两个小时，在她说了她的故事之后，我也把我的故事告诉了她。她也为我流泪了，尽管她做了很多错事，玛莉娜的心仍是仁慈的。我们永别了。在我离开之前，她以钱作为礼物，而我不觉羞耻地接受了，因为我实在没有钱。

这就是玛莉娜的历史。她为自己的爱情背叛了自己的祖国，但收到的是她爱人的背叛。而我始终秘密地保留着有关她的回忆，因为她是我的好朋友而且两次救了我的命。她从不背叛我，甚至奥托美如此残忍地笑骂了她。

第三十九章

汤姆从死亡中回来

在我与玛莉娜会面的第二天早晨，达埃兹上尉来看我并告诉我，他有一个朋友是一条大船的船长，十天内就要从维拉克鲁斯码头航行去卡第斯，这个朋友很高兴能给我一个方便，如果我想离开墨西哥的话。我考虑了一下说我愿意走。当天晚上，我与达埃兹上尉作别。我祝他好运，他是在很多坏人群中的一个好人。我最终和一批商人一起离开了这个城市。从山上下去安全地走了一个星期，我们来到了维拉克鲁斯，一个炎热的不健康的城镇，乱七八糟地在北风中停泊着一些船。我交验了我的推荐信，船长毫无疑问地给了我一个舱位，我睡在一个食品舱里开始了我的旅程。

三天后，我们在顺风里开始出航。第二天早晨，阿那灰克海岸留下唯一可见的，是奥利扎巴火山顶上的积雪。很快它也在云层中消失了。这样，我就永远离开了这个遥远的，我在那里经历了这么多难忘事情的国家。按照我的计算，从第一眼看到它直到离开，我一共在这里生活了十八年。

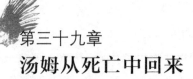

去西班牙的航行没什么可写的。它远比一般的行程要顺利。从我们在维拉克鲁斯起锚后不到十个星期，船就在卡第斯港下锚了。在卡第斯我待了两天，打听到了到伦敦去的英国商船。我卖掉了项链上最小的一颗宝石，买了船票。玛莉娜给我的钱已经用完了。那颗绿宝石卖了个好价钱，我用部分的钱买了一身体面的着装，把剩下的金子带在了身边。我很伤心地卖了它，虽说那只是一颗小小的垂饰上的宝石，但我还是注意到那是不犯法的。至于那垂饰本身，虽有些瑕疵但仍贵重，多年后我给了高贵的女王伊丽莎白。

在英国船上，他们认为我是一个西班牙冒险家在印第安赚到了钱，我并不向他们说明，我需要独自安静地准备我的思想，去面对早已变得陌生的生活。所以我离群而坐，像个骄傲的西班牙绅士，说得很少而听的很多，尽量了解在我离开英国大约二十年来，英国所发生的变化。

最终航程结束了，某年的六月十二日，我发现自己已经身在伟大的伦敦，而我还从来没有来过这里。在我旅馆的房间里，我双膝着地，感谢上帝在我经历这么多危险和苦难之后，能恩顾于我，保护我重新踏上了英国的土地。我这个脆弱的身子，在经受了所有的苦难、死亡的危险，疾病、饥饿、战斗、谋杀、淹没、野兽、残酷的刑罚之后还能够存活下来，不能不说是个奇迹。

在伦敦，通过我住的旅馆我买了一匹好马，在第二天刚天亮的时候我就上路了。而我最后的冒险降临到了我的头上：正当我骑着马慢跑，并欣赏着美丽的英国乡村景色，尽情呼吸着六月甜美的空气时，一个胆小的劫贼躲在一丛树篱后面朝我开了一枪。如果我栽了下来，他就可以进行抢劫了。子弹射穿了我的帽子，擦过了我的头皮，在我还没有作出任何反应的时候，这个流氓就逃走了。看到他只射偏了这么一点点，我一边继续行程，一边想着自己的经历也真是奇怪。如果在经历了这么多巨大的危难却平安归来之后，却在最后一刻，在离开伦敦只有五英里的地方死在这么一个小蟊贼的手中，那也够奇怪的了。

我加快了速度，第二天也一样。我的马强壮、快捷。在第二天傍晚七点半的时候，我来到了一座小山上，那是我最后回望彭盖的地点。那时，我和我的父亲一起骑马到耶末斯去。下面是镇里的红色屋顶；右前方是狄钦汉的橡树和美丽的圣玛丽教堂的尖顶。远处，那威凡尼的溪水蜿蜒而下，而我的前方则延伸着紫色和金色的原野和湿地里开着的花苞。一切还像以前一样，似乎除了我自己以外，一切都没有改变。我下马走向路边的一个池子，在水里看着我自己的脸。我的确改变了，很难辨认出二十年前骑马来到这里的年轻人了。现在，啊！两眼凹陷，充满忧郁，尖瘦的脸，胡子和头发灰色多于黑色。连我自己都认不出自己了，我怀疑任何人能认出我来。那儿还有我认识的人吗？二十年中很多人死了，也有离开的，我还能发现活着的朋友吗？在我将要航行去西斯班尼拉之前，冒险号的船长别尔带给我一封家信，之后我就再也没有得到家中的任何音讯。那么，什么样的音讯在等着我呢？更重要的是莉莉。她死了还是嫁人了，还是离开了？

我再次策马碎步而行，取道经过温福得磨坊，穿过渡口和彭盖小镇，从彭盖的右方过去。十分钟之内，我就来到了马行道的入口处，它离开诺威契半英里多些，在陡峭和栽树的堤岸上就是狄钦汉驿站。门边有一个人行走在最后一线阳光之下。我看了他一下，马上就认出他来了，他是别尔明斯，那个笨蛋把我绑着的加西亚给放走了，那次我是急着要去和我的甜心相会。他已是一个老人了，白发落在他衰老的脸上，更有甚者，他脏兮兮的穿着破布袋。但我几乎要去拥抱他。再一次见到年轻时就认识的人，使我倍感愉快。

看到我过来，他拄着拐杖走过来开门，并发出哀声的祝福来祈求布施。

“温费尔先生住在这儿吗？”我气急地用手指着向上去的路问道。

“温费尔先生，绅士，温费尔先生，哪一个？”他回答说，“那老的温费尔先生早在二十年前就死了。是我帮着挖了他的坟墓，在那边教堂，我做的。我们把他放在他妻子身边，她是被人杀死的。然后是乔弗利先生。”

“他怎么了?”我问道。

“他也死了。十二年过去了,他喝酒喝死的,他这么做的。还有汤姆先生,他在海里淹死了,他们说的。很多年过去了,他们都死了!啊,他是少见的人,汤姆先生是的,我很在意我自己,我让那个外国人跑了——”于是他不断地重复他自己帮加西亚骑上马的事,我无法让他停下来。

我扔给他一块钱币,用马刺踢了一下我疲倦的马,碎步走上了马道。马蹄声似乎在一遍遍重复那老人的话:“都死了,都死了!”毫无疑问,莉莉也死了,即使没有死的话,当消息传来我已淹死在海中,她大概也结婚了。这么美丽和甜美,她绝对不会缺少求婚的人。不可相信她会在失去年轻时的爱人的悲痛中消磨她一生。

现在村公所就在前面,它一点也没有变样,只是常春藤和蔓藤长得更高了,已经爬到屋顶上去了。我可以看出里面有人住着,因为房子保养得很好。炊烟从烟囱里冒出来。栅门关住了,没有仆人在院子里工作,夜幕降临得很快,所有的工作都停止了。从房子的左边绕过去,来到了马厩旁,那是在山坡下的花园边上。但后面的栅门也关上了。我下马来,不知该做什么。我在担忧和犹豫中让马自己在那儿吃草,自己则迷迷糊糊地在通往教堂的路上晃悠,凝望山坡上面像是在等着什么人似的。

“如果他们都死了,如果她也死了并早已离开了这里?”我把脸埋在双手里,向上天祈祷在我经历了这么多苦难之后,不要再让我受这最后一次打击。我被击垮了,觉得自己已经受不起了。如果我连莉莉也失去了,那么我想我也应该死了,因为在这个世界上,再也没有什么让我留恋的了。

我祷告了一会儿,像落叶一样颤抖着。我抬起头来,准备去弄清楚屋子里到底住的是什么人。夜色降临了,突然远处和近处的夜莺叫了起来。我听着它们的歌声,一阵难过的回忆袭上我的心头。我拼命地梳理它：那是我睡在特拉梯兰的蒙特苏玛宫中，一间辉煌的屋子里，一张金子做的大床上，我是作为泰兹卡特，等着明天一早就要被杀死在祭坛上。我悲惨地睡着了，梦见自己在外面站着，四周已是黑夜，闻到了英国的花香，听着夜莺美妙的歌声，月亮升起来照亮了绿色的橡树和树丛，就像此刻我站在这里一样。我还梦见一阵歌声从山坡上传下来——

但当我从幻境中醒过来时，却真的听到一个甜蜜的女人的歌声从山坡上传下来。因为很近，直到今天我还能记得歌中的每一个词。

现在我可以看到月光下那女人的形象：高高的个子，挺直的身子罩在白色的袍子里。她抬头望着飞掠而过的蝙蝠，月光照在她的脸上，这是莉莉波扎的脸。我失去的爱人，像以前一样美丽，尽管略显年纪且带着巨大的悲痛留下的印记。我看着，被惊呆了，要不是一排新的矮篱让我扶住的话，我一定会倒下去。一声深深的呻吟从我嘴中发出来。

她听到了这声呻吟，停住了她的歌声。她看到一个男人的身影，于是止住了脚步并随时准备逃跑。我稳稳地站住了，她的好奇胜过了恐惧，走近来并用低低的我记得的甜美的声音问道："谁这么晚了还在这儿晃悠？是你吗，约翰？"

听见她的话，新的担忧又涌上了我的心头。毫无疑问她是结婚了，而约翰就是她的丈夫。我找到了她，却完全失去了她。我突然决定不暴露自己直到我弄清楚真实的情况。我向前跨了一步但不再向前了，使我处在一棵树的影子之下，那样月光就不会照到我的脸上。我按西班牙的规矩低低地向她鞠了一躬，用西班牙人说着蹩脚英语的口气和她说话。

"太太，"我说，"我能有幸和多年前曾经名叫'息鸟拉'的莉莉波扎说话吗？"（息鸟拉即"seniora"，是西班牙语对小姐的尊称——译者注）

“那曾经是我的名字，”她回答，“你有什么使命和我有关呢？先生。”

我颤抖起来，但还是勇敢地说下去。

“我在回答之前，夫人，请原谅我问另一个问题。这还是你的名字吗？”

“这还是我的名字，我并没有结过婚。”她回答说，这下子似乎天旋地转起来，脚下像踩着夏卡火山的岩石。但我仍然不显露自己，因为我想弄清楚她是否还爱着记忆中的我。

“息乌拉，”我说，“我是一个西班牙人，在印第安战争中为科特斯服务过，你大概听说过他吧。”

她点了一下头，我继续说下去。“在那次战争中我遇到过一个人，他的名字叫丢勒。但他过去有过另一个名字，在他躺在床上死去的时候告诉我的，这是大约两年之前。”

“什么名字？”她低声问道。

“汤姆-温费尔。”

现在莉莉悲伤地哭了起来，她转身时扶着柱子以免跌倒。

“我知道他死了，有十八年了，”她低声说道，“在印第安海那边，他的船被发现了。”

“我听说他在那边海中沉船了，息乌拉。但他从死亡中逃脱又落到了印第安人的手中，他们把他当作上帝并把国王的女儿嫁给他做妻子。”我说到这儿停住了。

她发抖了，然后用坚硬的语音说道，“继续说，先生，我在听着。”

“我的朋友丢勒，作为他们公主的丈夫，必须为荣誉而站在印第安人一边，为他们作战。他勇敢地战斗了很多年。最后他保卫的城市被攻陷，剩下的孩子被杀死，他的妻子，那个公主也悲伤地自杀了。而他本人则被抓了起来，在那里他憔悴而死。”

“一个悲惨的故事，先生，”带着笑声说道，那是悲伤的笑声，并被眼泪给噎住了。

“一个悲惨的故事，息鸟拉，但还没有结束呢。在他临死之前，我的朋友告诉我，他早年曾经向一个英国姑娘发过誓，名字叫——”

“我知道这名字，继续说。”

“他告诉我虽然他结婚了，而且爱着他的妻子，那个公主，她是一个高贵的女子，还多次为他而冒生命危险，甚至出于自己的意愿躺在贡献牺牲者的祭石上；但是那个曾经交换誓言的姑娘却一直伴随着他的记忆直到生命结束之时。为此他恳求我为了我们的友谊，当我有机会返回欧洲的时候，如果她还活着，一定要带个信息给她，并替他向她祷告。”

“什么信息？什么祷告？”莉莉轻声问道。

“是这个：他爱她至死，就像他一开始爱她时一样。他谦恭地请求她的原谅，因为他背弃了他们当初在狄钦汉山毛榉树下的誓言。”

“先生，”她哭道，“你对这知道多少？”

“只限于我的朋友告诉我的，息鸟拉。”

“你的朋友一定和你很亲近，你的记忆一定很好。”她低语道。

“这是他所希望的，”我继续说道，“在特殊情况下，如此特殊，使他敢于希望他破碎的婚约可以在另一个较好的世界里再续。他最后的祷告是她会对我，他的传信者，说她原谅他并且仍然爱着他，就像他至死都爱她一样。”

“这样的宽恕或公开地宣称，会对一个死去的人起什么作用呢？”莉莉一边问，一边用尖锐的眼神看向阴影里，“死了的人他的眼睛能看到、能听到吗？”

“我怎么知道呢？息鸟拉，我只是执行我的委托。”

“我怎么知道你是真实的传信人？我曾经多次听到汤姆-温费尔淹死的消息，那已经是多年以前的事了。而这个印第安人和公主的故事听起来是这样的美妙和奇怪，更像浪漫故事里的情节，而不是这世界上真实发生的。你有实物来证明你的故事吗？”

“我有一件实物，息乌拉。但这光线太暗，你看不清它。”

“那么跟我进屋来吧，里面有灯。等一下，”她再一次走向马厩门边，叫道：“约翰！”

一位老人应声而出，我听出这是一个我父亲的仆人。她对他小声说了几句话，然后引领我从花园中走到房子的前门，从腰带上取下钥匙开了门，然后示意我在她前面进去。我这么做了，没有注意到这样做的后果。我按习惯转过弯走进客房。我对这房子早就熟透了。在幽暗中我抬脚避开了绊脚的阶梯，穿过房间，在宽大的壁炉前站住了脚。莉莉看着我进入，跟在我后面，她在炉火里点了一支小蜡烛，把它放在窗台边的小桌子上，这使得我尽管按礼貌脱下帽子，但我的脸始终在阴暗中。

“现在，先生，如果方便的话，请拿出你的物证。”

于是我从手指上取下指环交给她，而她坐在桌子旁，借着烛光仔细地检验它。我看着她坐在那儿，觉得她仍然是那样的美丽，时间对她的影响真是非常的小，除了脸上的悲伤之外，而她现在已经过了三十八个冬天了。尽管她努力保持自己的风度，但在她看着这个指环的时候，胸部快速地起伏着，手也在抖着。

“这信物是真的，”最后她说道，“我知道这个指环，尽管同我上次见到它时比较已有些磨损了。它是我母亲的。多年以前我把它给了一个年轻人，作为爱情的信物，我曾保证要嫁给他的。毫无疑问你的故事是真实的，先生。我谢谢你的恩惠，把它从这么远的地方带来。这是一个悲伤的故事，一个非常悲伤的故事。现在，先生，我不会请你住下来，因为这幢房子只住着我一个人，这儿也没有旅馆，我建议由一个仆人带你去我兄弟的房子，大约一英里多点之外，如果你真的，”她慢慢地加上一句，“不知道怎么走的话！那里你会发现欣喜的对待，并且你死去的朋友的妹妹，玛丽波扎，会很高兴地从你嘴里听到他奇怪的冒险故事。”

我深深鞠了一躬，说：“首先，息鸟拉，我要请求你回答我朋友死前的信息和祈求。”

“把回答送给死去的人，那是小孩子玩的游戏。”

“我仍然请求回答，因为我答应要做的。”

“那指环上写着什么？先生。”

“心心相印，虽然远在天边。”我悲伤地脱口而出，随即后悔得想咬断自己的舌头。

“哈，你也知这个，毫无疑问你戴了它很长时间，早已熟悉了上面写的字。好吧，先生，虽然我们远在天边，尽管我曾珍爱对带着这个指环的人的记忆，并因为他，我至今没有结婚，但看来他的心已经迷失了——给了一个野蛮女人的胸膛，并和她结婚生子。这么看来，我给你死去的朋友的回答是我原谅他，真的，但我必须收回对他的终生的诺言。尽力丢弃对他的爱，因为他已丢弃并不尊重它了。”她站了起来，像是撕裂了自己的心，并抛弃了身上的一件东西。与此同时，她让那只戒指落到了地上。

我听到后，心停止了跳动。这就是最后的结局了。对，她有权这样对我，虽然此时我后悔自己的诚实。有时候女人更容易原谅谎言。我没有说话，舌头像僵化了一样，我感到巨大的悲痛和疲惫。我蹲下身来，拾起那指环并重新带到我的手指上，最后看了一眼这个拒绝了我的女人，转身准备离开。走到一半我停下了脚步，考虑要不要亮明我的身份，但转念一想，既然她不因我的死亡而减少愤怒，那她对还活着的我的同情也是很少的了。不，我对她来说已经死了，就让我继续死吧。

我到了门边正要踏上台阶，突然听到一个声音，莉莉的声音，甜蜜和慈爱的声音。

“汤姆，”那声音继续响着，“汤姆，你走之前难道不想把金子和货物，以及你放在我名下保存的土地拿走吗？”

我转过身来发着呆，啊！莉莉张开两臂向我慢慢地走来。

“哦，愚蠢的人，”她轻声对我耳语，“你以为用这么笨拙的办法就可欺骗一个女人的心吗？你讲到镇公所花园里的山毛榉树，你在黑暗的屋子里如此熟悉地走路，你用早已死去的人的声音说出写在指环上的字。听着，我原谅你的朋友背弃了他的誓言，因为他诚实地说出了自己的错误，而且一个男人独自生活在陌生的国家里这么多年，遭遇到这么多危险。还有，我始终爱着他，看来他也爱着我，尽管我这个年纪谈爱情已有点老了。我苟延残喘地等待着死后再说爱了。”

就这样莉莉说着，啜泣着，然后我用双手抱住了她，她也不再说话了。而正当我们嘴唇相接的时候，我想到了奥托美。我记起了她的话，并且想起她就是在一年以前今天了结了自己的生命。

让我们祈求死了的人看不见活着的人吧！

第四十章
阿　门

现在我也没有什么可说的了，我的故事也到了该结束的时候了。我应该感谢这个，因为我已经太老了，连写字也够累的了。身子这样衰弱，以至于去年冬天我几乎要停下写作了。我们两人就在我写作的房间里静静地坐着，我们被巨大的喜悦和诸多的情感阻塞了舌头，受到了感动，一起跪下来，谦恭地感谢上天保留了我们两个直到今天再相会。正在我们要起身的时候，房子外面响起了喧闹声。一个健康活泼的女人走了进来，跟在后面的是一个英武的绅士，还有一个小伙子和一个少女。他们是我的妹妹玛丽，她的丈夫威尔弗莱波扎，莉莉的哥哥，以及他们还活着的子女罗杰和琼。莉莉猜想着一定是我回来了，而不会是别人，就派约翰传消息去了。她说她这儿有一个人，他们见到一定会高兴的。带着疑惑，他们就匆匆赶来了。一开始他们呆住了，因为我的变化太大了，屋子里灯光又太暗，站在那儿困窘地不知道这个陌生人是谁。

“玛丽，”我说道，“玛丽，你不认识我了吗？我的妹妹。”

玛丽大声哭了起来，投入了我的怀抱。她不停地哭。一直以为自己的亲人都死了，现在突然出现在了眼前，还活得好好的。她的丈夫则用手抱着我高兴地骂着表达他的惊喜，他真的感动了。孩子们则一直待在一边，直到我把那女孩叫过来。她简直就像她母亲当年离别时一样。我亲她，并告诉她，我就是那个多年之前传说已死了的叔叔。我的那匹马差点被忘了，后来想起才牵回来关入马厩。我们开始晚餐。我已经不太习惯这里的食品了。吃完后我开始问了很多事情。现在知道老主人留给我的大笔财产都安全地到达了家中，在莉莉的管理下增殖了很多。她只使用了很小的一部分，用作开支和修缮，她一直把它看作是一个基金而不是财产。当大家都已经确定我死了之后，我的妹妹玛丽开始掌握了属于她的遗产。她用它买了一些田产，包括在伊夏姆和海登汉姆买了一片森林，还买了狄钦汉的丁道尔庄园。对于这些土地，我急忙说她可以作为我的礼物而保有，因为我已经足够富有了，不再需要它们了。我的话使她的丈夫威尔弗莱非常高兴。我知道，放弃已经拥有多年的东西对一个男人来说是困难的。

交谈中，我又听到了其他的一些事情。我父亲的突然去世，金子的到来解脱了莉莉被迫嫁给我哥哥的命运，而他后来走上了不归路，在三十一岁的时候就死了。至于乡绅波扎，莉莉的父亲，我的老对头在一次突然的发怒时中风了。此后，莉莉的哥哥和我的妹妹结了婚，莉莉搬到了公所里。在付了一些钱之后，我的哥哥买走了我妹妹的继承权，并且全加到了他自己的名下。莉莉一直住在公所里，忧伤和孤独，但也不是全无快乐，她用大量的时间做好事。她告诉我，要不是我留下的大量遗产和田地需要她管理的话，她可能会加入到一个姐妹会里，在平静中消磨她的余年。因为她已经失去了我，事实上是死了——我的船沉掉的消息传到了狄钦汉——所以她已不再想结婚，虽然不止一个有地位的绅士来向她求婚。其他的事，比如哪家生了孩子，哪家死了孩子，暴雨造成了水淹彭盖，以及威凡尼还能有多少好日子，等等，这些是和平环境中活到中年的人喜欢说的事儿。还有哪个国王加冕了，死了等政治话题；罗马教皇失去权力了，宗教建筑遭抢了，等等，大家不停地讲，在这里就不提了。

现在他们开始问我的故事了。我从头开始讲，看到他们的脸部表情随着我的故事变化或阴或晴，觉得很是神奇。整个晚上，直到夜莺的叫声停了，晨曦中，我还坐在莉莉边上说着我的故事。那还没有完，我们就搬到客房里去讲，那儿已经准备好了。到了上午，我又接着讲，还给他们看那曾经属于勃诺达埃兹的佩剑和瓜特莫克送我的珍贵的项链上的绿宝石。上面的一些损伤说明了它的真实性。我从未见到人们如此的惊愕。当我讲到奥托美妇女最后的牺牲和可怕的加西亚的结束，他在自己的阴影下死亡，或者说他死在自己恶行的阴影之下，他们恐惧地叫出了声。当我讲到伊莎贝尔-德-西昆扎的死亡，还有瓜特莫克和我的儿子们的死亡时，他们都哭了。

但是，我并没有对他们讲出全部的故事，有些事是只能对莉莉说。我像一个男人告诉另一个男人一样告诉她我是怎么对待奥托美的。我觉得只要现在我有一丝隐藏，那就不会在我们之间有完全的信任。所以我说出了我所有的疑惑和麻烦，甚至不隐瞒我是怎么一步步爱上奥托美的。她的美丽和甜美在我进入蒙特苏玛宫殿看见第一眼时就被深深吸引了，而在牺牲的祭石上我们交换了爱情。

我讲完后，莉莉感谢我的诚实，并说，在这种事情上女人和男人是不同的，她是绝对不会去和陌生的男子交换爱情。但我们是由上帝和自然造成的，只有很少一点权利互相责备，甚至缺少学习的话也很难决断对错。再加上这个奥托美，尽管她不信上帝而犯罪，但却是一个有伟大心胸的女人；尽管她能迷惑男人的眼睛，但勇于为她的爱情献出一切。她，莉莉都不敢这么做的。最后有一点是清楚的，当初我必须在死和宣誓娶她之间作出选择，而且既然对她发了誓就不能当假，否则就会有生命危险。所以她，莉莉真诚地希望这事得到休息，甚至，哪怕我带着柔情想着死去的妻子，她也不应当嫉妒。

我从印第安国度历险回家的故事很快传开了。人们从很远的地方赶来，甚至从诺威契和耶末斯过来看我，我被迫重复着我的故事直到我厌烦透了。一个为我从陆地和海里经历诸多危险还能安全回家的感恩仪式在狄钦汉的圣玛丽教堂举行。这个仪式不再按罗马的仪式举办，因为罗马教会已经不在英格兰存在了。虽然别人可能不和我一个想法，但我却对此发自内心的高兴，因为我曾见证过传教士们的刑具和残忍。

当那个庆祝会开过之后，所有人都回家去了，我从镇公所——在我们结婚之前，我作为我妹妹和妹夫的客人在那里住了一阵子——回到了空空的教堂。

在六月安静的傍晚，在圣坛院里，我跪在了父母亲长着灯芯草的坟墓前，向他们永远的安息之处送去了深深的祝福；向保护着他们的上帝送去感恩之心。

一种巨大的平静降落在我的身上，使我想到自己年轻时向德加西亚发的毒誓是何等的疯狂，我的悲痛也从此由一粒种子长大成一棵大树。即使在这一刻，我对德加西亚的情感除了仇恨之外没有别的。不，直到今天这也不会变，为我母亲被杀而复仇的欲望是自然而然的，但最好是把它交给上帝之手。

在圣坛的小门外面我遇见了莉莉。她知道我一定在里面，就逗留在外面等我。我们在一起说起了话。

“莉莉，”我说，“我想求你一点事。在经历了这么多事情之后，你还愿意让我娶你吗？像我这样一个一分不值的人？”

“我答应了你，很多年以前，汤姆。”她答道，声音很轻，双颊像她身旁绽开的野玫瑰，“我从来就没有改变过主意。很多年以前我想你已经死了，但在我的心中你还是我的丈夫。”

“这已经超出了我应得的了，”我说，“这样的话，什么时候可以举行呢？青春年华已经离我们远去，我们可以浪费的时日剩下不多了。”

"听你的,汤姆。"说着她把手放在了我的手心里。

在那个傍晚后的一个星期,我们结婚了。

现在,我的故事结束了。上帝给了我一个充满悲伤的青年时代、早期成年时代。在我的中年和老年时代,又给了我超乎期望的祝福。这么长的故事和这么多的事件都在很多天之前结束了。在我们结婚时我种下的桦树苗,现在已经给我的窗户遮蔽阳光了,而我还活着看它长大。在这边的威凡尼山谷里藏着我锥心的回忆和对死去的人们不断的思念,这些都没多久了。一年又一年,时光在我的银发上堆积,我却在健康和平静中休憩着。一年又一年,我深深地享受着我妻子对我真诚的爱情。这样的爱情,得到的人实在不多。看来,年轻时的伤心和绝望使得人们更加珍惜晚年的幸福。但是,还是有一件伤心的事临到我的头上,我们的初生婴儿死了——看来我命中注定不该有孩子——当然作为女人,莉莉经受了更大的悲痛。除了这一件事,我们之间就没有任何阴影了。我们手拉手地走下人生的坡路,直到有一天上帝把她,我的妻子接走了。

一个圣诞节的晚上,她在我的身边躺下睡了,而早上我却发现她死了。我感到刺心的悲痛,但那悲伤已不像年轻时那样了,因为年纪已经把尖锐的痛苦磨得迟钝了,而且我知道我们不会分离得太久。我很快就会与她在她已在的地方相会,而且这个旅程我一点也不害怕。对死的恐惧早已离我远去,正像所有活得够长命的人都已经在后悔以前所犯之罪,而我已完全乐意于把我自己交到天堂里那只伟大的手中,那只曾经从祭石上救起我并引导我渡过这多难的地球上的千难万险之手。

现在让我向我的上帝,我的父亲,一直看顾我汤姆-温费尔和我所爱的人的上帝,送上我感恩的心和最高的赞颂!阿门!

后　记

汤姆温费尔的历险，随着他的安全返乡，并和年轻时的情人重续旧缘而结束了。但是我的心却留在了泰诺梯兰，留在了松树城。我思绪联翩。少数的西班牙人为什么就能毁灭掉强大的蒙特苏玛王国和周边众多强悍的印第安部落群？人们可以强调先进的武器。例如火绳枪、金属的刀剑和盔甲等等，但这是无知的。在松树城的金字塔上，一群绝望的妇女，就能把狂妄地冲上来的几十个西班牙士兵和特拉卡兰人制服，就是一个明证。缺乏万众一心抵御强敌的意志和强有力的领导，才是阿那灰克人失败的根本原因。

在美国生活了几十年，最大的体会就是美国的爱国主义教育，和美国人民的爱国精神。孩子们从小就背得滚瓜烂熟的忠于国家，和一个美国不可分割的誓言；大小球赛和公开会议一开始就要全体起立用手抚心，高唱国歌；任何突发事件时，全国一个调子地向孩子们宣讲美国一贯正确的思想。而且每个人都做得很自觉。美国的强大不能不说和这些有一定的关联。

说了一大堆看似与这个冒险故事风马牛不相干的话。其实这就是我读完原著之后的真实想法。我想，当一个公平、清廉的社会生态在中华大地展现之时，就是我亲爱的祖国真正崛起于世界之日。我对此持有极大的期望。